诗词曲学谈艺录

于永森 著

齊魯書社

代 序

窃以为,本书是王国维《人间词话》后唯一根据创作经验提出了明确的审美理想、且具宏大深细的理论体系而非抽象空谈的诗学著作(含诗、词、曲三者),也是中国历史上诗话、词话、曲话著作中最具理论体系者。《人间词话》为中国古代诗学名著,其"境界"说影响广泛,但之后诗学理论的创造即出现停滞:"众所周知,自从二十世纪初叶王国维发表意境、境界说以后,二十世纪初叶至二十世纪末八十年间出版的多种文学批评史著作大都写到'五·四'以前,以王国维为殿军。撰著者们一般只对古代文学理论资料进行收集、诠释和评价,即在书中说明古代文学理论的内容,判断它们的价值,确定它们的历史地位,不再继续古人进行理论创造。大概撰著者约定俗成地认为,古代已成为过去,自己的工作只是类似博物馆解说员的历史旁观者的角色,他们的批评史著作也就不约而同地形成了固定的模式。"①同时,20 世纪 90 年代以后,新诗及其理论也遇到了前所未有的困境。本书即作者 15 年来从创作、理论两方面进行诗歌理论探索的一个结果。除王国维的"境界"说之外,本书还从总体上对唐代以后民族审美理想趋于柔弱的态势进

---

① 刘良明:《评王文生教授的〈论情境〉》,载《文艺理论研究》2002 年第 2 期。

行了批驳，批评了司空图《二十四诗品》为代表的以"阴柔之美"为主的美学、诗学境界；并追溯传统诗学的思想精神，希望突破"无我之境"、"中和"、"天人合一"等平和思想的束缚和消极，为当代诗歌的发展找到某种理论上的依据，重建中华民族以"壮美"为主要色彩的审美理想——此为本书的写作初衷所在。

本书在批判继承我国诗学史上的诸多理论——尤其是王国维"境界"说的基础上，旗帜鲜明地提出了新的诗学理论——"神味"说，并在书中对什么是"神味"、"无我之上之有我之境"，如何达到"神味"、"无我之上之有我之境"，能够达到"神味"、"无我之上之有我之境"的作品有哪些等一系列问题，从多种角度、多个方面进行了阐释。希望通过这种努力，可以促使我们在今后用一种新的眼光来审视古代文学，从而为开创古代文学研究和当代文学创作的新局面添砖加瓦。

庚寅秋九月初六胶东于沧海(永森)

识于济南之"超我"斋

目　录

引 言

诗者，生命力之最佳实现形式，我性本体之最佳姿态，世间人之最佳之物、最高可能也。余崇诗意之境界者甚矣，作为诗词年月日亦且久矣，但观感而受所处之世俗民生，气与情之二事积聚不已，则终有所发，而诗意亦不可已。往往见今之作者好以才情为诗，而不知此仅诗之入门工夫，才情尽而诗意亦已，而不知进阶何在，惜哉！思之有年，故为此撰，以揭其广大闳美之境也。

其撰之机，则源起于丁丑岁观王国维先生之《人间词话》。初读之而有所得，其义旨、文采、深情，皆为近人之冠；再三究之则知其有所不足，乏个性而兼大我之境，犹囿于传统思想、精神境界之“平和”，保守有馀而突破创力未足，然学界犹大力研之，不知更进，故为“神味”说以救其弊。随读随以笔记，又以吾国文学其他之作验之，而论其缺陷，作及于半而“神味”说之雏形已清晰于脑际矣。以“无我之上之有我之境”出“无我之境”之上，而以“有我之境”、“无我之境”、“无我之上之有我之境”为文学艺术之三种境界，以“无我之上之有我之境”为文学艺术之最高境界，所以本于性情而终之于人格境界、思想境界、精神境界，其核心则是豪放之精神，而期于儒道互补、取长补短之“大我”之境界者也。“神味”说本于“意境过时论”，其根本宗旨在突破意境理论而为创新，以见后来者文学艺术之理想境界，此今之谈艺者所昧者也。由之以颠覆吾国传统文化精神、审美理想之以冲淡、消极、柔弱、出世、保守为色彩者，而以壮美为帜，以养士之气而立我性，突破士大夫文人文艺之以雅为根本格调，以俗之精神为心，尤重其心在世俗民生，以复兴吾国之文学艺术，而大其审美意识，国家、民族之运随之，终以人为最第一位之价值，则余究竟之理想也。

余性情中人也，故为文恒以感情为驱使，性情为跌宕，意气为心腹，理想为色彩，我性为神髓，非尽为谈艺而谈艺也，而求于世俗有所补益，至若其用何若，则非余所敢知者也。况天尚可言，人事难知，世界茫茫，红尘无限，因回顾既往，录数作（语感韵）而感此缘云：

一

却立迷津问路难，也曾临水夜无眠。久经坎坷多浮世，莫恨苍茫少渡船。心所纠缠身所止，情相眷恋意相牵。家国何限我何幸，流落人间不记年。

二

辛苦十年抱憾中，读书卅载固真穷。缚甘困蛹悔肠碧，梦苦疲鹃泣血红。人世不堪问大道，青山尚可倚苍松。归来吾子真倦矣，欲寐楼头乱起风。

三

坎坎青春亦大难，一时回首竟心酸。素衣每抱人间热，赤子那禁花外寒。出世倘能兼入世，看山情愿不留山。前尘往事何堪醉，欲醉不能成惘然！

四

人世能得几日欢，早无理想亦无言。芳心容易花前动，皓月曾经帘外残。缘倘可期劫可续，梦如难做影难删。江湖莽莽风波处，毕竟苍生最可怜。

是撰也，忧患之作也，每遭苦闷、抑郁，则用力于是而为寄托。年过而立，深沉渐多，感慨亦劳，昔之有气如虹，化为今之深情如海矣。噫，人生如梦，如曾经；岁月沧桑，若有情——亦略可以见余之情怀也，其如诗乎！

本书分为六卷：卷一“神味”说阐解之部，卷二诗词曲学之部，卷三古今诗词大家评诠之部，卷四《诸二十四诗品》之部，卷五诗词曲评鉴札记之部，卷六钱钟书《谈艺录》札记之部。其一以贯之者，则“神味”一义，则“豪放”之精神也。读是撰者，殆亦将有所得会于我之心者欤？

卷 一

一

诗以能至“无我之上之有我之境”之“神味”境界为最高境界；词曲亦然，文艺无不然也。能至“无我之上之有我之境”乃能尽我，而内在之“气”与“情”皆足以臻深闳伟美之人格境界、思想境界、精神境界，而自立、独立为最具我性之姿态。有“神味”乃能尽物，由艺入道，外接世俗民生而不隔，其表现复亦斑驳异致、烂漫多姿而见我性之三境（有我之境、无我之境、无我之上之有我之境）之逐次提升，由“小我”而成“大我”；由技入道，将有限最佳化而活色生香，遂使我性之生命力、气与情之磅礴洋溢、精神姿态之表现之张力之色彩至于顶点。若“境界”，若“无我之境”（王国维《人间词话》），皆其次而有所未至者焉耳，由之更上而至“无我之上之有我之境”之“神味”，乃足称文艺之最高境界也。

二

夫“神味”者，“神”即“传神”，即所以能表出“味”者，此犹是古之高境，而其更进者，则个性性情之极致，主体性精神发挥之极致，作者之人格境界、思想境界、精神境界之极致，即

"无我之上之有我之境"；"味"即"无我之上之有我之境"中结晶之世俗民生、以俗为主之意蕴，及所表出之豪放泼辣、自信烂漫之境界、姿态，而非范温《潜溪诗眼·论韵》所言"有余意之谓韵"之"韵"，或风味、韵味、意味之"味"，后者自"技"着眼，泛泛而论，不关乎"大我"境界之成就也。"大我"若不经由"无我之上之有我之境"而至，则亦不深邃。王国维《人间词话》云："古人为词，写有我之境者为多，然未始不能写无我之境，此在豪杰之士能自树立耳。"则"无我之境"犹赖乎其人者也，大有古今难得一二子之恨，而察其实，则所取诗、人皆非最第一流，况又用其人之名而弃其实，所例皆非"大我"之境界。"无我之上之有我之境"则非是，但能以不隔之姿态入世而及于现实世界之社会民生，积聚气、情以使我性结晶、独立而突露，便可直入于"无我之上之有我之境"，若能具文学之才能而以表出之，达致"将有限（或局部）最佳化"，即可至"神味"之境界也。"神味"之最佳代表为元曲（剧曲），其能兼"无我之上之有我之境"者固为"神味"一义之最高境界，其未能兼而在内容上得叙事之细节境界，以见性情之泼辣活泼，形式得姿态烂漫之致者，亦是"神味"之一义，而稍次矣。故"神味"也者，"活"字为其灵魂，"豪放"为其精神，大"俗"为其特色，"烂漫"为其姿态，而"不隔"为其意志，"细节"为其眼睛。若论其风格，则惟"深闳伟美"一语足以尽之。

王国维《人间词话》所言之"有我之境"、"无我之境"，非全完者也，不具现实性而抽象，因不具合理性者也。自分类而言之，则"有我之境"、"无我之境"之为分，平面而非立体式、偏于形式而非内容形式兼顾者也。平面而形式，形而上学而乏现实之实在性者，自哲学之逻辑以观之，则一分为二法也。哲学上之一分为二法，乃其初阶段而非终阶段，故自其初阶段言之，则一分为二乃由此两分而更进之基础，而自其终阶段言之，则此两分不具相互否定之性质，否定即事物切合实际之真发展，而非仅存于思维、逻辑中之分析。以例明之，则太极图之阴阳鱼最可征焉。以否定之思维观之，则世间万物之一分为二也，诸凡其一端，无论或阴或阳，皆不可以其一否定另一，而皆具存在之价值。此正譬如有男有女，乃成此人界，不可以男而否定女子，以女否定男子也。阴阳鱼亦然，若仅用一分为二观之，则阴中有阳、阳中有阴之鱼眼无之矣，而惟馀阴、阳两义，如“有我之境”、“无我之境”之为分也。而不可无阴中有阳、阳中有阴者，此乃一分为二之更进发展，有是，乃得万物发展、前进最基本之哲学逻辑思维“三段式”也。得此“三段式”之思维，则阴阳鱼乃万物最简单之形容者，自可更进而视鱼眼之“圜”，更以“S”形中分之，而更副之以鱼眼，如此更进，而至于无限。实则不独静安未悟此义，古人皆未会也，《易传·系辞上》云：“易有太极，是生两仪，两仪生四象，四象生八卦，八卦定吉凶，吉凶生大业。”所谓两、四、八之思维，即皆平面式而非“三段式”（即立体式，所以成其立体者，由贯之以现实性之一维之故）也；古人知阴阳鱼图为四（阴、阳、阴中有阳、阳中有阴），亦知阴、阳之为二与阴中有阳、阳中有阴之为二之异，然皆知“两仪生四象，四象生八卦”之“生”之义，而拘泥于“两”、“四”、“八”之形式之数，而不知“两”（阴、阳）之为根本以生后“两”（阴中有阳、阳中有阴）者，后“两”实为一层面、一本质，而不知合二与一乃为三之义也。合“两”与“两”而得四，以至于无限，此平面、形而上、抽象之发展，而非具否定之否定之性质之纵深发展也。由此观之，则易学传衍至今，何其博大精深、奥茫无竟，然所以流为俗滥之学而其妙寡者，正因其根本上思维逻辑方法之误也。苟能由“三段式”思维而传承儒、道、释之有合者，则易学或能别开生面，吾国之传统文化因之得重生之机，而大复兴于将来，亦未可知；而待之其人者也。

故太极图之例，适可证静安“有我之境”、“无我之境”之重大缺陷，此之为分，恰如以论世间男女，皆无个性若泥人焉，惟有更进而点化之以性情、精神，泥人乃活，乃具现实性也。故自审美理想言之，则“无我之境”为其至境，而乏个性之色彩，无论人格境界、思想境界、精神境界之至于“无我之上之有我之境”者矣；而附庸于“意境”理论，则王静安虽能集其大成，而不能变其本质，究属以柔弱、消极、阴柔为主①，而“神味”一义则缘“无我之上之有我之境”而以“壮美”之色彩为主，以刚健、积极、阳刚为主也。故“有我之境”、“无我之境”、“无我之上之有我之境”，此文学由低至高之三境界，其分为螺旋上升式也。

夫一时代审美理想之提出也，虽由个体之审美理想提升而得，然此一审美理想之确立，非务求“探其本”②而以一核心范畴统其馀，而于其理论之内部乏“否定之否定”之“螺旋上升”之辩证性，而当最大限度克服一时代审美理想之暂时真理性之缺陷，此余“神味”说“有我之境”、“无我之境”、“无我之上之有我之境”之所由来也。“境界”说为探其本者，“神味”说则

---

① 孙联奎《诗品臆说》释“冲淡”一品云：“冲，和也。淡，淡宕也。晋陶渊明之人、之文、之诗，俱足当得‘冲淡’二字。”乃即以陶为例，则“冲淡”正“无我之境”之色之一征。

② 如王国维《人间词话》云：“然沧浪所谓兴趣，阮亭所谓神韵，犹不过道其面目，不若鄙人拈出‘境界’二字，为探其本也。”

系由改造“神韵”、“境界”说而来且奠基于两说者，而其内在之辩证性，又令其能以破为立，非若“境界”说之虽吸收前人之说之长而集其大成，然总体上则仍为吾国古代之旧审美理想，属“蓦然回首”之所得，而非面向未来者也。

三

“有我之境”，譬犹水中之盐也；“无我之境”，譬犹蛹中之蝶也；“无我之上之有我之境”，譬犹火中之凤也。人亦物也，而物非人也。梁宗岱《论诗》所云“纸花”、“瓶花”、“生花”之喻，其重心在物而不能尽我之为物，故亦不能尽物，不能尽我；王国维所论之“有我之境”、“无我之境”两境，其重心在我而不能尽物，故亦不能尽我。梁宗岱“生花”之境，足以进于王阮亭之“云中之龙”，又无足疑也，然较之“只有香如故”（陆游《卜算子·咏梅》）之“蜜中之花”之境界已觉不如，况“火中之凤”邪？故以物言之，物自可无我以求其最完美之更易；以我言之，则非进于无我之上之有我不足以为主而独立焉，然后知“无我之上之有我之境”，物、我合一之最高形态也。人之生也，非如云烟风月之随缘变幻而无情，而不可离于是非利害之外，必将择其一以明我之姿态，而见为我性之突露，此“无我之上之有我”之所自来者，虽或含蓄蕴藉，不可掩此我性之灿烂烂漫也。故“无我之上之有我之境”，我之必待于物也，物之必待于我也，尽物而后尽我，非仅王静安所谓“观”之一义能办也。非经历无我无以尽形式（外在）之美，非经历无我之上之有我无以尽内容（内在）之善，此非仅文艺之极则，亦且为人生之最高境界也。

四

无名氏《锁南枝》云：

> 傻俊角，我的哥！和块黄泥儿捏咱两个。捏一个你，捏一个我，捏的来一似活托；捏的来同在床上歇卧。将泥人儿摔破，着水儿重和过，再捏一个你，再捏一个我；哥哥身上也有妹妹，妹妹身上也有哥哥。

本出宋赵孟頫夫人管道升所作《我侬词》，后世版本除此之外，尚有“你侬我侬，忒煞情多”、“我侬两个忒煞情多”两种。此作虽以喻情，然无意中被它道着文艺、人生由低级至高级之事，适为三层次、三境界焉。“捏的来同在床上歇卧”之前为第一层次、第一境界，初成于物也，乃一旧我，为一极端。“将泥人儿摔破”为第二层次、第二境界，超脱于物也，遂入“无我”，而犹未至一新我，然此又入另一极端矣。“哥哥身上也有妹妹，妹妹身上也有哥哥”为第三层次、第三境界，亦即不沾于物亦不离于物之最高境界，有所自主而融物最佳之境界，与“似与不似之间”同致也，然其神味则非“似与不似之间”所能拟者矣！此作明晰透彻而意蕴丰满，且为一形象之过程而见诸一作之中，其在吾国诗史上尤为难得也！较之王国维《人间词话》所云“古今之成大事业大学问者，罔不经过三种之境界”，胜之百倍也。“我中有你，你中有我”，可谓瑰丽非常，一往情深而不可抑，为天人合一之极致，“物我两忘”之与较，自不可同日而语也。白香山《琵琶行》“千呼万唤始出来，犹抱琵琶半遮面”，此即“意境”一旨之绝妙写真耳。可见终是相隔一层，未是自家人体会，遑论“我中有你，你中有我”之境界者矣。蒋捷《虞美人》所言人生少年、中年、老年之三境界，亦未必不若静安之例。三者各有所偏重也：静安所例辛稼轩之“众里寻他千百度。蓦然回首，那人却在，灯火阑珊处”，重在经历艰难之后自然天成而有所得，最高之境界即前后质变之界分；竹山“而今听雨僧庐下，鬓已星星也。悲欢离合总无情，一任阶前点滴到天明”，则重在心境之不复浮华，而为澄淡冲和；若“我中有你，你中有我”之境界，则重在形式与精神上之交融无间，应之于世俗人生，则更有奇谲之会心者焉。名之以最高境界，不过犹三千大千世界之一大千世界耳，非止于是而不进者也。若蝶生卵，卵生蚕，蚕生蛹，蛹又生蝶，横以观之则循环而更进，纵以观之则螺旋而更上也。此犹进而貌似者，若进而以质以内在，则蜜中之花者是矣。故以一阶段言之，则水中之盐、蛹中之蝶、蜜中之花是其三境界，以应于“有我之境”、“无我之境”、“无我之上之有我之境”三种之境界，若自不隔于世俗民生之义观之，则“我中有你，你中有我”洵为最佳之表现者矣！管氏小词，以是论之，可谓千古之仅见也！嗟乎，其为灿烂烂漫也，尚何言哉！若凤凰涅槃者，经“我中有你，你中有我”自我与火之缠绵之境界，其出以新我也，则具“我中有你，你中有我”之形式，而不以形式以见之外，火之痕迹化为火之作用，此一新我乃足为“神味”一义也。若缘世俗民生而得是，便是“无我之上之有我之境”，便是“大我”之境界者矣。诸义丝毫之间，宜有微妙之体悟也。

五

文学之境，必俟诸真、善、美也，而王国维《人间词话》之“无我之境”，仅以美之一因为最高境界，以忘世俗之利害关系为能事而已耳；而真、善、美三者之和合也，亦非求此三者之纯粹而趋于形而上学之抽象思辨者，而必经此三者对立面而提升之，缘此对立面而得真作为于世俗民生，此“无我之上之有我”之所以成就也。故“无我之上之有我之境”，无私而能忘其一己之得失、利害关系，非冠冕堂皇之倚利害关系所织就之背景、权力而貌似之也。无私者，无之而能有之，有之之心纵只恒河沙数之一粒，已足为尘，其所得之亦不足为贵。其真无私者，则惟以人为最第一之价值者也。

六

“无我之上之有我之境”之最高境界，其豪放之精神是矣。“豪放”为吾国诸壮美诸范畴中最具主体性精神姿态，而又能持之以美之境界者也。“豪放”之内涵为气魄大而不受拘束，其不为束缚者乃一切诸僵化、过时、腐朽之法度、思想、风格、技法，故能以突破之则可至“无我之上之有我之境”，而后得入创造创新之境也。儒家心在世俗而常为僵化腐朽之礼制思想所制，道家能独善其身，而不经于世俗民生则不能使我性至于最高境界，补二者之失而取两者之长，此豪放之能事，故豪放者，惟能为其事而补道家之所短，惟能为其事而不受其名利之外物束缚以取道家之所长，此诚吾国文化思想之最高境界也。若屈子，能为其事而无能为于名利之纠缠，不能自解而死；若陶渊明，不为其事则不能进于“无我之上之有我之境”，即偶有豪放（如《咏荆轲》一篇），亦属微露姿态，不能使我性极灿烂烂漫之致。叩之古今诗人，其惟辛稼轩足以当之也哉！诗中之温柔敦厚，词中之以婉约为本色，传统文化之以平和、中和、冲淡、超逸为极致，皆男权社会男子以目女子而得之美，遗其自我之精神，忘其身为大丈夫，故唐代而后吾国文化精神之大势乃阴盛阳衰，盖有以由之矣夫！万事万物之中，独以人为最贵，故以男子之目而论，壮丽之大川山岳虽足开阔胸襟，而终不如姣好艳媚之佳人赏心悦目，此吾国传统词学往往不以豪放为本色之心眼所在者也，又何足道哉。西人亦有“崇高”之一范畴，自近代大倡以来，西人势力亦渐发达而胜东方远甚，此尤可思者也。孔子之“诗……可以怨”，太史公之“发愤”，韩子之“不平则鸣”，皆《易传》哲学辩证法刚柔相济、以刚健为主之精神之一脉。《易传》虽晚出，而因之得以纠正道家辩证法之消极、保守、柔弱，儒家辩证法之僵化、折中、庸俗，而至于儒道互补、意在现实，刚柔相济、以刚健为主，诗“可以怨”之新而大之境界，此即“豪放”根本精神之所在。拙撰《论豪放》一书于诸义阐之甚详，可参看也。

七

以王国维《人间词话》之“无我之境”揆诸吾国歌诗，其能契合者亦鲜矣，盖如豪放诗、豪放词及元曲（曲之本色为豪放）之佳者，皆不能符而惟弃之一途耳。即所例陶、元“采菊东篱下，悠然见南山”之与“寒波澹澹起，白鸟悠悠下”两语，亦判然不侔，分量有殊也。“采菊”两语，向为古人所乐道而大赞，而后人理趣之高妙者，如王右丞之“行到水穷处，坐看云起时”、杜少陵之“水流心不竞，云在意俱迟”、常建之“山光悦鸟性，潭影空人心”，世人往往以更自然论陶诗，却不知此种理趣本无与于诗之最高境界，趣虽活泼，却归于寂静。而陶诗此两语之佳，更在有世俗之意蕴，惜其悠然与物而合，毕竟尚有“悠然”作态。李太白《独坐敬亭山》之“众鸟高飞尽，孤云独去闲。相看两不厌，只有敬亭山”、辛稼轩《贺新郎》之“我见青山多妩媚，料青山、见我应如是”，不但相合，且更具自信相赏之神味。若徒表理趣，则古今禅诗亦复不少，何佳诗无几邪？李、辛两公背后皆有无限之世俗在，辛稼轩背后且有民生在，故相合相赏之中，尤自信灿然，故能更进于“无我之上之有我之境”，主体自我之光芒不欲夸张而自洋溢万丈；况其他以世俗民生为主之以“神味”胜之作邪！杜少陵《秋兴八首》之“每依北斗望京华”，较之陶渊明之“采菊东篱下，悠然见南山”，一“见”一“望”，正“无我之境”与“无我之上之有我之境”之分疆处也。渊明“无我之境”之诗意之境界毕竟只是暂时之光景，其立脚处毕竟不稳，而近于不能自保。西人叔本华云人为“欲望”而痛苦，即将欲望压抑至于最低之限度，亦有一生存之底线在。叔氏所谓之生而有欲之痛苦，其解脱之法有二，一则就死或如释氏之涅槃，一则由艺术而致暂时之解脱，所谓暂时即不彻底，正渊明此两语之诗意及其生存处境之绝好注脚。故诗意之境界之根本，原不在诗之一形式，但有真正之诗意，虽无诗而可也。诗意之外化，尚需表出之一环节，此技大难，故世间诗意之境界原不为少，特能表出之且表出之而佳者少之又少耳。渊明虽具表出之之妙技，其根本之生存却仅具暂时之诗意，而非持久者也。故真正、根本之诗意，原在于生存、生活之本身，而不在作为而表出之，甚或不必表出之；在于生存之至少能为自力更生之底线，其未达至此间者，皆以暂时之诗意为假象耳。凡生存之能达致此间者，其作者皆具不可名状、无以方物之主体光芒，而不必温柔敦厚也，不必压抑其个性也。故“神味”说之根本为以人为最第一之价值一义，即具改变现实之世俗民生之心原，而令其至少保有生存之底线，而保有人之所以为人之基本尊严也。故凡处此之下者，往往以其处境之悲惨痛苦为歌诗，此即能有诗意，又何尚哉！人与自然、与自我、与他者三者为其处世之三大重心，诗意之根本来自与他者，如善之一向度上之批判、揭露他者之扭曲、压抑人之生存，而非来自人之痛苦、悲惨、凄凉、血泪也。渊明虽具面向他者之尊严，然于自然之尊严却有阙；其内在自我，亦终不免于为外物所牵制，而尝忧其子之不勤敏（《责子诗》），惧名之与身俱没（《影答形》），其生存本身之忧患，盖又过于此也。少陵哂其“未达道”，不亦宜乎！

八

夫“无我之上之有我之境”，内容上否定旧事物，而不仅于此也，如《红楼梦》之贾宝玉、林黛玉，其于旧事物极厌恶，而出为叛逆之形象，至其新理想，则茫然无所着。即未有新理想，亦不应仅以出淤泥而不染为念，“落了片白茫茫大地真干净”，以一切皆幻妄为意而向释氏觅归宿，而应根本以具凤凰浴火之精神，虽天地外在不可变，而自我则变至灿烂之新我，故其尚未进于“无我之上之有我之境”也。故“无我”，破之境界也；“无我之上之有我”，立之境界也。旧事物于内容上为不可取，至其形式，则渐近完美，故取其形式之长而益之以新内容，则是“无我之上之有我之境”之实质精神，内容须于世俗中锻炼，故始能无隔于世俗民生也。王国维《〈红楼梦〉评论》犹受西人悲剧审美意识之影响，故于《红楼梦》解脱之道，虽未能以立，而能赏也。后归诸吾国之传统诗学，则以“古雅”之思想为其转折，《古雅之在美学上之位置》云“一切之美，皆形式之美也”，舍真、善而独以美为心眼，而大有形式主义之色彩，故至《人间词话》“境界”说之“无我之境”，乃以“无我之境”归之“优美”（“无我之境，人惟于静中得之。有我之境，于由动之静时得之。故一优美，一宏壮也”），乃以“平和”之优美为极境，并此悲剧之审美意识亦弃置矣。不知何所以立，则镜花水月美，却不过是梦幻泡影耳；况此梦幻泡影，寻常人亦难至其境哉！有我、无我之谈本出释氏，释氏以两非为口径，其取向“无我”核心在“我”，故未能至于真正之“无我”，而仅能至形式上之“无我”；仅能至形式上美之“无我”，而未能至内容上真、善之“无我”。若“豪放”之精神，则缘其甚为外物所动也，其取向在世俗民生而姿态能为真“无我”也，而又不为外物所动，故能越“无我”之境界而至于“无我之上之有我”之境界。

九

诗之本体云何？诗之本体，非是挖空心思寻一抽象者，或某一基本或根本要素，而是诗之所以为诗之最佳状态，人之所以为人之最具价值之倾注，故此一状态，由现实作为而成，由关怀他人之境遇现状而成，非是乐于一己一时之审美状态抑情趣者也。故诗之本体犹然人者，人非生而即具人性者也，必由一定之外物使然。况人性者，尚分真伪善恶也。故古今诗学史乃审美理想更益之历史，而非本体变迁之历史。由是而言之，则知诗之本体者，以人为最第一之精神、境界也，但能立此本体，则观世间一切诸事物情境，即不形诸文字，而皆有一种伟大之诗意在。其他若声律、文字、性情、格调、神韵及人情人性之美、自然绘画之美，皆其次者焉耳。

无我之上之有我之境，以人为世间最第一之价值之境界者也。惟其能以人为世间最第一之价值，故能成就于世俗，而后成就自我至于最高境界也。古之诗以性情为主之论也，此单一之极耳，往往以自我为最关心者。而以人为最第一之价值，则兼具自我、他者之两极，其一所以成就自我之独立姿态，另一所以由他者以成就自我之精神高度即“大我”也。

窃恒以为，任一刹那间，一切诸价值之中以人为最第一位置之价值，而不以任何他种之价值危害妨碍此一价值之实现。须以民生之利益为最大之利益，其次以民族，再次以国家。其不能决者，决之于民。须对所从属之文化具继承之自信，自力更生之自信，青出于蓝之自信，而对任何外来文化保持基本之警惕，并观其于吾国民生之态度。接受外来文化及其他，须以上述原则为根本之根本、核心之核心之点。任何问题须以大局为重，而不因自身所处之利益集团为影响之负面因素。此数者为根本核心之点，皆“无我之上之有我之境”成就之根柢也。

一〇

无我之上之有我之境，所无者世俗名利一切诸外物之无得乎我之性情精神者也，所有者我之主体精神境界者也。故“有我之境”，物皆徇我之境界也；“无我之境”，物我两忘之境界也；“无我之上之有我之境”，“我中有你，你中有我”之境界也。

“无我之上之有我之境”，以人为最第一之价值之所成就者也。有其人也，若觉而问：“吾在何处？”则必以外物为参照物也；若不觉而问：“我其谁也？”则必以他人为参照物也。人之自我价值之实现，则往往以丧失自我为能事，又往往以压抑、排挤、迫害、痛苦他人为能事，而一心为私为我，一心以毕生所获之产以遗子孙，而后能瞑其目，似此者，自我之价值终不得实现也。我之影相，惟见之他人之瞳中，而非见之于镜。故他人者，我之彼岸也。自我之价值之实现，罔不在乎他人，他人之不存，我即不存耳。故巧言令色，可以绚烂于文学，而欺心之论，不能以过自我。若王国维之“境界”，以纯粹无欲之我为观照，而忘利害之关系，故其所谓“无我之境”，乃是止步不前，彼岸之可望而不可致也。其要又以庄、禅为因缘，往往道貌岸然，故大倡“真”、“不隔”之义。夫真有善恶，而自我若真，原不必隔。以静默为主，仅存于貌，他人见之，不知就里，无由测其真假，而假者固其多数。惟“神味”一义之“无我之上之有我之境”，则以人为最第一之价值，自我之成就皆赖他人之彼岸世界、世俗民生，血融于水，自能知其为不隔也。若不立论于人、世俗民生而仅着眼于风景、心境，则拙作《七律·有事于宁夏大学，晨起与安正发、王兴文、赵耀锋诸先生至凌云广场，东即小湖，仍在校园之内，芦苇周之甚盛，湖面颇广，中曲折以小桥通对岸。四人者，而为三境界：安有事未到岸边，王、赵两人过桥而至对岸，我则立湖中桥上观水。赵归来命诗，乃为此作（语感韵）》云：

长桥碧水漾横波，天地太拘无奈何。有限辄因无限苦，寡情还比重情多。一生早蓄三生恨，今世那知来世觉。彼岸到达成此岸，不如中立且婆娑。

尾联所谓即是也，乃戏耳，虽赵耀锋先生誉此诗谓“精妙绝伦”，其境岂真为我之心邪？又如西人，其不以信仰为然者，则往往狂放而不知返，自我亦遂迷失；其以信仰为然者，虽思力深邃，而悠谬无稽，形同无根之浮萍，画饼充饥、望梅止渴，巧妇力为无米之炊，累百世而相继情愿重蹈覆辙也。似此者，皆以悲剧为精神，宏大为色彩，自恋无悔，而自我陶醉不可暂解，甚无益而非实在也。然我之成就虽在他人，而其价值之评准则仍在我，而不以外物为转移者也。我若以为值矣，可矣，乃可为之付出所有而无怨无悔，他人之价值评准，固不足以衡我，此则又非庄子之“我知之濠上”，而仅见得外在风景也。

一一

原夫诗也者，厥义尚矣，揆其旨要大成，其罔不在“神味”一义乎！“神味”之本，乃即性情，如其人焉，其人之所至，即以“无我之上之有我之境”为极致也。《毛诗序》云：“故正得失，动天地，感鬼神，莫近于诗。先王以是经夫妇，成孝敬，厚人伦，美教化，移风俗。”此儒者正襟危坐、冠冕堂皇之大言，譬则喻小儿女以微言大义，而悖其天真烂漫之性情，离乎几矣！天性烂漫、不拘礼法之小儿女，恒以其性情为其所欲之本，而自我为法，吾人睹之，亦无不以其天真烂漫戚戚然于心而欣欣然也。观左太冲《娇女诗》，是何等天真烂漫之姿态！诗之义也，似之。天真者，性之发乎其内者也，其所为循，乃欲见一不受拘束而自然为真之自我，真我之见，而后能为独立之姿态，而后能自然而以动人也；而后其在世之姿态，而始能为“人”之姿态耳。“神味”一义，乃即以人为世间最第一之价值者也。譬犹情爱，不杂他尘而为纷扰，以所爱为爱，是真爱矣，苟杂之以尘，则天下宇宙虽大，煞风景者无过乎此也！故出乎真，而后为其始乎。《庄子·渔父》云：“真者，精诚之至也，不精不诚，不能动人。故强哭者虽悲不哀，强怒者虽严不威，强亲者虽笑不和。真悲无声而哀，真怒未发而威，真亲未笑而和。真在内者，神动于外，是所以贵真也。”故欲得其神，惟在“真”之一字耳，“真”而如此，况天真乎！所谓本色，乃以是为正也，否则譬诸南辕北辙，终不得其正，不得为真诗也。烂漫者，天真之性情之成境也，其内之足以有之而又足以发乎其外，而见为烂漫之姿态者也。烂漫者常见为自信窈窕、豪放逼丽之姿态之情采，而深入乎我之肺腑，相和乎我之魂魄，渲染乎我之精神，吾人睹之，湛然有同于我者，若情爱之惺惺相惜，若心有灵犀一点通也。若与论乎吾国文学之可以烂漫为观者，在先秦则《诗》三百，而屈子之《离骚》为其绚丽芬芳之波澜。唐诗宋词遥相呼应，其中之以豪放为姿态者是矣。其后元曲之杂剧，则又以叙事而开绝烂漫之局，明之民歌为其支流，而明清传奇不足称焉！至若《红楼梦》、《儒林外史》、《聊斋志异》、《鹿鼎记》，则小说中烂漫之一线索也。吾国文学常以意境为最高境界，而实未若烂漫也。由烂漫而成之豪放，一切诸事物自由和谐发展存在之最佳状态、最高境界也，其恢闳伟美，无不缘红尘世俗之大俗之境界而得成就，若花之至最烂漫而生机亦最盛、姿态最佳，而意境则譬如落花满地之境界，其幽静而美虽别有一种绚丽幽静，然不可以烂漫称之，以其生机已尽也！由天真而至于烂漫，由烂漫而至于豪放，此径路兼有人格境界、思想境界、精神境界，若是而后乃能臻于“无我之上之有我之境”，自我既得圆满具足，而又不隔于世俗，乃能至于“大我”之境界也。如苏东坡之词，即常在落花满地之境，其以豪放称者犹然不过为豪旷雄逸而乏气，或气不足而为壮，乏气则作者之主体性精神姿态逊矣，而辛稼轩之词乃可以豪放烂漫称之也。又如东坡之诗，远逊其词，其书亦固执而倔强，大见硬气，所以如此者，乃气之不能动宕流转所致也。东坡为人保守，但以传统文化为色而发挥个性，故不能至豪放之极致。烂漫之本质为豪放，烂漫者其外在之姿态耳。故诗之义，必具内而后其为成也。《诗·秦风·蒹葭》云“蒹葭苍苍，白露为霜。所谓伊人，在水一方”，此以风致为胜而物之感于外者也；《离骚》云“虽九死其犹未悔”，此我之必有所固守于内者也，而物我之间，常不能得其和谐；韩昌黎《送孟东野序》云“大凡物不得其平则鸣”，此豪放之气与情之所以必发乎外，而见为烂漫之姿态者也。故有诗人者，不事干谒，不务声气交通，自乐其性，自怡其情，弦酒赋诗，长啸以时，不期于人必赏而自为豪放烂漫也！然真正豪放之境界，则必经于世俗之磨砺而后成，必不隔于世俗之现实世界而后成，若是而又于艺术上当行出色，乃得与论夫文学之最高境界也。若马东篱［双调·夜行船］《秋思》之作，古人誉之为"散曲之冠"，以余观之，非正论也。发此论者，眼光犹拘束于散曲之范围，而未与论乎剧曲，不知剧曲实亦一种之散曲、一种之诗，而元曲之足以为一代之文学，多剧曲之力也！况其作何尝涉及民生痛痒，不过文人无能于世俗而调之以雅者，在散曲中尚不得称之为当行本色，方之睢景臣之［般涉调·哨遍］《高祖还乡》为难堪矣，方之张养浩［山坡羊］《潼关怀古》，惟亦难堪而已矣！"人问我顽童记者：便北海探吾来，道东篱醉了也"，虽潇洒洒落，毕竟未若"兴，百姓苦；亡，百姓苦"为镗鞳大音也。若《窦娥冤》、《救风尘》之烂漫而有神味，则更梦寐矣！此犹王国维《人间词话》崇"无我之境"而例之以陶渊明之"采菊东篱下，悠然见南山"，不独渊明而外欲例也难，且不知"无我之上之有我之境"之义，而深悖乎古人论诗诗中须有"我"在之常言——此我乃个性之我，"无我之境"之我则为埋没个性之我，其失可谓大矣！故王士禛之"神韵"说，弊在尚虚灵而隔于现实世界、世俗民生，而王静安之"境界"说虽稍实际，而"无我之境"乃亦即其于"神韵"说之最大妥协也！继二王之长而补其未善，则是"无我之上之有我之境"之事，亦即"神味"说之最高境界，合人格境界、思想境界、精神境界三者而成，见为豪放烂漫之境界者也。"无我之上之有我之境"既有儒家之积极入世之精神，又有道家超脱外物、淡泊以处利害以养真性情之精神，即吾国传统文化精神之最高境界，为吾国之民族精神。此一精神也，既甚为外物所动，所动者世俗民生也，又不为外物所动，不为所动者名利权位也，即豪放之精神境界者矣。文学中以诗而论，则惟屈子、杜少陵、辛稼轩、关汉卿足以致之也，而屈子为稍逊。

近代诗话词话，以王国维《人间词话》为最杰出，短小精悍而灵思独至，余恒以为其成就、精彩犹在《文心雕龙》之上，后者不过论文之常者，虽精微者亦在寻常处，非若《人间词话》乃真有精微处，能以启发作者而令有会心之妙，而遂有大得也。至若叶燮《原诗》之类，更不足道矣。《文心雕龙》、《原诗》之类，皆虽有体系而眼界仍若今人之为研究者，乏根本之原创性也。今人多能解《人间词话》之局限，盖在审美理想有所未至者焉，至若思有以补之而更进者，则未有也。近年国学复兴之态有萌，诗、词、曲皆有作者，而鲜有能出吾国传统诗学境界之外者，谈艺者又多不能作或作而不能佳，空谈无益，诗之精妙亦往往不可得，遑论其他。余于静安所论，最不满者即在其以“无我”之氛围笼罩“境界”说而以“无我之境”为诗词中之最高境界，应之以《人间词话》中所言之三种境界，显然驳悖，而殊不足以为否定之否定之境界也！王国维虽处非常之世而犹然以优美之境界为其审美理想，终至身死而不能解，惜哉！当时之士若陈独秀者，则大其音于《今日之教育方针》云：

> 余每见吾国曾受教育之青年，手无缚鸡之力，心无一夫之雄；白面纤腰，妩媚若处子；畏寒怯热，柔弱若病夫。以如此心身薄弱之国民，将何以任重而致远乎？他日而为政治家，焉能百折不回，冀其主张之贯彻也？他日而为军人，焉能戮力疆场，百战不屈也？他日而为宗教家，焉能投迹穷荒，守死善道也？他日而为实业家，焉能思穷百艺，排万

> 难，冒万险，乘风破浪，制胜万里外也？纨绔子弟，遍于国中；朴茂青年，等诸麟凤。欲以此角胜世界文明之猛兽，岂有济乎？茫茫禹域，来日大难！

若鲁迅者，则痛中国古之审美理想之“平和”，而大倡其音于《摩罗诗力说》，以拜伦、雪莱诸人之歌诗为“固声之最雄桀伟美者矣”，大赞其力，谓“人得是力，乃以发生，乃以曼衍，乃以上征，乃至于人所能至之极点”，可谓时代之最强音者矣！又斥道家之主于柔弱，云“老子书五千语，要在不撄人心；以不撄人心故，则必先自致槁木之心”，故于吾国之“平和”诗学，淋漓尽致以愤之也：

> 盖诗人者，撄人心者也。凡人之心，无不有诗，如诗人作诗，诗不为诗人独有，凡一读其诗，心即会解者，即无不自有诗人之诗。无之何以能解？惟有而未能言，诗人为之语，则握拨一弹，心弦立应，其声澈于灵府，令有情皆举其首，如睹晓日，益为之美伟强力高尚发扬，而污浊之平和，以之将破。平和之破，人道蒸也。虽然，上极天帝，下至舆台，则不能不因此变其前时之生活；协力而夭阏之，思永保其故态，殆亦人情已。故态永存，是曰古国。惟诗究不可灭尽，则又设范以囚之。如中国之诗，舜云言志；而后贤立说，乃云持人性情，三百之旨，无邪所蔽。夫既言志矣，何持之云？强以无邪，即非人志。许自繇于鞭策羁縻之下，殆此事乎？然厥后文章，乃果辗转不逾此界。其颂祝主人，悦媚豪右之作，可无俟言。即或心应虫鸟，情感林泉，发为韵语，亦多拘于无形之囹圄，不能舒两间之真美；否则悲慨世事，感怀前贤，可有可无之作，聊行于世。倘其嗫嚅之中，偶涉眷爱，而儒服之士，即交口非之。况言之至反常俗者

乎？惟灵均将逝，脑海波起，通于汨罗，返顾高丘，哀其无女，则抽写哀怨，郁为奇文。茫洋在前，顾忌皆去，怼世俗之浑浊，颂己身之修能，怀疑自遂古之初，直至百物之琐末，放言无惮，为前人所不敢言。然中亦多芳菲凄恻之音，而反抗挑战，则终其篇未能见，感动后世，为力非强。刘彦和所谓才高者菀其鸿裁，中巧者猎其艳辞，吟讽者衔其山川，童蒙者拾其香草。皆著意外形，不涉内质，孤伟自死，社会依然，四语之中，函深哀焉。故伟美之声，不震吾人之耳鼓者，亦不始于今日。大都诗人自倡，生民不耽。试稽自有文字以至今日，凡诗宗词客，能宣彼妙音，传其灵觉，以美善吾人之性情，崇大吾人之思理者，果几何人？上下求索，几无有矣。

誉拜伦之“超脱古范，直抒所信，其文章无不函刚健抗拒破坏挑战之声。平和之人，能无惧乎”，而于屈子亦有所未偿也。若是镗鞳之论，非静安流辈所能悟而赏之者也。纵观吾国历史上之能至于“大”之境界者，多是为国为民之士，皆能身处世俗而有不以世俗之利害为心，乃能直入于“无我之上之有我之境”，使吾人之耳目心神，时时而得熏染浸提，以至豪放烂漫，岂屑与以中庸为道、善置身事外而遗世独立者为俦哉！此种之境界，世俗现实中既有之矣，诗中既有之矣，人人皆能知其实质而莫知何以为之名，遂令为艺术而艺术之一切诸形式主义技巧至上者，畅通而无阻，至王静安遂以“无我之境”之氛围，号为集其大成。余览其书而忧之，故撰此书以正论，而为此种之境界名，令此种之境界不致埋没于文学历史中，为古之诗人之重审，为今之诗人之指引，而为国民指出真正向上之一路，而以“无我之上之有我之境”为旗帜，以豪放之精神为吾中华民族壮美之审美理想重建之先锋，使豁然有改乎吾人于诗之旧观也！天下之欲为真诗人者，其有意焉！——独诗云乎哉！

一二

王国维《人间词话》之拈出“境界”为其诗学之审美理想也，乃在手稿三一、三二、三三、三五、三六诸则，集中以言“境界”者也。后见于《国粹学报》，乃提前为第一、二、三、六、四则，由是可见著作之时，其初并无是审美理想也，不过渐行渐入，忽然得之，廓而大之，此正与余是书之撰无异。手稿第一则论《诗·蒹葭》者：“《诗·蒹葭》一篇，最得风人深致。晏同叔之‘昨夜西风凋碧树。独上高楼，望尽天涯路’，意颇近之，但一洒落，一悲壮耳。”颇有追溯源流之意，尚矣，而能独以此篇拈出，可谓有目也！《蒹葭》妙在兴象，历“兴趣”、“格调”、“神韵”诸说而下，于“意境”尚有一言，而后至“境界”遂定，线索历历在目也。惜其“境界”，仅在人格境界，于思想境界、精神境界则不甚及，故犹然以“无我之境”为高，而不知“无我之上之有我之境”之义。无精神境界之真进益，则吴征铸所言之“铸恐读《人间词话》者，狃于词必五代北宋之说，学步邯郸，不敢稍越，终乃满纸斜阳芳草，秋月春风，自许境界甚高，实皆陈言习套”（《评〈人间词话〉》），信非虚矣。余所倡之“神味”，亦“境界”也，王国维以“无我之境”为极致，余则以“无我之上之有我之境”为极致，是“神味”之最高境界为“无我之上之有我之境”也。“无我之上之有我之境”复有其最高境界，则为“豪放”，为“烂漫”，为“泼辣”也。静安之“无我之境”以陶为高，余之“无我之上之有我之境”，则以辛稼轩、关汉卿（辛之精神境界，关之文字境界）为至也。戊子之夏，时时温读《人间词话》及《人间词》，感静安之遇，慨而赋一律（语感韵）云：

人间如海复如尘，总是前缘劫后身。梦里花开双幻影，川前心动一浮萍。拍胸犹壮登筏已，舞袖应悲献丑频。宇宙茫茫我汝暂，灵台一点悔持真。

嗟乎！宁独静安之为伤邪？

一三

王国维《人间词话》云"古今之成大事业、大学问者，罔不经过三种之境界"，令人耳目一新，殊不知乃新瓶装旧酒耳。古今哲人之怀抱思想，虽限以国界、民族、地域、阶层，而多有密合者，静安之所云云，亦乃物（形而下）生生灭灭最普通最简单扼要之一理，非独成大事业、大学问者为然也。老子云"道生一，一生二，二生三，三生万物"，已隐然具其雏形，不形象而深邃，而失之简略；儒家之中庸，亦无非此说，其掐去两头（物之两极，如"文质"之辨之类），亦启后世释氏"非相，非非相"、"不二法门"之先河；眩人耳目，仍不若"打掉两端"（如《槐安国语》载明极楚俊语："两头俱截断，一剑倚天寒。"）明白形象，然已染理想之色彩，而见为"技"之境界。若形象为一过程，则禅宗大德青原惟信尝云："老僧三十年前未参禅时见山是山，见水是水。及至后来，亲见知识，有个入处，见山不是山，见水不是水。而今有个歇处，依前见山只是山，见水只是水。"（《五灯会元》卷十七）以喻其悟之渐，最是明白形象，最具会心，恰与近世黑格尔之"否定之否定"义理密合。可见古今中外莫不如此，而况例证必有余所未得者哉！山水之喻，其最高境界"而今有个歇处，依前见山只是山，见水只是水"，以释氏之出世之色彩故，而求寂灭，故强调其不变者，正自外（貌）以言，终似乎循环，而归之消极之平和，是识而非自我提升之最高境界，而难见我性；若黑格尔，终归于外在于我之“绝对精神”，而不以人为最第一义，不能立定自我，故亦难出我性。马克思之哲学以克服黑格尔之客观惟心主义及费尔巴哈之形而上学为心，取前者“否定之否定”之辩证法、后者之惟物论而得成就，其辩证法仅得其形式主义之一面（即逻辑正确，以此逻辑论证惟物论，谓之惟物辩证法），惟物论虽见“大我”之精神，而仍不以我性为最第一义。故此三者，皆去“无我之上之有我之境”尚有间也。若“无我之上之有我之境”，则以人（我）为最第一义，其旨归究竟在我性之灿烂烂漫，而又可涵马克思之惟物辩证法也。此一辩证法之三层面，惜静安仅取其喻，未中其质，分“境界”为“有我之境”、“无我之境”两义，其为残缺不完亦甚也矣。此本为静安惟一摆脱“有我之境”、“无我之境”两分之机会，惜其未能把握。然欲更进而至“无我之上之有我之境”，则又非徒“以我观物”、“以物观物”之“观”之所能奏效者矣，静安之为书生，犹心学之向内转而至一己之极致，若蚕之作茧自缚然，不敢出传统诗教半格之外，此亦吾国历史之一奇观也！若具陈、周诸公之识力，其诗学境界当未如是之平和狭隘。故虽处能脱胎换骨之时代，而不能者，是吾人之以为静安莫大之遗憾，而静安自心甘情愿也。嗟乎，天下之事，惟心甘情愿不可说也！

一四

王国维《人间词话》云：

古今之成大事业、大学问者，必经过三种之境界：“昨夜西风凋碧树，独上高楼，望尽天涯路”，此第一境也。“衣带渐宽终不悔，为伊消得人憔悴"，此第二境也。"众里寻他千百度。蓦然回首，那人却在，灯火阑珊处"，此第三境也。此等语皆非大词人不能道。然遽以此意解释诸词，恐为晏、欧诸公所不许也。

窃谓此三种境界未足以尽人生，而仅是人生之初境，其第三境仅是人生若干片段之小高潮，且大事业、大学问者犹是外在于我者，而非立定自我而求以尽我者。盖其所论三境界说，乃就"成就一切事"（《二牖轩随录》稿）立论，尚着眼于我之外，故其所论仅是"成就一切事"之三种境界，换言之，"成就一切事"者，则无不经此三境界也。故就此义观之，则三境界说之所论，乃寻常必经之境，非特殊之境界也，故"成就一切事"者，却未必能到"无我之上之有我之境"，此乃着眼于我，而我之成就则须现实世界之磨砺，此与"成就一切事"之着眼点，一重结果，一兼重自我、结果，而尤重自我、自我之磨砺于世俗民生，大不同也。惟着眼于外，故静安《人间词话》之论"境界"说，多以"有我之境"与"无我之境"、"造境"与"写境"、"境界有大小"之二分形式为之，此外在平面之分法，而非内在否定之否定之辩证分法也。故拟之而另择三种之境界焉：

人世间我之所以成就，罔不经历三种之境界。"仿佛梦魂归帝所，闻天语，殷勤问我归何处"（李易安《渔家傲》），此第一境也。"零落成泥碾作尘，只有香如故"（陆游《卜算子》），此第二境也。"青山遮不住，毕竟东流去"（辛弃疾《菩萨蛮》），此第三境也。

此三境者：小我迷茫，而将觉醒也；真我独立，灿烂坚贞也；大我豪放，磅礴浩荡也。人生必如是者，无怨无悔于世俗民生，乃足壮观，"无我之上之有我之境"乃为可期，而神味乃允称深闳伟美也。

此三境者，其义何也？“仿佛梦魂归帝所，闻天语，殷勤问我归何处”，人生第一义之入门处，在我之何以为我，我之将成何我；人之为物也，而将何所以脱出而高于物者邪？立定一我之根本，乃可能与于人生之最高境界，而灿然出类拔萃乎其群之中，为异样之光芒也。自我以立之过程中，必有时刻之迷茫为伴，迷茫之来，无不由其发奋砥砺、一往无前、义无反顾而欲成就非凡不朽之事业，具舍弃自我之精神而着理想之色彩者也。故理想愈高，则与现实之相去益远，而身心之情感为益烈。其整合自我而求真我之过程中，自我与社会外物磨砺融合，自我与自然、自我、他人（社会、利益集团）斗争，患得患失，前途茫然而命运不测，自我迷失，而人生之大半，多不如意焉，故时时叩问“我归何处”，而不泯灭此自我意识，是人生之第一境也。释氏不执我亦不不执我，义谛玲珑，终陷抽象，终归无用。执我非误，但看所执为何耳，心向世俗民生，则必执也。“零落成泥碾作尘，只有香如故”，由外在以求我，将不得我，故舍外在之我而求内在之我，因真我而更求新我。往者已矣，此刻虽仍为外物所羁绊，然荣辱名利等外物之因素乃遂不为左右，外以养内，不妄取诸外物，而外物亦不能夺我之志，“我与我周旋久，宁作我！”（《世说新语·品藻》）然此一我也，非固守内在抽象之我而不接于现实，不接于世俗民生者。惟其能接于现实，接于世俗民生，而为之不计自我之得失，但求自我之成立也，故能养其浩然之气、沛然之深情，而至于“青山遮不住，毕竟东流去”之境。故第三境者，若水之磅礴得之于回旋郁怒，如蛹之破茧而出而化为蝶，一切莫不自然而然，而又具凤凰浴火之精神，“虽曰逢艰，其秀难掩”（《新二十四诗品·蕴秀》），而“无何能沮”

(《终二十四诗品·大地》)，积聚冲击而决荡，自信烂漫，终成就一“大我”之“无我之上之有我”。静安之第三境，是历经追寻、磨难而后有得，是悟之境，若此之第三境，则尚具人生之悲剧意识、壮美风格、担当精神，境界闳大伟美也。但凡完整而深刻之人生，由未达之迷茫而惨淡经营，用聚其内在浩然之气，发之于情，至于淡泊豪放，至于豪放烂漫之我性，莫不如此。故“无我之上之有我之境”，如凤凰涅槃之后，如舍利子然，独成瑰丽，尤胜于自然或雕琢之珠玉，虽和氏隋珠不足为贵矣。

此人生之三境界也，一一较之王静安所例，则皆深而过之。其义以一词而著论，则非蒋竹山《虞美人》之作不能为独一无二而仿佛也！此词感慨极深，境界亦高，惜历来识者、论其哲学意蕴者极罕。“少年听雨歌楼上”、“中年听雨客舟中”、“而今听雨僧庐下”，“上”、“中”、“下”三字运用亦极妙恰，独惜第三境太过惨淡，尚非是“无我之上之有我之境”之神味豪放烂漫姿态也。

一五

“神味”一旨，有一喻焉：“神”之一字，譬则好女佳丽，阅尽人间春色可也；“味”之一字，譬则好女佳丽，乃以妻我。妻我者，与妹我尚有天壤之别。或美而不可得，或可妻而不能美，亦世之常也。故去其两弊而兼其两美，斯人世间之大好事，而为文学之佳境者也！王国维《人间词话》拈出一“境界”，而以“无我之境”为最胜，然此却不过是王、孟路数，本非吾国歌诗之最高境界，钱钟书《中国诗与中国画》已明其义；况静安云“南宋词人之有意境者，惟一稼轩，然亦若不欲以意境胜”，是“境界”已不足以尽豪放之精神之佳处，况元曲之以豪放为其本色而无疑义者邪。元曲之佳处，静安以“意境”廓之，较之“境界”却是后退一步，返于古矣。故“意境”而外其不能尽括之者，乃即文学之最高境界，余拈出一“神味”为之名焉；“无我之境”为“境界”、“意境”之最高境界，而“无我之上之有我之境”为“神味”之最高境界，“意境”、“境界”之最高境界终以泯灭掩饰灿烂烂漫之我性而得成就，而归于平和，“神味”之最高境界则必见为灿烂烂漫之我性，而归于豪放，两者于最高境界之点，判然有分也。退而求其次，即未至于“无我之上之有我之境”之“神味”，亦缘细节包孕之世俗、现实意蕴，而大佳也，如《儒林外史》一书所写，如严贡生正自我吹嘘“为了率真，在乡里之间，从来不晓得占人寸丝半粟的便宜”，却适小厮来报：“早上关的那口猪，那人来讨了。在家里吵哩。”又如严监生正室王氏病，妾赵氏侍奉汤药极其殷勤，至祈菩萨求代王氏死，王氏临死而感言于赵氏：“何不向你老爷说明白，我若死了，就把你扶正做个填房”，“赵氏忙叫请爷进来，那奶奶的话说了”，一“忙”字煞是惹眼，神味尽出。又如马二先生云：“举业二字是从古至今人人必要做的……就是孔夫子在世，也要念文章、做举业，断不将那‘言寡尤，行寡悔’的话。何也？就日日讲究‘言寡尤，行寡悔’，那个给你官做？”如此之类，非是兴趣、神韵，亦非是境界，直是神味淋漓泼辣而异样出色耳！歌诗中若能叙事若此，则何愁无神味，何愁不能突破意境之旧藩篱邪？

一六

元曲之中，独关汉卿之剧曲最具“神味”也。王国维《宋元戏曲史》不屑明清之曲，乃自诗之眼观准，而多有见乎文章，故有“然元剧最佳之处，不在其思想结构，而在其文章”之语。明清之曲，其结构转胜是为事实，佳作思想亦过元人，蕴深故也，如《桃花扇》，惟人格境界、思想境界、精神境界或难越关汉卿耳！明清散曲，以渐重事趣，或有胜元之散曲也，而总之愈下而衰。独以文章而论，统元、明、清三代之剧以观之，能至本色一地而见炉火纯青之化境，当之无愧而独据千古者，惟一关汉卿耳！王骥德至以幸目之而欲排斥其出于元四大家之外，朱权则谓"观其词语，乃可上可下之才，盖所以取者，初为杂剧之祖，故卓以前列"，似极不情愿而若悯之，是二子也，直令人有笑掉大牙之虞！夫汉卿之《窦娥冤》、《救风尘》、《鲁斋郎》、《调风月》、《金线池》诸剧，无不深情贯注、气调烂斓、意出言外、神秀情性、味醇内美，极矣，不可以加矣，其文章胜《西厢记》远甚，何元朗斥后者"脂粉"之议，固甚宜也。且《西厢记》以情节艳绮胜，若汉卿以上之作，事涉情事处却不留恋艳绮缠绵，而以人物之性情胜，以豪放之意态胜，活色生香，千载而下如对其面，若莺莺之美，则画中好女而已矣。其人本色也，其辞又本色也，此两之偶，实未易遘，余之所以推汉卿为元、明、清剧及剧曲中本色之惟一一人者，无不以此也。《窦娥冤》一作，尤冠绝群伦，曲辞本色而兼浑然流荡之致，可谓极曲体体性豪放本色之极致，而臻成熟圆满之境界，实千古仅见之观也。如第一折［寄生草］云：

你道他匆匆喜，我替你倒细细愁。愁则愁兴阑珊咽不下交欢酒，愁则愁眼昏腾扭不上同心扣，愁则愁意朦胧睡不稳芙蓉褥。你待要笙歌引至画堂前，我道这姻缘敢落在他人后。

［赚煞］云：

我想这妇人每休信那男儿口。婆婆也，怕没的贞心儿自守，到今日招着个村老子，领着个半死囚。（张驴儿做嘴脸科，云）你看我爷儿两个这等身段，尽也选得女婿过，你不要错过了好时辰，我和你早些儿拜堂罢。（正旦不礼科，唱）则被你坑杀人燕侣莺俦。婆婆也，你岂不知羞！俺公公撞府冲州，阘阘的铜斗儿家缘百事有。想着俺公公置就，怎忍教张驴儿情受？（张驴儿做扯正旦拜科，正旦推跌科，唱）兀的不是俺没丈夫的妇女下场头！

又如［油葫芦］云：

莫不是八字该载着一世忧，谁似我无尽头。须知道人心不似水长流。我从三岁母亲身亡后，到七岁与父分离久，嫁的个同住人，他可又拔着短筹；撇的俺婆妇每都把空房守，端的个有谁问，有谁瞅？

［天下乐］云：

莫不是前世里烧香不到头，今也波生招祸尤，劝今人早将来世修。我将这婆侍养，我将这服孝守，我言词须应口。

第二折更有难得一见之绝妙文字：

［南吕·一枝花］他则待一生鸳帐眠，那里肯半夜空房睡；他本是张郎妇，又做了李郎妻。有一等妇女每相随，并不说家克计，则打听些闲是非；说一会不明白打凤的机关，使了些调虚嚣捞龙的见识。

［梁州第七］这一个似卓氏般当垆涤器，这一个似孟光般举案齐眉；说的来藏头盖脚多伶俐，道着难晓，做出才知。旧恩忘却，新爱偏宜；坟头上土脉犹湿，架儿上又换新衣。那里有奔丧处哭倒长城？那里有浣纱时甘投大水？那里有上山来便化顽石？可悲可耻，妇人家直恁的无仁义，多淫奔，少志气；亏杀前人在那里，更休说本性难移。

> ［斗虾蟆］空悲戚，没理会，人生死，是轮回。感着这般病疾，值着这般时势；可是风寒暑湿，或是饥饱劳役；各人证候自知，人命关天关地，别人怎生替得？寿数非干今世。相守三朝五夕，说甚一家一计。又无羊酒段匹，又无花红财礼；把手为活过日，撒手如同休弃。不是窦娥忤逆，生怕旁人议论。不如听咱劝你，认个自家悔（或作“晦”）气，割舍的一具棺材停置，几件布帛收拾，出了咱家门里，送入他家坟地。这不是你那从小儿年纪指脚的夫妻，我其实不关亲，无半点恓惶泪。休得要心如醉，意似痴，便这等嗟嗟怨怨，哭哭啼啼。

端的是当行本色文字，曲之文字至于此种之境界，如家常俗白之语而备见小媳妇婉曲之心事，不为之叹为观止，其何可也！此乃真诗也，文字至此，真吾国歌诗之最第一流者也！静安所云“述事则如其口出”，元人曲家之中亦惟关汉卿一人足以当之耳。窦娥此处义正词严以责其婆婆，尖新泼辣，意态别是两样，细细品之，不觉余香满口，大有神味也。此种文字，全非是意境经营之处；且汉卿之曲辞，节奏拿捏恰到好处，一句之中，一唱三叹，首尾顾盼而流动自如，句与句间复俯仰相应，气韵相摩，意致纠葛，以成鼓荡连绵、虚实相生之妙，兼以衬字之用也妙契，悠徐间以迫切，直若枕边小女人之胡搅蛮缠大撒其娇之意态，使人不由心醉之且乐之焉！此种意态，为汉卿曲中所独有，非仅马东篱、王实甫辈无之而已。盖诸人去世俗世界已远而未得其人物性情及情事之鲜活灵动逼真之意味，空中揣摩，虽或饶趣味细致，然终无原汁原味之浸染及鲜活惊丽、驳杂而淋漓尽致之色，如马东篱《汉宫秋》之作，即等此弊，与汉卿刻画当世之人与事，已隔一层，故平凡而造伟美壮丽之境界，不可期也。以文辞论亦然，如为众所赏第三折之［梅花酒］之曲：

呀！俺向着这迥野悲凉：草已添黄，兔早迎霜；犬褪得毛苍，人搠起缨枪；马负着行装，车运着糇粮，打猎起围场。他、他、他伤心辞汉主；我、我、我携手上河梁。他部从入穷荒，我銮舆返咸阳。返咸阳，过宫墙；过宫墙，绕回廊；绕回廊，近椒房；近椒房，月昏黄；月昏黄，夜生凉；夜生凉，泣寒螿；泣寒螿，绿纱窗；绿纱窗，不思量！

纯是依仗情思，周旋文辞，是独自思量情景，非复面对美人矣，比之汉卿曲中之文字，不可谓不远也。且元帝此处作态，纯是女儿手眼身段，恐未副其实，犹是寻常作态文字，未见本性性情精神，不过极端摇曳耳。却恐以文士之身心情思，化度汉元帝矣。“携手上河梁”一语妙极，美人手携不得，还不兴携咱自个手也！

汉卿《调风月》、《救风尘》诸作，泼辣更胜而烂漫益至。如《救风尘》第一折：

［那吒令］待妆个老实，学三从四德；争奈是匪妓，都三心二意。端的是那里是三梢末尾？俺虽居在柳陌中、花街内，可是那件儿便宜？

［鹊踏枝］俺不是卖查梨，他可也逞刀锥；一个个败坏人伦，乔做胡为。（云）但来两三遭，问那厮要钱，他便道：“这弟子敲馒儿哩！”（唱）但见俺有些儿不伶俐，便说是女娘家要哄骗东西。

［寄生草］他每有人爱为娼妓，有人爱作次妻。干家的干落得淘闲气，买虚的看取些羊羔处，嫁人的早中了拖刀计。他正是“南头做了北头开，东行不见西行例”。

［村里迓鼓］你也合三思而行，再思可矣。你如今年纪小哩，我与你慢慢的别寻个姻配。你可便宜，只守着铜斗儿

家缘家计。也是你歹姐姐把衷肠话劝妹妹，我怕你受不过男儿气息。

[元和令] 做丈夫的便做不的子弟，他终不解其意；那做子弟的，他影儿里虚脾。那做丈夫的，忒老实。(外旦云) 那周舍穿着一架子衣服，可也堪爱哩。(正旦唱) 那厮虽穿着几件蛇螂皮，人伦事晓得甚的！

虽娼妓之中而皎皎可爱，若赵盼儿者，信不虚也！余最爱泼辣之女子，往往使人无由而醉，其美使人眩晕，若使人不能抵抗也！娼妓以身持其生者也，为三教九流之最惨苦者，世恒不人之，我则曰其甚可佩甚可敬可爱之人也！惟处恶至于不能再加，而其性情之泼辣烂漫若是，而其美足以令人眩晕也。汉卿之曲辞，可谓本色之至，如美人之浴，令人目不暇接而悠然心醉也。又第二折有云：

[商调·集贤宾] 咱这几年来，待嫁人心事有。听的道谁揭债，谁买休。他每待强巴劫深宅大院，怎知道摧折了舞榭歌楼。一个个眼张狂，似漏了网的游鱼；一个个嘴卢都，似跌了弹的斑鸠。御园中可不道是栽路柳，好人家怎容这等娼优？他每初时间有些实意，临老也没回头。

[逍遥乐] 那一个不因循成就？那一个不顷刻前程？那一个不等闲间罢手？他每一做一个水上浮沤，和爷娘结下不厮见的冤仇，恰便似日月参辰和卯酉，正中那男儿机彀。他使那千般贞烈，万种恩情，到如今一笔都勾。

王静安所云之"自铸伟辞"，以我观之，元、明、清剧中惟汉卿一人足以当之也。其言全由心拟而不蹈故常，得俗之力而姿态烂漫，以成此美，不乐在意境檐下久呆也。似此种大俗大雅之文字，即《红楼梦》亦未到得，金庸说部虽有会心，而仍不若。若

《调风月》，则益泼辣而见神味，如第二折：

[耍孩儿] 我便做花街柳陌风尘妓，也无那则忺过三朝五日。你那浪心肠看得我忒容易，欺负我是半良半贱身躯。半良身情深如你那指腹为亲妇，半贱体意重似拖麻拽布妻。想想在今日，都了绝爽利，休尽我精细。

[五煞] 别人斩眉我早举动眼，道头知道尾。你这般沙糖甜话儿多曾吃。你又不是残花酝酿蜂儿蜜，细雨调和燕子泥。自笑我狂踪迹。我往常受那无男儿烦恼，今日知有丈夫滋味。

[四煞] 待争来怎地争？待悔来怎地悔？怎补得我这有气分全身体？打也阿儿包髻真价要戴？与别人成美况团衫怎能勾披？他若不在俺宅司内，便大家南北，各自东西。

[三煞] 明日索一般供与他衣袂穿，一般过与他茶饭吃，到晚送得他被底成双睡。他做成暖帐三更梦，我拨尽寒炉一夜灰。有句话存心记：则愿得辜恩负德，一个个荫子封妻！

[二煞] 出门来一脚高一脚低，自不觉鞋底儿着田地。痛连心除他外谁根前说？气夯破肚别人行怎又不敢提？独自向银蟾底，则道是孤鸿伴影，几时吃四马攒蹄？

[尾] 呆敲才、呆敲才休怨天；死贱人、死贱人自骂你！本待要皂腰裙，刚待要蓝包髻，则这的是折桂攀高落得的！

数曲连下排场，煞是佳妙，而燕燕之一形象，何其可爱也！直与《西厢记》中之红娘，恰是一对天真烂漫人也！关汉卿剧中之妙处尚多，此不烦举矣。后世好雅化实迂腐之君子，每欲排挤汉卿，可谓蚍蜉撼大树，狂悖可笑而不自量也！如此等文字，神味淋漓而烂漫，实已至于汉语文字之极致，可谓吾国之骄傲，浅人岂足以知之哉！王静安谓："元曲之佳处何在？一言以蔽之，曰：

自然而已矣。古今之大文学，无不以自然胜，而莫著于元曲。……其文章之妙，亦一言以蔽之，曰：有意境而已矣。何以谓之有意境？曰：写情则沁人心脾，写景则在人耳目，述事则如其口出是也。”犹以“自然”、“意境”为目，奚足以尽之哉！元曲豪放之本色，乃必如此，方称当行。“意境”、“境界”阵营之中，豪放本非主流之意蕴，而此等豪放泼辣、闳美淋漓之文字，若有道及，则孰能念及豪放邪？而非豪放不足以名其大美也！

一七

吾国诗学既以性情为特色而与西方有别，故诗词之作，尤易敷衍性灵，寄托意蕴，格局甚小而体制精严，小巧之什，不可期之以深沉博大之思想、恢宏壮丽之事理，而显见为深觉博大之感情、精奇雄丽之情怀、洒脱超逸放旷达观之情志、俯仰宇宙天人和谐之襟抱、雄浑坚实清茂质朴之气象、悠然意外摇曳风流之神韵、眷念民生积极进取之精神境界。玄奇深邃而又透彻玲珑，犹若空中楼阁，幻诸色相，不着实地，而又具金刚般若圆妙之性，直指心灵，无所逃避。既似不着痛痒而又深具朦胧隐约之美：此古典诗学之极致也。然作者既异，才力情趣迥别，间有避短扬长合乎“神味”之旨者，亦其罕矣，而此一种人又多为切合实际之士，志在经济，偶假翰墨而为伟美之作，未能声势波澜，一呼百应，川流入海，汇其汪洋，古之谈艺家又不能于人格境界、思想境界、精神境界上企及以归结之，而高悬理想之色彩，故未能立一范畴而成一诗学体系。吾国诗学特色如此，以譬喻之，如水中盐味，体匿性存，融合无滓，散在斑斓。吾国文学至唐宋诗词其体已大备，而富生命力之作无不首以体制活泼为要，故词演进为曲，然过则不易为闳大之结构，遂变为局部活泼而整体组织精严之杂剧，为最完美之法。王国维《宋元戏曲史》谓“然元剧最佳之处，不在其界想结构，而在其文章”，此语亦甚过矣。元剧最佳之处在其思想精神之锋芒，而以人物形象出之。泼辣烂漫、豪放本色之人物形象，最第一者也。天然本色之文章，其次也。其结构未用细意而粗疏，此乃文章之结构，至于所以成杂剧此一文体结构之完美，中乎诗而词、词而曲演进之迹，则静安所未悟也。元曲之齐唐诗宋词者乃其杂剧，故一代之文学之目并不限之诗、词、曲，而上及汉赋晋文，下及明清小说。如小令套数实多流为散漫，乏积极乐观精神之色，佳制屈指可数。睢景臣之［般涉调·哨遍］《高祖还乡》、杜仁杰［般涉调·耍孩儿］《庄家不识勾栏》，亦一小型杂剧之雏形，而大见叙事之精神，而能以细节为胜者也；马东篱之《秋思》，则其抒情化者。故无此完美之文体结构，则诗学不得改观，而此千古转折之机，明人把握不住，变“化工”为“画工”，思想精神之光焰渐致敛熄，虽汤义仍《牡丹亭》之奇幻谲丽，已用心幽曲，隔一层矣。元剧佳处之馀绪，有明演为民歌，如《山歌》、《挂枝儿》之类，尚能得文人整理，大放异彩，然亦至此而已，前后七子及钟、谭辈，率未资用以诗学，李空同之叹“真诗在民间”，可谓悔之也甚晚矣！窃谓上之所拈一脉，即“神味”说一旨之体现，在古为偏锋，在今则宜正之也。管夫人“你侬我侬”之小词，可谓古之作者短小之制“神味”一义之最佳代表。其情如此深美别致，而辣媚热烈，全篇则又意态痴蛮、纯洁无垢，由之可以见自然、人生、文艺之三种境界，揭“我中有你，你中有我”之最高境界，以全面以见“神味”之旨，古之作者无过之者也！李开先《一笑散》中所录无名氏之“夺泥燕口，削铁针头，刮金佛面细搜求，无中觅有。鹌鹑膆里寻豌豆，鹭鸶腿上劈精肉，蚊子腹内刳脂油，亏老先生下手”，亦神味突出者也。今人赵朴初讽江青之套曲《故宫惊梦》，极为当行而有神味，今之散曲作者惟知于意境上经营而不知以细节而见神味之境界，故录之以为观也：

［字字双］宫门骑马带伙计，四匹。红旗车队后跟随，神气。向来佩服武阿姨，皇帝。无奈乾陵还封在山沟里，可惜。且图就近访慈禧，有理。早安排包管称心的见面礼，表意。送您一副假牙好啃童子鸡，补气。送您一副假发好和姑娘比，美丽。送您一套特制布拉吉，换季。送您一架莱卡照像机，拍戏。有人劝我把文艺大旗也送你，放屁。老娘少了它怎能混下去，哎咦！这分明是反革命的坏主意，可气。赶快给我拉出去，枪毙！

［不是路］拜访慈禧，不比寻常拜老师。真着急，一心一意想登基。问吾师，看我聪明可像唐鹦鹉？命运何如汉野鸡？请教你，怎能抓到黄金玺？有何秘密？有何秘密？

［前腔］心有灵犀，老谱新翻一局棋。排异己，人头好作上天梯。不稀奇，明明肃顺诛非罪，浑浑慈安死不疑。须牢记，是非黑白管他妈的屁。全凭诡计，全凭诡计。

［前腔］莫泄天机，结个死死帮儿事可为。须准备，教师爷还要有军师。看当时，那奕䜣能巴结上洋人共定垂帘计，那袁世凯能出卖掉戊戌维新六健儿。抓权势，弟兄们长享富和贵。安排交椅，安排交椅。

［前腔］无尽珍奇，珠宝装成圣母仪。很便宜，一餐代价万人饥。这才知，为啥江山宁赠蕃邦礼，不许农奴动指儿。不是戏，赛二爷在这儿得过几天意。哎哟哟，可真福气，可真福气。

［朝天子］慈禧，慈禧，您实际是女皇帝。莫怪咱们一

见便投机，是惺惺惯把惺惺惜。您请洋人画像驻红颜，我请洋人著书卖机密，先后遥遥去泰西。管他娘，笑兮，骂兮，咱们俩，反正万古千秋矣！

[刮地风] 忽然刮地风儿起，刮到宫闱。文书宝器一齐飞，堆上丹墀。殃民利己，骄横无忌，卖国投降，罪如山积。桩桩皆铁证，个个尽情批，好个“老佛爷”，算是揭了底。

[尾声] 方才一阵空欢喜，梦魂儿被风吹得无踪迹。待上朝，来不及着朝衣。一唱雄鸡红日起。光明直向身儿逼，没奈何，且让我披上几张画皮，却又被一阵狂飙撕去矣！

此作勿论观点，虽未至于“无我之上之有我”，而仅“神味”即足以千古矣，不减元曲高处也。细节经营，逼出神味而辣烈，岂若马东篱［双调·夜行船］《秋思》之经营为意境者邪！惟能大俗，乃能大雅，惟精神切合世俗民生之现实世界，乃能不隔，古今作者之知是者，可谓少之又少也！元曲之最不隔而有神味者，则关汉卿是矣。其人格境界、思想境界、精神境界不必说矣，即文字亦质朴本色，为元曲之最第一流之境界也！如《窦娥冤》、《救风尘》、《金线池》诸作，文字何其泼辣而淋漓尽致，而文字之泼辣而淋漓尽致者，又无不源于人物性格、精神之泼辣而淋漓尽致也！如《金线池》之［混江龙］一曲：“无钱的可要亲近，则除是驴生戟角瓮生根。佛留下四百八门衣饭，俺占着七十二位凶神。才定脚谢馆接迎新子弟，转回头霸陵谁识旧将军。投奔我的都是那矜爷害娘、冻妻饿子、折屋卖田、提瓦罐爻槌运。那些个慈悲为本，多则是板障为门。”声口毕肖，生动泼辣，不必睹其人而知其绝美刺辣矣！若是者，可谓真诗者也！若是者，可谓绝美之诗者也！若是者，可谓尽善尽美之诗者矣！元曲中之《西厢记》已极尽雕绘之能事，览之而使人心生倦怠，况未及者邪。红尘世俗，大美存焉，作者但有理想而用其志，以情与气凑之，则自能得之，初非难而又难之事，而不可企及者也。

一八

“万一禅关砉然破，美人如玉剑如虹”（龚自珍《夜坐》），此“有我之境”也，其中之“我”，犹是“小我”；“曾经沧海难为水，除却巫山不是云”（元稹《离思》），此“无我之境”也，其中之“我”，犹是“旧我”；“零落成泥碾作尘，只有香如故”（陆游《卜算子·咏梅》），此“无我之上之有我之境”也，其中之“我”，已是“大我”，然姿态尚未足也。此三种之境界，皆人生境界之绝绚丽而美者，苟得其一，亦足以惊天地而动鬼神，若能用其心在世俗民生，出人生境界之上而至于艺术境界，至于文学境界，而着理想之色彩，则“无我之上之有我之境”之圆满具足者矣！

“大我”之境界，亦有两种：一曰“以有限为无限”，由一己之身之小我而精神及于宇宙之大，能不以一己之利害为念，与天地万物同其体而同其志，喜怒哀乐渐归于常，以万物之性情为性情，以万物之精神为精神，此仁人高人之境界，吾国之士往往而有之者也。征之诗、词、曲，则其成曰“意境”。一曰“将有限最佳化”，苍茫无限之天地宇宙，虽一心之不可及，而未尝以一己为念想，但以有限之生涯，为最佳之事业，用其搏虎之力而以缚兔，期于世俗世界有所作为，以利于家国民生，因以成就“无我之上之有我”之姿态，而令其精神境界无限广大于其一己之身，而苍茫无限之天地宇宙若不能容之，身殁而志气不灭，以万物之性情为滋养，以生民为精神之眷恋，以人为世间最第一之义，此豪杰义士之境界，吾国之士往往不能有之者也。征之诗、词、曲，则其成曰“神味”。权衡两者，而后知前者“大我”之境界其心犹然在一己之“我”，犹不过“小我”之境界，不假而虚之境界，真如梦幻泡影镜花水月，如月之光华，不过为日光之折射耳！

意境理论萌芽于魏晋言、意之辨，造极于唐之壮丽多姿，其外已极千变万化之观，宋人缘禅学而补之以平淡沉静，以内倾也，属士大夫之趣味而总为雅之格调者，故元代之后即衰，明之王阳明心学承宋儒陆九渊之精神，而立其要以进之，“心外无理，心外无物，心外无事”、“圣人与天地民物同体”云云，乃使意与象之交融至于无限，盖实即意境理论在哲学上之最终总结；若诗学上之最终总结，则迟至晚清王国维之《人间词话》乃克成就，皆为迟矣！当王学肆行之际，明人乃逸其范围至于世俗世界，由无限广大其心为无限放荡其心，遂成晚明之季俗媚精艳之文艺也。虽极世俗色相光影之奇观，而有神味，然犹是外而非内，无能于自我之提升，若能具由内而外以体悟由外而内之要义，与世俗民生不隔，则非“无我之上之有我之境”不可办矣。

一九

《易·系辞》云：“天行健，君子以自强不息”，故宇宙自然之本色，以刚健、积极为之主焉，以动为之主焉，物之动者非动也，人之动者乃为动也，而人之动者，行动作为之非动之第一义，而性情精神之特出是矣！“无我之上之有我之境”之所以能突破“无我之境”而出其上，无不在动之力也。性情精神之能动矣，而后乃能作为于世俗民生而为不隔之境界也，其见之于文学，因系之以事而非情景，故细节者，“无我之上之有我之境”之所寄托也。郭沫若《凤凰涅槃》之高处，即在于以细节胜。其中集香木自焚而复从火中更生之凤凰，实即余所倡“神味”说“无我之上之有我”之最佳表现。论其境界则闳美新异、绚丽悱烈，风格则激昂悲壮、吞吐磅礴，色彩则浓郁瑰美、芳馨流溢。更加以响落天外之想象，宏伟庄严之结构，灿烂芬芳之语言，雄奇奔放之情感，回环往复、跌宕冲激之旋律，惟其能臻于“无我之上之有我之境”也，乃得创造新诗史上最为特异之艺术境界、思想境界、精神境界，至今后人不能过也。郭氏为诗倡“内在律”，以情与气之激荡澎湃为主，故能至于豪放之境界，通篇神味淋漓而特出也。“无我之上之有我之境”，历经最大束缚而后得之自由之境也，以冲淡静逸为心者，寂寞乎无与是也，不亦宜欤？郭沫若受西人浪漫主义、表现主义、象征主义及生命哲学影响甚巨，其成就乃时代际会使然，若论其精神境界，则仍多在个性自我之解放张大，虽其个性自我之解放张大已至吾国古今诗人之顶点，却仍有隔于世俗民生，与辛稼轩异。世俗民生之锻炼，非仅“火”之一义之抽象也。细论之，此亦即两种“大我”之别。当古今社会文化决裂之大时代，而可自由破坏古之礼法制度及文化以至其极，稼轩当大羡此千古罕见之时代际会也。

二〇

夫“无我之上之有我之境”，若于人生、形象得领略体会，则阿城《棋王》所写之王一生是其一例矣！王一生赛前尚囿于“无我之境”而安之，而澹焉若素以处之，其心虽似竞而实闲逸也。赛后乃由“无我之境”得悟“无我之上之有我之境”，即“生还要有点东西，才叫活着”之谓也！盖人生之境界，其本原为“有我有物”，而世人之大常态，则为“有物无我”，此一“无我”尚非褒义，以“无我”之为“有物”，“我”常囿于物质之境界也。更进一步者为“无物无我”，则“物”、“我”两忘者也，能于“无物”，故能于“无我”，“我”之不受外在之“物”之束缚也。若求其至，则“无物有我”之境也，即“无我之上之有我之境”。“无物无我”尚是“小我”，而“无物有我”之“有我”乃欲积极而用之于世俗，故终得成就一“大我”也。譬之以释氏，前者最高之品味为阿罗汉，后者最高之品味为佛。前者仅是小乘之境界，但求为自了汉而度己，而后者则是大乘之境界兼以度人，普度众生，此“大我”之姿态、“大我”之所任也。王一生“有点东西”之谓，即如凤凰涅槃而复生，其灿烂之神味，非复“无我之境”所能窥者矣！然释氏之所谓“大我”之境界犹于世俗有所未足，故虽至“大我”，犹月映万川，而犹未至“无我之上之有我之境”之豪放烂漫姿态，如万绿丛中之少点红，此又不可不知者也。

二一

“象征”一事，总而言之未出吾国传统文论“兴”之一字，而境界之广大则胜之也。譬则现代女性之妆扮，虽则遮羞之意必具，而其真意则必使有以衬托其原始之魅力，使形体曲线之玲珑曼妙及天生之丽质风情暴露无遗，所谓欲遮而弥彰者也，其义反为不必遮之胜出，只可意会，不假言传，此意境韵外之致之胜义也。若象征者，则益具不可思议之魅力，而稍染神秘主义之色彩，复义错综而韵味和合，若诸色之斑驳陆离而七彩缤纷，意蕴独具乎纷繁之象之外，其义实较意境为胜，而吾国诗人未能大用之者也。意境启之于《诗》三百，而象征则奠基于屈子之《离骚》，后世李太白、李义山、李长吉、温飞卿、龚定庵诸人尚延其馀绪，后则附庸于意境矣！近代郭沫若之《凤凰涅槃》，乃重见其异彩。西人则有象征主义诗派，然朦胧太甚，乏灵妙之会心。艾略特之《荒原》，亦用是义成其伟美，而魔幻现实主义诸子，于是亦不无有得也。鲁迅之《狂人日记》、《野草》诸篇什，稍得其色，而卡夫卡之《城堡》，亦以此氛围为笼罩。今之歌诗，如所谓朦胧诗者，不得象征之微妙，为其尤小者，仅为缩微之景观耳！况其意蕴无托于吾国传统文化之精神，而芬芳灵动之不传焉！窃谓歌诗之胜，当突破意境而进之以“神味”，小而得之以“细节”之境界，大而得之以“象征”之境界，则伟美闳异、奇谲壮观之篇什自出，而“无我之上之有我之境”为尽善尽美者矣！

二二

美以超功利为极致，善以功利为极致，斯二者极相反也，欲一之而使相成，则惟“真”之一字耳。故“真”者，“无我之上之有我之境”之本也。真之大者，为人之真性情；真性情之大者，为利乎现实民生，为利国利民，即精神境界一义。至情至性乃堪为诗词之大境界、高境界耳，而至情至性者，皆为有血性之人，而不守世俗之拘束，当于世俗民生而为“无我之境”之姿态邪？其“无我之境”者可谓之真邪？故“无我之境”者，譬犹观画中好女，可以自慰，然终非是真境界也。譬犹画饼充饥、望梅止渴，譬犹人之中看不中用一语耳！故意境理论至王静安之“境界”说号为集大成，而以“无我之境”为高尚，此诚吾国诗学史上莫大之悲剧也。

二三

精神之境界愈高，则物质之境界益低，其欲益趋于少，趋于简单，趋于淳朴，趋于真我也。为文学者，不可不知此理也。然当其生之时，必无能与于精神、人格圆满完美之境，以生为拘役也。故至人以死为大归，为极境之所必由，而其生也无欢，其死也弗戚。惟其能无内也，故能有外，外之以不隔于世俗民生也；惟其有内也，乃能无外，内之以养情与气之盛大淋漓也。故物质境界常低而精神境界不高，或之有也，然精神境界高而物质境界亦高，未之有也。“无我之上之有我之境”，即能于物质境界之低者也。人之为人也，由此义入，则自然本色，自然高明，自然而能至于“无我之上之有我之境”也。

无我之上之有我之境，此一“无我”，兼内容形式而为言者也。自形式以言之，则物与我之关系，莫若和谐、自然为最佳，此即王国维“无我之境”之“无我”一语之内涵，所谓“以物观物”，正为此事也。其实质，即“使吾人超然于利害之外，而忘物与我之关系”（《〈红楼梦〉评论》），故其存在之条件，乃静态之世界也，乃一幻想之世界，动态之现实世界中，物与我之关系，往往无能和谐、自然，故常不能超然于利害之外，不能离此生活之欲之争斗。而宇宙之精神、人生之价值，乃在于以积极刚健之奋斗精神完善自我、改造世界，俾物与我之关系，有所更益而进之，而非期于艺术境界幻想以实现之也。而文学之所表现人生，无时或能游离于利害之外，则静安之所尚，趣在使人脱离现实之旨甚明也，其于形式上为完美矣，内容上则未完善，故更进之以更高形态之“有我”，为否定之否定，令内容形式皆趋于尽善尽美，所以为文学之最高境界也。“无我之上之有我之境”中之“无我”，得此改造，则又非形式上之“使吾人超然于利害之外，而忘物与我之关系”，而不患深入世俗之利害关系，与现实民生血肉相连，但患不能舍小我而趋大我耳！故精神境界至于“无我之上之有我”之“大我”之境界，乃若凤凰涅槃之浴火重生，允称一“新我”也。

二四

体制愈活，则“神味”益易出。诗未若词，词未若曲，曲未若民歌，此其大概，至若各体作者之尤特出者（如性情诸因，钱钟书《谈艺录》“文如其人”解之甚析），则又当别论。余所倡之“神味”说，不独适用于诗、词、曲及民歌，似亦更为宜也。曲如王磐之［朝天子］《咏喇叭》：“喇叭，唢呐，曲儿小腔儿大；官船来往乱如麻，全仗您抬声价。军听了军愁，民听了民怕。那里去辨甚么真共假？眼见的吹翻了这家，吹伤了那家，只吹的水尽鹅飞罢！”似此种作，不谓之有神味，又奚可也。此岂“境界”、“性灵”、“格调”、“神韵”、“肌理”诸说可囿也哉？若果然也，余其慨世无人也而已矣！又如睢景臣之［般涉调·哨遍］《高祖还乡》，明民歌之《山歌·偷》（结识私情弗要慌）、《吴歌·甘认》（乞娘打子好心焦）、《吴歌·打耍》（乞娘打子满身青）、《挂枝儿·错认》（月儿高）诸篇，《锁南枝》（傻俊角）则前已及之矣。元曲本不以意境为最佳处，以意境为最佳处者非元曲之最佳者也，此即如元曲之本色为豪放而非婉约，以婉约为最佳处者非元曲之本色者也。元曲之最本色当行者为剧曲而非散曲，以剧曲不独可叙事故能大量表现细节，且其用衬字之多而佳更胜散曲，故体制之活泼与风格之泼辣而淋漓尽致，更出胜地。故元曲者，不以意境为最佳处，而以“神味”为最佳处，以“神味”为其本色之境界也。又如民歌之清新自然、活泼热辣，如农家女之因情使性，如小女子之声口作态，“但知礼岂为我设”，虽仅是豪放之初境，然能思到即为，心手之间无丝毫隔膜，或自神味烂漫也。如《四川山歌》有云：“十八女儿九岁郎，晚上抱郎上牙床，不是公婆双双在，你做儿来我做娘!”“高高山上一树槐，手攀槐枝望郎来；娘问女儿‘望什么’，‘我望槐花几时开’。”溯风骚而来，惟多男女间事，最为可喜。《诗经》尚有“关关雎鸠”、“有女同车”之篇，为男慕女，后世则多女思男矣，诚由文人加工，不乏多情自作，恐皆是“教郎恣意怜”心眼耳！如此而言，则以男女隐喻君臣，显为畸形之心态矣。民歌之尤特出者，为信天游一体，以细节而为兴意，短小排比而擅双关隐喻，情极热辣浓郁，多神味之结晶也。明之民歌姿态最为活泼，惜如《山歌》之作，多涉性事为喻，品流便下矣。

二五

杜少陵诗，最有神味，最见深情，至今观之，无人能比，惟李杜并称，且皆以豪放为其歌诗之最高境界，少陵豪放之姿态稍未足耳；然稍未足处，乃俯首以触于世俗民生者，气与情之交激而宕也盘旋，用见闳大壮丽之色彩也。其作之如《望岳》、《兵车行》、《丽人行》、《自京赴奉先县咏怀五百字》、《哀江头》、“三别”、“三吏”、《北征》、《羌村三首》、《佳人》、《茅屋为秋风所破歌》、《秋兴八首》、《剑器行》、《赠花卿》、《江南逢李龟年》、《登高》、《又呈吴郎》、《登岳阳楼》者，皆为千古壮观，总之以世俗民生为心，直入于“无我之上之有我之境”，而大见神味者也。如《秋兴八首》云：

玉露凋伤枫树林，巫山巫峡气萧森。江间波浪兼天涌，塞上风云接地阴。丛菊两开他日泪，孤舟一系故园心。寒衣处处催刀尺，白帝城高急暮砧。

夔府孤城落日斜，每依北斗望京华。听猿实下三声泪，奉使虚随八月槎。画省香炉违伏枕，山楼粉堞隐悲笳。请看石上藤萝月，已映洲前芦荻花。

千家山郭静朝晖，日日江楼坐翠微。信宿渔人还泛泛，清秋燕子故飞飞。匡衡抗疏功名薄，刘向传经心事违。同学少年多不贱，五陵衣马自轻肥。

闻道长安似弈棋，百年世事不胜悲。王侯第宅皆新主，文武衣冠异昔时。直北关山金鼓震，征西车马羽书驰。鱼龙寂寞秋江冷，故国平居有所思。

蓬莱宫阙对南山，承露金茎霄汉间。西望瑶池降王母，东来紫气满函关。云移雉尾开宫扇，日绕龙鳞识圣颜。一卧沧江惊岁晚，几回青琐点朝班。

瞿塘峡口曲江头，万里风烟接素秋。花萼夹城通御气，芙蓉小苑入边愁。珠帘绣柱围黄鹄，锦缆牙樯起白鸥。回首可怜歌舞地，秦中自古帝王州。

昆明池水汉时功，武帝旌旗在眼中。织女机丝虚夜月，石鲸鳞甲动秋风。波漂菰米沉云黑，露冷莲房坠粉红。关塞极天惟鸟道，江湖满地一渔翁。

昆吾御宿自逶迤，紫阁峰阴入渼陂。香稻啄余鹦鹉粒，碧梧栖老凤凰枝。佳人拾翠春相问，仙侣同舟晚更移。彩笔昔曾干气象，白头吟望苦低垂。

此作较之《登高》，更为出色，百读不厌，愈读愈佳，吟之神味淋漓，“无我之上之有我”姿态，千载而下犹然令人感慨无限也！后世诗人，往往能得杜律之体格气调，而“无我之上之有我之境”之神味则不复能得矣！胡应麟《诗薮·内编》谓《登高》之作：“沉深莫测，而精光万丈，力量千钧。通章章法、句法、字法，前无昔人，后无来学。……此诗自当为古今七言律第一，不必为唐人七言律第一也。”《登高》一作固佳，深浑雄实，浩瀚莫测，感慨之深，自令千古诗人望尘，然较之《秋兴八首》，后者意蕴更广大无限，更能代表杜诗本色，“一气喷洒而出，风涌泉流，万象吞吐”（翁方纲《石洲诗话》），以其成就观之，乃真足以当得古今七律第一；以其面目观之，真古今独一无二之篇什也。

又如《江南逢李龟年》之“正是江南好风景，落花时节又逢君”、《赠花卿》之“此曲只应天上有，人间能得几回闻”，皆背景阔大，感慨深沉而神味别具。读其《北征》：

菊垂今秋花，石戴古车辙。青云动高兴，幽事亦可悦。山果多琐细，罗生杂橡栗。或红如丹砂，或黑如点漆。雨露之所濡，甘苦齐结实。缅思桃源内，益叹身世拙。坡陀望鄜畤，岩谷互出没。我行已水滨，我仆犹木末。鸱鸟鸣黄桑，野鼠拱乱穴。夜深经战场，寒月照白骨。潼关百万师，往者散何卒？遂令半秦民，残害为异物。况我堕胡尘，及归尽华发。经年至茅屋，妻子衣百结。恸哭松声回，悲泉共幽咽。平生所娇儿，颜色白胜雪。见爷背面啼，垢腻脚不袜。床前两小女，补绽才过膝。海图坼波涛，旧绣移曲折。天吴及紫凤，颠倒在裋褐。老夫情怀恶，呕泄卧数日。那无囊中帛，救汝寒凛栗。粉黛亦解包，衾裯稍罗列。瘦妻面复光，痴女头自栉。学母无不为，晓妆随手抹。移时施朱铅，狼藉画眉阔。生还对童稚，似欲忘饥渴。问事竞挽须，谁能即嗔喝？翻思在贼愁，甘受杂乱聒。新归且慰意，生理焉得说！

多少细节，多少背景，多少神味！故诗要有背景，无背景则细节亦不得为浓缩之精华也。意境者言外之意、意外之境也，即诗人所未言而实正所最欲言者，而背景则以事为氛围，由小以见大也。如杜牧之《赤壁》诗：“折戟沉沙铁未销，自将磨洗认前朝。东风不与周郎便，铜雀春深锁二乔。”背景何其深厚阔大！又，牧之此诗，昔人或不知以小见大之理，而谓赤壁之迹可咏者正多，乃反着笔于二乔之事，意中甚为不许，正不知细节者也；今人又有一误解，以为诗讽周瑜，且引阮籍“时无英雄，使竖子成名”之语为之意，不知阮籍乃缅慕古之人物而叹惋当代也！以背景作诗，正是神味易出处，又如老杜《丽人行》之作：

三月三日天气新，长安水边多丽人。态浓意远淑且真，肌理细腻骨肉匀。绣罗衣裳照暮春，蹙金孔雀银麒麟。头上何所有？翠微㔩叶垂鬓唇。背后何所见？珠压腰衱稳称身。就中云幕椒房亲，赐名大国虢与秦。紫驼之峰出翠釜，水精之盘行素鳞。犀箸厌饫久未下，鸾刀缕切空纷纶。黄门飞鞚不动尘，御厨络绎送八珍。箫鼓哀吟感鬼神，宾从杂遝实要津。后来鞍马何逡巡？当轩下马入锦茵。杨花雪落覆白苹，青鸟飞去衔红巾。炙手可热势绝伦，慎莫近前丞相嗔！

既不动声色，又神味特出，痛快淋漓，何其出色也！叙事细节之密，几令人窒息！若无“无我之上之有我”精神，又安能至若是之境界也。同样出色者，则《自京赴奉先县咏怀五百字》一诗：

岁暮百草零，疾风高冈裂。天衢阴峥嵘，客子中夜发。霜严衣带断，指直不得结。凌晨过骊山，御榻在嵽嵲。蚩尤塞寒空，蹴踏崖谷滑。瑶池气郁律，羽林相摩戛。君臣留欢娱，乐动殷胶葛。赐浴皆长缨，与宴非短褐。彤庭所分帛，本自寒女出。鞭挞其夫家，聚敛贡城阙。……况闻内金盘，尽在卫霍室。中堂有神仙，烟雾蒙玉质。暖客貂鼠裘，悲管逐清瑟。劝客驼蹄羹，霜橙压香橘。朱门酒肉臭，路有冻死骨。荣枯咫尺异，惆怅难再述！

感叹悲慨，全以高密度之细节出之，不必大加声色，而神味已厚也。又如“三别”、“三吏”，以《石壕吏》为最佳，陈琳《饮马长城窟行》绝调之后，乃有少陵继能为此，声口姿态句句为佳，读罢神味历历在于心目也。

昔孔子读《易》韦编三绝，余读杜诗则不觉沉浸其中，而涵泳之，感慨之，气为之聚而情为之动；读太白诗则废卷而叹，虑其美易尽也。李太白诗，高处在七古歌行杂言之作，所谓天才不可学者，若其他篇什，尚不足以俯视古今诗人也。李诗者，诗家之神宗，初学诗者往往好之；杜诗者，诗家之味府，深经于世俗人生者乃能好之也。杜或神味俱胜，李则神出于味。弦外之音、水中之月、镜中之象谓之神，蛹之为蝶、米之为酒、花之为蜜谓之味。太白《将进酒》、《梦游天姥吟留别》之篇，其结无非一片神气；少陵《剑器行》、《丹青引》，则宛转委曲不尽矣。李杜优劣为古今诗家公案，以“神味”一义观之，杜之胜李自可无疑也。杜诗之佳，首在于豪放，而能至于“无我之上之有我之境”而有神味，此李太白或能到之，然杜诗之深厚博大，使“无我之上之有我”更具深广之世俗及现实民生之意味，则非太白所能及矣。元稹《唐故检校工部员外郎杜君墓系铭》云：“余读诗至杜子美，而知大小之有所总萃焉……上薄风骚，下该沈宋，言夺苏李，气吞曹刘，掩颜谢之孤高，杂徐庾之流丽，尽得古今之体势，而兼人人之所独专矣。……是时山东人李白，亦以奇文取称，时人谓之李杜。余观其壮浪纵恣，摆去拘束，模写物象，及乐府歌诗，诚亦差肩于子美矣。至若铺陈终始，排比声韵，大或千言，次犹数百，词气豪迈而风调清深，属对律切而脱弃凡近，则李尚不能历其樊翰，况堂奥乎？”由其论观之，其所论李太白者，不足以尽见其极致处；其所论“至若”以为少陵之大本事者，而其大本事初不在此，贺贻孙《诗筏》尝有论也。后世往往非元氏此论，盖即“至若”所言本非诗之大本事，而无必关乎诗意之境界。然论据之误乃元氏所为，推翻其论据却未必能推翻其论点，若缘元氏之误而论杜低于李，或两子可并列，则遂亦将错就错矣。故古今之诗，或风格多样，不一其美，然即美如李义山者，亦未到深厚博大境界；又如聂绀弩亦然，他人可知矣。若郭沫若，则当之矣。吾国歌诗之极境在“大”，“大”之一义，必由世俗民生浸染而无丝毫之隔膜之“无我之上之有我”而成就，不能以“大”为观者，皆非歌诗之最第一流之境界也。所谓“神味”，无不在此也。

二六

胡适《如梦令》云：

> 几次曾看小像，几度传书来往。见见又何妨？休做女孩儿相。凝想，凝想，想是这般模样！
>
> 天上风吹云破，照见我们两个。问你去年时，为甚闭门深躲？谁躲，谁躲？那是去年的我！

胡搅蛮缠无赖可人而又蕴哲学思辨之意味，真恋人恋中佳情事好声口也！如此之作，神味特佳，若女子之旧形容遮不住一副玲珑曼妙之体态，何况眼波又无限之流转也！或以为袭宋向镐者，其作云：“谁伴明窗独坐？我和影儿两个。灯烬欲眠时，影也把人抛躲。无那，无那，好个凄惶的我！”韵则相同，境则迥异，孤独憔悴之与缠绵沉醉，固非一也。向氏之为人所称者，为其他之作：

野店几杯空酒，醉里两眉长皱。已是不成眠，那更酒醒时候。知否，知否？直是为他消瘦！

袭之与否本细事，吾国以意象而成意境之诗、词、曲史，乃即意象、意境不断重复更进之历史，前人佳处往往为后人所继，所谓文人心术，巧上出奇，新更极妙也。其巅峰为唐宋，不能更进，故诗词遂衰，元曲（剧曲）不过倚叙事而别开天地，以成就一代伟美之文学，则又当别论也。故论适之此作，当审其境界如何。向氏作犹未能至于“神味”之境界，适之作则神味淋漓而烂漫，所谓青出于蓝而胜于蓝者，其是之谓欤！

适之倡白话词，且为《白话文学史》，著功极伟，追寻甚远，惜只就汉代以后用力，而《诗》三百中之白话诗，何尝寡也，惜为雅士所修，若一副玲珑曼妙之体态，却为形容所蔽，只眼波时时有所流露，而又往往为粗人所误也。虽然，质未变也，故汉之乐府诗自以形式错落有致者为佳，而齐整者亦不失白话风味，素朴而有内质，因有神味之淋漓，若《上山采蘼芜》一作，尽是对白，与元曲之烂漫泼辣，皆犹然天籁也！若《妇病行》，则尤堪称惊艳之作。其后《孔雀东南飞》虽为文士所缠绵悲壮，而绮丽幽艳之色彩，遂成一奇观，可谓光芒四射。南北朝民歌，北则质朴刚健，而有活力，南则清丽可人，渲染情爱，而本色声口，已启后世之风。词之兴起，本即白话，转为花间后，香腻太甚，而为婉约之雅秀深情，若少妇之姿态，有些些之不解意味矣。李易安天姿卓绝，秀不可掩，俗语白话，时而有之，故辛稼轩尝有《丑奴儿近·博山道中效李易安体》之作：

千峰云起，骤雨一霎儿价。更远树斜阳，风景怎生图画？青旗卖酒，山那畔别有人家。只消山水光中，无事过这一夏。　　午醉醒时，松窗竹户，万千潇洒。野鸟飞来，又是一般闲暇。却怪白鸥，觑着人欲下未下。旧盟都在，新来莫是，别有说话。

可谓青出于蓝，又非小试即敛其手者，众作淋漓，多有异样之神味。至明之民歌，则璨焉发挥而极其致，足以称“一代之文学”，惜只于情爱用心，于“无我之上之有我之境”之“大我”境界，毕竟有所阙如也。观历代之作，惟元曲（尤其剧曲）足以淹有众美而独至于神味烂漫、豪放本色之境界，则适之所谓白话词，又小巫见大巫，神气毕尽矣。

二七

胡适《中国白话文学史》第六章论故事诗之起源，而自信吾国古代仅有风谣与祀神歌，而无长篇之故事诗，此固然也。如屈子之《离骚》，虽长篇而叙事，然其中仅有叙事之因素，却不得称之为叙事诗。盖故事略具首尾完备之事，或加以精心结撰，犹今之区分故事、情节之不同也。而严整规范之故事，必不以平铺直叙直道其事之本末首尾而后已，而必重技术以益其生动，由是而生文学之色彩，故与情节略无异也。惟此之故，而故事之入于文学，乃有别于正史中之故事矣。《离骚》叙事，本为抒情之附庸，其事多不具细节之饱满，故不以为故事诗也。故事之含细节，是叙事诗之真义也，若其在诗，但有细节之渲染而无意于首尾本末之严整，即“将局部最佳化”（拙撰《新二十四诗品》列“最佳”一品，即其义旨）也，叙事诗融诗与小说之两种因素，细节乃其必然之结晶，其虽小于故事，然其丰富之意蕴、饱满之程度与二者之强度、密度，乃可及于性情及人格境界、思想境界、精神境界，却胜于故事，为可贵耳！适之舍抒情诗而求故事诗之渊源，殆有感于抒情诗之困乏滥烂，不足以为吾国最具活力之文学欤！其心则尚矣，其论则未也。如证故事诗而引《诗》三百中之《生民》、《玄鸟》诸作，以为题近之而终不成其为故事诗，以证吾国远古之先民之朴素而不富于想象力。其于故事诗之何以未如西人史诗发达之原因，殆未深究而有得耳！《生民》、《玄鸟》虽有叙事且有细节之如“诞置之平林，会伐平林”者，然非是可及于性情之细节之境界者，故非真正之细节也。余之所谓之细节之境界，大则关系于吾国传统文化精神之意蕴，小则以见篇中抑或作者之性情人格，而必又就其事淋漓尽致以发挥之，其间有一段真意真情在。若《生民》、《玄鸟》之事，但记事而以神话色彩渲染之，其事近史或神话而非近文学非近细节之境界也。若《史记》所叙事，若特写人物之什，则能到此境界，故其虽时而兼文学之色彩也。然细节之真义，实在于虚实结合而遗形取神，诸般渲染，皆为突出神味而设，史传有所取舍而拘于体制，故虽局部而有细节，却终不能臻于淋漓尽致、神味烂漫之境界。适之之意，以为《诗》三百无故事诗，殊不知其所寻绎为非是也。《诗》三百中非无故事诗或叙事诗，如《野有死麕》之作，乃男女之事之一景，“无感我帨兮，无使尨也吠”即细节，虽然爱情诗未及于性情者也。又如《谷风》、《氓》、《将仲子》诸篇，细思其味，无不可当长篇小说读之，虽征不显，而故事诗可溯源于是矣。下迄建安中陈琳之《饮马长城窟行》，则杰作矣。其所以感人肺腑者，无不在其事之细节：

……长城何连连，连连三千里。边城多健少，内舍多寡妇。作书与内舍：“便嫁莫留住！善待新姑嫜，时时念我故夫子?”报书往边地：“君今出语一何鄙?”“身在祸难中，何为稽留他家子？生男慎莫举，生女哺用脯。君独不见长城下，死人骸骨相撑拄？”“结发行事君，慊慊心意关，明知边地苦，贱妾何能久自全？”

读之令人气结！余少年之知于情也，而自此篇感念独深，而自此始也！此篇截取细节而渲染，而无妨其有意外之味、文外之旨，此真所谓含蓄，由之以上则可得象征，则以通篇而言，与夫世所注目一语一句之含蓄，不亦伟哉！故余所倡“神味”说之淋漓尽致、烂漫泼辣之意蕴，非不可与含蓄兼容也。若自其小者以观之而为用，则其文学境界之气象亦随之相应以小矣，且造成隐约朦胧简约冲淡之意境，以意境为标的，诚小家子矣。观此篇所写之细节，反复以见其意，何其淋漓尽致，而结局了不道出，馀韵悠然而可想见也，而又不可以坐实，此又何等含蓄，睽其两端，允执厥中，此非意境所能到，而必期之以“神味”之境界也；若必以如右丞之《鹿柴》（空山不见人）之类而以为含蓄蕴藉，则诗之径亦甚狭仄也矣！

实则陈琳之前之汉乐府，已有故事诗之初兴，此即适之之所注目者，如《陌上桑》（结以“座中数千人，皆言夫婿殊”，亦馀味不尽，馀音袅袅)、《妇病行》、《孔雀东南飞》、《上山采蘼芜》诸作，无不叙事而能以细节处之而有神味。适之犹以为《上山采蘼芜》非纯粹之故事诗，只堪为叙事讽谕诗，误矣。其诗云：

上山采蘼芜，下山逢故夫。长跪问故夫，“新人复何如？”“新人虽言好，未若故人姝。颜色类相似，手爪不相如。新人从门入，故人从阁去。新人工织缣，旧人工织素。织缣如一匹，织素五丈馀。将缣来比素，新人不如故。”

此诗迹是实录，殊少讽喻，乃所谓残酷而又温馨之现实也。其人虽离异，然妇对故夫之感情犹存，可谓一痴情女，故夫之弃之而之新人，盖为颜色之鲜也，而后乃知一花瓶耳，遂有悔意，此皆世情之常而深刻者，故能感人动人，亦当得一长篇小说读也。适之不以为故事诗，岂非过矣乎！相比于《古诗十九首》之以抒情为事，迥不同矣。适之又考《孔雀东南飞》之成诗年代，而驳梁任公、陆侃如成于六朝之说，且引及汉乐府及《玉台新咏》中影响此诗之作者（飞来双白鹄，乃从西北来），驳论甚精。按，徐陵所编此诗前有编者之序，云“时人伤之，为诗云尔”，若不信之，揣之可也。其一，由前所引起之故事诗，而后知此种体制已不鲜见于汉乐府，故自相似之风味以观之，此诗成于汉末当无疑也。其二，此等长篇，已有《陌上桑》在前为铺垫，而不必受佛教影响，其出也不为突兀。其三，观此诗所叙之事，必在其时感动世人颇深而流传远播，此事又非感发独深激郁热烈之多情解情者不能作为，亦明矣！其四，此诗篇幅颇长，事件串联颇细，而又非虚构以成，几无虚构之成分，非同于神话史诗之类可因虚构以随加增删而完善之，则此作初稿之一气呵成略已备今貌，后人或能修饰其辞，而于事则少增删之可能，又无疑也，故此等事，断非时代久远而能于口头流传之者，则诗之初成于其事之后之三五载甚至更短——亦可定矣。考卷无功，揣其情形，亦大体不差。事之流传十数年后，即不可得如此诗之翔实者矣，况若此事既经久隔，则亦不过一甚为平常之事，虽今之世可方者比比皆是也，久则不易为激情伤感之阐发，而必为当时不远而后之作为，甚可以测知之也。

二八

聂绀弩诗，颇具杂文风格，虽然其杂文去鲁迅尚远，而诗则意态淋漓，更胜出焉。其为诗气韵格调极是不拘，乍读之似魏晋时非毁礼法名教者阮、嵇之流，一若“但知礼岂为我设”，而细察则句新意妥，中乎其律者多。戴枷锁而能舞，其是之谓欤？为近代工诗者最为特异之一人，出意境之外而能以神味胜者，不得不推此子为惟一一人也！尤擅七律，其精工险肆工夫似犹胜李义山一筹，如《锄草》“培苗常恨草相混，锄草又怜苗太娇”，心境义理，宛临其境，而出之又绝无痕迹。《归途》“文章信口雌黄易，思想锥心坦白难”，个中人真体会也。《中秋寄高旅》一篇，读之令人哭笑不得，笑中带泪，“万里友朋仁义重，一家大小圣贤愁”，“圣贤”一语大堪品味。“红烧肉带三分瘦，黄豆芽蒸半碗油”，妙句不易；“此腹今宵方不负，剔牙正喜月当楼”，昔东坡谓介甫“此老乃野狐精也”，今余言此老“姜是老的辣也”。《酬答草》序诗“樽酒有清还有浊，吾谋全是亦全非”，颇博辩。《赠胡考》“几经春夏秋冬日，一笑东南西北风”，自然工致，自是笑傲恣肆情状。《萧红墓上六首》其一“遗容不似坟疑错，碑字大书墨尚浓”，不减义山“梦为远别啼难唤”一联之情致。其二“光线无钱窥紫外，文章憎命到红中”，信手拈来，感慨极深。诸如此类，不胜枚举。窃以聂氏诗本色，皆得力于性情之力，余所倡“神味”一旨，五四后当赖是子为宣扬也。此种境界，非是来自写景之工绝清丽，言情之温柔旖旎，亦非缘于学人之诗之博洽深婉。后者亦阅世深而读书多后之作，然多赖用典隶事以逞其心力，以隐约为趣，此则但据以理、趣、味、韵、调之绝佳者而已，虽用典，亦多出其异致。近代诗之佳者流，能播于世间者，多在学人之诗。其所以者何邪？盖由此辈浸淫传统文化较他人为深之故，因能得传统文化之力以发其趣味风韵，而辞工藻丽，自为擅场，况主于学术文化，自易为言。自新旧文化割裂以来，稍通韵律者大抵根基未深未厚，此辈最宜学而为诗，然以矫枉过正，弃传统文化如敝屣而败矣。故旧诗之正流，寄在学人。文人之徒，则尤矜一“绮”字以存其情致，如唐云旌尝自言“一生作诗，好为绮语”。钱钟书《谈艺录》所称苏曼殊绝句“楚楚小有风调者”，盖为近代学人诗之通色，亦其高处所在。钱氏绝句亦如之，如《石遗诗话》所录，所谓才人之作也，久之不能深，则自弊矣。钟书诗沾溉前人之处甚多，以其才力而为效颦，亦可见因袭之不足怪矣。如“如此星辰如此夜，与谁指点与谁看”之句，句法得自查初白“如此冰霜如此露”（若追其源，实可溯至宋人），意致则得自黄仲则诗。“风调”而外，间有到“气韵”者。才人之诗、学人之诗究非歌诗当行，前者弊在不能深厚，后者弊在时涉非诗之境界。歌诗之道，不能期在此辈也。此辈诗词，往往古人之高处尚不能到，况超越古人邪！绀弩介于学人与作家之间，虽学人习气不能尽免，而性情之活泼浪漫则远胜学人者矣。吾友济南侯井天先生，倾后半生之力与财，遍国中而搜集绀弩之诗，所得最丰，并为之注，诗之佳者本不须注，然聂之作多涉时事，今典良多，先生之注，多为今典，自言若不趁时而访其人之尚在者而究竟之，则人亡而典亦去，将不可为解矣！时人谓聂之杂文足继鲁迅，其实尚远也，诗则胜之无疑。绀弩本以游戏之心为诗，然于律之推究亦不可谓不用心，惟初能以游戏为心而有不受拘束之姿态，故能有所得而若是也。今之诗人，多以格律为诗词之最要者，所谓打头即误，宜其所就不远也。王国维所谓之“无我之境”，于绀弩之诗正无与，而自别是一种境界耳！性情突露而有我，其诗之途路极为作得，惜其于世俗民生之境界犹非本色而能入者，神味之境界，尚未至极致也。绀弩诗着眼处究竟在“我”，虽能至“无我之上之有我之境”，且神味出色，而精神境界则终有所隔于世俗民生而稍不足，去“大我”之境界尚有一层，尚不能与辛稼轩并肩而行。虽性情能极书生之本色而技亦烂漫，然非以豪放之精神为之主，在世俗而去世俗之情味境界有间，如书呆子强为世俗之语，或偶有得，而终神情不似，文字之活泼亦大见折扣，又多用古语以解其窘，多硬而未尽融，犹见学人之诗之博杂恶习，其情虽来自一身之所感所受，而气则多得之古人而未得之世俗民生，不过如汉人之游历者偶入苗寨，虽可得一时无拘无束之领略，而终未能尽脱汉人拘束之情习。虽以格律而无所不至，而亦大为格律所苦，虽形式之对颇见其趣，然已是缚鸡之力以搏猛虎，心力交瘁矣，外在格律之与内在律和合，尚未尽悟而有分际也。其诗无疑入于“神味”之途路，虽较古之士人之境界有所进，而终止于书生之境界，总体仍归于“雅”之格调范围，则不足训也。受难而倔强不改，脱难而未能独立于大局而有不为一时代所限之思想境界，亦不可为之掩也。

二九

世间之事，最怕深情，况其深情本于纯真邪！郭沫若《地球，我的母亲》一诗云：“地球，我的母亲！/我不愿在空中飞行，/也不愿坐车，乘马，着袜，穿鞋，/我只愿赤裸裸着我的双脚，永远与你相亲。”如此之作，平淡之中自有境界，而神味特出，读之令人心生无限之温暖也！寻常之人对此即有所会心，亦未必大赏之也。夫“温暖”一语，乃爱惟一最真最佳之感受，尝阅金庸之《天龙八部》，其中叙萧峰于阿朱之感觉，亦用是语，所谓契切于心，记忆犹鲜也。又《笑傲江湖·倾心》叙令狐冲闻琴声，“明白世上毕竟还有一人关怀自己；感激之情霎时充塞胸臆”，即其诠解，时盈盈犹未以真面目示之，而心声已不可掩矣！

人之美也，神味若是，孰而能过之邪！又其《伤逝》之章有云："虽不能如曲、刘二人之曲尽其妙，却也略有其意境韵味"，"意境韵味"，两语连用，亦足证"意境"一语之不足以尽事物之妙，乃查氏未尝刻意处，流露于自然而出之者也！唐无名氏《醉公子》词云："门外猧儿吠，知是萧郎至。刬袜下香阶，冤家今夜醉。　扶得入罗帷，不肯脱罗衣。醉则从他醉，还胜独睡时。"其温暖一也，其深情一也；而只道一细节，便胜却万语千言矣！

又艾青《我爱这土地》一诗云："假如我是一只鸟，/我也应该用嘶哑的喉咙歌唱：/这被暴风雨打击着的土地，/这永远汹涌着我们悲愤的河流，/这无止息地吹刮着的激怒的风，/和那来自林间的无比温柔的黎明……/——然后我死了，连羽毛也腐烂在土地里面。//为什么我的眼里常含泪水？/因为我对这土地爱得深沉……"深情至此，何可以当邪？新诗得郭、艾两子，可谓幸甚，其深情之姿态，思想精神之光芒、境界，今人犹未能过也。

三〇

王国维之"境界"说既为余揭出所遗第三境之实质，而"无我之上之有我之境"中之"我"，又分三层次也。由庸俗我归于真我，大约可以"人格"一语括之，此第一境也，如"安能摧眉折腰事权贵，使我不得开心颜"、"不恨古人吾不见，恨古人、未见吾狂耳"是矣。由旧我而归于新我，则大约可以"思想"一语括之，此第二境也，如"人生自古谁无死，留取丹心照汗青"、"哥哥身上也有妹妹，妹妹身上也有哥哥"是矣。由小我归于大我，则大约可以"精神"一语括之，此第三境也，如"零落成泥碾作尘，只有香如故"、"俏也不争春，只把春来报。待到山花烂漫时，她在丛中笑"、"安得广厦千万间，大庇天下寒士俱欢颜"、

"每依北斗望中华"是矣。然"我"虽可至于"无我之上之有我"之境界矣，而历史、世俗中亦多有之，必见之于文学而精彩，始能至于"神味"之境界，非所谓能至于是境界而文学遂为高妙也。故"道"、"技"之两种境界，缺一不可。"神味"一义之生成，有若是焉：以真性情发端，而脱弃"庸俗之我"，而以待诸外物，则必有理想志意，而气与情之为生矣，故乃成豪放之境界也；豪放之舍"平和冲淡"之我也，乃进之而为"否定"前一"有我"之我，缘世俗民生之事而得为一"新我"，由不为世俗之名利所染所泥而得为一"大我"，又经一否定，遂成就一"无我之上之有我"，此一"无我之上之有我"，即我之在世俗民生之现实世界之升华结晶也，即"味"之一义矣；以"神"之一义表而出之，以"细节"及"象征"二事见其淋漓尽致、烂漫泼辣之姿态，深厚壮观、闳约深美之意蕴，而非含蓄朦胧、冲淡平和，则"神味"一义终得成就矣。此处所言之两否定，自其质而言之也，若自形式以言之，则王静安之"无我之境"，仅能到一"真我"地步。余所言之"真我"、"新我"、"大我"，皆是已至"无我之上之有我之境"之"我"，"无我之上之有我"兼有三者，纠缠难解，强为析分者，不过以见其微妙处耳。

三一

王国维《人间词话》之作，以西人之思想为新鲜空气而注吾国极腐朽之精神，譬则借尸还魂，别开生面，遂集意境理论之大成。然措手之间，多寻前人痕迹，因稍变其面目，如治佳肴，其料等而味自异也。如"以我观物"、"以物观物"之语，出邵雍《皇极经世》，而《伊川击壤集序》云：

观物之乐，复有万万者焉。虽死生荣辱转战于前，曾未入于胸中，则何异四时风花雪月一过乎眼也。诚为能以物观物，而两不相伤者焉，盖其间情累都忘去尔。所未忘者，独有诗在焉。然而虽曰未忘，其实亦若忘之矣。何者？谓其所作异乎人之所作也。所作不限声律，不沿爱恶，不立固必，不希名誉，如鉴之应形，如钟之应声。其或经道之馀，因闲观时，因静照物，因时起志，因物寓言，因志发咏，因言成诗，因咏成声，因诗成音。是故哀而未尝伤，乐而未尝淫，虽曰吟咏情性，曾何累于性情哉！

此非超然者邪？而其论为深也。迫而追之，自可及于庄生。又“隔”与“不隔”之义，不过一“真”字，较之刘熙载《艺概》所言之“词有点，有染……点染之间，不得有他语相隔，隔则警句亦成死灰矣”，孰为匠心独具，不亦明乎！今人多不以静安“不隔”之绝对为然，而以为“隔”亦美之一种，拙著《〈人间词话〉评说》且谓静安此论有违于意境理论之核心义理也。又，“诗人对自然人生，须入乎其内，又须出乎其外”之论，与周济“非寄托不入，专寄托不出”之论相瓜葛。若“境界”之义，则静安所论，梁任公《论小说与群治之关系》之所言，亦足有以补之者也：

凡人之性，常非能以现境界而自满足者也。而此蠢蠢躯壳，其所能触能受之境界，又顽狭短局而至有限也。故常欲于其直接以触以受之外，而间接有所触有所受，所谓身外之身、世界外之世界也。此等识想，不独利根众生有之，即钝根众生亦有焉。而导其根器，使日趋于钝，日趋于利者，其力量无大于小说。小说者，常导人游于它境界，而变换其常触常受之空气者也。此其一。人之恒情，于其所怀抱之想像，所经阅之境界，往往有行之不知、习矣不察者。无论为哀、为乐、为怨、为怒、为恋、为骇、为忧、为惭，常若知其然而不知其所以然；欲摹写其情状，而心不能自喻，口不能自宣，笔不能自传。有人焉，和盘托出，彻底而发露之，则拍案叫绝曰：善哉善哉！如是如是！所谓“夫子言之，于我心有戚戚焉”。感人之深，莫此为甚。此其二。此二者实文章之真谛，笔舌之能事。苟能批此窾、导此窍，则无论为何等之文，皆足以移人。而诸文之中能极其妙而神其技者，莫小说若。故曰：小说为文学之最上乘也！由前之说，则理想派小说尚焉；由后之说，则写实派小说尚焉。小说种目虽多，未有能出此两派范围外者也。

静安“造境”、“写境”之论，亦当受梁任公“写实”、“理想”二义启发，实未若任公之论为廓大也。《人间词话》一书，以具体观点而论，殊不足以比美古人，然其短小精悍而卓有思想，语多受西人哲学思理之影响而能为警醒之观，不多枝蔓而诸事皆备，能以“境界”贯彻其论，且明晰以阐“境界”之义，此其佳处、长处所在也。其于意境理论有进有退，若期之以文学艺术之新境界，则不可也，此历史之局限，意境理论且当过时而不能创造新文学艺术之境界，虽静安为之集大成而无补也。

三二

辛稼轩《永遇乐·京口北固亭怀古》：“凭谁问，廉颇老矣，尚能饭否？”王国维必不乐是，而独赏其“绿树听鹈鴂”。所谓“无我之境”，容不得若是之壮烈豪放也。由是观之，其论“文学上之习惯，杀许多之天才”亦何益。王氏之“境界”，论“不隔”，风月之境界、情景之境界也，人格境界、思想境界、精神境界犹不能与文学尽浑而化，而皆有隔于世俗民生，宜其“主观之诗人，不必多阅世，阅世愈浅则性情愈真”之遭众议也。夫隔者，亦有三种之境界：雾里看花、隔靴搔痒，未能亲体亲历，水光云影，仿佛而乐其致，譬犹塑料之花草，此第一种之隔境也。拈花入瓶、揭帘而观，虽或目睹亲历，而仅浅薄轻浮，未能以入，譬犹温室之花草，此第二种之隔境也。植花满篱、汗滴入土，虽或以入其中，而未能冰冻三尺、血浓于水，则尚不能得其神味、三昧，譬犹种植之花草，此第三种之隔境也。功夫在诗外云者，岂独是而已哉！

三三

王国维论词推重北宋以前，时长调未坐其大，故尤重小令，比之以诗中之绝句，亦自然之势；而讥《百字令》、《沁园春》近于排律。余尤不解者此：其人也，诗则作排律数十韵，词则作《贺新郎》、《百字令》、《水龙吟》等仅数，亦可以见其力备众体之用心，而薄此厚彼，宜其遗讥于后世也。况词之初入于苑囿而自小令始，而罔能尽词体之铺排典厚、壮丽跌宕，而必不能以小令终，明矣，故南宋而后，词家咸以长调为冠冕，而无视之，可乎？惜静安见古之幼安而不能道其所以妙，而不得见毛润之之《沁园春·雪》也。岂独静安，润之《沁园春》一调，天才纵横，如旷世奇观，虽古人亦未尝不为之叹惜福缘悭吝也。润之谈艺，有“偏于豪放，不废婉约”之论。盖世间之理，非相反则不足以并胜，非相成不足以成善，此其辩也。豪放废婉约则或流于粗硬浅直，婉约废豪放则或流于纤靡繁弱；豪放废婉约则或如粗人拟豪士之不拘，婉约废豪放则或如君子之习于多礼。要之，其适可而中者，当如粗豪之士颇解温柔也。

三四

王国维自谓其作词力追宋初、五代，“才不若古人，但于力争第一义处，古人亦不如我用意耳”。其词亦足以雄视清季，迫近前人，然只是未用力于南宋而后，不知开拓词境，用力虽劬，终是落在第二等。无其经历而仅神追其格调风华，摹其声情，乃真隔矣，乃真“无我”矣。其失正与明七子同，文学之灵魂精神，自当以创新为第一义，否则终于“无我之上之有我之境”有所阙，而不能至于文学之最高境界也。静安为学之创新精神得自独立之姿态，而文学之创新精神则必经于世俗红尘之熏煎，以静安之柔弱，宜有所阙如也。其佳处在悲苦深丽，如《临江仙》下阕云：“郎似梅花侬似叶，朅来手抚空枝。可怜开谢不同时。漫言花落早，只是叶生迟。”确是静安晚年怀抱，寄兴深微，甘苦自知，无怪乎其能赏“一霎围场生绿草，归迟却怨春来早”之句也。若“臂上宫砂那不灭，古来积毁能销骨”、“镜里朱颜犹未歇，不辞自媚朝和夕”、“若是春归归合早，馀春只搅人怀抱”，则见静安之态亦凄凉甚，伤心人也。然虽词境为深，究竟不是创新。

三五

王国维以能写真感情、真景物者为有境界，然词之佳劣非“有无”二语之所任也。观其意而察其行，则真景物而已矣，真感情则未必，此其绝口不提苏、辛后之豪放派之所以也。即以辛论，亦恐未尽赞成之，而不得已于稼轩为古今第一大词人、成就最高之事实也。何以谓之真感情？非符一己之感情而出之，谓之真感情，其最终准的，罔不以民生为则，若符一己之感情而于民生之感情有所隔膜，亦不得谓之真感情也！后者之感情，所以积聚豪放之精神境界中内在盛大沛然浩然之“气”者也，将以至于“大我”之境界之所必由者也，否则囿于一己“小我”之感情，之境界，又何足以为千古之壮观邪！故“大江流日夜”之类，皆壮观之小焉者也。

三六

《人间词话》云“明月照积雪”、“大江流日夜”、“中天悬明月”、“长河落日圆”，此种境界，可谓千古壮观，求之于词，惟纳兰容若塞上之作，如《长相思》之“夜深千帐灯”，《如梦令》之“万帐穹庐人醉，星影摇摇欲坠”，差近之。试去“万”、“千”两字为何如哉？

“明月照积雪”、“大江流日夜”诸句，我之外之物之壮观也，然犹未若“玉鉴琼田三万顷，着我扁舟一叶”、“尽挹西江，细斟北斗，万象为宾客”（张孝祥《念奴娇》）兼我之内外之壮观而有之也。能开拓我之内之境界，乃为真境界耳。能开拓我之内之境界，则必不以“无我之境”为最高境界也可知，我之内之壮观神味淋漓而尽致，则由我之外之世俗世界之锻炼而得，此豪放词之所以为特出之故，亦余之所以拈出“无我之上之有我之境”为文学之最高境界者也。于湖淡逸之豪放尚能如是，况稼轩之精神姿态更为突出，境界更为壮阔豪放，神味更为烂漫者也！

三七

王国维深恶诗中之美刺、投赠、隶事、咏史、粉饰。窃以为欲度量词家之见识才情，莫如怀古、咏史为甚。静安之所以恶之者，以其不善为之则易离于诗词本色之境界也。而其所谓之本色，则惟小令之情境能为宛然，若咏史之大声深沉，意旨略无回避，如龚定庵之“金粉东南十五州”，其不恶之亦不可也。

三八

王国维云“诗有题而诗亡，词有题而词亡”（《人间词话·五五》），无题之诗词，抒写人类普遍之感情者也，若美人之背影，大都相似；有题之诗词，抒写人类抑或个人特出之感情者也，如佳人之面目，风情非一。故无题不能为长篇巨制，此正与静安重小令、绝句同致。使少陵《北征》、稼轩《水龙吟·登建康赏心亭》而无题，可乎？有题，独力抒写性情、品格、个性者也，于是乎诗词之堂庑遂始大，遂始精彩，遂始壮观，遂始烂漫。

三九

王国维《古雅之在美学上之位置》云：“南丰之于文，不必工于苏、王，姜夔之于词，且远逊于欧、秦，而后人亦嗜之者，以雅故也。”《人间词话》云“古今词人格调之高无如白石”，又云“白石虽似蝉蜕尘埃，然终不免局促辕下”，何自相乖谬之如此！而由上所论，可见静安所谓之“古雅”，实即一种格调耳。姜白石词，以格调论之，殊为古今第一，然如静安所谓之“古雅”，仅是形式之一面，而少境界神味也。《古雅之在美学上之位置》云：

> 一切之美，皆形式之美也。……释迦与马利亚庄严圆满之相，吾人亦得离其材质之意义，而感无限之快乐，生无限之钦仰。戏曲小说之主人翁及其境遇，对文章之方面言之，则为材质；然对吾人之感情言之，则此等材质又为唤起美情之最适之形式。故除吾人之感情外，凡属于美之对象者，皆

> 形式而非材质也。而一切形式之美，又不可无他形式以表之，惟经过此第二之形式，斯美者愈增其美，而吾人之所谓古雅，即此第二种之形式。即形式之无优美与宏壮之属性者，亦因此第二形式故，而得一种独立之价值，故古雅者，可谓之形式之美也。……一切艺术无不皆然，于是有所谓雅俗之区别起。优美及宏壮必与古雅合，然后得显其固有之价值。不过优美及宏壮之原质愈显，则古雅之原质愈蔽。然吾人所以感如此之美且壮者，实以表出之之雅故，即以其美之第一形式，更以雅之第二形式表出之故也。虽第一形式之本不美者，得由其第二形式之美雅，而得一种独立之价值。……三代之钟鼎，秦汉之摹印，汉、魏、六朝、唐、宋之碑帖，宋、元之书籍等，其美之大部实存于第二形式。……凡吾人所加于雕刻书画之品评，曰“神”、曰“韵”、曰“气”、曰“味”，皆就第二形式言之者多，而就第一形式言之者少。文学亦然，古雅之价值大抵存于第二形式。西汉之匡、刘，东京之崔、蔡，其文之优美宏壮，远在贾、马、班、张之下，而吾人之嗜之也亦无逊于彼者，以雅故也。南丰之于文，不必工于苏、王，姜夔之于词，且远逊于欧、秦，而后人亦嗜之者，以雅故也。由是观之，则古雅之原质，为优美及宏壮中不可缺之原质，且得离优美宏壮而有独立之价值，则固一不可诬之事实也。

综观其论，则言材质而不言内容，是其脱离内容之一伎俩也；以书画之“神”、“韵”、“气”、“味”为古雅之例证，则古雅妥协于“神韵”者亦甚明矣；古雅之所以妙者，在“以雅故也”，“雅”之一义是其精神所在，由此可见静安“境界”说及“无我之境”，皆为“雅”所笼罩，宜其不能以“境界”而以“意境”

括元曲之“最佳之处”（在静安而为言，“境界”为“意境”理论之提升总结，故“境界”一语与“意境”不尽相同，而以“境界”为高），盖元曲以俗为胜，而静安“境界”说及“无我之境”为其审美理想，仍在“雅”之范围，总体仍以“雅”为主，而不以“俗”或“大俗大雅”为其理想也；“气”之为物，由形式而见而非形式，静安归之于古雅之形式之美，误之甚矣，“气”为豪放之关键之点，静安终以婉约为本色，安能解豪放及“气”之旨趣哉；“古雅之原质，为优美及宏壮中不可缺之原质，且得离优美宏壮而有独立之价值”云云，是欲以古雅而化优美、宏壮二义，使皆具古雅之性质，即不可化，古雅亦自有独立之价值，此尤可见古雅在静安心目中之地位，既雅且古，洵为优美之最狭隘处，丧失事物鲜活活泼之生命力，而仅存其古雅格调之一种情趣趣味，若腐败物上覆青苔者，虽优美、宏壮之可舍而不吝也；“吾人所断为古雅者，实由吾人今日之位置断之。古代之遗物，无不雅于近世之制作；古代之文学，虽至拙劣，自吾人读之，无不古雅者。若自古人之眼观之，殆不然矣”，此可见静安与古而不与今，为古而不为今之心术矣，静安之尚“古雅”、“无我之境”，与王士禛之“神韵”说实殊途同归，不过五十步与一百步之异，皆无能与于未来以壮美为主、刚健积极之审美理想也。

四〇

阅世愈浅则性情愈真，而不必有杜少陵诗、辛稼轩词。李后主传世佳作，亦多阅世而后作，苟终其生生于深宫之中，长于妇人之手，行靡靡之政，与倡优弄臣相为伍，气象安能如此邪。然杜、辛能阅世深而不失天真本色，李后主之阅世而见之词中，却不过“‘吹皱一池春水’，干卿何事”之类耳！故其《破阵子》云：

> 四十年来家国，三千里地山河。凤阁龙楼连霄汉，玉树琼枝作烟萝。几曾识干戈？　一旦归为臣虏，沈腰潘鬓消磨。最是仓皇辞庙日，教坊犹奏别离歌。垂泪对宫娥。

苏东坡质疑云：“后主既为樊若水所卖，举国与人，故当恸哭于九庙之外，谢其民而后行，顾乃挥泪宫娥，听教坊离曲哉?”（《东坡题跋·书李主词》）夫“垂泪对宫娥”固亦深情之姿态者矣，然以此姿态为楚楚动人，则奈天下苍生何！故深情固为佳事，然当看其所指向何如也。

四一

阅《苕华词》，始知王国维亦不过一文士，文士之豪狂几何哉。“红炉赪素面，醉把貂裘缓。归路有馀狂，天街宵踏霜”，静安之豪也；“会挽雕弓如满月，西北望，射天狼”，东坡之豪也；“我病君来高歌饮，惊散楼头飞雪”、“凭谁问，廉颇老矣，尚能饭否”，稼轩之豪也；“杏花疏影里，吹笛到天明”，后山之豪也；“俱往矣，数风流人物，还看今朝”，润之之豪也；“壮志饥餐胡虏肉，笑谈渴饮匈奴血”，武穆之豪也；“若对黄花辜负酒，怕黄花也笑人岑寂”，后村之豪也；“醉摩挲长剑作龙吟，声悲咽”，鉴湖之豪也；皆是别有怀抱，与静安别。静安《蝶恋花》“闭置小窗真自误”之句，可谓剖心之语，然不若以后村之“应笑书生心胆怯，向车中闭置如新妇”形容之更契其心境也。

四二

王国维词中之佳句，惟“当面吴娘夸善舞，可怜总被腰肢误”、“拚取一生肠断，消他几度回眸”、“斜日晚风杨柳渚，马头何处无飞絮”、“谁信京华尘里客，独来绝塞看明月”、“劝君莫厌尊罍大，醉倒且拚花底卧”、“独向西风林下，望红尘一骑”、“试上高峰窥皓月，偶开天眼觑红尘。可怜身是眼中人”、“开尽隔墙桃与李，人间望眼何由骋”数语耳。其词虽不足以称大境界，而厥有深情，往往过人，在言语之外也，如《蝶恋花》云：

昨夜梦中多少恨。细马香车，两两行相近。对面似怜人瘦损，众中不惜搴帏问。　　陌上轻雷听隐辚。梦里难从，觉后那堪讯！蜡泪窗前堆一寸，人间只有相思分。

百尺朱楼临大道。楼外轻雷，不闲昏和晓。独倚栏杆人窈窕，闲中数尽行人小。　　一霎车尘生树杪。陌上楼头，都向尘中老。薄晚西风吹雨到，明朝又是伤流潦。

如此悲苦意味，孰而不谓之事后乃知邪？拙作《〈人间词〉评点》云：

静安由体悟人间现实之况味，挟哲学形而上之思力意蕴而作为小巧之词章，所谓冰山一角，含蓄在内者犹其大多也。因此两者，加以静安敏感之心灵，则填词往往而佳，亦可测也。……就今日观之，《人间词》之作大体仍以古雅为格调，故词之生命力未见大进，方诸前人，活力有所不如，更未窥豪放词大气流转之门径，然较之古人，却由以上所叙三点，而词境更深、更厚，感慨、哲思，更为深沉，此静安词之开拓处，前人尚未多见，吾国古之儒、道、释三种文化之色彩，远未若西人近代哲学之丰富深厚，此其得力处也。然其词犹在“境界”一义处，若余所倡之“神味”一旨，则尚未有迹也。故其词虽深厚、深邃，然主体之“我”终归含蓄，乏“无我之上之有我”之光芒，豪放烂漫而淋漓尽致，故所处时代之同也，鲁迅之《摩罗诗力说》则崇尚浪漫主义诗人之如雪莱、拜伦者，豪放、崇高、壮烈，以开拓自我为能事，而静安之文学及理论则犹是古典主义之境界也。嗟乎！人间！人间！此生命短暂寄托之所在，而其本身，又终将归于消灭也，惟吾人生命之激宕、理想之洋溢、气与情之交相辉映、磅礴，将永恒于宇宙之外，千古而不灭！生命之寄在吾人之身也，其经历者愈痛苦，则其所得者愈多，其思益深益久，则所得益邃益永，则生命之于吾人，无痛苦无思，不啻无生命之意义耳！惟此痛苦及思，乃使吾人之生命进于非常之境，而得人间莫可名状之神味。不悟此者，倩读静安《人间词》。为文字者，不以痛苦及思为本，则甚无足观者也。所可惜者，静安之思，犹多内向自我也。

四三

诗、词、曲之作也（一切之韵文皆然），当以语感（即听觉上之感觉）为用韵之依据，此据歌诗用韵之本来原则而定之也。何以云然？韵本为谐声而有美感，故凡在今之语感、听觉上能得相同、相近或相似者，无不可为同一韵也。此一简单道理，当代诗词界居然无识，而纠缠于古韵新韵，为作诗、词、曲极大之束缚，是为憾耳！更有甚者，仍以固守平水韵为务，信乎顽固也。诗之起，源于合乐，乐进而诗随之，用韵其从乐之一征也。押韵本为谐听，故音声迁而韵不随之者，是刻舟求剑、缘木求鱼也。宋人所治平水韵之用也，已千馀年，音声系统早迁，不合于今，其不便众人皆知，故有新韵之兴起。而新韵多病，其所并诸韵，仍有平水韵之迹（如“群”与“人”、“畦”与“隅”在语感、听觉上非相近或相似，“支”、“鱼”并为一部，尤脱离实际），颇不便为用，斤斤计较于文字声音之原而求之，若娶妇为求万无一失，而求之于女婴也。叩诸韵本为谐声之义，则诗、词、曲之用韵，不若以今人普通话之语感为之原则也。语感之在听而相同、相近或相似者，无不可押，若“冰”之与“蒙”，“越”之与“歌”，皆可也。又或平仄仍用入声字，韵则据语感，为旧声新韵，或平仄以普通话为准，而韵则仍用如平水韵者，为新声旧韵，亦其语感韵局部之实现，亦无不可也。除韵本为谐声之一义而外，尚有一更大之原则可准之，是用韵本为诗、词、曲最终境界之小焉者耳，其合与否，本与其艺术境界无大关也。拙作《大明湖诗》小序已明此义，今重申之如此，以告天下之诗人也。滞而不化，而作茧自缚，是斯文之所以不振者也！

四四

仅以才情才调为诗为词，不可以久，不可以至第一流之境界，历代皆有不悟者也。袁寒云《七律·乙卯秋，偕雪姬游颐和园，泛舟昆池，循御沟出，夕止玉泉精舍》云：

乍著微棉强自胜，古台荒槛一凭陵。波飞太液心无著，云起摩崖梦欲腾。偶向远林闻怨笛，独临虚室转明镫。绝怜高处多风雨，莫到琼楼最上层。

小院西风送晚晴，嚣嚣欢怨未分明。南回寒雁掩孤月，东去骄风黯九城。驹隙留身争一瞬，蛩声催梦欲三更。山泉绕屋知清浅，微念沧浪感不平。

“绝怜”二语为时人所称，传诵一时，然不过东坡《水调歌头》“我欲乘风归去，又恐琼楼玉宇，高处不胜寒”屋檐之下，特以帝子易得名耳。通篇泛泛，便可知也。后乃止于此，才情才调之不可以恃亦甚明矣！盖才情才调乃是天慧，而诗词博大深厚、神味烂漫之境界，至于“无我之上之有我之境”之“大我”境界者，罔不须历世俗之锻炼熬煎也。故才情才调之或清丽可人，或灵妙深媚，终难期于“大美”壮观之境也。历代皆不乏才情才调之佳者，若不能更进，则才情才调发挥反复既迷，终不免“江郎才尽”之讥。此亦如词中之婉约为本色之论者，就词之体式论之，仅是其初境界，若止于此，其不能成大美而流连于才情才调，亦其宜矣！若寒云者，此作之才情才调尤若温室之产，可谓弱不禁风也。诗、词、曲之第一流之境界云何？则无非大气深情二事耳。大气其源有三：忧世悯生之情怀也，博大精深之哲思及深厚深沉之底蕴也，气势雄强内在浩然也。二事之至，乃能当得“大”境界之目，则豪放之精神境界而已矣！豪放之精神境界之完美表出之，则“神味”一义也。

四五

但凡论词，一要有总体之把握，一要有个体之认识，不能为个体之认识则不能深微精到，不能有总体之把握则为精雕细刻，其见也不能精弘透澈，万象井然。王国维者，擅个体之认识者也，故其成也精微，而不能免于窄狭。若胡适之者，则擅总体之把握者也。适之论词，以为有“歌者之词”、“诗人之词”、“词匠之词”，东坡以前者为“歌者之词”，由苏至辛为“诗人之词”，其后至清末为“词匠之词”，故又论五代为词本身之时代，两宋为词替身之时代，宋而后为做鬼之时代。粗具规模，论亦甚精，以气魄眼光而论，固胜于王静安。静安论词推重北宋以前，晚又喜周美成，一为词之个性未得独立，人格未得介入之时代，一为词之个性逐渐丧失，人格逐渐颓废、精神境界渐下之时代，可谓失之也甚大矣。适之之论，犹然以婉约为本色，故以“诗人之词”名苏、辛而为替身之时代，可谓近于大诗学之境界（即总诗、词、曲之境界而观之者），而又功亏一篑者也。然能高举豪放词，则其心尚矣！

四六

历来艺术之最高境界，却为陆放翁道着，“零落成泥碾作尘，只有香如故”是矣，洵足为千古惊艳之观也！放翁书生气而能豪放者也，其豪放气概贯之于词，依稀多少磊落豪宕气味姿态！世人都知《卜算子》之孤独坚贞之意，《钗头凤》之悲苦缠绵，然观其作，多是豪宕之音，衰颓之态，书生而兼英雄暮年之况味，放翁有之焉！放翁之诗亦多空旷之声，而姿态百千，时有纵横出乎其间，或温柔旖旎，或呜咽奇丽，不能不于词有所点染也。放翁之词，通观之略非本色，似非作者，然《钗头凤》之作，则有浑然而贯之妙，无愧宋词上乘，况《卜算子》一作，尤足千古灿烂，泥中之香，大可与凤凰涅槃比美也。陶靖节“采菊东篱下，悠然见南山”之句，王静安以为“无我之境”之率，历来谈艺者亦多有举以为极境者，可谓吠日之甚矣。实则“悠然”一语，即大堪为口实也！又如“寒波澹澹起，白鸟悠悠下”，亦得与焉，岂非滥矣哉，此不过写景寻常之语耳，静安推之为“无我之境”，亦太煞有介事。陶渊明《归园田居》：“暧暧远人村，依依墟里烟。狗吠深巷中，鸡鸣桑树颠”、“种豆南山下，草盛豆苗稀。晨兴理荒秽，带月荷锄归”，《读山海经》：“欢然酌春酒，摘我园中蔬”，此犹以物观物也，其中虽有我在，然非是独立之我，犹写生者之画黄山，虽谓之华山、岱岳亦无不可也。故写田园至此，尚仅得其皮毛耳。范石湖《四时田园杂兴》：“鸡飞过篱犬吠窦，知有行商来买茶”、“无力买田聊种水，近来湖面亦收租”、“新筑场泥镜面平，家家打稻趁霜晴。笑歌声里轻雷动，一夜连枷响到明”、“长官头脑冬烘甚，乞汝青钱买酒回”，哀乐及人，得其骨矣；故石湖能开拓田园诗之境界。然石湖之前，少陵固早蹈之，惟其极是高境，所写水乳交融，封建之文士无其经历良心，故不易承也。《遭田父泥饮美严中丞》云：“高声索果栗，欲起时被肘。指挥过无礼，未觉村野丑。月出遮我留，仍嗔问升斗。”如此写出田园气息，方觉亲切而有神味，而尽得其精髓也！又《遣兴五首》有云“陶潜避俗翁，未必能达道”，其于渊明也，可谓具眼！

四七

有人焉，其于生也，目之所视，手之所措，耳之所闻，心之所思，皆不出乎自我之外，而以自我为人生之究竟，是人也，亦奚以异于禽兽哉！有人焉，其于生也，目之所视，手之所措，耳之所闻，心之所思，恒出乎自我之外，怀抱天下，思有以济夫天下之苍生，其为生也，常若忘其身，而与天地自然之气息精神相往来，其人之得失何若则若不在乎心也，而无比之信夫红尘世俗，大美存焉，是人也，亦奚以无异于禽兽哉！“有我之境”、“无我之上之有我之境”，即于是而分者矣。杜少陵歌诗之所以为千古之范而人以为不可及，非徒其“技”之境界之经营者而已矣，其究竟乃在乎是也。读其诗也，卓然而有深情而不可方也，伟然而有不世之慨也，心之为郁结，而神味结晶，灿烂而淋漓，较之李太白，惟拘束稍甚而辞情有所未及，若以“无我之上之有我之境”而论，则李去杜为远矣。

四八

夫“无”，哲学思蕴中以形式为体（内容）而无形式者也，乃世界一切诸事物之普遍存在形式而提升为抽象最高之哲学本原也。《老子》所云“当其无，为有之用”之意蕴，即谓是；“无中生有”之义，实即其最佳境界。“无”乃“有”（具体独立存在之事物）未赋以形式之前之原生态，虽具内容，而无形式。或曰：事物之存在罔不有形式与内容两种因素、两种境界，安可离析之也？非以离析，是暂之以为论耳。以无为本，晋之王弼而造其深至，“其形上之学在以无为体……《周易》王注曰：‘凡动息则静，静非对动者也……天地虽大，富有万物，雷动风行，运化万变，寂然至无，是其本矣。’……万有群变以无为本。是则万有归于一本。群变原即寂无。未有非于本无之外，另有实在，与之对立。故虽万物之富，变化之烈，未有不以无为本也”，“万有因本体而有，超乎时空，超乎数量，超乎一切名言分别”（汤用彤《魏晋玄学论稿》）。所谓“动息则静”，暂时之静也，自更细微及更广大之范围以观之，则未尝有息者也。若以为息，是“无”之欲定于一时，而脱弃其现实性者也。故此“无”虽号为得其本体，或可至于超脱之境界，然不具现实性，则机灭矣。机灭而活力以失，则本体而可无活力邪？以余观之，“无”之为体，乃是虚在，亦即离乎形式之内容，尚未得用之体，与具体独立存在之事物，处乎两种境界也。魏晋玄学，“无”、“有”之辩甚烈，汤用彤以为有三种境界：一则以“无”为元气，无始无终；一则各特殊之“有”因“无”而“有”，“无”独立而有待无；一则以“无”为全，“有”不能离“无”，全为体，殊物为用。以余观之，三者各道其一面目，融合之无碍也。所谓两种境界，事物发展之不同层次、阶段也，在时空上不可同，而可联系相继。如释氏所言三千大千世界，每一世界是一境界也。一沙一花皆蕴含一世界，世界之中复有世界，不可穷尽也。自此境界入于彼境界，自彼境界以观此境界，则此境界为原生态，自纵向联系之而非拘于时空之限制。知彼境界而后复有境界，乃至于无穷而周全乎世界也。“无”与“有”，即哲学中据乎事物存在形式之两种境界，一虚在，一实在，无为体，有为用。“无”，《老子》中“道”之存在形式，万古不变而常旧，即事物自然之理。譬之以蜜中之花，即“道”也，故“无”之为物，乃是非实在，以其在彼境界中已为圆满消融也。“无”虽为形式，为虚在，除自然之理（“道”）之一义外，亦犹事物之精华，如酒之精，事物不尽为精华，故“无中生有”之过程，即以事物之精华衍生新事物者也。如一种族之血液，其精华虽世代相传，不可失也。何以得其精华而论邪？则凡事物之精华，自彼境界以视此境界，不可逆也。如蜜中之花，不可以复其原矣。若水中之盐，则不如是，故余不许钱钟书《谈艺录·六》视王士禛之“神韵”说为诗中最高境界也。又如蛹化为蝶，自其自我以视之，允称其发展之最高境界，然蝶复生卵，卵又成虫，虫又成蛹，蛹又为蝶，循环无已，乃单调重复之形态也，又下于蜜中之花之义一层矣。汤用彤云：

> 汉末以后，中国政治混乱，国家衰颓，但思想则甚得自由解放。此思想之自由解放本基于人们逃避苦难之要求，故混乱衰颓实与自由解放具因果之关系。黄老在西汉初为君人南面之术，至此转而为个人除罪求福之方。老庄之得势，则是由经世致用至此转而为个人之逍遥抱一。……汉代之齐家治国，期致太平，而复为魏晋之逍遥游放，期风流得意也。故其时之思想中心不在社会而在个人，不在环境而在内心，

> 不在形质而在精神。于是魏晋人生观之新型，其期望在超世之理想，其向往为精神之境界，其追求为玄远之绝对，而遗资生之相对。从哲理上说，所在意欲探求玄远之世界，脱离尘世之苦海，探得生存之奥秘。①

此即余所谓自我完善之最高境界也，然犹是小我、旧我，而非大我、新我，是蛹中之蝶之境界，犹非蜜中之花（或言花中之蜜）之境界。是“无我”之境，而非“无我之上之有我之境”。老子名之以无中生有，实即由无我而之无我之上之有我之境，西人马克思“否定之否定”说亦得之矣，无对有否定，无上之有又对无否定。此中细微差别，即“意境”与“神味”之分疆处也。“意境”与“神味”乃两种文学中之境界，世人至今犹意在以新义阐解意境理论而不知推陈出新，亦可怜矣。文学之在今，梁任公早倡创造新意境之义，然意境之于吾国文学，至今生命力实已尽矣，其本源已失。“意境”与“神味”两种文学境界，举例以明之。李易安《一剪梅》云：“红藕香残玉簟秋，轻解罗裳，独上兰舟。云中谁寄锦书来，雁字回时，月满西楼。　花自飘零水自流，一种相思，两处闲愁。此情无计可消除，才下眉头，却上心头。”此以意境擅胜者也。宋赵孟頫夫人管氏赠其夫小词云：“你侬我侬，忒煞情多。情多处热似火。把一块泥，捏一个你，塑一个我。将他来齐打破，用水调和。再捏一个你，再塑一个我。我泥中有你，你泥中有我。和你生同一个衾，死同一个椁。”此以神味擅胜者也。同为写情，思想力量及其境界不可同日而语矣。易安所造之境，非关乎本质者，故缠绵悠徐，含蓄不尽，此待客之道也。若管氏诗，则直截了当，摆脱一切束缚，故其境界

---

① 汤用彤：《魏晋玄学论稿·魏晋玄学与文学理论》

融合无滓，亲密无间也。此又可以龙喻之。“意境”犹如赵执信《谈艺录》中王士禛所云：“诗如神龙，见其首不见其尾，或云中露一鳞一爪而已，安得全体。”余所倡“神味”则犹昔人之“画龙点睛”一义之所成也。龙之实质精神，初非仅在一鳞一爪之间，故古之叶公好龙，徒好龙之面目形体而不谙不好龙之实质精神，真龙探之，遂落荒而逃也。故诗文之至于“意境”，犹画龙之尚未得点睛者，此又非大匠莫能办也。

“无”之一义，意义甚大。世人往往不能无之，故常不能有之。故以出世法而志在用世，实即儒道二家积极精神之和合，亦即吾国文化精神之最高境界。儒者往往不经于无之境界，故遇事每泥而不化，以迂腐固执名世，其所欲为，始终在理想之境，如儒之大宗师孔丘，亦无所施其志者焉。道家往往执于无而不能更进一步为有之境，故其于世，往往消极而不能进步，于旧事物固无所束缚，然于新事物亦无所赞其力也。茫茫红尘，迷者众矣。观吾国思想文化史，实极乏此两种精神合一之境界者焉。有之，亦未能发挥弘广，足以影响世人而扭转风气也。且此种境界，又非俗子之所能窥任。吾国哲人，每倡“天人合一”之精神，实即儒道积极精神合一之境也。无者，道家精神之极致；人者，儒家精神之极致。人能恒任其性情，天人合一之境不足道也。性情之大者，惟无私也。惟无私也，乃能合于天，乃能创造一新我。故辨其为新我之境与否，审其情志是否为无私可矣。无私之人，乃能造于“无我之上之有我之境”也。人能无私，一切诸问题迎刃而解矣。古今之成大事业大学问者，必经乎此境，不经此境，其所成就终可测也，小家子也。惟其无私，乃能大也，乃能活其性情，摆脱一切束缚，而其人格境界、思想境界常能在烂漫自然神味特出之境也。人之一生一世，能立一志成一事业为国为民，而又间接使我之品格至于极境，诚大幸事也。

“无”我精神之实质，新、旧事物之界分也，必经此一境界，而后能与于创新、创造也。惟“无”，乃能为我圆满消融而成新事物之一部分，而后以自我特有之性情及品格融入其中以为“我中有你，你中有我”，则真创新、创造之境矣。故“无”之精神实即“物境”之极致，亦即自“物”之层次使趋于和谐圆满，使多方矛盾对立境界统一之于“无”也。“无”乃不具形式之内容，即乏我性之融入。如古之炼剑者，或以血，或身以殉，亦表现此种境界，而重视能蕴含思想精神之物质。古今擅“无”之士，往往不苛求于物质、外物而求精神、自我之圆满。如颜子之箪食陋处，陶潜明之悠然自得，“无”之精神实即儒家所云之“独善”，庄学乃独善之成大观者，至魏晋玄学独善之中又增添仅能于物质、外物之欣赏熏染而得其乐，然于现实仍为消极，故高尚者嫉世而风流放达，乃至玩世，庸俗者假托之以附庸风雅，恣于欺世，真者愈真而假者愈假。今人多有论创新、创造者，而不知其门径，“无”乃一切诸法之最佳者。不经于“无”，不可以言创新、创造，仅止于无，亦犹焉耳。

文学中惟经历“无”之一境界，写情叙事乃能摆脱枝蔓，犹禅家之顿悟，直接心源，拨去实相无相，于事物之实质精神与本源得直接、透彻之体会。由“无”而更入于“无我之上之有我之境”，在感情则真挚而无私，在人物形象则透露其内在之美，人格境界、思想境界、精神境界之美。如金庸说部中女子之耀目者，黄蓉、任盈盈、阿朱、阿紫、小龙女、周芷若、赵敏、双儿、苏荃诸女，无论其行径如何，而皆娇美各异，此固为人爱怜不胜也。惟《飞狐外传》之程灵素，本清幽孤弱似林黛玉，貌亦不美，然其心灵之美，实过黛玉。豪放深情，竟至以死生胡斐，惜胡斐转恋袁紫衣，始终妹之。揣其由，余谓除以貌非娇美（书中亦写其娇柔无限，则仅一美字关耳）一原因外，再无他种因素，委实可怜可笑。《七心海棠》之章王铁匠所唱洞庭情歌，神味不知由何而来，令人读之辄生惆怅，缠绵哀婉，荡人心魄。其词云："小妹子待情郎——恩情深，/你莫负了妹子——一段情，/你见了她面时——要待她好，/你不见她面时——天天要十七八遍挂在心！"呜呼，"十七八遍"，妙哉妙哉，更在言外。

文学不能脱诸文字，思想境界则可，故有特出而美之思想境界，未必能成就蕴含特出而美思想、境界之文学。司空图《二十四诗品》所云之"不着一字，尽得风流"，苟以此解之（又如诗中好以禅论诗者），亦未尝不可。钱钟书《谈艺录》解之为"不更着一字"，可谓其根也钝也。详而析之，亦"无"之境界而与"意境"相关者，大抵即烘云托月法之极致。如宋代轶事，徽宗皇帝选拔画师，出题"浓绿万枝红一点，动人春色不须多"，中选者画倚楼少女，而双唇脂红鲜艳夺目；又如"深山藏古寺"，中选者画一和尚汲水于山溪边；又如"踏花归去马蹄香"，中选者乃画一群蜂蝶逐马蹄而飞。此数者皆善画者，似乎离题，而意蕴更胜，即"不着一字，尽得风流"之义也。此之所喻，亦非烘云托月能望其项背也。此种境界，古人多有，如宋人词中咏物，多借此法。亦即欲写事物，自其周围命意，如姜白石《齐天乐》之咏蟋蟀、梅花；或以小见大，亦犹画中之空白法，如刘梦得《乌衣巷》之"旧时王谢堂前燕，飞入寻常百姓家"，杜牧之《夜泊秦淮》之"商女不知亡国恨，隔江犹唱后庭花"。总之，"不着一字，尽得风流"是其极致也。其义旨所在，实即"含蓄"一义，然若上之所例者，却非王静安所谓之"无我之境"，而稍具"无我之上之有我之境"之意味，但不与性情相关，不以性情为根而至于人格境界、思想境界、精神境界之极致，则亦不能达致“无我之上之有我之境”之最高境界也。故有我无我之辨，根本在主体之提升，非若画者之手段，而遂见为高下，为外在而非内在也。

近人冯友兰研究哲学，有“正”、“负”两种方法，亦即“有”、“无”二意蕴之一角度，今人取以论意境，义谛极佳，证明意境理论之研究，已接近完成。然孰知突破意境理论而开一新天地哉？

四九

余尝有中国历史上之十大歌诗、十大诗人之评也，依次为：屈子之《离骚》、郭沫若之《凤凰涅槃》（与《离骚》并列第一，并列者占据位置之一）、关汉卿之《救风尘》、杜甫之《秋兴八首》、辛稼轩之《摸鱼儿》（更能消几番风雨）、管仲姬（原名道昇）之《我侬词》、李白之《蜀道难》、苏轼之《念奴娇·赤壁怀古》、《诗经·王风·黍离》（《蒹葭》并列）、《二十四诗品》、李商隐之《无题》（锦瑟无端五十弦）。《离骚》以单篇论，固足为第一，以诗人之总体成就论，则不可得此也。若以数首而论，则杜少陵为第一，李太白可得并列。以精彩而论，则关汉卿为第一。郭氏此作，极朴素而灿烂之大观，前已有言，不赘。少陵诗沉郁顿挫，以《秋兴八首》之作为极，然此作非徒此一语可尽之也，尚须更进以深厚博大之目，世以少陵为“沉郁顿挫”之极致，几为少陵诗之别名，其实最佳处不在是也。沉郁顿挫仅是风格之论，安能尽窥“无我之上之有我之境”之人格境界、思想境界、精神境界者邪！稼轩此作，兼豪放、婉约之长，极深回流转之致，若以其本色论，尤在东坡之上，为豪放词之集大成者，其能见本色之最佳者为《贺新郎》（甚矣吾衰矣），声情壮烈之最佳者为《贺新郎》（绿树听鹈鴂），然皆未若此篇尤能自内而外发见神味也。管夫人之作，深具哲学思蕴而活泼烂漫，千古第一。以是而论，虽欲置之第一可也，然余方倡以壮美（以“豪放”之精神境界为核心）为吾国民族之新审美理想，不宜巾帼压须眉，故稍抑之，其实喜之非常也。《古今词话》载：

赵承旨与管夫人伉俪相得，倡和甚多。一日赵欲纳姬，以一曲调管夫人云：“我为学士，你做夫人。岂不闻陶学士有桃叶桃根，苏学士有朝云暮云。我便多娶几个吴姬越女何过分。你年纪也过四旬，只管占住玉堂春。”管亦以一曲答之云：“你侬我侬，忒煞情多。情多处热似火。把一块泥，捏一个你，塑一个我。将他来齐打破，用水调和。再捏一个你，再塑一个我。我泥中有你，你泥中有我。和你生同一个衾，死同一个椁。”调笑甚工。

赵松雪人格固非有疵，余尝有《论士之精神——兼论赵孟頫》一文论其事，略云：

偶观画集，大有感于赵松雪也。松雪之书颇秀媚；写山水雅逸，而余未之甚许也，然元之四家入焉。迨明董其昌者，乃以人格议松雪，用贬其书画，除其四家之外，其后傅山诸人皆附从之，其书画之格遂大降。傅山等无论，即董氏者，悠游取巧于仕途，而积暴富乡里，鱼肉百姓致民愤突起，则其败于德也可知，而尚诋松雪之人格，真滑天下之大稽也！论者或谓董之事为小，而赵之事为大节，残贼百姓而为小事者邪？是何论邪！松雪亦以此事为终生之憾而屡责己，过矣！观其本传，多有利于天下者，而无显恶，况绝代文人雅士之风流萃之一身邪！有何憾焉！夫南宋极腐朽之治，而元代之者天也，遗民之属自守清贞而不出，余亦不之责也，其能死其身以为极腐朽之国治殉葬者，又何嘉焉！借机得名，名过于实，戕贼名实之间者无若是之甚者也！苟此义行也，则天下无汉人矣！天下之生，无贵于百姓者，百姓之不能行者，必非第一义也可知，而普天下百姓曾不为殉南宋者，不直也！若是者而以次之之一义责天下之士，是真不可救药而迂腐不可及者矣！宁欲使腐朽之治持之而甘使天下百姓生灵涂炭，而无视之，而不欲颠覆之者，奴隶之姿态精神也，非士之真精神也！若伯夷、叔齐，自采薇以活，余无言也，若陶渊明者，名为高士而口腹每待人酒肉，五体之勤不足以给其空腹，而不忍不能不舍一死以谢天下，天下可笑之事孰甚于是也！天下之士咸奉之为高，是夭遏人性人情而莫之为愈者也！以是不可行之于无所大求于国之百姓也，乃行之于寄生于仕之士，相约以为常，自甘堕落而犹然以所谓大节自负，天下之滑稽者孰而甚于是也！夫大节者，以天下百姓之心之理想为的者也，当南宋腐败之时，百姓未有不欲其与日谐亡者，苟士之不助腐朽之国以压抑百姓之力，则百姓之若刘邦、朱元璋者自可更立一国以待之，何必元人之来而治之也！然则亡天下之罪，不仅在腐朽之帝王，亦无不在同一腐朽之天下之士也！苟天下之士不殉于所谓大节之境界，则元人何能帝吾中华也！然则亡天下者，天下之士也，尤其可笑者亡天下者乃以所谓不亡天下之大节而亡之，遂成千古之笑谈也！夫士之精神，以天下之民生为念之精神也，非彼外在一切诸腐朽之精神，眷恋腐朽之精神，不敢正视百姓之精神也！苟能以利天下之百姓，此即士之真精神，最第一之精神，无上之精神，而非虚与委蛇之所谓大节之精神也！天下之大节落实无不在百姓，而非腐朽败坏之国治也！吾国少一若董其昌之民贼者，乃是莫大之幸事，而少一出身并不由自己而眷恋天下民生之赵松雪，则诚吾中华莫大之损失也！惟民贼也无缝而不入以诋毁真士，而赵松雪之厄运生也。董其昌者何人而若是，而天下之士附从之而不察其实，是真天下无士者矣！天下无士而非其士者俨然以士自命而责真士，故明清以后之士尤萎靡不振也！士之真精神及最高境界为利天下之苍生，若董其昌及傅山者流，其于天下苍生何益也！所谓良禽择木而栖，良士择主而事，气节之事当有变化而随时势，非可限之以一定也。所以然者，一定之气节非士之最高境界，非士之真精神也！论士之真精神，余前已著其说，今缘赵松雪事而更论之如此也。

所谓前所著说者，即《论士之精神》，文云：

顾亭林云“天下兴亡，匹夫有责”，而况士者也夫！故士之真精神，在于以天下为己任而已矣！以天下为己任，非以天下为私者也，故不以位之去留而失其精神，不以位之高下为心魂之所系，尤不以高位为理想，此亦真士之精神也。夫以天下为己任者，非以天下私其人者也，不敢以私心而枉天下者也。为天下者，非私于天下，而将谋利乎天下，以无我之心境为之，而无所私于己也，人皆以为迂阔而不肯为之，而我独为之且能为之也。古之士，必身一技以利天下，因以自立，故曰能为之也。若屠龙口沫纵横汪洋者，又岂足以见士之真精神者邪！故士之真精神，世间最迂阔而又富理想之色彩之境界也，其根本为无私，无私者无欲，无欲者大刚而不屈于物，故孟子云“富贵不能淫，威武不能屈，贫贱不能移”，是士之真精神者矣！有是之精神，虽无绝高之智识，虽处江湖乡鄙，亦无非而是真士也！故士之真精神，技其次焉，术其次焉，智其次焉，位其次焉，而心其最第一者焉！知其不可为而为之，为之虽败而心犹不馁，精神持久而能鼓荡其内在之气者，是真士者也矣！然则气之所由来者何哉？上之所喻，士之真精神耳，若其成就，则必待世俗世界以锻炼之也。接于世俗世界，而成就其无我之上之有我之境界，是士之真精神之所归，亦即士之所归也。惟其以无私之心境而接于世俗世界以求有所利于天下也，故恒热情不灭而气鼓荡乎内，若是而其志不馁也。世之有士之材而无士之精神，有士之精神而终焉不得成就，皆于此关未能参透故也。世方有论复士之心者，而以"主政"、"高贵"、"高雅"为心，亦其末矣。感士之精神之没落于今之世也，而论士之真精神如此也。

《太平清话》载："松雪夫人管仲姬，生泖西小蒸，至今其路尚名管道。工诗，善画竹，亦能小词，尝题渔父图云：'人生贵极是王侯。浮利浮名不自由。争得似，一扁舟。弄月吟风归去休。'松雪和云：'渺渺烟波一叶舟，西风木落五湖秋。盟鸥鹭，傲王侯。管甚鲈鱼不上钩。'"可见管夫人之志，不让男儿也。

太白此作，天才之物，不必多言。东坡词最著者即此作，其于豪放词尤具伟美之历史意义也。《黍离》之作，兴而回味无穷，感慨深沉；《蒹葭》一篇，亦复美轮美奂。《二十四诗品》兴象淋漓，足为经典。李义山《无题》诸诗，早闻名于诗史，而此篇为最，可谓缠绵缥缈而朦胧，一往情深。

十作之外，尚有候选，如聂绀弩，惜其诗以单篇而论，稍欠经典，总体而论，而辉光日新也。故列之十大诗人之中，依次为：杜甫、关汉卿（以剧曲入选）、李白（以杂言诗入选）、辛弃疾、屈原、郭沫若、李商隐、苏轼（以豪放词人选）、陶潜、聂绀弩。古今诗人，自以杜少陵为第一，李太白原可与并列，而关汉卿后来居上，遂退居第三席。辛稼轩词中第一，豪放词中第一，兼有婉约豪放之长，毋庸置疑也。屈子为吾国历史上之第一个大诗人，诗骚并称；郭沫若之《女神》开一代风气而有《凤凰涅槃》一千古不遇之作，皆称其列。李义山极婉约缠绵诗之极致，酷嗜之者，往往论之以第一也。苏东坡为豪放功臣，名作流传众口；陶渊明风华高古，足为魏晋风流之楷模。聂绀弩以"神味"为旧体诗开新生面，极为难能可贵也。

由上述两者之义旨，亦略可见"神味"说之旨趣如何，而实知若是之犹未能尽善尽美也。未来茫茫，广大漠漠，尚有待于后人之无限之开拓也。嗟乎！诗之境界、神味，永无竟极，其妄想以谁何为永恒之最第一者，亦可笑之极也矣！吾国古今之诗人，虽各有特色，众星灿烂，汇为诗歌史之辉煌，然此合众人之力以成就者，若碎金之积为巨富也；至若以一人之力而旷古绝今，尤须有单篇之闳美深肆之巨制，而淹有众美之淋漓，则其人也，尚未见也。

五〇

清诗之神味特出者，聊拈数例：林古度《金陵春夜》之"无被夜眠牵破絮，浑如孤鹤入芦花"；钱牧斋《众香庵赠自休长老》之"道人不作寻花梦，只道漫山是白云"；冯班《有赠》之"八公山色还苍翠，虚对围棋忆谢玄"（曹弘评此诗"如书家之敛笔藏锋，歌者之潜气内转，最为含蓄有味"）；顾亭林《海上》四律；施愚山《临江杂咏》之"一亩官租三亩谷，农家翻厌说丰年"；吕留良《乱后过嘉兴》之"新来邻里别，只说破城功"；

陈恭尹之《虎丘题壁》；蒲松龄《采莲曲》之“两船相望隔菱茭，一笑低头暗眼抛。他日人知与郎遇，片言谁信不曾交”；查慎行《秦邮道中即目》之“贱卖河鱼还废箸，比中多少未招魂”；纳兰容若《秣陵怀古》之“中原事业如江左，芳草何须怨六朝”；黄任《西湖杂诗十四首》之“宋家万里中原土，换得钱塘十顷湖”、“孤愤何关儿女事，踏青争上岳王坟”；郑板桥《题竹石图》之“千磨万击还坚劲，任尔东南西北风”；袁枚《张丽华》之“可怜褒妲逢君子，都是《周南》传里人”、《鸡》之“养鸡纵鸡食，鸡肥乃烹之。主人计固佳，不可使鸡知”；黄仲则《癸巳除夕偶成》之“悄立市桥人不识，一星如月看多时”；龚定庵《咏史》之“田横五百人安在，难道归来尽列侯”；易顺鼎《三峡竹枝词》之“郎似西陵峡中月，一生相见不多回”。以意为主，则得神味，虽然尚有未至于“无我之上之有我之境”者也。

五一

李太白《山中与幽人对酌》云：“两人对酌山花开，一杯一杯复一杯。我醉欲眠卿且去，明朝有意抱琴来。”风流恣肆之姿态呼之欲出，而绝妙之画境见焉！此即“无我之上之有我之境”，本于性情而极其致者也，若“惟有幽人自来去”之句，则逊色多矣。余初读此诗，不觉嗟之良久，夫古人文采风流、自在悠然之境界，其何可追也！若能更及世俗，则泼辣之姿态当有见矣，不仅于此也。

风流不难，而豪放之兼风流为难也，古今诗人之豪放风流者，李太白其极矣！太白之天才性情，皆为大观，其歌诗极流丽，精神之色虽豪放，然总体之色则清逸也。世皆谓其诗不可学，为千古无两，然何必学之哉。若因此而以为其后无人，则不可也。如杜少陵、辛稼轩之豪放，则转之内在之深郁，意蕴之丰富更胜，皆能开拓豪放之境界。杜之豪放内敛，辛之豪放内外谐利而变化自如，则其异也。三人正宜争锋，而不宜评辨孰为更胜。关汉卿剧曲之豪放声情百态，神味烂漫，惜是代言体，后人往往以非诗搪塞之。后世以为李太白千古独绝，后人不可复见其姿态，岂料千年而后，竟有郭沫若横生，亦具天才之色，而气势过之，激情过之，豪放过之，磅礴流丽过之，情感之力度、深度皆过之。盖李太白之歌诗以吾国古代社会发展极盛之盛唐为背景，而表其个性出乎其上，纵横无羁，虽能至于“无我之上之有我之境”，却多是“小我”之色彩，而终以个性、自我为核心；郭沫若则以吾国古代社会腐朽已极、开天辟地之新社会行将面世之历史转折点为背景，更为恢闳壮丽，不独臻于“无我之上之有我之境”，且多着“大我”之色彩，其之所以过于李太白者，亦有由矣。故同为豪放者，李太白多以意境胜，而杜、辛、关、郭则多以神味胜。乃知断前无古人易，论后无来者为不智也。惟郭诗之形式尚多初创之粗糙，多不堪经典制作之目也。

五二

以“豪放”为“神味”一义之内质精神，非余偶然兴会之所至，盖有由来者亦其远矣，一以贯之者亦其久矣。豪放之精神，余尝阐论之于《金庸说部诗学论稿》一作《〈笑傲江湖〉之精神》一章，其言曰：

> 豪放者，历经最大束缚而获得之自由之境也，戴枷锁而能舞也，于事物之本质得玲珑剔透之领悟，而与其生命存在之节奏相俯仰感应，得物我之间莫大之和谐，而又使我之性情适乎天地万物，缘世俗民生而臻至“无我之上之有我”之

境，出入人天，而又呈现为烂漫之状态者也。其核心内涵则不受拘束，故豪放乃事物演进之内因，亦我性与于创造之表现也。纯粹之豪放，其生命力恒及于宇宙自然而以物待我，故能于虚应万物，以我性改造自然人生者也。豪放之我性，必不徇于物，而保持自由之思想、独立之精神，其所徇于物者，物之自然也，无之，物不得其生焉；必不徇我也，其所徇，乃芸芸众生之大者，故由之得以成就灿烂烂漫之人格境界、思想境界、精神境界也。豪放之境界，写意之所生也，以动为其本色也，以历虚而虚实互生之境为其结构，其心境不可下于冲和平淡也。故豪放一义，非仅疏旷放达即所谓达观而已，而必兼达观与积极两种精神境界；故如词中苏东坡之豪放，未辛稼轩若也。

世俗之所云豪放，多肤浅之论，往往在风格论之层次，虽与豪放之精神相关，而与其最佳无上之义谛，相去远矣。豪放一义乃东方文化精神之最高境界，虽儒道二家之极致，不足以当之也。必和合儒、道二家之积极、进步之精神而补其未善，而后可以当之也。豪放之境为吾国特有，惟有此特质，乃能使艺术在形式上直抒性情，不拘格套，姿态烂漫，在内容上富有活力，情趣不俗，气质大方，表现为积极乐观之精神境界。西方之勇武强壮、威猛庄严，与豪放无涉，西方人不含此特质，亦不解豪放为何物。西方人之情感以激情为形态，其潇洒在形体，东方豪放之本质则在于精神。即以释氏言之，其清净庄严、玄秘精深之境界，亦不蕴含豪放之精神。豪放存在之环境，亦由吾国两千年酝酿而成之人格化之事物为其氛围，事物或缘古之意境理论而不尽适于今，若洒脱不羁、姿态烂漫之我性，则无古无今，越度时空，如魏晋南北朝时达观放荡之士之性情，明季激进自由之士（如李贽）之性情，无不灿烂于千古，永恒于历史。又豪放之得，必历“悟”之境，然如释氏，如中土之禅宗，专以之为事，如六祖慧能与历代高僧之故事，其行亦或放荡不羁，自由不拘，睥睨俗世，脱弃红尘，空色自如，不执于物，然以吾人之目光视之，此可谓之达观，不可谓之乐观，不可谓之积极，故非豪放。其于世也，虽期诸普度，实限以自证，世俗中人之智计，又不可期之以遍悟也。历代高僧犹有数十年不悟者，况世俗中人哉。盖释氏空悟义理，自陷抽象，其所行止、尊崇，不过如瓶中之花、镜中之象、空中之音、水中之月，去真实存在之境界，隔一层矣，故云自我圆满，实不关人痛痒，普度众生，便如雾中观花光景。盖自然人生之真谛，不患现实世俗，而患罔能超越世俗。红尘世俗，大美存焉。释氏之所为，实无异缘木求鱼，脱离世俗。超越如蜂采花而酿为蜜；脱离乃避开世俗，自求虚拟理想之境，如“蝶飞蛹外茧成全”之句所揭，不过蛹化为蝶。蜜不可复成为花，故其过程，乃一创造之提升；蝶可复产卵而成蛹，故其过程，乃一机械之循环。此两种境界，一名大我，一名小我。大我乃于平凡、寻常中造就非凡，小我则因人禀赋因缘之异以成，不可强求。故豪放之境，必是大我，即“无我之上之有我之境”，能于此者，乃真豪放也。

豪放之为精神境界、精神意态，为自信，为烂漫也。东坡《卜算子》之“拣尽寒枝不肯栖，缥缈孤鸿影”，不具自信也。若《定风波》之“回首向来萧瑟处，归去，也无风雨也无晴”，则可矣。又如张于湖《念奴娇》之“悠然心会，妙处难与君说”，严蕊《卜算子》之“若得山花插满头，莫问奴归处”、李太白《山中与幽人对酌》之“我醉欲眠卿且去，明朝有意抱琴来”，必具自信而不待于外物，乃堪与于豪放也。豪放之事物之本质，在其生命力内蕴之美之闳大充实，无物可以挫之败之而能阻挡其向完美完善之境发展之趋势，亦即事物自然而然又不得不然者，亦即《〈聊斋志异·婴宁〉之意境神味》所言“外形实不足以掩其内美”黄蓉之例之义旨。又如屈大均《鲁连台》诗云：“从来天下士，只在布衣中”，无限自信之意态，又何如也。《庄子》有云：“独与天地精神往来，则大美存焉”，是何等自信之境界；若“虽千万人，吾往矣”，不必言矣。必具自信之美，而后能摒绝浮躁繁华，离于色相，而能与物交融心会，固守孤独寂寞，寄其形骸，探其真美。发之于外，乃见动媚烂漫。按“媚”之一语，实即内蕴之美之主于静而动而烂漫者，内媚而外烂漫，皆为英姿勃发深具自信之豪放者所有，皆摄人心魄、澡雪精神之美也，必具自信，乃能如是也。西人莱辛之《拉奥孔》有“化美为媚”之一法，虽倡动态之美，而于内美（人格、思想、精神境界之美）仍在门外，亦不可期以豪放之精神也。

吾国文学中诗人之最具豪放之气质者，其杜少陵、李太白、关汉卿、辛稼轩数子者欤？其次则苏东坡、龚定庵辈。文学虽未大见而人极豪放者，则嵇康也。以书为论，则颠张狂素之大草也。或能解李太白之豪放，而不能解杜少陵之豪放，而欧阳修《六一诗话》有云“唐之晚年，诗人无复李、杜豪放之格，然务以精意相高”，则其豪放为确然无疑也。词人不得不独许苏、辛者，盖二人之后之所谓豪放派，实鲜蕴含豪放之精神也。关汉卿之豪放，乃元曲以豪放为本色之最出色者。龚定庵之豪放，则异于李太白之清华莹澈、玉雪皎洁，而透露瑰丽奇谲、一往情深之色彩，未易多得也。或以如放翁“楼船夜雪瓜洲渡，铁马秋风大散关”之句者为豪放，实则豪放并非依于雄大壮阔之境，亦不喜以热烈奔放为主，而大致在动中孕静，静乃我性和谐于物之表现，动则寓我之内美于其中，故如稼轩词中之写乡村闲适者，虽貌似静，而其内在所蕴含勃郁超逸、深浑优美之人格、情志、理想则丝毫未减未逊，无往而非具豪放之精神者也。

豪放之精神必饱含深情，于自然人生之事、理、意、趣，所谓千形万态之色相，能欣赏其美，而以陶冶怡养性情，葆持虚盈之态，貌似极静，极无所事事，实则物极而反，待时以动，身心精神，皆极灵动，如蛇信然。豪放之精神在于胜己，而非溺陷于世俗，争扰于名利。由胜自然以提升自我，而非以人为的，以辱、败、陷、杀之为满足，亦不以玩性情为代价，亦不重世俗之名利，所谓天下交誉之而不加其喜，天下交毁之而不加其忧焉而已。故真正具豪放之精神者，不以名利富贵为意志，而能以布衣傲王侯。亦非傲之，不过视之如稚子赤裸之时，人人不异也。故真正具豪放之精神者，必爱人，必以仁待人，以平等待人，以平常心处世，而尤对世俗中人之弱者饱含深情，而能以其生为一己之喜怒哀乐，而恒欲其生得大美满幸福。然现实世界之民生又恒不得善，恒为名利所曲，权贵所迫，为恶劣秽丑所污辱毁灭，故豪放者常能舍一己之私而起与之争，而能不以生死为意，林少穆“苟利国家生死以，岂因祸福避趋之”之句，得其实矣，纵身死之，犹得“零落成泥碾作尘，只有香如故”也。吾人之览杜诗，深郁固佳，而其中随处而有之深情，尤使人不能自持。故真正具豪放之精神者，其性情必特出，其大而可观者则成烂漫，而能入于“无我之上之有我之境”，亦惟此种人格境界、思想境界、精神境界，而能有灿烂伟大之成就也。纵生不逢时，亦由之足以欣赏自然人生，悠然笑傲江湖、林下、市街以终，不可以哉！如子路之将死正冠，虽有其迂而腐；而嵇康之临刑弹琴一曲，何其洒脱风流也！王右丞有句云：“日落江湖白，潮来天地青”，宇宙自然人生之气象，如是而已，必得此生生不息、大气深情之天地气韵之领悟，而后乃能于豪放之精神有深解也。嗟夫，后世之人，孰可与言乎豪放者哉！……

豪放之精神，意中之豪放也，故如令狐冲之被迫而起，而成淡然悠远、浑涵一切之气象，即其正色也。若能以实现，则其出色也。如萧峰之豪放，多具现实世界之色彩，而以阳刚大气之美为主，慷慨激昂而一往情深，于惨痛激烈之中，以成生命精神之异彩，方之令狐冲，一刚烈正气，一虚静灵秀，豪放之禀斯二美，亦足以移人矣。若崇豪放而不解其精神，诚乡愿者矣。如嵇康诗之“手挥五弦，目送归鸿”、“微啸清风，鼓楫容裔”者，豪放之意态何其挥洒自然也。惟有此种豪放之意态，乃能为《与山巨源绝交书》也，孟子所言之“富贵不能淫，威武不能屈，贫贱不能移”，而内又“善养吾浩然之气”，则洵豪放者之能事矣。令狐冲与萧峰，皆足以当之也。若夫享富贵之清华而不务实事世务，为而又仅止于其身，或孤芳自赏，或三五麇聚，终日耽于诗酒，溺于声伎，自称傲啸山林朝市，其实外强中干，事起则变节，自降身为妇人女子，似此之人，虽有豪放之行，之意态，而玷污豪放之精神矣。盖豪放之精神之所本，为真淳朴素之性

> 情所具之内美，由兹内美，生诸意态，则无往而非豪放，故吾人观《神雕侠侣》中之杨过，而觉其豪放之气质，远不如郭靖为多，即此理也。又如周伯通，性情虽佳，终不可以豪放目之者，以去现实世界之利害关系已远之故也；又如左冷禅、岳不群诸人，即之过近而不能超脱物外，亦不足为豪放之境界也。

其论既以《笑傲江湖》为主，则武侠小说中之江湖本有超世虚幻之色彩，故所论豪放之精神，总体仍在词中苏轼之豪放境界，如令狐冲虽能豪放而淡泊名利，然终于世俗民生无所与，而惟归隐一途也。若萧峰之欲用世，而不得其用，欲于归隐有所突破而不能得，则亦惟自尽一途，以升入崇高之境界，此亦足见武侠小说不足与于豪放之最高境界，若词中辛稼轩之精神境界，则又不可不知者也。

又，拙撰《论豪放》，古今由范畴而论豪放之最全面、评价最高者也。由复兴吾国以壮美为主之审美理想为其心，凡义界内涵、特点、结构生成及生成之流程、与相关相似范畴之辨正、历史上之发展嬗变、思想精神及哲学辩证法及诗学之基础、文艺中之表现及审美意蕴、诗学词学之理论探讨诸问题，皆一一明辨详论之。今暂择其要略之义如次：豪放之为一范畴也，为吾国文论范畴中最具主体性精神色彩者，故最具创新之精神，最富创造力。其义一以贯之于美学范畴、诗学范畴、词学范畴、曲学范畴，其中美学可涵书法绘画，而诗学可涵词曲之学，要之，词学是其理论纠缠之核心，而诗学是其主体之所在。豪放之逻辑起点为以“气”为主之“收”与“放”之动态关系，孙联奎《诗品臆说》云：“惟有豪放之气，乃有豪放之诗。”是矣。其广义为风格论，与阴柔美相对待，狭义与婉约相对待。豪放之内涵，核心之点为气魄大而不守拘束，进而言其精，则主体因其志意理想接于世俗民生而得之气（至于盛大充沛之境）与情（热烈深情）而成就一“无我之上之有我”，而能不守既有过时、僵化之礼法制度、规律法则之束缚也。故豪放为主体不隔于世俗民生之必然结果，凡能成就“无我之上之有我”者，必能见为豪放之境界。具体而言其适用领域则分三层次：社会人生、技艺表达及风格形态，分别对应礼法制度、规律及婉约（实可扩大为“优美”）。自表达形态而言，则与豪放对立者为“恭谨”、“墨守成规”、“含蓄”。“豪放”内在结构亦阴阳刚柔和合之最佳者，他如“豪宕”、“豪迈”、“豪雅”、“豪雄”、“豪壮”、“豪纵”、“豪诞”、“豪恣”、“放逸”、“放达”、“放旷”、“放肆”、“放浪”（其外围尚有“狂放”、“旷达”、“雄浑”、“狂狷”之类，皆可视为两者之中间状态），皆有所不足。如“豪宕”总体以阳刚为主，而其中之“宕”则阳刚有过；“豪雅”总体以阴柔为主，其中之“雅”则又阴柔稍过。惟“豪放”之“豪”在内，其为气之积聚也，以阴柔而聚此阳刚之物，未发之前，属总体阴柔之状态，而“放”为气之发，因其盛大充沛而总体阳刚，其发之也控制自如，婉转变化，则又涵阴柔之处，两者和合为“豪放”，为内外合一、阴阳和谐之最佳动态结构，为诸范畴所无也。“婉约”之“婉”、“约”皆偏于阴柔，总体而乏阳刚，乃其不可弥补之缺陷，岂能与“豪放”比肩哉！鲜明强烈之主体性精神特征，盛大充沛之内在气蕴、外在气势，直抒胸臆、淋漓尽致之表达方式，此豪放之三大特点也。吾国历史上之“中和”有二，一则以《易传》积极进取、阳刚刚健精神为主，一则以老庄消极逍遥、柔弱超逸为主，豪放则合两者之长，为积极之“中和”之境界。“豪放”为诸“壮美”风格中最具主体性精神色彩者，为“壮美”之高级形态，未必见为“壮美”之一般特征，若无主体精神之豪放，虽壮阔壮丽，亦非豪放也。“壮美”偏于写实、再现，“豪放”偏于写意、表现（因更多主体精神之介入）。西人之“崇高”为主于心之境界，豪放则以现实为心，当今崇高已为荒诞所替，崇高感已大失，故未如豪放更具现实性也。“浪漫主义”之核心思想在个性解放，此或有益于豪放，而豪放之高境则不独见为浪漫之境界，明人文艺浪漫主义色彩大兴，而又大具世俗之意蕴，而不见为豪放，即其证据也。西人尼采《悲剧之诞生》论浪漫主义之失，良足参证也。豪放萌芽于先秦，生发于汉，如《史记》之人物传记是其代表。及于魏晋，玄学为定于一尊而后已趋庸俗之儒学之反动，豪放复振，然姿态尚未大足，惟鲍照起于民间，悲壮豪放，灿烂一代。至于唐之恢宏开放，遂大兴于歌诗、书法，李、杜为盛唐歌诗之代表，皆以豪放为胜境也。有宋诗衰而词胜，风格卑弱，豪放为壮美风格之代表先锋而与婉约对待，已见俗文学兴起之端倪，周、姜、吴、张之流不知以世俗补其气、情，词遂雅化而衰。至元曲再变，世俗之姿态大见，豪放遂为其确然无疑之本色正宗。元曲得成“一代之文学”者，功多在剧曲，今人多承唐诗、宋词、元曲之皆为歌诗而为“一代之文学”，而以元散曲为诗词之正脉而排斥剧曲为非歌诗，不知若仅散曲，初非能当得“一代之文学”之誉也，“一代之文学”如汉赋、晋文及明清小说，并非以歌诗为线索也。剧曲为吾国歌诗之极致，为叙事诗之大成，为抒情诗之开拓，为意境理论之开拓，为俗文学之开拓，今人未必知之也。令雅套俗，剧曲实即套之串连，若以令多雅而以清丽为事为其本色，则大误矣，故余以为任中敏《散曲概论》以豪放为散曲之本色，虽本即其实，而实具旷古未有之功也，惜今人治曲者多昧之矣。有清词学，渐见豪放、婉约，皆为本色之音，如田同之《西圃词说》、沈祥龙《论词随笔》。五四新文化运动前后，若郭沫若之新诗、康有为、吴昌硕、傅抱石之书画及新派武侠小说，皆大兴豪放之精神，壮心可嘉；当代则又微矣。豪放之义，为儒道互补和合取长补短之最佳结晶，承诗“可以怨”之精神而大反为政教思想庸俗之“温柔敦厚”，陈独秀、鲁迅皆斥以阴柔柔弱为主之审美理想之非。以“活”为辩证法之人生境界，天真、朴素、本色之人格本真架构，自信热烈、一往情深之心灵世界，诗酒豪放、琴剑炫异之人生意态，此豪放之四大审美意蕴也。豪放在诗学词学领域之诸问题，要在见之为豪放、婉约之辨，余括之为六义：“豪放”为“婉约”之突破与发展，为不隔于世俗民生及确立主体个性精神而至于“无我之上之有我之境”之必然结果；“豪放”词可兼有“婉约”词之长，反之则不然；“豪放”、“婉约”皆词之本色；“豪放”非“诗化词”，诗、词、曲皆诗也，皆须达致诗之最高境界，自诗观之，则“豪放”为诗之最高境界而“婉约”非是；“豪放”、“婉约”二分法非粗略，他种细分之风格亦有，然惟于此两种风格之对待上，乃能领略其于“豪放”成熟为一范畴而至于其极限之点之意义，若自他种细分种种不一之风格观之，则不可得是也；“豪放”为唐诗宋词元曲一脉相承之内在精神，为其最高境界之所在，是诗、词、曲形式演变之内在动力之所自，此非“婉约”所能办也。豪放之价值为吾中华民族文化复兴之根本精神，为以壮美为主之审美理想重建之根本精神，为继承发展传统文化、评价传统文艺之新线索新基准。若具此豪放之精神、眼光，则吾国之传统文化当自能出新境界也。传统词学批评豪放之缺点，非豪放之最高境界，而若论豪放、婉约二者之是非长短，则必自其最高境界以观之，又何疑也？故豪放之最高境界如辛稼轩之词、关汉卿之剧曲，岂受其责哉！王国维《人间词乙稿序》云："南宋词人之有意境者，惟一稼轩，然亦若不欲以意境胜。"不知"意境"理论本即笼罩辛词不住也。若犹然以"意境"之眼光观豪放，则其于豪放缺点之评价也宜然也，岂公论哉！

五三

"神味"、"意境"（以王国维之"境界"为最高形态）二义，余尝论其异而得数端者焉，而综"神味"一旨之要义若干，其次如下：

1. "神味"兼静态而以动态美为主，其最高之姿态为泼辣烂漫，以此为切入现实世界之契机（虚实互生，以实为主。虚所以提升提炼实而得其精华，以入于更高境界之实）。此一动静非形式上者，而由精神主之者也。形式上之动仅得活泼之韵致风神，精神上者则得灵媚闳美，皆我之人格境界、思想境界、精神境界之所注者也。

2. "神味"重内美，而重人格境界、思想境界、精神境界，此与"意境"美大异。"意境"之哲学基础为"天人合一"，诗学基础为"中和"之美，但得其偏于消极静态柔弱者；"神味"则以此为非是终境，而最终以人主之而见人之主体性精神，而得"中和"之美之偏于积极刚健动态者，并兼有"意境"之长者也。惟是之故，豪放词乃能兼有婉约词之长，反是则不然也。

3. 人或人物形象及其存在之最高境界："无我之上之有我之境"。此一境界由进王国维之"有我之境"与"无我之境"而得。传神合消极之"我"（可能为"大我"）为意境，而传神合积极之"大我"（即"无我之上之有我"）为"神味"。欲至于"大我"之境界，必以非功利之态度对人而以人为第一位之价值，而后可得也。

4. “神味”说之三要素：事、意、细节，而以性情一之；性情尤重朴素，由天真而至烂漫，得人间“大我”之情味而至泼辣、豪放。若无性情中之朴素天真，断不能至豪放泼辣之境界也。

5. “神味”之内质：豪放之精神境界。“意境”以写意为极致，“神味”以豪放为极致。“意境”以“兴象”为中心、以情景为中心，“神味”以“细节”为中心、以人之主体性精神为中心。

6. “神味”之本质特征：不可复（性情、细节）。“意境”则多复而大同小异，此由“情”、“景”易单调故也，而唐以后之诗史足以证之。“神味”之“味”，特指“无我之上之有我之境”经于世俗而后得者，故其性无二，而不可复也。

7. “神味”创造之理想：由大俗而臻大雅，其境界为平凡而造伟美，闳大深情，不可方物，不可思议。非独如审美，可以闲淡之姿态心神以观佳人，而是和合真、善、美三者，若睹佳人而当下呆立，魂灵出窍，得大受用也。

8. 三境界之别：艺术以灵动为特色，人生以“意境”（尚淡远闲逸）为特色，文学以神味（“神”为物之极，“味”为人之极）为特色。文学亦艺术之一，而含未实现之人生，故最全面而深刻，深具理想之色彩也。

9. “神味”为杂多融一之美，以天真烂漫、淋漓尽致为外在最高之表现形态。“神”为一物之极致，“味”为多物或人与物和合之极致。“神”之最高义在于性情之神，“味”之最高义在于以人为最无价最第一之价值之境界而得之“味”。

10. 比喻：“意境”如王士禛所言之龙，云中只露一鳞一爪；“神味”如张僧繇之画龙点睛。“意境”如鲲鹏乘风，“神味”如凤凰涅槃；“意境”如水中之盐味、蛹中之蝶，“神味”如蜜中之花、火中之凤。

11. “意境”典范代表之作如李易安之《一剪梅》（红藕香残玉簟秋），其稍巨者则如张若虚之《春江花月夜》；“神味”典范之作如《挂枝儿》（我侬两个，忒煞情多），其闳大者则如关汉卿之《赵盼儿风月救风尘》、《感天动地窦娥冤》。

12. “神味”说之目的：理论上为突破“意境”，故文学上为促使开一新境界而别造兴盛，人生则为人而以人为最无价之价值、以人为第一位之价值也。以人为最第一之价值，非以人为中心，而抹杀其他一切诸价值者也。

13. 创造之法之异：“意境”，由有限以求无限，故其所求之“大我”仍为个体之“小我”，为形式上之“大我”也；“神味”，则是将有限最佳化，故其所求之“大我”乃是“无我之上之有我”，由世俗之社会民生锻炼而来者也。

14. 王静安之“不隔”，乃就情景以言，此特小事耳，已隔一层，此断不能至于“无我之上之有我之境”，而身之融入现实世俗世界，而后有感情境界，而后有人格境界、思想境界、精神境界，亦即大俗之境界，豪放之境界，此真不隔也。“不隔”之义，用之未必能至于“大我”之境界即“无我之上之有我之境”，而无之必不能至于“大我”之境界者也。

15. “意境”以陶渊明所造之境界为最高境界，而“神味”则以辛稼轩所造之境界为最高境界，而无论其文学境界也，无论其人格境界、思想境界、精神境界也。以文学境界论，李杜自居最第一，而其人格境界比之辛稼轩尚稍逊，况辛稼轩之文学境界足以高于陶渊明，故以辛稼轩对待陶渊明也。

16. “意境”之总体氛围为优美，特以抒情诗为其范围；“神味”之总体氛围则为偏于壮美而兼优美，抒情、叙事皆总有之而不分你我，而鉴于吾国抒情诗特已发达之甚之事实，故今后其寄托特在叙事诗一体。故“意境”一情景为内外，而“神味”则内则以“豪放”之精神，外则以“细节”见也。

17. 由言不尽意至于求象外之象、味外之味、意外之旨，而加以吾国文化精神中和之消极柔弱，此“意境”之实质，虽王静安之“境界”说，亦不过如此，此特为“技”之境界耳，是守成之境界也；若由之而更进，得中和之积极阳刚，由之以见人之主体精神即动之精神，以为融入现实世俗世界之契机，则创造之境界遂可期，是“神味”一旨之精神也。

18.“意境”者，审美鉴赏之理论也，其非不能用于创造美也，而审美鉴赏是其最适于用者也，审美鉴赏之境界是其所求所赏也；“神味”则审美鉴赏而兼创造美之理论也，而创造精神为其内核，以“豪放”之本质即为不受拘束于业已僵化而丧失生机之礼法制度、法则规范也。故“意境”用于古则可，用于今后而有以进益文学创作，则非是第一义矣。

19.“意境”之最终目的为由文学而及人生，“神味”之最终目的则由文学而及人。为人生，则不无现实功利之影响；为人，则是以人为第一位之价值也，为成就人也。近世西人大崇个性，故以群性为指归之“崇高”得大兴起，吾国自汉代后即大崇群性而乏个性，故豪放得造极于元人粗略之治。豪放者，由群性成就个性之具者也，故近世西人所大崇举之“崇高”之境界，惟由“豪放”而可得瓜葛，若准之吾国，则豪放是其出头地也。

统观诸义，可略得“神味”说之所以，而若欲于上述“神味”一旨诸要义有真切而鲜明之体悟，则非合观拙作《嫁笛聘箫楼曲话》、《〈人间词话〉评说》、《诸二十四诗品》不办也。

五四

余之论诗，起于创作。十七年前，余始作为者为新诗，然时新诗已陷入困境，困惑而不知前路何在，故又习旧体诗，兼观其诗学，欲承传统诗学之长，而加以改进，以为新诗觅一可行之路径也。今回顾新诗三十年来之所成就，可谓驳杂多端，由最初之辉煌而影响于社会，终归于文学之“边缘化”流程之中，而渐成诗人之自言自语、自说自话矣。其所开拓处，则仍欲以西学张之，至今已基本完成西人曾经眼花缭乱之所有花样翻新，佳诗之所有要素如情感、形式、姿态、自我等，皆所涵有，然无一人能集萃众美，由所变化之新境界以取得具审美理想境界之诗美，而为后来者立一典范也。新诗史惟有风云变幻，却甚乏经典，原之，则新诗三十年来已完成主体个性之造就，而其所有作为，亦不出个性一己小我之经营而外，虽与政治意识形态之直接关系脱离，然始终未能回归造就“大我”之境界之路径；惟其以个性为着眼点，故诗之知性过于诗性，诗人好以思想、知识、个体生命体验寄之，以见广大深博，而又未能吸收融化西学入其血脉、精神之中，粗廓梗略者多，独立生发者寡，终是随人短长之境，以此为胜，离于诗意之境界亦且远矣！西人若见吾国诗人之拾其唾馀，笑必灿烂矣！若非我者，拉杂终究不似。故新诗之最大误区，乃是表现思想，若欲表现思想之深邃独特，则不必诗也。总之，个性——无论其至于如何奇幻深邃之境界，却非诗之终极境界，非诗之最高境界也。今之新诗人犹以个性为其所有用心之所在，诚可惜也。诗人煞费苦心寻找诗并借得若干外援，而始终无法回到诗之真正中心，或未成为其本身即诗之境界，亦三十年来新诗之最大悲剧也。诗之开拓若不与现实境界相合，而流于个性变幻之“为艺术而艺术”之境界，若不变此路径，即百年其面目亦不得根本之改变也。故余为新诗指一路向云：“个性且休矣！思想且休矣！且向世俗民生抛血泪、讨活计去！”

五五

诗者，人之自我生命存在之最高形式、最高姿态、最高境界，以人为最第一之价值之境界，以臻于“无我之上之有我之境”，而得其神味者也。臻于此一“神味”之“无我之上之有我之境”，纯是一片情与气之光影交织缠绵而淋漓，情为主体之喷薄，其寄托若不可胜，气为主体之接于世俗民生而得之磅礴浩然者，其所向也若不可遏。诗非独为一切诸艺之最高形式，且为世间人之所以为人者所能达致之最高境界、最高可能，为人提升自我之最佳途径也。小说容量亦且丰厚深邃，然以代言为胜，难于寄托主体浸透整个生命、经历整个世界之情感、意志，其所持之之姿态，颇有不如也。

世界之本质，必以人为始，以人为终；以人为世界基础、本原之最大成者，而世界之大成又终将归之于人者也。鲁迅《文化偏至论》云：“凡一个人，其思想行为，必以己为中枢，亦以己为终极：即立我性为绝对之自由者也。”我性之绝对自由而不守任何外物之束缚，古今中外之范畴，惟“豪放”最具此一精神之境界。黑格尔之“绝对精神”、王阳明之“良知”，或误其始，或误其终，皆非全完者。以是之故，余命诗而如此也。此一义也，乃诗之最高义，他者之义亦或有诗意，则皆其下者，馀并不一概抹杀也。余以此义示昌邑宋伟杰，云：“人之最高境界即诗也。”嗟乎，慧哉，亦可谓其提纲挈领者矣！宋君，治外国文学者也。又吴冠中云：“我不该学丹青，我该学鲁迅，这是我一辈子的心态，越到晚年越觉得绘画技术并不重要，内涵最重要。诗才是最高的艺术境界。”道此言语时，吴氏已然九十高龄，孔子云“朝闻道，夕死可矣”，此则可谓将殁而悟，亦无不可也。所惜者，其所悟者亦常理耳，诗画一理本为吾国谈艺常言，故古之歌诗往往以意境为高，此乃画境之极致，实非诗之最高境界也。西人莱辛《拉奥孔》一书早析论诗之最高境界高于绘画（雕塑）之最高境界之理，近人钱钟书《中国诗与中国画》一文亦究论吾国画境之极致非诗之最高境界。吴氏之言犹以艺术为心，此正其最大之缺陷，故虽若悟而实未悟，遑论透彻之悟矣！其虽论乎技巧不如内涵，然以艺术境界目诗，仍属“技”之境界，犹非以人之本质之高度以明之者也。况悟本寻常事，若止于悟，犹非足道者也！吴氏穷毕生之力，欲于画境而臻诗境之最高境界，终于未得，更未知工夫在诗外（工夫在画外）之理之真义究竟何在，以为内涵足恃，殚精竭虑于内涵之经营，虽点画精神，大重表现、感情，然画境本大狭于诗而不得其用，而又失传统文化精神之本根，此无异于强为巧妇无米而炊之举，尚不足以至写意之境，诚可悲也！论其画者徒以融合中西之路径誉之，尤属皮相之论，害人不浅也！由是言之，谈艺者识见必自根本上扭转局面乃可，壮观则审其审美理想，细节则析论其丰富、饱满之异彩之所在，并较诸艺之同异而取长补短，始终之以世俗民生，一以贯之以“我”之至于“无我之上之有我之境”之历程，否则徒耗才力，无补于事也。

诗之三境，个性、血性、诗性也，后境必兼有前境，诗画相通，往往越血性而越得其个性、诗性，故往往不能至“无我之上之有我之境”，而仅能至“无我之境”，以平和为主，而画境尤擅之也。血性者非一己情意之本性冲动也，相关于人之所以为人、以人为最第一之价值者也，以世俗民生为心而无所回避者也，故吾国歌诗首要之一义为“大”之一字，无是而能成其大者无之也，有之而不鲜明，其所成之“大”亦必具相当之折扣。历代谈艺者每论李、杜优劣，若以此为衡，则杜诗高于李诗非寡一也，杜诗之血性无不相关于世俗民生，其诗境之博大深情、斑斓异彩、驳杂精炼，乃真所谓“大”之境界者矣！近代聂诗卓有灿烂，惜于此犹有所阙如也。

诗立于悲剧之上而与之相反，悲剧具丑、恶、怖、畏之因质，而诗则具悲剧性而出之以真、善、美者也。悲剧之最高形式为毁灭也，往往与英雄相关，诗则与悲剧之一切诸酝酿、作用相关，与世俗百姓之寻常生活相关，具悲剧之性质而不可脱除，又缘种种之制约、限制、束缚，而无能致于悲剧之毁灭，但能持续为若干之突破于现实世界，因必历以漫长无休止之煎熬也。悲剧之毁灭，崇高之境界也，英雄之境界也，向上提升之力也，因其毁灭而止；摆脱种种之制约、限制、束缚而臻于“无我之上之有我之境”，而持续浸染作为于世俗世界，则豪放之境界，世俗民生之境界，向前而兼有向上提升之力也。人生无论如何总须向前，总须存在，此众生百姓之所常然、必然，故豪放是诗之最高精神境界也。至若豪放之常与崇高纠缠而不可分，则不必言矣。“神味”一义，兼有向前、向上之两种向度，而又能以朴素为之，而能至于烂漫，故诗意者，自根上内在发芽生香之感觉也，余有小诗《长歌》云：“从/根上/发芽//才能/带有泥土的芳香。”即其喻矣。

诗之形式，以细节为其灵魂，表现世间所有之最饱满、丰富、集中、深邃者，惟细节为最能，惟诗为最佳。情景亦细节也，但情景偏重于抒情，远不如事之一义更为细节之本色，而神味更饱满、丰富、集中也。小说亦易以细节为胜，但其意蕴分属整体，且往往不能与作者之主体性情相关，是外人而非自家景色。又西人叙事一体发达，故每重人物性格，如亚里士多德《诗学》论悲剧之六大成分："形象"、"性格"、"情节"、"言词"、"歌曲"、"思想"，黑格尔谓性格乃理想艺术表现之真正中心，吾国之金圣叹论《水浒传》亦云："别一部书，看过一遍即休，独有《水浒传》，只是看不厌，无非为他把一百八个人性格，都写出来"、"《水浒》所叙，叙一百八人，人有其性情，人有其气质，人有其形状，人有其声口"。性格、性情略异，吾国所言性情，乃作进一步讲，盖性格人人皆有，而性情则寓于吾国传统文化所濡染之色彩，而有推崇之意，所谓"性情中人"，大是褒义也。诗以道性情，义在此也。就事论事，则性格无乎不可。性格因情节而见，情节虽为性格而设，却又非全为性格，两者皆重自是无疑，孰为更重，古来论说纷纭。如亚里士多德以情节为悲剧之最要；李渔《闲情偶寄·立主脑》亦谓："一本戏中，有无数人名，究竟俱属陪宾；原其初心，止为一人而设。即此一人之身，自始至终，离合悲欢，中具无限情由、无穷关目，究竟俱属衍文；原其初心，又止为一事而设。此一人一事，即作传奇之主脑也。"因自作为着眼，故人、事并重，又由戏曲之"传奇"性质，而稍偏重于事也。黑格尔则以性格为理想艺术之最要，金圣叹亦首重性格。原之，无论性格、情节，自作为之角度言之，则情节为最第一，情节创造之难度远过于性格；若自品鉴之角度观之，则人物形象为最要，其中性格为之中心。然此两事，皆易如歌诗中之情景，易陷单调重复，西人近代叙事学大盛，而归纳情节为若干类型，性格亦然，故金圣叹云："《水浒》所叙，叙一百八人，其人不出绿林，其事不出劫杀"，"任提起一个，都似旧时相识"，即是矣。且此两者，未甚宜于歌诗之评，未能统文艺而论之也。若深论之，则性格之单调重复更甚，情节可致于深广宽阔之领域，而更为复杂、丰富，较性格为稍胜。情节若到，则性格或随之矣。故避免两者之单调重复，则惟“细节”之一义。“细节”一义不独以最小单位为最大、最丰富、最复杂之形象、情感、意蕴、境界、神味，且能通贯文艺而论之也。“神味”说之“将局部或有限最佳化”，义在兹矣。

诗之最高形式为内在律，其外在形式则仅押韵一事，此诗之“技”之境界之极致，若与论乎“道”之境界，则必与熏染成就于世俗民生之“无我之上之有我之境”相关焉！人之内在有虚实、动静、丰富单调之别，其表现之亦有含蓄、淋漓尽致之分，而若欲发挥内在律至于极致，则非和合诸分别，而主之以实、动、丰富、淋漓尽致不可；而以得自世俗世界之气为本。聚气浩瀚，冲气为激，激而能宕，宕而随我性、自然之变化而为一定之节奏、旋律，无不丰富多彩、姿态万千而完美也。此气得自实际，而形态为虚。惟其实际，故能至于浩然渊闳之境；惟其形态为虚，乃能蓄势待发，以成就最完美之内在律而外见之形式。故内在律之最完美之外见也，则李太白，则关汉卿，则郭沫若，总之为杂言诗也。郭沫若《论诗三札》尝有论云：“诗之精神在其内在的韵律，内在的韵律（或曰无形律）并不是什么平上去入，高下抑扬，强弱长短，宫商徵羽，也并不是什么双声迭韵，什么押在句中的韵文！这些都是外在的韵律或有形律。内在的韵律便是‘情绪的自然消涨’。这是我自已在心理学上求得的一种解释，前人已曾道过否不得而知。”实则韩昌黎《答李翊书》早有云：“气，水也；言，浮物也；水大而物之浮者大小毕浮。气之与言犹是也，气盛则言之短长与声之高下者皆宜。”又其《送高闲上人序》论“气”之所自：

苟可以寓其巧智，使机应于心，不挫于气，则神完而守固，虽外物至，不胶于心。尧、舜、禹、汤治天下，养叔治射，庖丁治牛，师旷治音声，扁鹊治病，僚之于丸，秋之于奕，伯伦之于酒，乐之终身不厌，奚暇外慕？夫外慕徙业者，皆不造其堂，不哜其胾者也。

往时张旭善草书，不治他技。喜怒窘穷，忧悲、愉佚、怨恨、思慕、酣醉、无聊、不平，有动于心，必于草书焉发之。观于物，见山水崖谷，鸟兽虫鱼、草木之花实，日月列星，风雨水火，雷霆霹雳，歌舞战斗，天地事物之变，可喜可愕，一寓于书。故旭之书，变动犹鬼神，不可端倪，以此终其身而名后世。

今闲之于草书，有旭之心哉！不得其心而逐其迹，未见其能旭也。为旭有道，利害必明，无遗锱铢，情炎于中，利欲斗进，有得有丧，勃然不释，然后一决于书，而后旭可几也。今闲师浮屠氏，一死生，解外胶。是其为心，必泊然无所起，其于世，必淡然无所嗜。泊与淡相遭，颓堕委靡，溃败不可收拾，则其于书得无象之然乎！

可见所谓内在律者，既存于古之杂言诗（其尤佳者则李太白、关汉卿及明季之民歌），而又大见于书中之狂草，他若音乐、舞蹈，皆有此境界无疑也。郭沫若所谓之内在律，与古人只是偶合，故以“前人已曾道过否不得而知”措辞，而吕家乡则断然以内在律为郭沫若之独创，云其乃由西人“现代情绪”及惠特曼之歌诗之影响而造就①，则无异强调此一独创性之同时，而又抹杀其独创性，为西人之附庸矣！而其论诗，则有数误：

---

① 见其《内在律——郭沫若对新诗的重要贡献》、《内在律——新诗艺术成就的核心》诸文。

一则以内在律为区分新诗、旧体诗之核心要素，为郭所创之“新的韵律体系”，而内在律非新诗所独有者已如上述，其误易知；且以此为据，仅自形式一因论新、旧诗之异，形式固为歌诗演进之重要因素，然却非根本因素，此论颇如论词、曲之非律诗，莫能得其要也。而不知郭沫若《读〈随园诗话〉札记》有“诗、词、曲，皆诗也”之论（沫若词论亦非新见，宋人林景熙《胡汲古乐府序》谓词“根情性而作者，初不异诗”，元人王若虚《滹南诗话》中亦云“诗词只是一理，不容异观”），故诗之形式纵有变化，其诗之所以为诗之本根却一也。又云“韵律是诗的生命，没有韵律就没有诗”，此提升韵律至于诗之本质地位者，无之则非诗，据韩昌黎文可知，韵律亦为文之要素，非诗所独，如其《祭十二郎文》，声情并茂，气味充沛，乃内在律实现之杰作，由此亦可知内在律之为韵律非诗之本质、核心、本根所在；且其又云“诗，不论古今中外的诗，都必须具有韵律美”，则逻辑亦与前论相悖：诗既皆有韵律，则所区别者盖为佳与否耳，则适与“韵律是诗的生命”为矛盾也。

一则以情绪为内在律之核心要素，而不知情与气之合一乃内在律之核心；且气为其本根所在，如上引韩昌黎《送高闲上人序》文可知。引郭沫若“诗的本职专在抒情。……情绪的律吕，情绪的色彩便是诗”、“内在的韵律便是‘情绪的自然消涨’”之论为据，实则郭沫若此论亦非创见，英之华兹华斯《〈抒情歌谣集〉序言》有云：“我曾经说过，诗是强烈情感的自然流露。它起源于在平静中回忆起来的情感，诗人沉思这种情感直到有一种反映使平静逐渐消逝，就有一种与诗人所沉思的情感相似的情感逐渐发生，确实存在于诗人的心中。一篇成功的诗作一般都从这种情形开始，而且在相似的情形下向前展开。”故中心意旨乃在情感之密度、浓度、力度、深度、强度、色度，而此皆来自于“气”之一根本因素，气若不能浩然沛然为盛大之态，则如华兹华斯者虽具“强烈情感”，却仅堪为浪漫主义诗人之以消极为色者也。如浪漫主义诗人之积极如雪莱、拜伦者，则皆重激情、想象，郭沫若虽未论此，却能于歌诗中气、情兼具，为豪放壮丽之境界，此以其自身之气质内养使之然，论纵能至积极浪漫主义诗人之境界，而辨郭沫若之独创，亦不当仅面向古人，而以拾西人之唾馀为事也！故郭之于内在律，足以当继承而发扬光大之之誉，然非独创也。又，吕氏虽论内在律，而实偏重于抒情诗也，吕氏引郭沫若语“抒情诗是情绪的直写”以论“情绪的直写”，可谓善偷换概念而以偏概全，若如此者，不知置叙事诗于何地？而吾国歌诗史乃乏叙事诗之历史也，元之剧曲之所以突破意境理论全在叙事之一因素，若仅以情绪之直写为其最佳之所在，则不可也。

诗之外在形式之加强，仅能精炼诗性、诗意，而不能自根本上提高之。如“红杏枝头春意闹”一语，虽着一“闹”字而境界全出，而较生动，然此语之诗意已基本奠定，境界之生动与否，无关于其境界、神味之提高也。又如陶渊明《和郭主簿》之“靄靄堂前林，中夏贮清阴”，一“贮”字何其精彩，然炼字虽将其中之意蕴提高至最丰富、最精彩，而终无与于“无我之上之有我之境”也。

卷二

一

张潮《幽梦影》多奇趣，而以词为文字之尤物，可谓识家。诗、词、曲三者，独以词严整不似诗，疏放不似曲，为最宜人性情之物。譬之于人，诗妻，曲妾，词则可为今之情人。然尤物者自须雅驯，而少自我之姿态也。惟妾则或冲决含蓄而为泼辣，以性质、体式、形式而言之，则诗、词、曲三者，当以曲为有最佳之姿态意味也。其何以故？词之进于诗也，在其长短句之错落有致，诗中本有杂言诗，惜未成主流耳，至曲则实以杂言诗为主而至其极，是总三者之佳妙而出之绝豪放烂漫之姿态者也。且诗、词、曲三者虽同为诗，而其间有别，诗庄、词媚、曲俗，诗词同属“雅”文学之范畴，而曲则属“俗”文学之范畴。惟其俗也，乃有可能至“神味”之境界而淋漓尽致焉；且曲未有豪放婉约孰为本色正宗之争霸也，故能俗与否，实根本相关于其最高境界之成就，非若词或有诗之风味，而可于内容上提升之也。故余最恨曲之似词家风调，更胜词之似于诗也。商道与元遗山同时，遗山［双调·小圣乐］《骤雨打新荷》之作，犹似词之姿态风味；正叔散曲，令雅而套俗。令之雅犹未脱词情，套之俗已入曲态。小令犹在意境之笼罩，如［越调·天净沙］咏梅：“剡溪媚压群芳，玉容偏称宫妆，暗惹诗人断肠，月名江上，一枝弄影飘香。”套数之［正宫·月照庭］《问花》、［南吕·一枝花］《叹秀英》、［双调·新水令］皆写风尘，则已脱出意境之束缚，如“生把俺殃及做顶老，为妓路划地波波。忍耻包羞排场上坐，念诗执板，打和开呵。随高逐下，送故迎新，身心受尽摧挫，奈恶业姻缘好家风俏无些个。纣撅丁走踢飞拳，老妖精缚手缠脚，拣挣勤到下锹镬。甚娘、过活，每朝分外说不尽无廉耻，颠狂相爱左”诸句，文字极是本色，意态委曲淋漓，极是当行，惜虽脱意境之束缚，犹未造“神味”之境界也。词雅曲俗，非仅谓其体格，而更意在内容。曲之本事在以题材内容之俗而造艺术境界之雅，以俗为雅，突破词仅限于士大夫格调之范围，而更描写世俗人生、世态人情，揭示平凡事物、人生意蕴中灿烂伟大之人格境界、思想境界、精神境界，及烂漫特出之人性、性情。惟词之豪放为其特出，与曲之别体婉约之劣不同，盖缘宇宙自然人生一切诸事物之本色皆动也。任中敏褒元曲而贬明曲，厚豪放而薄清丽，崇曲之尖新、豪辣，于明曲中梁辰鱼“文雅蕴藉”一派远离北曲之蒜酪遗风、亢爽激越痛加针砭，谓其“词不成词，曲不成曲”、“臣妾宋词，宋词不屑；伯仲元曲，元曲奇耻”（《散曲概论·派别》），洵目光如炬，大义淋漓，世人中鲜有其匹，是余同调也。张可久［南吕·一枝花］《湖上晚归》之作，沈德符《顾曲杂言》以之与马致远［双调·夜行船］《秋思》并举为清丽、豪放二派之代表，可也，若李开先之誉为“古今绝唱”，则不可。张氏之作不出白石、美成词之风味，东篱之作乃有豪放之精神，已有神味，然文字气格上仍嫌清丽，归入清丽派可也；此亦犹本书卷三第二则论稼轩词言婉约派诸人词中之豪放处也。词曲之异之论者，则以任中敏识解最佳，其《词曲通义》云：

词静而曲动；词敛而曲放；词纵而曲横；词深而曲广；词内旋而曲外旋；词阴柔而曲阳刚；词以婉约为主，别体则为豪放；曲以豪放为主，别体则为婉约；词尚意内言外，曲竟为言外而意亦外。

词合用文言，曲合用白话。同一白话，词与曲之所以说者，其途径与态度亦各异。曲以说得急切透辟，极情尽致为尚；不但不宽弛，不含蓄，且多冲口而出，若不能待者；用意则全然暴露于词面，用比、兴者并所比所兴亦说明无隐：此其态度为迫切，为坦率，恰与词处相反地位。

其以元曲之本色为豪放，大是曲之功臣，所惜者论词犹在以婉约为本色之藩篱也。斤斤于诗、词、曲体式之异而束缚其所能臻之闳深伟美、豪放壮观之终极艺术境界，是其根本之误也。近世词学曲学大家，论功力之深则吴梅、缪钺皆与，然吴多总结既往，缪多阐解微妙，少创见则一也。盖乏宏观之审美理想，或虽有审美理想而仍未离于古人之最高境界，故是二人者皆未若王静安也。

故诗、词、曲三者，所关非仅性情一事而已，与论其用之大者，必也人格境界、思想境界、精神境界乎！诗、词、曲三者之异，在作者而为言特是易事，故王国维《人间词话》原有“词之为体，要眇宜修。能言诗之所不能言，而不能尽言诗之所能言。诗之境阔，词之言长”一则，后乃删之。然后人不悟，往往有作解者，如王蛰堪《半梦庐词话》云：“或问：诗词何似？曰：诗若苍颜老者，孤灯独坐，虽葛巾布服，眉宇间使人想见沧桑，谈吐挥洒，不矜自重，不怒自威。词犹美艳少妇，微步花间，风姿绰约，虽钗钿绮服，使人想见玉骨冰肌，顾盼间隐然怨诉，徒有怜惜，可远慕而不可近接焉。”可谓意思虽能令人解，而拟喻却嫌失伦，且是以婉约为词之本色之旧调也。诗之姿态何止万千，而以为老者；词固可拟于少妇，而词人之意正在怜惜，非仅远慕而不可近接，若如是则乏味矣。又云："词之为体宜雅言，故雅事雅言曰合体，俗事雅言曰尚可，雅事俗言曰不可，俗事俗言则可不必矣。初学者往往平仄格律在在悉依而寡然无味，使人读之生厌，究其根源即一俗字。余谓医俗之方无他，只在读书二字上。倘能摈除杂虑，持之以恒，感悟昔贤体物抒怀着眼处，遣词造语着意处，必当日有所进，俗气荡然矣。"更进之以"雅"化，是益退步矣。而以词之本色为婉约者，则又有缪钺，总词之体性为四：一曰"其文小"，"诗词贵用比兴，以具体之法表现情思，故不得不铸景于天地山川，借资于鸟兽草木，而词中所用，尤必取其轻灵细巧者"；又云"词中言悲壮雄伟之情，亦取资于微物"，然所例姜夔《扬州慢》，则非悲壮雄伟者，仅是清刚；稼轩《摸鱼儿》结末三语，意象之所谓为微物，亦仅是其貌其表，其质为其内豪放悲壮之气，不得谓之"微物"也。又特例以秦少游《浣溪沙》（漠漠轻寒上小楼）而析之云：

> 此词情景交融，珠明玉润，为秦观精品。今观其所写之境，有"小楼"，楼内有"画屏"，屏上所绘者为"淡烟流水"，又有"宝帘"，挂于"小银钩"之上，居室器物均精美细巧者矣。时则"晓阴无赖"，"轻寒漠漠"，阴曰"晓阴"，寒曰"轻寒"，复用"无赖""漠漠"等词形容之。楼外有"飞花"，有"丝雨"，飞花自在，而其轻似梦，丝雨无边，而其细如愁。取材运意，一句一字，均极幽细精美之能事。古人谓五言律诗四十字，譬如士大夫延客，着一个屠沽儿不得。余谓此词如名姝淑女，雅集园亭，非但不能着屠沽儿，即处士山人，间厕其中，犹嫌粗疏。惟其如此，故能达

人生芬馨要眇不能自言之情。吾人读秦观此作，似置身于另一清超幽迥之境界，而有凄迷怅惘难以为怀之感。虽李商隐诗，意味亦无此灵隽。此则词之特殊功能。盖词取资微物，造成一种特殊之境，借以表达情思，言近旨远，以小喻大，使读者骤遇之如在耳目之前，久诵之而得隽永之趣也。

然此非少游最佳第一流之作也，特以其境幽而淡，有含蓄婉约之美，而大誉之耳。二曰“其质轻”，“所谓质轻者，非谓其意浮浅也，极沉挚之思，表达于词，亦出之以轻灵，盖其体然也”，亦即其一之更进而言之者也。三曰“其径狭”，却是要词不得叙事说理者，此未能明辨诗、词、曲三者体式之演进故也。说理佳本自不易，此吾国歌诗之一困境，然亦有绝佳者，如管夫人之“你侬我侬”，有如咏史诗之佳者。而叙事一径则甚广大，元曲已有征，惜古人少悟会耳，今人尤甚，是深为可叹者也！四曰“其境隐”，而尚“境界之隐约凄迷”，“凡佳词无不如是”，“若论‘寄兴深微’，在中国文学体制中，殆以词为极则”。诸论亦皆婉约含蓄之发挥耳，其论立脚地即在以婉约为词之本色，此见犹未若清人之论豪放、婉约皆为本色者也。由是论之，虽精细如许，奈下手即误何！且坚守未固，而设论云：“或又曰：如子所言，词之为体，似只宜写儿女幽怨，若夫忧时爱国，壮怀激烈，则无能为役矣。曰：天下事固不若是之单简也。余之所论，仅就词体之源而阐明其特质，神明变化，仍视乎作者如何运用之。”此却又与“词之所以别于诗者，不仅在外形之句调韵律，而尤在内质之情味意境。外形，其粗者也；内质，其精者也。自其浅者言之，外形易辨，而内质难察。自深者言之，内质为因，而外形为果。先因内质之不同，而后有外形之殊异。故欲明词与诗之别，及词体何以能出于诗而离诗独立，自拓境域，均不可不于其内质求之，格调韵律，抑其末矣”之论矛盾，即其所谓之“内质”，自情味意境求之者，实亦缘词之体性形式而求之者，而流于形而上学之境界者也，盖其所发词之幽微婉美之特性，无不由是而得，难以深入其宜然矣。其究竟之用心，仍在固守词之婉转含蓄耳，故为豪放词置解云：“盖豪壮激昂之情，宜用于演时，以激发群众一时之冲动；若诗则所以供人吟咏玩味，三复不厌；而词体要眇，尤贵含蓄，故虽豪壮激昂之情，亦宜出之以沉绵深挚。豪壮之情，譬诸匹夫之勇，而沉挚之情，则仁者之大勇也。自古忠义之士，爱国家，爱民族，躬蹈百险，坚贞不渝，必赖一种深厚之修养，绝非徒恃血气者所能为力。”反证婉约存在之理而不以其对待之豪放为例，以主体性精神大逊之豪壮激昂为之，而不知豪放为诸壮美范畴中最具主体性精神者，是其一失也；以豪壮激昂之情宜用之演说，则是无视豪放词之成就，而有将豪放词斥之诗（即艺术之境界，其所论实艺术与非艺术境界之别）之外之嫌，置苏、辛词于何地，此其二失也；以沉绵深挚而抑豪放之情与气而一之，使具僵化划一之征，而悖豪放不受拘束之内涵精神，此其三失也；豪放者乃志意理想之所催发，匹夫仁者罔不有之，而乃欲独归之仁者，世俗民生寻常凡夫不得有是，此其四失也；不知气为豪放内养外见之所必具，为不隔于现实之民生世界之特征，而以表面之血气之勇视之，此其五失也。此数失也，总在未深解豪放之精神为何物耳，故其《论辛稼轩词》虽能解（亦不得不为之解）稼轩词“恒感觉双重之印象，除表面所发抒之情思以外，其里面尚蕴含一种境界，与其表面之情思相异或相反，而生调剂映衬之作用，得相反相成之妙，使其作品更跻于浑融深美之境”，而仅是表面形而上之阐解，非豪放之精神之内在之领悟也。其所用心乃在以含蓄绳豪放，大奖稼轩词之“含蓄比兴恰到好处”，其论以为得“调剂”之大用，不知此实稼轩词兼有婉约词之长，即豪放兼有婉约之长之境界，以“调剂”则可见其心所在，而为退一步想矣！故《论李易安词》云：“词本以妍媚生姿，贵阴柔之美”，是真心声而不可救药者也矣！且缪氏之左右游移，非偶一也。又如论第一流之境界云：

昔之论诗者，谓吾国古人之诗，或出于《庄》，或出于《骚》，出于《骚》者为正，出于《庄》者为变。斯言颇有所见。盖诗以情为主，故诗人皆深于哀乐，然同为深于哀乐，而又有两种殊异之方式，一为入而能出，一为往而不返，入而能出者超旷，往而不返者缠绵，庄子与屈原恰为此两种诗人之代表。庄子持论，虽忘物我，齐是非，然其心并非如槁木死灰，其书中如：“君其涉于江而浮于海，望之而不见其崖，愈往而不知其所穷，送君者皆自崖而反，君自此远矣。”（《山木》篇）又如：“山林与，皋壤与，使我欣欣然而乐与，乐未毕也，哀又继之。”（《知北游》篇）诸语忧乐无端，百感交集，在先秦诸子中最富诗意。惟庄子虽深于哀乐，而不滞于哀乐，虽善感而又能自遣。屈原则不然，其用情专一，沉绵深曲，生平忠君爱国，当遭谗被放之后，犹悱恻思君，潺湲流涕，忧伤悼痛，不能自已。“退静默而莫余知兮，进号呼又莫吾闻，申侘傺之烦惑兮，中闷瞀之忳忳”（《惜诵》）。最足以自状其心境之郁结，不能排遣，故卒至于自沉。盖庄子之用情，如蜻蜓点水，旋点旋飞；屈原之用情，则如春蚕作茧，愈缚愈紧。自汉魏以降之诗人，率不出此两种典型，或偏近于庄，或偏近于屈，或兼具庄、屈两种成分，而其分配之比例又因人而异，遂有种种不同之方式，而以近于屈者为多，如曹植、阮籍、谢灵运、谢朓、张九龄、杜甫、柳宗元等皆是，故论吾国诗以出于《骚》者为正。李义山之心情，苟加以探析，殆极近屈原。

古人论诗主性情，此却遗性而论情，可谓偏末矣，故以李义山为屈子一类以为正，然屈子之性情在报国，李义山之用情徒为一己之缠绵，此是诗之最高境界之分域，不可以归之近似而含糊之也！如曹植、阮籍、谢灵运、谢朓、张九龄、杜甫、柳宗元，近于《骚》之一种者，大小谢非其类也。以上为以用情近屈子者为正，则文学之最高境界自出诸是，而《论李易安词》又云："凡第一流之诗人，多有理想，能超脱，用情而不溺于情，赏物而不滞于物，沉挚之中，有轻灵之思，缠绵之内，具超旷之致，言情写景，皆从高一层着笔，使读之者如游山水，于千岩竞秀万壑争流之中，常见秋云数片，缥缈天际。"此则于上之所论近庄者类，而大见王国维《人间词话》之"无我之境"之影响也。而《论辛稼轩词》又云："中国文学史上最伟大之诗人，类具三种条件。（一）有学问，有识见，有真性情，而襟抱阔远，抱负宏伟，志在用世。（二）境遇艰困，不能尽发其志，而郁抑于中。（三）天才卓绝，专精文学，以诗表现其整个之人格。如屈原、曹植、阮籍、陶潜、杜甫皆是。"学问一事乃得与于最伟大之诗人之条件，已是煞风景之极，而有识见者，则得谓屈子之有识见邪？无识见邪？志在用世，亦泛泛而谈者，用世而不隔，方为真用世耳，故如阮、陶诸子，可以去之矣。有境界而无神味，即乏艺术境界之至于最高境界（境界、神味二义差异非仅在此一点）者，则曹又可去也。诸说排比，可见其游移之剧矣。

二

七律基于唐，巅峰浩荡于杜少陵，浑融弱质于李义山，老成硬拗于宋，粗廓于明，振起于聂绀弩。少陵律笔之精浑浩瀚，深情、大气两者之所成也，后世不能周兼，故无以过之者。此老意态纵横，体事精深，变化运用，神妙非一。义山不能深，气调亦弱，而多陷于缠绵，虽属对巧切，气韵动畅，圆融密丽，然笔力或有牵强，以朦胧为致，得神为多，而味之一义之“无我之上之有我之境”则大未窥也，故不可多嚼，始而爱之者，必终弃焉，具审美、灵魂之满足，而无精神之满足也。白乐天是着力模切雕琢此道之始作俑者，阅历既深，颇有意味，东坡、山谷继之，而大盛于放翁。乐天晚年乐此道，时有佳句，然气调或俗，仍沾习于歌行本色也。放翁佳句屡出，多取前人之句加以融会，意味更胜。如“名酒过于求赵璧，异书浑似借荆州”、“缪从学道肱三折，不遇知音尾半焦”、“发无可白方为老，酒不能赊始为贫”、“官赋早输无吠犬，农耕已毕有闲牛”、“但知礼岂为我设，莫问客从何处来”等皆是，精工高简，妙趣横生，然已是书本心性工夫，气象已远去少陵之浩瀚活荡、深沉潜郁矣，苟意不能出胜，便易令人厌，以性情为心而向世俗之意少，深情、大气不能磅礴故也。《瓯北诗话》云查初白能随行用笔，胜于放翁之先得佳句而后补缀成诗，即以理论，固是，然蚌病犹足成珠，其不病者往往不能也。放翁一道多为于老壮，不宜少壮之学，少壮无其阅历者，不能得其意味也。明季前后七子仅具一副空架子，有得处尚能铺排壮丽，然总体观之则甚单调，于此一路上鲜能至于个性之境界，遑论“无我之上之有我之境”者矣。而其气格稳切者，自宜吟咏而易作。有清七律或深沉壮蔚如钱、顾、龚诸子者，亦颇可采观，然大家气度，毕竟乏矣。近代作者多学人，其风味能得诗人之近者，往往不能深邃，而仅于文采风流上着手，其能深邃者，则又往往远于诗人之本色，而两者之古调风味则其一致之弊也。惟聂绀弩能突出其外，独为异观，其七律之密度、力度、深度、强度、色度、浓度皆致旷古绝今之地，然亦惟其用力太甚，佳作太少，稍不如意，即多堕于劣质之境，虽能集“神味”之全，而就其一端而论，则又皆未至最高境界也。今后七律之开拓，虽尚有地，而实已极难，惟待之其人而已矣。

三

吾国古代文论之中心演绎线索，一语以蔽之，“性情”是矣，此在诗学尤著，亦以此为东方文学艺术之特色魅力，与西方别。故宋代以前以诗为文学之主流，以性情为根本而不尚虚构。吾国文论无西人近代意义上“崇高”之一范畴，而以豪放为传统文化精神之最高境界，浑涵儒道两家之积极精神而补阙其消极、局限而辉光之一种“大”而闳美之境界也。自历史以观之，“婉约”一语殊不足与相提并论而处对立面，要在陪衬耳。其于人也，则旷达超脱，意气纵横，洁身自好，深情热烈。惟臻于豪放之境，能提升自我、超越自我，而至于“无我之上之有我之境”，乃能舍一己之私利而放眼乎天下。如其人也，困乎穷蹇，志在道义，则孔子之登泰山而小天下，视宇宙为弹丸，渺之如沧海之一粟，自我而立一宇宙，立一世界，立一天地，成一境界，油然而不可止之慨发乎其中，虽当弦酒而歌之时，身处绮艳香软之地，而不失有一种豪放，有一种英雄气概，浩然自存自处，而不假外物之若何。如女子也，自以秀丽温雅、娇媚绚艳为本色，吴越佳人，软语喁侬，诚使人无由而醉，然犹未若燕赵蛾眉，自别有一番风韵也，风味有异乎彼者矣！吾人之为男子也，亦尤爱美而不失豪放之女子，如《红楼梦》中之史湘云，其醉眠花间意态，正使人艳羡，其在于众女中，薛宝钗失于伦理道德之机械，林黛玉失于病态，为惟一可许以豪放者。与王国维《〈红楼梦〉评论》所论绝其生活之欲而得解脱之惜春、紫鹃，更胜一筹也。非情之至，不足为豪放之境。范希文《苏幕遮》之“明月楼高休独倚，酒入愁肠，化作相思泪”，若不解其中豪放处，便不透彻。其他如张子野《生查子》之“含羞整翠鬟，得意频相顾”、晏同叔《木兰花》之“醉后不知斜日晚”、欧阳永叔《蝶恋花》之“独立小桥风满袖”、柳耆卿《蝶恋花》之“衣带渐宽终不悔，为伊消得人憔悴”、周美成《满庭芳》之“歌筵畔，先安枕簟，容我醉时眠”，皆有豪放处在。以情胜者，犹是豪放之微者，若以气胜，则真豪放矣。李唐之文学艺术以豪放为最高境界，若李、杜之诗，颠张狂素之书法，吴道子之绘画，皆是也。吾国至于唐宋始出“写意”画，亦以豪放为心者也。实则书法中之豪放，如颠张狂素，亦无乎而非写意之境界，但能突破写意而进于大写意之境界耳，故特为出色。文中之庄子，其汪洋恣肆，浩瀚博大，逍遥法外，自得其真，亦大写意一派，老子则写意者也。诗中之大写意，莫若李太白，词中之大写意，莫过于苏、辛，曲之格未若诗词谨严，尤宜大写意之挥洒。大写意即豪放之通用而高明之手法也，东坡《书吴道子画后》云“出新意于法度之中，寄妙理于豪放之外”，技止此矣！写意者，以无为用，其能至于大写意者即豪放之境界。故吾国诗词，实可以写意抒情两种风格概之，婉约派以抒情为主者也，豪放派以大写意为主者也。情而接于世俗民生，则豪放之气将来，但能抒情，虽或深情无限，亦无气而不得至豪放之境界。故吾国文论，由性情而至于写意，由大写意而至于豪放之境界，而臻于“无我之上之有我之境”，而见为“神味”之境界，则文艺之事极矣，不可以加矣！

四

二十世纪最伟大之文学现象之一，乃以虚为蕴之文学之发达，则金庸说部是其最为卓异之代表。推其源始，则先秦诸子百家之学、三教九流之士，《史记·刺客列传》乃其弘异壮美之开端，至唐之传奇始得彬彬大盛，蔚然壮观。神采力量，堪称奇幻。其原旨在不满现实，有所寄托。后世演为侠义小说，面目渐至沉闷板重。《三国演义》偏于巧智谋略，《水浒》之出，乃使其文学之特质集其大成，古典之至也。清末民初谴责、黑幕、鸳鸯蝴蝶派不能餍足人心，虽当抗战之期，民族生死存亡之际，其绪不绝，如曾居吾乡之王度庐，号称大家。然其鼎盛，则在新派金庸、梁羽生、古龙三大家奠定格局之时。三家中梁氏尚带旧派之色，而内容则已具新派之格。古氏由平正入奇绚，风格特异。金氏取古今中外小说之长以资炉冶，其作多大气磅礴，精深浩荡，境界神异，而又不师故步，炉火纯青，实一旷世天才，迥非古、梁二子所及，馀辈勿论矣。惟其如此，乃能最具文学特质而有极高审美价值。其作《射雕英雄传》奇雄伟武，《天龙八部》奇幻豪壮，《笑傲江湖》超然飘逸，《神雕侠侣》清丽典厚，《倚天屠龙记》深莽浩瀚，《鹿鼎记》奇诡烂漫，尤特出者也。此数者必能流传后世，与中外名著争光焰也。窃以为小说以创造人物形象为最要，而古今小说之林，创造人物形象之多且美而鲜明，无如金氏者，惟古之《水浒传》、《红楼梦》差堪比美。郭靖、欧阳锋、黄药师、洪七公、令狐冲、任盈盈、岳不群、杨过、小龙女、韦小宝、萧峰、段誉、虚竹、张无忌、赵敏、胡斐、程灵素等，无不个性异美形象鲜活，老幼妇孺几罔不熟知。余所最喜者为萧峰，而性情之最近者则令狐冲也。陈世骧谓可以王国维之

“有意境而已矣”评之，洵非虚誉，然其妙不仅于此。自新派出，其诱惑力无人可挡，如陈寅恪弟子金应熙，乃至为之着迷。余幼龄求学时即见师友无不嗜读，师长禁之而不自禁，视犹猛虎恶兽，沾焉败学，如痴如醉。古之文学，《红楼梦》初出亦相似，此外更无可比者，而推其吸引力之源，浅者爱其事，深者则爱其人物形象之美、人性之美，境界又瑰闳奇异，极其想象之所至，驰骋往来，遨游天界，天风飘洒，沁人心脾，神味特出，馀蕴摇曳。余览而叹焉：“观止矣！荡荡乎！浩浩如！大俗大雅，何众美之淋漓！”诚以虚为蕴之文之极致也。其他作者，则或技巧未驯，或内容狭仄，偏于场面之渲染，事理之奇诡，虽亦气象万千，终去文学尚远，人物形象亦不突出，观后辄忘。“神味”说之本质为超越世俗，烂焉多姿，漫焉多致，在人性上本色真醇不染。不为世俗所囿，与之多摩擦，而见为豪放也，故尤精神激荡人心，使人观而羡之爱之，恶之恨之，善恶之念不受世俗所拘而自然生发灵台，如竹影扫阶而尘不动，如明月印潭而圆融无痕，金氏说部有焉！惟其具审美价值而不具现实性，或诋之为成人之童话。实则吾国传统文化无不如此，时已迁矣，皆无之以为用，善虚应之者，斯为得也。吾国文学尤重主体自我之表现，则不能不染浪漫主义之色彩，如屈子、李太白之作；而浪漫主义之色彩，又不能不赖离奇绚美之想象，即“虚”之一字所缘起也。金氏作实即以浪漫主义重表现之性情精神为特征之诗之叙事化，故绚丽如画，优美如诗，忽然欲歌，蓦然独醒，不独得东方文化之三昧，于人生之意义价值，亦不无启悟。余览之久矣，尝欲作《金庸说部诗学论稿》，而每览则心境愈淡，往往百感交集，不能自已。乃浩然而叹，愀然而饮，颓然而醉：且期于后也①。

五

《谈龙录·一八》云："司空表圣云：'味在酸咸之外'，盖概而论之，岂有无味之诗乎哉！"执信本未会表圣此言意旨而强作解人，其不贻笑亦鲜矣哉！世人常假其言以攻王渔洋，渔洋虽有短处，亦不须此短见之人为辱，故余聊拈数则于此焉。如云："刘宾客诗：'沉舟侧畔千帆过，病树前头万木春'，有道之言也，白傅极推之。余尝举似阮翁，答曰'我所不解'，颇类樊氏问稼图"。又云："诗固自有其礼义也。今夫喜者不可为泣涕，悲者不可为欢笑，此礼义也。"七则则又引吴乔语："意喻之米，文则炊而为饭，诗则酿而为酒。饭不变米形，酒则变尽。饭则饱，饮酒则醉。醉则忧者以乐，喜者以悲，有不知其所以然者。"而谓之"至哉言乎"，不知适与前语不相容也。又云："……至于追用前人某诗韵……遂有专力于此，且以自豪者，彼其思钝才庸，不能自运，故假手旧韵，如陶家之倚模制，渔猎类书，便于牵合，或有蹉跌，则曰韵限之也。转以欺人，嘻，可鄙哉！"此亦是大不得古人用心，如东坡之和陶，自有一段景仰意思在，所谓神交古人，不可一概论之也。又云："钱塘洪昉思升……曰：'诗如龙然，首尾爪角鳞鬣，一不具，非龙也。'司寇哂之曰：'诗如神龙，见其首不见其尾，或云中露一爪一鳞而已，安得全体？是雕塑绘画者耳。'余曰：'神龙者，屈伸变化，固无定体。恍惚望见者，第指其一鳞一爪，而龙之首尾完好，故宛然在也。若拘于所见，以为龙具在是，雕绘者反有辞矣。'昉思乃服。此事颇传于

① 《金庸说部诗学论稿》已完稿于壬午之秋，十馀万言。

时，司寇以告后生，而遗余语。闻者遂以洪语斥余，而仍侈司寇往说以相难，惜哉！今出余指，彼将知龙。”夫云从龙，而龙之所以神也，洪氏说固拘甚，而赵氏说解释王说，亦是以天下无聪明人也，王说虽有虚无缥缈之嫌，然并非高谈深悟、非一般人所能会心者。王说乃是意境之作为法，以“有限求无限”者也，若余所倡之“神味”说，则以画龙点睛为喻，所谓“将局部最佳化”者也，需此一点之神味，而龙真活真灵者矣，此余之谈龙者也。又如二则所谓“律调”之事，王氏之秘妙乃是缥缈不着实际，此个如何说与人听也，而赵氏絮絮求之，不谓之笨不可及，盖亦不可也！缥缈不着实际乃思想精神境界之事，而赵氏乃以声调求之，是其笨不可及，洵为奇观也！不知其中奥秘而有所恨于王氏，炫一己之聪明，而以人为怪戾不通，遂贻天下笑耳！又如四则，大非渔洋“以风流相尚”之格，风流蕴藉，而风神淡远，意思超逸，正是阮亭诗之佳处，赵氏补之以温柔敦厚之旨，则有所明于王氏诗之病者矣，然所谓温柔敦厚者，不过五十步笑一百步，岂足以救之也哉！温柔敦厚尚非是儒家诗教之正宗，而不过为陷于柔弱之一端者，以之为攻人之具，适见其短耳。“神味”说者，乃先本自我性上着眼：我性者所以超越乎世俗相之上也，名之以超越，从所自来而非游离乎世俗之外也。上溯吾国哲学思理意蕴之源，固早生斯义，而后世庸俗之人乃庸俗之以愚民，应之于诗教，是温柔敦厚之所由生也。其肇分之域，秦汉以之可也。故秦汉以前之诗如《诗》三百、《离骚》者，犹世外之桃源，尚未得尽染乎庸俗之气也。所谓温柔，即压抑人性者，乃欲使天下仁人志士大丈夫、大英雄、大豪杰之精神品格销而尽之，犹女子焉！凡一切诸柔弱、怯懦、邪恶之品格，皆女子态也，未免英雄气短，故更辟他径，而属之以气调，情态绮靡之，辞采奢巧之，声韵夸华之，意致淫丽之，格律细密之，风格繁弱之，使有所补偿以餍天下才人之心也！所谓敦厚，糜烂人性者也。压抑之非久长之策，故靡烂之、迂腐之，至少所造之环境如此，使之习焉不察、触焉不知，使长处乎此环境而安之也。糜烂之、迂腐之之补偿法，则喻之以忠贞平正，以诚心静气，以道貌岸然，代圣以立心立言，而获乎精神上之慰藉也。故温柔敦厚者，所以杀天下之才士也。有不满足于此者，乃突露其性、好恶其情，虽如昙花一现，或不为世所深知，然有其诗在，即不可磨灭，而竦为诗史上之奇观。故凡历史上之奇才伟士，莫不以其我性昭示后人也，莫不以"无我之上之有我"为心期，"神味"一义即专为此作一总结也。而其突露之法，则又灿焉千姿，漫焉万态，使夫造化之灵秀，尽萃焉而见是。如佛作诸相，莫不内彻遍照，随所施为而为之法，内外交融，浑化乎物我之间矣！试验之于历史上之成大学问、大事业者，无不有所利乎世俗民生，故余以"无我之上之有我之境"为"神味"说之最高境界，使之得哲学境界上之指归焉！

又云："司寇昔以少詹事兼翰林侍讲学士，奉使祭告南海，著《南海集》。其首章《留别相送诸子》云：'芦沟桥上望，落日风尘昏。万里自兹始，孤怀谁与论。'又云：'此去珠江水，相思寄断猿。'不识谪宦迁客，更作何语！其次章《与友夜话》云：'寒宵共杯酒，一笑失穷途。'穷途定何许？非所谓诗中无人者耶？余曾被酒于吴门亡友顾小谢以安宅，漏言及此。坐客（宋荦）适有入都者，谒司寇，遂以告也。斯则致疏之始耳。"夫南疆之南，古来为蛮瘴之地，此人所共知，阮亭诗虽不见佳，而情意则固是也，谪宦迁客，岂可仅以名义视之邪？人之不得意处即穷途，以为王氏身在高位而无之邪？阮亭真正意思却以诗中无人非之，赵氏尚貌辩非己之责而又不以实，而实则欲见王氏之隘，此心之险恶，不可谅也！其他驳之者尚多，详拙作《〈谈龙录〉评点》。

六

“神韵”说之精神，在描摹风韵、窥见风神、摇动风致耳，故多见之于外，然观自然之美不若观人之美，观静中之美不若观动中之美，观婉约之美不若观豪放之美也。如《红楼梦》诗词本不甚佳，惟浅知于诗者深以赏之，盖因人而高其诗耳，如第三十八回诸人菊花诗，或描形摹态，渲染风韵，如宝钗之“空篱旧圃秋无迹，瘦月清霜梦有知”、探春之“短鬓冷沾三径露，葛巾香染九秋霜”；或斟酌意致，蕴藉情思，如宝钗之“谁怜我为黄花病，慰语重阳会有期”、湘云之“隔座香分三径露，抛书人对一枝秋”；或抒写情怀，点明趣味，如宝玉之“黄花若解怜诗客，休负今朝挂杖头”、湘云之“傲世也因同气味，春风桃李未淹留”、探春之“高情不入世人眼，拍手凭他笑路旁”；或隶典故，则多涉陶令，无烦举矣。写物而至于情味，此宝钗、黛玉之不如宝玉、湘云、探春也；若论蕴藉而工，则是钗、黛胜处，黛玉又兼含情深灵动之美，以《咏菊》、《问菊》为最，诚不枉也，然伤质弱情懦，未免小女儿家气。《簪菊》次之，颔联伤律。总而论之，黛玉、探春皆出宝钗之上。然诸人囿于境遇，涉世未深，而不能与外在之现实世俗世界无隔，不能体会世俗民生之血泪，而仅能至个性之境，与真诗人终隔一层也！古今之所谓才人者流，若仅止于此，则终无大观也。如黛玉咏海棠之“偷来梨蕊三分白，借得梅花一缕魂”，可谓巧思，然与张子野之“沉恨细思，不如桃杏，犹解嫁东风”、润之之“战地黄花分外香”、放翁之

“无意苦争春，一任群芳妒。零落成泥碾作尘，只有香如故”较之，则逊色多矣，良以巧之外更无意蕴，难臻“神味”之境界，与“无我之上之有我之境”亦判若云泥也！即以神韵一路观之，亦未若王士禛之《秋柳》诗四首，背景更为深蕴、意态更为风流也。每闻人称《红楼梦》一书中诗词之妙，其固能出吾国古代小说中常夹带之作者之上，若倚之为诗词门径，则亦或登堂，如是而已！若以是为吾国歌诗小词之绝佳者，正适见论者之浅薄耳！观书中之作，惟黛玉《唐多令》咏柳絮之“粉堕百花洲，香残燕子楼”差得蕴藉风致之美，徐釚《词苑丛谈》、陈廷焯《白雨斋词话》、王士禛《带经堂诗话》中所引女子作之佳者，犹有未及焉。似明季民歌女子之作，愈觉不如。芹翁于此，尚无目也，故若湘云之豪放，亦仅堪为豪放之致也。故书中林氏作在刻画人物形象，固圆融妥帖，然尚伤太似，缺在一“露”字。突露性情乃“神味”说之高义，即“无我之上之有我之境”之初境界，前人已有之境，芹翁竟未涉及，乃令书中黛玉一形象，太酸而兼弱质，如人所言其可爱反在其不可爱处，见为一种之病态之美，而又非蚌病孕珠之灿烂晶莹，别有一种绚丽多彩之美存焉。嘲刘姥姥“百兽率舞”，非但尖酸刻薄，且以兽譬长者，人格境界亦见缺陷也。又宝钗之作末云：“韶华休笑本无根，好风频借力，送我上青云。”历代红学家皆视为野心轻浮，几成定论，实则前尚有“几曾随逝水，岂必委芳尘”蕴藉，已自振起，会其意味者，当知古今女子之如此志气气象者，并无多人，不过因缘俗语而讽小人得志而观之，而不幸如此也。且钗作亦有本，如侯元功《临江仙》咏物有“当风轻借力，一举入高空”、“几人平地上，看我碧霄上”，古人誉之为“高妙出尘”，岂不正钗意也？而辞旨更佳，则俗意于钗何有焉！又黛玉葬花词（花飞花谢花满天）及

《桃花行》（桃花帘外东风软）之作，乃学步张若虚《春江花月夜》，但词情反复缠绵，去若虚空灵动荡、缠绵流连之境界远矣，亦即芹翁未到耳。又香菱云爱放翁“重帘不卷留香久”之句，黛玉急止之而教以右丞之诗，盖以放翁句特为老成，而不宜于小女子之性灵耳。放翁律句之美，蕴有神味而独步古今，钱钟书《谈艺录》亦云放翁诗句之佳甚至为民间世俗所喜，若论有拘束之弊，则最大拘束中乃有最大之自由，“无我之上之有我之境”，即必先经最大之束缚而后得之自由之境也！右丞诗固佳，总体观之，其佳处却总是脱离世俗声口，比李杜下一层次，则黛玉论诗之法非诗中上乘，又明也矣，此亦即芹翁欲使黛玉弄巧而反成拙者也，芹翁地下曾未有知也，惜哉！

七

夫感于现实，不平则鸣，诗文通义，古今皆然。或兴高而情烈，或慷慨以悲怨，性情不可一，风格自多端。陈廷焯生鸦片战争之后，阅太平天国终始，当民族中外矛盾日益激化之时，所作《白雨斋词话》，论词犹持“沉郁”，然又非“激昂慷慨”，以“原非正声也”；重君臣香草美人之雅旨忠厚，其媚可憎；诋陈迦陵词“一发无馀”，无馀蕴不沉郁，不知沉郁当更于何处求之；种种论调，令人寒心！清末词亦较诗文先衰，有以由之矣。略指数端，以见其不足为训焉。

陈氏深斥蒋竹山词，《白雨斋词话》“卷一·七七”谓之“外强中干，细看来，尚不及改之”，不知是如何细看法。改之风韵豪宕、造语奇迴，羽翼稼轩而未到其高处，如不耐烦人，微见粗拗。竹山余最赏其节律趁合荡郁之致，情味于两宋词中别具一调，至今未见其同者。两人自当以竹山为胜，改之仅能成家耳，竹山则无愧名家。“卷一·七八”又谓“大抵刘蒋之词，未尝无笔力，而理法气度，全不讲究，是板桥、心馀辈所祖，乃词中左道”，其狂悖之言如此，信口而出，全不据实。竹山词如《贺新郎》（梦冷黄金屋）、《一剪梅》（少年听雨歌楼上）之作，皆为佳构，何不审邪？又不解“挂牵牛数朵青花小，秋太淡，添红枣”之句，谓为“无味之极，与通首词意，均不融洽，所谓外强中干也”，则又知陈氏论词，于“味”之一义仅得皮毛，不关痛痒，于“趣”之一义则全未梦见也。三句正以趣存者焉，而趣涉于俗，乃亦峰大不自在之真消息也。“趣”之所归，亦无非“味”之一义而已矣。

《白雨斋词话》“卷六·二一”云：

> 其年《柬丁飞涛》一篇，起云：“大叫高歌，脱帽欢呼，头没酒杯里。”又云“君不见，庄周漆园傲吏，洸洋玩弄人间世。又不见，信陵暮年失路，醇酒妇人而已。”又云：“我劝君莫负赏花时，幸归矣。长嘘复奚为，算人生亦欲豪耳。今宵饮博达旦，酒三行以后汝为我舞，我为若语。手作拍张言志，黄须笑捋凭红肌。论英雄如此足矣。”又《西平乐·王谷卧疾村居挐舟过讯》云：“只须剪烛，无烦烹韭，欲与君言，竟上君床。君不见，石鲸跋浪，铁马呼风，今日一片关山，五更刁斗，何处乾坤少战场。”笔力未尝不横绝，惜其一发无馀。

此种文字，要得女子习气邪？读此种恣肆烂漫文字，当大块食肉、饮数斗美酒后于抚弦放浪、拔剑狂舞中诵之，足以快一千年间吾人之耳目，令艳语温存、质懦气弱辈夺胆也！夫亦峰既不能与其佳处，而叹为“笔力横绝”，亦可也，于迦陵性情之绝真绝烂漫处，则几于无目。夫狂也痴也，皆性情本色，而又绝无忸怩、绝无遮掩、绝无粉饰，适形彼辈性情之恶劣尘下造作，是以不能喜之也。“一发无馀”之论，岂知音者哉！陈迦陵者，清词中之伟丈夫也，纳兰容若者，清词中之大家闺秀也，他人何足与于壮观。若心喻之，则迦陵意到而辞旨稍未到，如不甚修边幅者，然神味足，则可不谓之佳哉！迦陵本以婉约词起家，后阅历渐丰，乃弃婉约而之豪放，而能有大成者也，豪放而能兼有婉约之长，其不能知者，倩视迦陵也！

王耕心序《白雨斋词话》有云古今诗人咸寻源头而至于《诗》三百篇，“意谓不如是不足以征其源，涉其奥，其说亦既美矣。然予尝以为此文辞之源，非文心之源也。文心之源，亦存乎学者性情之际而已。为文苟不以性情为质，貌虽工，人犹得以抉其柢，不工者可知。所谓词者，意内而言外，格浅而韵深，其发摅性情之微，尤不可掩”。陈氏《自叙》云：“萧斋岑寂，撰词话十卷，本诸风骚，正其情性。温厚以为体，沉郁以为用”、“要皆发源于风雅，推本于骚辩”，王说岂非正中陈氏之弊邪？“温厚以为体”之论，是犹以“温柔敦厚”为圭臬，此在清末早属非宜，不过其用为沉郁，似欲增加内容之深度耳，不知以此径之，莫能至也。由风骚以欲正诗人之情性，虽或有效，却非根本所向。王说亦不过是五十步，非诗之真本源之所在。“作词贵沉郁”条云：

> 作词之法，首贵沉郁，沉则不浮，郁则不薄。顾沉郁未易强求，不根柢于《风》、《骚》，乌能沉郁？十三国变风、二十五篇楚词，忠厚之至，亦沉郁之至，词之源也。不究心于此，率尔操觚，乌有是处。

诗人性情，自当以世俗民生之绝真、至善、大美者正之求之也。不究心于此，终是隔一层境界，隔一最要之境界。且诗词之作，当沉则沉，当浮则浮，当厚则厚，当薄则薄，以此无关痛痒之范畴论衡歌诗之审美理想，亦未免大不得其要者矣。况不沉者，未必便是浮；不厚者，未必便是薄，或如庄子，逍遥可浮，而意蕴自厚，李太白同之也。又如杜少陵，心向世俗民生之精神则迫切而浮，而其内蕴则无乎不沉也。两端为义而衡物，取其一端而遗其另一，取厚不取薄，取沉不取浮，与取阴而遗阳者何异？盖将阴阳失调矣！词经豪放派之开拓，早已无所不包而烂漫其美，今陈氏犹抱定词之体性之风调而守之，谓词之一体“其情长，其味永，其为言也哀以思，其感人也深以婉”，此非“温柔敦厚”诗教之翻版邪？不重其思想精神之所向，而讨论乎泛泛之情味之间，其何可邪！又，“诗词不尽同”条云：

> 诗词一理，然亦有不尽同者。诗之高境，亦在沉郁，然或以古朴胜，或以冲淡胜，或以巨丽胜，或以雄苍胜。纳沉郁于四者之中，固是化境，即不尽沉郁，如五七言大篇，畅所欲言者，亦别有可观。若词则舍沉郁之外，更无以为词。盖篇幅狭小，倘一直说去，不留馀地，虽极工巧之致，识者终笑其浅矣。

此之所谓“沉郁”，不过限定词在此一单调范围之内，是容得婉约一种，而容不得豪放耳；由此观之，陈氏之词学观，极端狭隘之以婉约为本色者也。古今论者或非“豪放”非词之本色正宗，是排斥而非消除，若此之论，则直欲扫除“豪放”词耳！书中虽有为豪放词辩者，亦非合体而得其要。诗之诸境、风格既可与“沉郁”相容，则两者为两事也可知，而词乃欲以“沉郁”为专，无论何种境界、风格均不容纳，则其逻辑亦有莫大之问题也。又云：“诚能本诸忠厚，而出以沉郁，豪放亦可，婉约亦可，否则豪放嫌其粗鲁，婉约又病其纤弱矣。”则又可容“豪放”矣，可谓自相矛盾、进退失据。凌“豪放”、“婉约”两者而上之，

"豪"、"婉"之分本为词之进一步大发展而设者，且"豪放"之最高境界可兼有"婉约"之长，今凌驾而上之，似更上而实倒退也。又，其定义"沉郁"云：

所谓沉郁者，意在笔先，神馀言外，写怨夫思妇之怀，寓孽子孤臣之感。凡交情之冷淡，身世之飘零，皆可于一草一木发之。而发之又必若隐若见，欲露不露，反复缠绵，终不许一语道破，匪独体格之高，亦见性情之厚。飞卿词，如"懒起画蛾眉，弄妆梳洗迟"，无限伤心，溢于言表。又"春梦正关情，镜中蝉鬓轻"，凄凉哀怨，真有欲言难言之苦。又"花落子规啼，绿窗残梦迷"，又"鸾镜与花枝，此情谁得知"，皆含深意。此种词，第自写性情，不必求胜人，已成绝响。后人刻意争奇，愈趋愈下，安得一二豪杰之士，与之挽回风气哉。

所谓"意在笔先，神馀言外"，不出古之诗学传神、含蓄不尽之论之外。"怨夫思妇之怀，寓孽子孤臣之感"及交情、身世，其所表现之内容亦太狭隘矣！非谓其言此四者以概其馀之为狭隘也，谓其格调之未大及于世俗民生而为狭隘也。"发之又必若隐若见，欲露不露，反复缠绵，终不许一语道破，匪独体格之高，亦见性情之厚"（又云："即比兴中，亦须含蓄不露，斯为沉郁，斯为忠厚。"）诸语，是其"沉郁"说之中心意旨，与王士禛之"神韵"说何异？如赵执信《谈龙录》所言者。所例温飞卿词固佳，然此不过是"小我"之境之高者，尚不足与言乎"无我之上之有我之境"之"大我"之境也。陈氏虽刻意拔出飞卿，居功不小，而飞卿在吾国诗史上之地位却非最第一流者，论诗学之审美理想而所例非是最第一流之大诗人大词人，陈氏色虽镇定，而余却不免为之脸赤也！又云："冯正中词，极沉郁之致，穷顿挫之妙，缠绵忠厚，与温、韦相伯仲也。”极沉郁顿挫之妙，是到得杜少陵歌诗之境矣，而两者之境界岂一伦一层次邪？此种之论，若非糊涂，即是夜郎自大，徒令人笑正中无此本事耳。又云：“稼轩‘更能消几番风雨’一章，词意殊怨。然姿态飞动，极沉郁顿挫之致。”想稼轩此词沉郁顿挫之境界，较冯正中词为何如哉！又云：“梅溪词，如：‘碧袖一声歌，石城怨、西风随去。沧波荡晚，菰蒲弄秋，还重到断魂处。’沉郁之至。”若此种亦可当得审美理想之“沉郁”，且为其至境，则真透露“沉郁”果为何者之消息矣。

八

杨慎才子，好为反调，《升庵诗话》云：

宋人以杜子美能以韵语纪时事，谓之‘诗史’。鄙哉宋人之见，不足以论诗也！夫六经各有体，《易》以道阴阳，《书》以道政事，《诗》以道性情，《春秋》以道名分。后世之所谓史者，左记言，右记事，古之《尚书》、《春秋》也。若诗者，其体其旨，与《易》、《书》、《春秋》判然矣。《三百篇》皆约情合性而归之道德也，然未尝有道德字也，未尝有道德性情句也。“二南”者，修身齐家其旨也，然其言琴瑟钟鼓、荇菜芣苢、夭桃秾李、雀角鼠牙，何尝有修身齐家字耶？皆意在言外，使人自悟。至于变风变雅，尤其含蓄，言之者无罪，闻之者足以戒。如刺淫乱，则曰“雝雝鸣雁，旭日始旦”，不必曰“慎莫近前丞相嗔”也；悯流民，则曰“鸿雁于飞，哀鸣嗷嗷”，不必曰“千家今有百家存”也；伤暴敛，则曰“维南有箕，载翕其舌”，不必曰“哀哀寡妇诛求尽”也；叙饥荒，则曰“牂羊羵首，三星在罶”，不必曰

“但有牙齿存，可堪皮骨乾”也。杜诗之含蓄蕴藉者，盖亦多矣，宋人不能学之。至于直陈时事，类于讪讦，乃其下乘末脚，而宋人拾以为己宝，又撰出“诗史”二字以误后人。如诗可兼史，则《尚书》、《春秋》可以并省。又如今俗《卦气歌》、《纳甲歌》，兼阴阳而道之，谓之“诗易”可乎？胡应麟曰：按“诗史”，其说出孟棨《本事》。

固哉升庵之论诗也，以《卦气歌》、《纳甲歌》为证，何其鄙也！彼曾不得为诗，而以为证乎！夫诗与史异，何必证之，而少陵之所以为尊为“诗史”者，重在“史”之心而非其形也。宋人拟之不伦自是宋人之事，安能以此为杜诗之下乘末脚也！如《丽人行》、三吏、三别之篇，尽为杜诗上乘境界，贬之若是，不知究竟心肠何在。“史”之心为何？即不隔于世俗民生之谓也，诗人而有是，非将以替“史”也，而嘉其能有是心，情事之所自来者，为最近世俗民生之现实世界，而非缠绵婉约含蓄之艺术境界也。诗之能以成大者，端在此事，“无我之上之有之境”，亦罔不须经此役，而后其情其境磅礴深厚，大气淋漓，下则可为真性情，上则可为精神境界之极致，粹乎其神味而能出。故诗能见史，其副也，其心则不可副也。杨慎书生，岂知此义之为要也！

又王夫之《古诗评选》有云：

> 诗有叙事叙语者，较史尤不易。史才固以隳栝生色，而从实着笔自易，诗则即事生情，即语绘状，一用史法，则相感不在永言和声之中，诗道废矣。此“上山采蘼芜”一诗所以妙夺天工也。杜子美仿之作《石壕吏》，亦将酷肖，而每于刻画处，犹以逼写见真，终觉于史有馀，于诗不足。论者乃以“诗史”誉杜，见驼则恨马背之不肿，是则名为可怜悯者。

吾国叙事诗之所以不发达，由是可见一斑也。夫诗也者，诗心也，诗性也，文学、艺术之极境，皆诗也，注目于诗、词、戏曲、园林、书法、绘画外在形式之异，而不见其所同然者为诗心诗性，是船山之迂也。故元剧犹然以戏剧目之，而不知此之为真诗，是吾国人大抵之迂若是也，其可怜悯者，究为谁哉！若船山所举《石壕吏》之作，是其未觉有诗在耳，未觉其中之妙耳，动人心魄，情景如画而宛然目前，叙事如口出，少陵岂有心为逼写邪？此境之非诗，而独写情景之若“小桥”、“流水”者而为诗者邪？即史传之如《史记》者，其大块淋漓尽致之文章，壮烈非凡之事迹若项羽者，罔非诗也，且为诗之尤波澜壮阔者也，嗟乎，彼何尝曾见西人之史诗者哉！囿九州之小而以为天下之大，心接宇宙之苍茫而以为人生之极，此诗之所以不能成大者也！

九

邵博《邵氏闻见后录》曰：“程叔微云：伊川闻诵晏叔原‘梦魂惯得无拘检，又踏杨花过谢桥’，笑曰：‘鬼语也。’意亦赏之。”按晏小山原词为：“小令尊前见玉箫，银灯一曲太妖娆。歌中醉倒谁能恨，唱罢归来酒未消。　　春悄悄，夜迢迢，碧云天共楚宫遥。梦魂惯得无拘检，又踏杨花过谢桥。”其中“梦魂惯得无拘检，又踏杨花过谢桥”二语，确是佳句，但邵氏“意亦赏之”之揣测，未必是耳。小山词二语，原意乃是述梦中之事，故有“梦魂”之谓，非是魂出乎壳，故程颐谓之“鬼语”，实是未深味此中细处。又，“鬼语”之谓，非是赏之之语，故邵氏臆测未确。然程氏此语，又非端正姿态言之，乃是就其字面而发调笑之一语，不可坐实观之，故原罪正在邵氏耳！厉鹗《论词绝句》有云：“鬼语分明爱赏多，小山小令擅清歌。世间不少分襟处，月细风尖徒奈何。”亦正未深计较也。

又《二程遗书》卷十八《伊川先生语》四：

问：“作文害道否？”曰：“害也。凡为文，不专意则不工，若专意则志局于此，又安能与天地同其大也？《书》云：‘玩物丧志’，为文亦玩物也。吕与叔有诗云：‘学如元凯方成癖，文似相如始类俳；独立孔门无一事，只输颜氏得心斋。’此诗甚好。古之学者，惟务养情性，其他则不学。今为文者，专务章句，悦人耳目。既务悦人，非俳优而何？”

或问：“诗可学否？”曰：“既学时，须是用功，方合诗人格。既用功，甚妨事。古人诗云‘吟成五个字，用破一生心’，又谓‘可惜一生心，用在五字上’。此言甚当。”先生尝说：“王子真曾寄乐来，某无以答他，某素不作诗，亦非是禁止不作，但不欲为此闲言语。且如今言能诗无如杜甫，如云‘穿花蛱蝶深深见，点水蜻蜓款款飞’，如此闲言语，道出作甚？某所以不常作诗。”

又《二程集》云：

一日，偶见秦少游，问：“‘天若知也和天瘦’是公词否？”少游意伊川称赏之，拱手逊谢。伊川云：“上穹尊严，安得易而侮之”少游面色骍然。

所引杜诗，在集中似乎“闲言语”，不知少陵胸次，诗人境界，心同天地之生动活泼而得其生意韵致，凡世间万物，以人为灵为上，人之贵则在生生不息之意，岂非正“与天地同其大”者邪？必也口道德而言孔孟方是此等境界邪？程氏不为解人，真正可笑！至若少游之句，本有情人语，而遽来程氏“上穹尊严，安得易而侮之”之苛，真正道学家正经面目，真煞得好风景也！

一〇

金圣叹为文，洋洋洒洒而复絮絮叨叨，颇极缠绵委屈又细琐不省净，盖才子习气使然。大凡以才子习气为文，往往心已至矣，情已至矣，而朴素本色未至，故文亦不得之也矣。其《读第六才子书〈西厢记〉法》之作，可谓极其性情摇曳之至，大抵书生才气，至此而止，若不经世俗之现实世界而深悟其境，深得其美，深会其中之神味，则其识力犹去最高境界一尘，往往如此，非独圣叹为然，若李温陵则不同也。《读第六才子书〈西厢记〉法》有驳《西厢记》为淫书之论，略云："人说《西厢记》是淫书，他止为中间有此一事耳。细思此一事，何日无之？何地无之？不成天地中间有此一事，便废却天地耶？细思此身自何而来，便废却此身耶？"《酬简》总批"好色与淫论"，则好色而不淫，先贤不讳；《诗经·国风》与《西厢记》所写皆"儿女之事"，且"自古至今，有韵之文，吾见大抵十七皆儿女之事"。又驳冬烘先生云："盖事则家家家中之事也，文乃一人手下之文也。借家家家中之事，写吾一人手写之文者，意在于文，意不在于事也。意不在事，故不避'鄙秽'；意在于文，故吾真不曾见其鄙秽。而彼三家村中冬烘先生，犹呶呶不休，詈之曰'鄙秽'，此岂非先生不惟不解其文，又独甚解其事故耶？然则天下之鄙秽，殆莫过先生，而又何敢呶呶为？"总上其所论者以言之，圣叹殆亦所谓痴才也。能痴，故不能免于可爱；惟其可爱也，又觉识力犹雏而未能老辣，未能洞见问题之实质也！其反驳之本身即立论不稳，又焉能服人？此一问题之关键在《西厢记》是淫书否，而不在天地间有此事否。天地间之有此事，或为淫或为不淫，何也？其表现有所异也！人云《西厢记》为淫，驳之当证其非淫，若退而以天地间无不有此事为据，是有未找对目标之嫌疑，故其驳也无力。又以文、事两分，更属强词夺理，为同一病，此李昌集《中国古代曲学史》一书早已揭出之。嘲冬烘先生不解其文独甚解其事故，亦仍游离核心之外而搔痒不实耳。此一问题之关键，圣叹实未望见，故其驳也如是而已矣。《西厢记》较之明清之狭邪淫秽小说，判然相异而不可等量齐观，且剧中描写本无太露骨之处，故自技术层面以论之，《西厢记》非是淫书，如此而已。然既如是而非淫书，而人强明之为淫书，其未有故邪？其故何邪？窃谓深察细观，此中实有一深层之原因，为古今之人皆未梦见，圣叹一书生炫才子习气者，亦在同列。若古今人之高见，不过以为道学理学抑情，故于此等宣扬儿女之情事大不以为然，此诚是一因，然其中更为切实切身者，初不在乎此也！其切实切身之原因云何？即富贵者忌意淫之心态也，此事关乎其切身利益，虽知其书文不足以为淫，而其意却足以为淫也。其意不足以为淫，实借淫之名以抑其实耳！圣叹所斥之冬烘先生，岂笨至于不能识《西厢记》非淫书邪？故真正之原因在富贵贫贱之心态有别，贫贱者皆欲缘如张生，而富贵者皆不欲缘如莺莺，此两种力量之冲突，乃问题之关键之所在也！吾人皆羡张生有此遇而赞莺莺之行为，故此剧之魅力甚广甚大，若富贵者则未必如此想矣！试设身处地以思之，富贵者养得一大家闺秀，娇滴滴容色倩丽之千金小姐，而辄为目中之穷酸书生所得，气味本不相投，兴趣亦属悬隔，又安能加之以青眼而顺其胸中之气？指《西厢记》为淫书者，实以此故也！此外，尚有张生本身之原因。张生之为书生，亦特寻常，无家国民生之大志，不过因循科举之途以谋其生者，作者欲成其事，故巧设因缘以凑合之。元稹《莺莺传》中之始乱终弃，乃为世俗之现实世界中之正常者，陈寅恪《元白诗笺证稿》已证唐时上流社会婚娶之俗为张生解脱，虽然余并不以此为然，故董解元《西厢记诸宫调》变其结局而以喜剧终篇，其基础即变莺莺卑微之地位为故相国之女，莺莺之地位既已如此，则始乱终弃之不行，正是情理中事也。张生其人不但寻常，且染迂腐，前已稍稍及之，故就实而论，其于吾人之感觉恒为张生之得莺莺，实不足以服人！解围不过作者想象之美事佳构，而以以身相许为条件，亦见得非是出于"情"之一字，此便是大煞风景处也！或谓张生之于莺莺甚为倾心也，甚为痴情也，以至于害相思而病矣。实则张生之相思，起初即单相思，其倾心痴情亦无特色。试想如莺莺之国色天香，凡人见之孰不动心，岂必待张生也？凡人之有情，便可享受此等之佳人，则孰不有情？若无解围之事，其事必不谐。必无解围之事，两人之遇，后见而有情，或识浅而张生求莺莺初甚苦而后终识之终许之，此真爱情也，若必由解围以促成之，已非纯粹之爱情而有利害之关系存乎其间者矣！即有此事，而老夫人之赖婚，张生虽愤亦无如之何，因以身相许而为此事，本即亵渎乎真爱情矣！照常理推之，苟莺莺柔弱，则从老夫人矣，不过一觉老夫人食言，一觉有愧于张生而已矣，然此皆不足以更事不得谐之实质。而此中之莺莺个性鲜明，由其所受之教育观之，则其必将遵循礼教之大义以行事，而不计张生之卑贱，而自以为得意之事，故其反应于张生，其行动虽大悖礼教，然其所以如此者，正由中礼教之毒甚深之故！此一点尤为重要，古今人但知前者，而不知其后者也。故在道学家以观之，以张生不足道非特出之人而得莺莺（无形中自有已不能有此遇之嫉妒之心态），是不足为训也，故张生之不济，而为富贵者所嫉恨，则冬烘先生富贵者流谓《西厢记》为淫书之第二深层之原因也！张生前途，不过剧中之蛇足，而才子佳人故事，其失亦正在此，不独《西厢记》为然也。若张生有特出之才及过人之识见而可造，此正富贵者流之所急需而常以婚姻之形式以成其事，则卑贱者又岂富贵者流之所必欲坚拒之而后快者邪？若莺莺者，惟其中礼教之毒也深烈，而能许张生，使其事有绚艳之色彩，则礼教亦有其佳处存焉，而能使人无形中养成一坚贞之品质，知守焉而不变（节贞之妇是其极端，未宜提倡），若今世之女子，历开放之社会思潮，以致心目中绝无坚贞节烈之念，甚而假婚姻之形式图谋财货，至于已生养子女而犹掉头弃去不顾，其寡廉耻而不知自好，亦鲜见于乡村城市邪？

申而论之，则《西厢记》中所写张生、崔莺莺之事，果得与论乎爱情者邪？窃甚惑之焉！张生之遇莺莺也，乍见即惊呼："我死也！"以衬托莺莺容貌之美及其震惊眩晕，是时其于莺莺之品性道德尚无任何知解，其为色貌所迷恋之程度，乃竟若是也。又白红娘云："小生姓张，名珙，本贯西洛人也，年方二十三岁，正月十七日子时建生，并不曾娶妻。"即今日无比开放之社会氛围，亦鲜有如此无顾藉者。不知莺莺婚配之底里而径如此，其轻狂之态也可知，其于莺莺后来之行为皆以色貌为始，而非以真爱为始，亦可见矣！故红娘嗔之云"谁问你来"，岂仅嘲之而已耳！张生、崔莺莺之爱情基础乃以色貌为始，亦可谓莫大之悲剧矣！故后之张生得遂心愿之夜，其行径之丑陋，令吾人睹之而心生莫大之厌恶：非此事之足以为厌恶也，是其心态之足以令人为之厌恶也！若屠狗贩夫之流，亦未必如此低劣，如此之人而莺莺以身心相许，倾注莫大之感情，是犹然受礼教之毒害，实不值也！吾人可以思之矣：以张生轻狂之品性，遇莺莺而既如此矣，莺莺以既聘之身，甘违礼教之大不韪而许之，此尤为今人之所激赏者，然莺莺非天下第一美女也，苟张生他日遇更美于莺莺者，或莺莺以年长而色衰，更遇于色貌之新鲜年轻者，则今日之狂悖于礼教而为吾人之所赏者，他日或将重演，而又足以败坏吾人之胃口者也。第四本第三折写莺莺之忧云：“［二煞］你休忧‘文齐福不齐’，我则怕你‘停妻再娶妻’。休要‘一春鱼雁无消息’！我这里青鸾有信频须寄，你却休‘金榜无名誓不归’。此一节君须记，若见了那异乡花草，再休似此处栖迟。（末云）再谁似小姐？小生又生此念。”张生所答之逻辑为再无“似小姐”即似莺莺者，天地之大，世界之广，张生之此一逻辑，根本未答到点上，而甚不稳当也！其言外之意之逻辑固有“遇更胜者，或更生此念也”，感其语气，实弱而未坚，有其可能，即令人不放心。《西厢记》第五本无论谁人之作，其写郑恒（莺莺已许聘者）如此不堪，以偿观众之心愿而快之，使天下有情人皆成眷属，然郑生之贤不肖固与此事之本质核心无关也，若张生之与莺莺，虽郑生之不至为不肖者，亦将背离之矣，若郑生之德足以为寻常人，则将置之何地？故易位而思之，吾人每快此实非真爱之缠绵，而置郑生之背离哀怨于不顾，是何其之忍而残酷也！若为父母也，则其子虽非人中之龙凤，而其龙凤者夺其儿媳妇，则将何以为心哉？若为人子也，而虽非人中之龙凤，而其龙凤者夺其媳妇，曰为才貌匹配之爱情，则将何以为心邪？嗟乎！何侮辱人之甚，而其女子不自重之甚也！后世之以《西厢记》为淫者，断非此事之为淫，而所谓诲淫，将以诲人致淫之心，心术将为之大崩而坏也。以《西厢记》中张生、崔莺莺之事例之，以爱情之名义行无爱情之实，而仅以色貌为心，苟其事果足以大赞之而大横行于世也，则虽开放如今日之社会者，犹不能承载其恶劣之后果，况古之礼教森严之社会邪？其尤绝妙而具讽刺之意味者，则《西厢记》以反礼教束缚人之自由而张本，而其所以成之者则又赖礼教之力，如红娘之则老夫人以大义者，则譬犹父母生而养之，而犹嫌父母之无善生之、未善养之，天下宁有此理邪？则余虽不以礼教之束缚人性为是，而仍不屑于此一种之行径也。故《西厢记》假托才子佳人宜为一对之俗套，瞒天过海而张爱情、反礼教之名而无其实，实男权社会诲诱之伎俩，而于女子非公平者也。白乐天《井底银瓶引》“寄言痴小人家女，慎勿将身轻许人”之告诫，何其沉痛也！今日之社会尤盛行我自是我之我之义谛，而大张皇自我，此虽可使之完全掌握自我，然我非独自存世之一物而无瓜葛，而有其亲也其友也，其所成之后果如苦痛悲哀，则不独“我”之所能承受，亦非可独“我”为承受之也。

又，吾人既欣赏崔、张二氏之际遇情感而如此也，则往往略其以后之事，即其过活将如何也。崔、张二氏之以爱情为名义而行其事也，今人往往以反封建之礼教誉之，此论之谬已如上述；即不论其是非，顺其思路而思之，则此两人之反封建之礼教既以爱情为名目，而大具突破世俗之勇士之精神，则此一精神深入其内心灵魂，而不可能随时而弃之，亦可知也。然两氏结合后之行径如何哉？则剧中所写，以圆满为意，然细细忖之，则张生之赴考，实即泯灭其反封建礼教之精神之行为也。何以云然？盖科考既得意，则必将携莺莺而习于官宦之生活，且张生科考得意之志甚裕如也，而作者又终将成全之：“（做到科）（见夫人科）（夫人云）张生和长老坐，小姐这壁坐，红娘将酒来。张生，你向前来，是自家亲眷，不要回避。俺今日将莺莺与你，到京师休辱没了俺孩儿，挣揣一个状元回来者。（末云）小生托夫人馀荫，凭着胸中之才，视官如拾芥耳。”“张生，此一行得官不得官，疾早便回来。（末云）小生这一去白夺一个状元，正是‘青霄有路终须到，金榜无名誓不归’。”张生如此或作者写之如此，实是一团糊涂和气喜气，无异于如今日所谓之侮辱读者智商者也。“白夺一个壮元”，真正说得轻巧！姑且不论此点，即令其得中状元，则其后之生活如何邪？不过高官得做、妻凭夫贵之常调，而之所以能如此者，又非习惯于封建之礼教而不可，若能持其书生气而具反封建之礼教之精神，则为官亦不得顺畅贵达明矣，则两氏之生活必将似于鲁迅小说《伤逝》之所揭示者，仅具个性之精神者而无生活之基础，必将无所归依也。如此而可知，必如作者、读者之结局圆满之意，则必将遗两氏之反抗封建礼教之精神，而终归于封建礼教笼罩之范围内而不能自拔亦不必拔，而享受其荣光也。如此，其将充当维护封建礼教之角色也可知，而若其子女重复其故事，则两人之不能容纳亦确知也。又张生言“金榜无名誓不归”，夫“金榜无名”乃古士子之常态，故其终局，亦可能科考不得意而无面目归来以见莺莺，而苟有可能，则绝不可能不再娶，如此则不但崔、张之姻缘为彻头彻尾之悲剧，且张生之负于崔莺莺者，又太巨矣！所谓无论如何，总之里外不是，崔、张二氏之结局也，今之结局以喜剧结之，适颠覆其所以成立之最初之根基，大有数典忘祖、过河拆桥之实也。今人以思想之先进、开放及精神之自由独立观之赞赏之，不知适堕此左右矛盾之陷阱中，而犹无觉醒，犹今人所谓之将汝卖了且为人数钱也！

又，《西厢记》情节之关键者，而推动故事前进之核心，为解围一事，此亦大可商论者。红娘固可以彼之矛攻彼之盾，而责老夫人之背信弃义，因之崔、张之事得遂，然细细忖之，则当初老夫人允诺解围之条件，即大蕴涵以女儿为物之封建礼教色彩，所谓女儿之幸福系之父母之命者也。设若两人真具反封建之礼教之精神，而深入其神髓灵魂之中而不可易，因能有后来之情事者，则应直接反对此一关键之事，而不当为虚假而建立于色貌之上之所谓爱情迷心而坦然受此一条件。此一条件在莺莺而为言则丧失其独立自主之爱情立场，在张生而为言则丧失其做人之基本原则，即乘人之危。然而两人皆不此之顾念，而惟顾念结合之能否，遂将此一条件及其所关涉之事实之本质，俱以轻巧带过，而诱导读者径以关心两人之能否结合矣。当此一条件提出之时，虽有生命之危险，然其人既以大义为更高之生命，而追求独立自由，则不苟免之心态也可知，而当时莺莺实已许配于人，即老夫人以封建礼教之昏聩许之如此之条件，莺莺亦当考虑后果，当顾念所许配者之心情及所关涉之义理，退一万步言，即真以爱情为基础而欲以身心托付于张生，亦当在与所许配者划清关系之后，而未能之，实有“脚踏两只船”之嫌也。且即令张生解围也，其所付出者未甚巨，即令巨大，亦未宜以人之身心为之条件，其举动心意不但有乘人之危之嫌，且所付出者少，而所欲人之偿者过巨，两相对照，实价值相去太远！反言之，则张生之心意，非得莺莺报以身心之许，而后乃能救人邪？故《西厢记》必以解围为故事推进之关键，为两人爱情之关键条件，实莫大之败笔也。解围之不堪为倚既如上述，而《西厢记》必以之为倚者，则可见在此基础上两人之所谓爱情，实缘于外在之机缘，非内在之需求，非处于内在之必然。实则以莺莺所处当时之情境言之，无论解围与否，无论老夫人之命与否，无论张生之才学品貌如何，皆当拒绝老夫人之此一条件，乃真能追求独立自由与真爱情者，亦即乃真能具反封建之礼教之精神者。若两人真具反封建之礼教之精神，则即使无解围之举亦当能相爱，然见异思迁、喜新厌旧，以别人之痛苦为自己之快乐之基础，则不独封建礼教之所不许，即今日之社会，亦每大厌恶之也！

总之，《西厢记》一作，迷恋于意境而广集古之意境之陈辞滥调，而优美之，而雅化元曲，而丧元曲豪放之精神，而外强中干，又借爱情之名义以备反封建之礼教之精神姿态，而无其实，又令此剧之关键情节“解围”处于以尴尬之情形，而可有可无，而终令崔、张二人归于封建礼教之荣光之下，而甘心为顺民，而前后矛盾，内在之精神变化太大而凿枘，实元曲及吾国文化之大罪孽也！以元曲之真精神及文学在当时之新变观之如此，而以文学之旧观之，则其亦集萃旧有之美长，且篇幅巨大而叙事婉转，则亦不得抹杀也。而原其本意，则此作终不过是男权社会意识之畸形表现，借以意淫耳。郭沫若亦云：“我揣想王实甫这人必定是受尽种种钳束与诱惑，逼成了个变态性欲者，把自己纯粹的感情早早破坏了，性的生活不能完完全全地向正当方面发展，困顿在肉欲的苦闷之下而渴慕着纯正的爱情。……王实甫的这部《西厢记》……不能说没有色情的动机在里面。”古之道学家以“诲淫”疾之，余向亦颇厌之，以为情足可恃，今观其实如此，则我虽非道学家，而亦不得不以为“诲淫”是其实也。具真爱情而有其美者，不必如此也。故文艺之表现性爱无不可也，而详细之则不可，《西厢记》乃以六百字之篇幅详细之，虽朦胧之亦不可救其弊。盖人之为灵物皆能大肆其想象，含蓄朦胧与否皆非关键，若详细之，则有“诲淫”之嫌矣。以今世之开放，性开放思想已颇极甚，而犹有黄色之一端，固不因其所述写表现之美与否也。性爱乃是私事，无论以任何形式公之于众，则退化人而至于动物之境界矣！

二

朱光潜《诗论》，虽自谓得意之作，“用功较多，比较有独到见解”，且今人颇有过誉者，然于实际创作无大影响、作用，是规矩之学，而非才性之悟，更非审美理想之能进于古人之境界者也。盖其言诗，乃就研究之角度立论，凡诸起源、表现、节奏、声韵及与散文之关系、何以形成律诗之类，皆非诗人所最关心者。偶以审美理想为说，则不过云诗之最高理想在情景吻合，太过肤廓矣。且采摭众说以益己，而终无己，如其书中极为显眼之"情趣"与意象之契合说，乃援引自克罗齐氏，克罗齐以为情趣与意象不可分，而不知意象之形成已有情趣在，本即初无分与不分之别也，朱氏论其契合，其前早有分离，正见其未见克罗齐之误，而去克罗齐之由合论分尚有一间也。又如论诗之情趣而本于华兹华斯说，谓情趣"都从沉静中回味得来"，感物而兴者，何其新鲜淋漓，而当下情趣蕴于直觉。若皆待回味，则何来伫兴立就之说邪？《诗与谐隐》云愚公之所以愚为其名乃乏穆罕默德"山既不来就我，我且就山去"之诙谐幽默，此真幽默耳！又云古之优多诗人，如东方朔、枚乘、司马相如，滑稽哉！《陶渊明》篇云诗人之可拟之者惟屈、杜二人，而屈子沉郁、杜甫阔大变化过之，醇炼则不如。且屈子欲安顿不得，气象崎岖突兀；杜甫有意雕绘声色，锻炼字句，时有斧凿痕迹，亦有笨拙未妥帖者。陶则如秋潭月影，澈底澄莹，具古典艺术之和谐静穆，自然本色，天衣无缝，使人忘其为艺术而至极境。而不知和谐静穆之境界，西人莱辛《拉奥孔》一书早作批判而非诗之最高境界。陶诗自苏东坡大称道后，至今声名过实不衰。以人格、诗诸端分而观之，则陶均不足为极致，然凑合之，则宜臻一流，亦不至于鲜有匹者。且文学之事，偏至即允称大美，以此而论，陶斯下矣。又非议杜之《遣兴》"陶潜避俗翁，未必能达道"之句，云陶之所以异于寻常隐士者正在其不避俗，故能真达道；不避俗即不矫情，本至性深情以应世接物。按杜甫《遣兴》云："陶潜避俗翁，未必能达道。观其著诗集，颇亦恨枯槁。达生岂是足？默识盖不早。有子贤与愚，何其挂怀抱！”“无我之上之有我之境”之“大我”，恐非避之与否之能决也。朱氏又引东坡“质而实绮，癯而实腴”及刘后村“外枯而中膏，似淡而实美”之语以非“恨枯槁”。窃谓渊明虽隐于俗而自守，然未融于俗而体会俗之真精神，自足之道大有而无一毫利人处，仅为独善其身而非儒之至高境界也！况《晋书》本传载其有待于官绅之酒肉而无拒之，亦非是自完之计也。如是则不能体会生民之真感情真状态与其大美之所在，虽号和谐静穆、冲淡超逸，然已见执拗，且人之性情，不可恒中恒和，恒中恒和则是未能与于现实世界之象，此鲁迅已大论之于《摩罗诗力说》。且人之生也，要须有个尽情尽性处，如花之烂漫时也！渊明之境界足以为人生境界之楷模，而不足以至文学之最高境界，偏于澹逸而乏于放，乏于活荡，更何况豪放泼辣，譬诸画中人，谓之枯槁亦有缘也，去子美尚有一尘也。子美处处以世俗民生之大美大善之真为意，故每声气于豪杰之士，感情于平凡生活之境界，每以人之灵秀与夫物之姿态有所通焉，若渊明者，既隐且自守以处其自然者矣，则子之贤愚本非其生之最重者，关乎怀抱念念不忘甚且每有沮丧懊恼之意何哉，“天命苟如此，且进杯中物”，以酒自聊，岂真无利害之心也哉？且利害之不足为害，而其利害之心则适在其下，庸俗而已，其未达道不亦明乎哉！若嵇康者，其人格境界、思想境界、精神境界更在渊明之上，其性情因时势之所矫而呈异彩，虽已有为而其心在乎生民之幸福，故期其子勿以似之，岂以其所为为不足取而非者邪？若此待子之心则可矣，平凡而伟美之人生境界，嵇康之所尚也，其所期于子者，无异于常人常态，岂同于渊明之怪其子之不贤，而为两种高下有差之境界明矣！故嵇康之心虽在子，而其心则公心也，即大我之心及境界也，渊明之心则私心也！私心犹可谅也，而后世之人每以其境界为极致，而不察其困顿委靡之残生，无其生而有其境将亦可得邪？则其心将慕其生存状态而欲亲蹈之，且更及于天下之生民邪？则其心为伪，不亦明夫！好其名而弃其实，此之谓也。故作《乞食》诗而有“扣门拙言辞”之语，而来右丞之讥，其《与魏居士书》云：“近有陶潜，不肯把板屈腰见督邮，解印绶弃官去。后贫，《乞食》诗云：‘扣门拙言辞’，盖屡乞而多惭也。尝一见督邮，安食公田数顷；一惭之不忍而终身惭乎！此亦人我攻中，忘大守小，不恤其后之累也。”都欲见其“采菊东篱下”而见南山之悠然，而不欲见此之窘然邪！明之陈献章亦特好崇渊明，好其闲也，《东圃诗序》云：“翁寄傲于兹……兴至便投竿弄水，击壤而歌。四时之花，丹者摧，白者吐。或饮露而餐英，或寻芳而索笑；科头箕踞，柽阴花影之下，徜徉独酌；同诸孙上树取果实，嬉戏笑语以为适。醉则曲肱而卧，藉之以绿草，洒之以清风，寤寐所为，不离乎山云水月，大抵皆可乐之事也。”夫饱食无忧，琴酒流连于自然山水，孰而不期之也，而人人皆可以得之邪？且须有经济，庶不致渊明之窘也！故清之全祖望《鲒崎亭集》谓陈氏“失却最上一层矣”。夫人生、文学之最高境界，虽为世人所期尚，而大多实无以至，是为世之英豪、特出之士设也，寻常之人，曾不必以此衡之。况其情植根世俗之民生境界，则可直入“无我之上之有我之境”，而表出之于文学，未必身心之辄至英雄豪杰之境界也。故今之所争之焦点，乃是渊明其果能以臻吾国人生、文学之最高境界，抑或否邪？则余之不甚许或似贬渊明，其用心实在不许其为最高境界，并非有他，并非必欲斥之而后快也。渊明之人生、文学境界，固已淡泊外物而与物相得，然止是越有我而入无我之境，此犹非大我，若大我，则必有所进而臻于“无我之上之有我之境”。以渊明例节，淡泊名利固是高节，而以见督邮为耻，此特小事耳，不如屈己而有以利乎民生，处艰难险恶之环境中，不斤斤计较于我之得失而尽其最大可能干事尽情以利国利民，即创造“神味”一义之“将有限最佳化”者，此真大我之境也！故渊明之人生、文学境界，未稼轩若也，观稼轩行事，而后知其确符尽其最大可能干事尽情以利国利民之实也，以此之故而其人格又不得不谓极其高远也。若皆如渊明之行，此世界将何面目，而皆如稼轩之行，此世界又将何面目，可以想象矣！两人之境界，正以此别而分高下，则我之右稼轩而左渊明，又何可疑也！王阳明《与黄宗贤书》云：“人在仕途，比之退处山林时，其功夫之难十倍。”此可叩渊明也。以实而论，渊明之人格及诗在历史上并无特出，人格绝妙者代不乏人，其诗足为一家，若措其位置，不宜在李义山之上，况李杜乎！诗国气象万千，渊明不过其中景致之一。若论其超逸自然处，实去庄子之境界甚远。朱氏以渊明之思想以儒家为主，是矣，然渊明未至其极，曾点之“暮春者”犹未及焉，故朱熹评之“靖节见趣多是老子”、“旨出于老庄”，岂非正因其儒之未足为渊深精至醇美之境者乎？陈寅恪《陶渊明之思想与清谈之关系》着论云：“渊明之思想为承袭魏晋清谈演变之结果，及依据其家世信仰道教之自然说而创改之新自然说。惟其为主自然说者，故非名教说，并以自然与名教不相同。但其非名教之意仅限于不与当时政治势力合作，而不似阮籍、刘伶辈之佯狂任诞。盖主新自然说者不须如旧自然说之积极抵触名教也。又新自然说不似旧自然说之养此有形之生命，或别学神仙，惟求融合精神于运化之中，即与大自然为一体。因其如此，既无旧自然说形骸物质之滞累，自不至与周孔入世之名教说有所触碍。故渊明之为人实外儒而内道，舍释迦而宗天师者也。”所谓“融合精神于运化之中，即与大自然为一体”者，即余所论“意境”之“大我”，而非“神味”之“大我”之境界也。然以渊明为外儒内道，朱氏驳之则中矣。余意则适与寅恪相反，以渊明之思想为内儒外道。内儒而外道，即儒道互补取长补短之人格境界、思想境界、精神境界，为吾国文化精神之最高境界，亦即豪放之境界。儒之长以培其质其志，道之长则以表现之以为用，一偏于内而一偏于外。渊明之思想既未尽儒之长，故其道之用亦未足以至随心所欲而淋漓尽致神味烂漫之境界，而乏积极进取而有抱非功利之精神以处世而成就“大我”之精神。孟子云：“取诸人以为善，是与人为善者也，故君子莫大乎与人为善”（《孟子·公孙丑》）、“夫志，气之帅也；气，体之充也。夫志，至焉；气，次焉……我善养吾浩然之气”（《孟子·梁惠王》），志有所乏，则其养必不盛大而深厚。且志者触物之所生，独守则不足以尽物之长，万物不备于我，则其气之泄也必无力，无力则不能尽致，故渊明两未尽儒道之极致也！气之在人也，则其盛大而深厚也使人而有神，有神则秀，神而秀则人之灵乃见，乃可交于物焉，若渊明之思想仅为中和虚静之状态，乏神秀也，无此神秀，即未能至“无我之上之有我之境”之象也。拙著《新二十四诗品》之“蕴秀”一品云：“红尘世俗，斯人多蹇。虽曰逢艰，其秀难掩。”故李杜之诗、苏辛之词、关汉卿之曲，其秀在神，其尚在世俗之味，不可以冲和静穆方之也。渊明其人其诗，实乏此一种神秀沛然之气与世俗“大我”之真味，以李太白之天姿纵逸洋洋洒洒恣肆为诗，尚在渊明之下，朱氏之发此论，岂非令人笑不可抑！观《诗论》之作，而知其实是外行而不甚精于此道者，其所着眼，本于研究，故于诗人及读者几无所用，若《人间词话》、《二十四诗品》之本文意蕴深美者，更非俦也。其言诗多及“情趣”，有文云“诗以情趣为主，情趣见于声音，寓于意象”，或以为朱氏此论已自主成一新说，发展“境界”说至于“情趣”说，则识见更为尘下，为朱氏罪人而不自知也。朱氏言“‘情趣’简称‘情’，‘意象’即是‘景’”，此分以明其义，《船山遗书·夕永堂日绪论内编》早言“情景名为二，而实不可离。神于诗者，妙合无垠”之理，若以“‘意象’即是‘景’”为误，诚巧者适见其拙耳。若果如其言，则“情趣”说较之“境界”说，为一倒退无疑，浅薄故也。然朱氏以“情趣”释“情”，则确属智而未佳。言其智者，“趣”之一字本即诗中妙义，苟有情趣之佳，则诗足可观。然情趣乃一中性物，有佳有恶，而朱氏持论则以为日出日落各有胜境，不必强分优劣，实堕趣味无可争辩恶趣，而归于袁枚春兰秋菊各有胜处之论者矣。夫物之为趣，无利害于人者固无优劣而各有其胜，然关乎人则必有优劣，美不本乎善，其质空泛而有悖于人世之理想，故“情趣”之论实较“情”更为浅薄狭隘，以“情”有趣有不趣，未必不成趣者不佳也。实则“情趣”之论仍囿于中和之思想精神，故其趣以优美为主，而不容乎沉郁博大、崇高雄奇之感情，朱氏以渊明为最第一，理在此也，若屈子、李杜之不容，岂不宜哉！故“情趣”实仅止于“技”之境界，而未若“境界”说之有“道”存焉。艺之千形万态，各有个性，亦本佳事，而与“情趣”之说不相关也。盖艺之千形万态，气质性情各不相同，为其外也，但凡人之所以为人，在于现实世界，必有一以贯之之文化精神以持之者，所谓善也，其至境恒趋乎同，同趋于人之所以为人，人之性也情也理想也，为其内也。故观夫历史上之人，其有绝佳绝美之人格者，无不各具个性，而其所以为人之真之诚之朴素而烂漫，则无乎不同，而异于“情趣”之千形万态不得其一之归依者焉。朱氏特崇古希腊之造型艺术，以静穆为诗之最高境界，则虽论莱辛之诗画异质说，而以画境为诗之极境，恒使人疑其莫名其妙。故其于吾国诗人最喜渊明，而以屈子、阮籍、李白、杜甫不免于金刚怒目愤愤不平为憾根，而渊明之伟大在其静穆，遂为鲁迅所责，静穆不出传统文化平和冲淡之氛围，而鲁迅之大文《摩罗诗力说》，则正斥平和者也。朱氏又有《无言之美》一文，仍拾传统诗学含蓄、韵味、神韵、温柔敦厚诸义之唾馀者。其后所为之《诗论》，不知由之有所反思，反倒退而倡“情趣”说，谓之发展王国维之“境界”说，岂非痴人说梦？若静穆为艺术之最高理想，则将置《史记》、元之剧曲于何地？为反道德、革命文学，故不主“热烈”，并此深闳伟美者亦弃置或不敢面对邪？人之有喜好可也，而不可以己之喜好为他人之喜好，使众必从我，岂非正失趣味无可争辩之旨？故“神韵”一义，钱钟书所好也，而以之为诗中最高境界，性之所近而情有可原，吾人虽欲辩之而其不可听可也，然其为学，则秉公心，故其《中国诗与中国画》乃有明识，云“神韵”一义在传统中不曾占有统治地位，以之胜之诗在传统中非是诗中最高品或正宗。如此公私分明，尚矣，朱氏之未若也。朱氏晚年言及鲁迅之批评，犹云作者当以超越一切忧喜之纯粹审美态度观照社会人生，可谓不知悔改，终生不悟大美之真义也。《诗论》云境界乃情趣、意象两者之融合，此纯粹自研究之角度为之，令人大跌眼镜，而王国维平生灌注“境界”说中之生命、激情，遂为朱氏抹杀矣！

朱光潜深受西学影响而每以西释中，两相交合沟通，如以移情解“有我之境”、“无我之境”，颇可注意。谓移情作用即凝神观照、物我两忘之结果，同于叔本华之所谓“消失自我”，“泪眼问花花不语”一语可例，故“有我之境”乃实为“无我之境”，或“忘我之境”、“同物之境”。而“采菊东篱下，悠然见南山”、“寒波澹澹起，白鸟悠悠下”则皆为诗人冷静中所回味出之妙境（所谓“于静中得之”），未经移情作用，故实是“有我之境”，或称“超物之境”。朱氏此解颇亦深细，然不可不谓失之。“有我之境”、“无我之境”之分，静安之心本未有如后世好事者解之之深密，其大要不过以情为目，其情之见溢或热烈而与物相呼应以同感，而寓我于物，而视物为我之一体，其情磅礴以一之，其感人也明切而觉其情之缠绵不可解，而非是等我于物，以物情衡我，如此则索然而无趣，而拟人（寓我）一义亦大不得其用者矣，故“泪眼问花花不语，乱红飞过秋千去”、“可堪孤馆闭春寒，杜鹃声里斜阳暮”之句，读之而恒觉其情之缠绵不可解，忽忽而动人，岂所谓“消失自我”或移情之凝神观照、物我两忘而为“无我之境”者哉！朱氏如此颠倒，实令人诧异！若其情之冲然有限，妙得自然，情不流溢而若结凝，不热烈而若内敛，是则谓“无我之境”，其以“无我”命之，非是无我，是无利害之我，我较隐耳。其情必内以冲然，故我不可无而亦不曾无，必外以有以顺乎自然而应于物，故我不用强于物，主客独立对待而又有所交流而得和谐，物我相互以赏，正因其各自独立而又彼此欣赏此独立之故，若是则“超物之境”又奚可也。强物者则所以见其情之真切热烈，不强物者则所以见其情态之从容不迫而有所裕如。物或不欲为强也，故以“问”叩之，端有礼焉。若知物而能尽物之用，则物也愿为我用而未觉其强，欣欣然而尽其生机，若士之为知己者死然，若情爱之此倾心于彼然，外人虽以利害之心观之，而未尝以利害之心为念，物我皆欣然有合辄有得，岂可以物我之情有所交合纠缠而遽谓之“有我”为当吾人存有“我”之意志，因而与外物有某种相碎裂之利害关系时之境界，“无我”为当吾人已泯灭自我之境界，前者多属宏壮，后者多属优美，如叶嘉莹《王国维及其文学批评》所言邪？且无论宏壮优美，凡其为美，则必不以利害为特征，即“泪眼”、“可堪”二语，亦有何利害对立之物？其诚不可少利害而由美至善者，非于物也，而必于人也，若以人而含于物，则不以人为人而对待，其对立也宜然，今世学者已大谈主体间性，其谬已明，不劳赘论焉！王国维“有我”、“无我”之分，惟其无时不可无我，故其分关乎形式而非由质，故是撰进二境而成之于“无我之上之有我之境”而为诗之最高境界也！且夫文学之事，非独为美而已，而真、善、美缺一不可，若美尚不无不动利害之心之义，则其所谓善乃必不可矣。三义实一，必经于美，而其所谓善乃遂可免于堕乎虚伪繁琐拘泥之利害之境界，而秉其真心，秉人之所以为人之真而不以小我一己之利害为念，以接于外物及世俗之现实世界，故既本之以真矣，则不以小我一己之利害为念而或抗争于丑恶腐朽，是自其合乎大我之一面以观之而得谓之善，自其表现其真之生存状态而有人之所以为人者存焉之一面观之而得谓之美，非三义可离析而独存者也，此之谓大美，又谓至善也。善本乎内，则其真积力久而生气沛然，达之于外而能于一切诸束缚中见我性之独美，故美或与恶相伴，恶本其内而美其外不可久也，其于人也易见其弊，而文学艺术赖符号以存其一瞬，其美可恒而内无改于恶，然终少一丝鲜活生气，乏一丝生机之趣，犹纸花也，若昧于此义而以恒为贵为可恃，是以次于最第一之美为餍足也，其于众或亦已足矣。或疑问纸花与土中之花，其美所差无多，其所差之些微果若是之重要而必争也？是矣，神者内机，味者内蕴，所失在此，所差甚少而所关甚大，一丝一毫而见高下，诚不可忽也！

朱氏又有论云诗之境界得于直觉，又以为灵感即直觉。直觉说以克罗齐倡之最力，直觉即心灵综合作用，此明以技术谈艺，尤其诗之境界依托于传统文化之精神，非若西人以理念思想为诗，间接以至。直觉对待者为意象，其状态为泯灭理智于暂时，以心感物，具整体特征，而亦居静少动，此尤不可与境界之深厚相比，即窄隘于境界之意境，亦思致意趣灵动鲜活，非直觉之暂止时间为平面（所观虽或立体，而观者与物之关系则如是）也。灵感之与直觉，亦非全等。灵感为积淀之爆发，若飞虫之困于小口大肚之瓶中，困顿碰撞而终得其孔口之机者，又若武术中渲染之打通任督二脉，又若禅宗之顿悟然，其后之境界，生气生机勃然冲然而外泄，若有导之者，一诸因而激活之，一时入于超越一切诸束缚而圆融无碍、自由活泼之境界，其态若电光石火之极至于无限速，宛如神通，而臻无限之灵妙，身心犹若为役然，以物接天以通而导处其神，于是乎手心如一，其所涂抹，撷取此一瞬之灵妙而达于神似，脱略其形迹而遗粗取精焉，是皆仰于作者之所养，其人犹器也，未为其器则不可得其用，虽成器而得其用，而其瞬时所泄者皆为其生命力之巅峰状态之结晶精华，其稍尽而所谓灵感遂亦止矣，必重新积聚而养，又得其契机以泄之焉。而当其泄时，其心游而与万物为一体，大有万物皆备于我身之成就，其思则无不自然而然，随心所欲，有造物主之气象，故人之处灵感时，乃足称于创造创新之境界也！若夫直觉，则远未有此，不过为人自身素养之敏锐而能以心感物以神观物，此种素养，但凡具审美能力之稍高者即具之，且非仅存于一刹那间，虽亦必澄心静虑（此尤与灵感之近乎迷狂激动不同）而后得之，而其之得，较灵感为不可胜数矣。且凡能澄心静虑以观美者，则亦生直觉，因之直觉有可必之恒定条件，而灵感则不可必以期之焉。然直觉有所益于灵感，则亦为我所不以为非也。又朱氏申论节奏，虽知情感、理解均有之，而其所言，多流于形式之节奏，以语言、声音为重心之所在，如云节奏生于声音在大致相等时间段之起伏，而诗之节奏不外乎长短相间、高低相间、轻重相间三种。又以德人瓦勒谢克（Wallashek）、斯通普夫（Stumpf）及法人德拉库瓦（Delacroix）之理论总结语言之节奏与音乐异，前者自然无规律直率而常倾向变化，后者形式化有规律回旋而常倾向整齐。此未叩其本者也，夫节奏者，乃一切诸变化之有规律者，万物无不有之，而诗乐既皆由心生，必其本一致，而无不见为生命之律动力。此一生命之律动，由气以见，故韩愈谈艺，而《答李翊书》标"气盛则言之短长与声之高下者皆宜"之旨，撮其要矣，郭沫若之"内在律"即承此也。气乏则生命之律动、心灵之迹、神之力将尽，而节奏亦不可久。故节奏者，一切诸事物生机生气之外见者也，得其和谐，将以外见，初非郁其内而以中和为之主焉，故生之机在动，苟斤斤计较于语言声音而欲得事之理致以规益作者，亦为末者矣。故谈艺必本于人，本于道（人之道也，由人之道乃得人之味，即"神味"之"味"者也），本于真善，本于世俗民生，本于大我之公心，无得于此，技亦浮薄而不可以久，犹木以为器，其技及形随时而陈旧，而木之质未变也。故谈艺必返于本，必返于质。因观《诗论》，述感一二。朱氏本君子其人而博大精深其学，德高望重，余私心未尝不窃慕焉。而学术为天下之公器，故不可以私心泯真学大道，昔之评王国维、钱钟书诸先生，亦无不持此心也，苟余之论未是，其敬以聆其反驳者，余亦有何慊焉于心也！王攸欣《选择、接受与疏离——王国维接受叔本华、朱光潜接受克罗齐美学比较研究》一书言《人间词话》、《〈红楼梦〉评论》较之朱光潜洋洋百万言在吾国美学史上"更有地位"，其诚然也。今天下学术崩坏，公私不分而混迹者众，遂思陈寅恪先生“独立之精神，自由之思想”之名言，不禁深有所怅怅然也！

一二

吾国文论，余最不喜者为《文心雕龙》及《原诗》，而今人则崇之颇甚，前者誉之为体大虑周，后者以为系统辩证。夫最上之学，乃理想境界之阐发，精神境界之感动，若斯二书，不过寻常究竟之义，为入门者法度，非为上乘之士量身心之制作也。《文心雕龙》文辞风流犹得魏晋南北朝之遗味，其中见解亦时有精到者，若《原诗》则文辞非善，论亦不精，不过就前人所论者翻出剪裁，实无多新意。斯二书之价值，以余见之，远劣于王国维之《人间词话》，今人辄以诗话词话之体无益时代气味而排斥之，可谓短见无逾于此者矣，尚可说邪！

叶氏论诗人正变，虽主于变，而实仍在温柔敦厚之笼罩，如《汪文摘谬》尝云：“若以诗之正为温柔敦厚，而变者不然，则圣人删诗尽去其变者可矣。圣人以变者仍无害其温柔敦厚而并存之；即诗分正变之名，未尝分正变之实。温柔敦厚者，正变之实也。”《原诗》云：“不知温柔敦厚，其意也，所以为体也，措之于用则不同；辞者，其文也，返之于体则不异。汉魏之辞，有汉魏之温柔敦厚，唐、宋、元之辞，有唐、宋、元之温柔敦厚。”夫温柔敦厚之精神，欲人而不能发其主见者也，欲人抑其性情精神者也，欲人压抑其精神中之积极进步者也，若以为形式则尚可，以其非居于主而居于次，若以“温柔敦厚其意也”解之，则真欲雌天下之诗人也，真欲雌天下之英雄豪杰、丈夫秀拔者也！温柔敦厚之精神乃汉儒拘束扭曲之言，非孔子之原旨如此也。孔子论诗则“兴观群怨”，论人则犹以狂、刚为仅次于仁之境界，汉儒隔绝于世俗世界而为政教所用，故尚温柔敦厚之旨，而中和之义偏行于阴柔一路矣！又以《诗》三百为诗歌之源而有盛无衰，悖矣。夫《诗》三百非诗歌之源也，庞垲《丛碧山房文集·柯巨川诗序》云："夫诗有源流，非《三百》、汉魏、唐宋之谓也。《书》曰：诗言志。志者其源，而言者其流也。志无象，故日新而不同；言有迹，故模仿而可得。舍其富有日新之志，而骛于摹仿形似之言，言为唐人所已言，非新也，言经宋人所已言，又安在其为新乎？"此实特立之见，而古今论者罕有及者也。四言至汉已衰不可复，则有盛无衰之论之非也易见。故云"历考汉魏以来之诗，循其源流升降，不得谓正为源而长盛，变为流而始衰"，虽欲崇《诗》三百之地位，而使出于诗歌循环史之外，可乎？变也者，宜为一种之精神也，当就其实际以论之，而遽断言"如苏轼之诗，其境界皆开辟古今之所未有，天地万物，嬉笑怒骂，无不鼓舞于笔端，而适如其意之所欲出。此韩愈后一大变也，而盛极矣"，苏轼诗开辟境界诚有之，然变亦分两种之境界，一则以进之，一则以退之，一则以优之，一则以劣之，苏轼之诗，但开境界，而艺术境界则大不如唐人，故变之境界亦须审其佳不佳也！变之精神，必根于俗，而叶氏则以雅抑俗，此其但得变之皮毛之所以也，《汪秋原浪斋二集诗序》云：

> 诗道之不能不变于古今，而日趋于异也。日趋于异，而变中有不变者存。请得一言以蔽之曰雅。雅也者，作诗之原，而可以尽乎诗之流者也。自三百篇以温厚和平之旨肇其端，其流递变而递降。温厚流而为激亢，和平流而为刻削；过刚则有桀奡诘聱之音，过柔则有靡曼浮艳之响；乃至为寒为瘦，为袭为貌。其流之变，厥有百千，然皆各得诗人之一体。一体者，不失其命意、措辞之雅而已。所以平奇、浓

淡、巧拙、清浊，无不可为诗，而无不可以为雅，诗无一格，而雅亦无一格。惟不可涉于俗，俗则与雅为对。其病沦于髓而不可救，去此病乃可以言诗。

而不知大俗大雅之旨，宜其以《诗》三百为诗之源也哉！叶氏论诗，本极外行，故以“理”、“事”、“情”及“才”、“胆”、“识”、“力”为格局，皆笼统而无要也。如云“大约才、胆、识、力四者，交相为济，苟一有所歉，则不可登作者之坛。四者无缓急，而要在先之以识，使无识，则三者俱无所托”，夫诗人之质，但有性情即可为作者，若四者之所先，才乃是关键事，依叶氏所论，则史家何尝不须四者？又如其论诗之极致云：“诗之至处，妙在含蓄无垠，思致微渺，其寄托在可言不可言之间，其指归在可解不可解之会，言在此而意在彼，泯端倪而离形象，绝议论而穷思维，引人于冥漠恍惚之境，所以为至也。”含蓄无垠乃诗之基本义之一，“技”之境界耳，古来往往有论者，而与温柔敦厚同致，与言外之意、韵外之味相似，推以为极致，则关乎审美理想者，其何可邪？此境若梁惠王之王顾左右而言他故事，何足为诗之至邪？故笼统而无要，障于温柔敦厚及雅正之下，而不能通观吾国歌诗之全局，是叶氏诗论之大失也！

叶氏论诗，尽是教人法者，而于诗之本体，则无及焉。如论活法，实则往往陷于死法之中而不知觉也，如论“理”、“事”、“情”云：“自开辟以来，天地之大，万汇之赜，日星河岳，赋物象形……于以发为文章，形为诗赋，其道万千，余得以三语蔽之：曰理、曰事、曰情，不出乎此而已。”既为万事之总，则于诗之特出者何有哉！其论云：“若以死法论，今誉一人之美，当问之曰：‘若固眉在眼上乎，鼻口居中乎，若固手操作而足循履乎？’夫妍媸万态，而此数者必不渝，此死法也。”若由理、事、情三者而求诗，云“惟理、事、情三语，无处不然。三者得，则胸中通达无阻，出而敷为辞，则夫子所云‘辞达’”，岂非正其所谓死法邪？叶氏论诗之审美理想，在摹仿自然，故云“文章者，所以表天地万物之情状也”，又云：“天地之大文，风云雨雷是也。风云雨雷，变化不测，不可端倪，天地之至神也，即至文也。”宇宙之大，不可想象，人之为美，更胜于一切宇宙事物，以自然为至，则何必有人？不以人为着目，则其固也可知，故叶氏云：“帝王之法，即政也。夫子言‘文武之政，布在方策’，此一定章程，后人守之，苟有毫发出入，则失之矣。修德贵日新，而法者旧章，断不可使有毫发之新。法一新，此王安石之所以亡宋也。”以宋之亡为王安石之过，其识见乃如此。而其论诗，却大倡识：“不知有识以居乎才之先，识为体而才为用，若不足于才，当先研精推求乎其识。……彼无识者，既不能知古来作者之意，并不自知其何所兴感，触发而为诗，或亦闻古今诗家之诗，所谓体裁格力声调兴会等语，不过影响于耳，含糊于心，附会于口。”夫识论高下，安能“无”之以立其论哉！又以识为诗之第一要素，居才之前；然识到亡宋而以责王安石，亦甚可悲矣。况识之佳否，本无关乎诗之本体，识见高者古来多矣，未见有几人为大诗人也。

叶氏论诗，亦有佳处，然未至于精微而妙也，如云：“可言之理，人人能言之，又安在诗人之言之！可征之事，人人能述之，又安在诗人之述之！必有不可言之理，不可述之事，遇之于默会意象之表，而理与事无不灿然于前者也。……如《玄元皇帝庙作》‘碧瓦初寒外’句，逐字论之：言乎‘外’，与内为界也。‘初寒’何物，可以内外界乎？将‘碧瓦’之外，无‘初寒’乎？寒者，天地之气也。是气也，尽宇宙之内，无处不充塞，而

‘碧瓦’独居其外，寒气独盘踞于‘碧瓦’之内乎？‘寒’而曰初，将严寒或不如是乎？‘初寒’无象无形，‘碧瓦’有物有质，合虚实而分内外，吾不知其写‘碧瓦’乎？写‘初寒’乎？写近乎？写远乎？使必以理而实诸事以解之，虽稷下谈天之辩，恐至此亦穷矣。然设身而处当时之境，会觉此五字之情景，恍若天造地设，呈于象，感于目，会于心。意中之言，而口不能言；口能言之，而意又不可解。划然示我以默会相象之表，竟若有内有外，有寒有初寒，特借碧瓦一实相发之。有中间，有边际，虚实相成，有无互立，取之当前而自得，其理昭然，其事的然也。昔人云：王维诗中有画，凡诗可入画者，为诗家能事，如风云雨雪，景象之至虚者，画家无不可绘之于笔，若初寒、内外之景色，即董、巨复生，恐亦束手搁笔矣。天下惟理、事之入神境者，固非庸凡人可摹拟而得也。”由其结论，则知其立足处不过在诗中有画、画中有诗之常谈耳！此一段絮絮大论，极为琐屑，或以为分析极为精彩也，实则叶氏欲明不可言说之理而以言说之，即嫌执拗矣，且于不可言说之境界为隔矣！故其解悟亦不至也。按老杜《冬日洛城北谒玄元皇帝庙》诗云：

> 配极元都闷，凭虚禁御长。守祧严具礼，掌节镇非常。碧瓦初寒外，金茎一气旁。山河扶绣户，日月近雕梁。仙李蟠根大，猗兰奕叶光。世家遗旧史，道德付今王。画手看前辈，吴生远擅场。森罗移地轴，妙绝动宫墙。五圣联龙衮，千官列雁行。冕旒皆秀发，旌旆尽飞扬。翠柏深留景，红梨迥得霜。风筝吹玉柱，露井冻银床。身退卑周室，经传拱汉皇。谷神如不死，养拙更何乡？

通观全诗，本非老杜佳作，此句所谓佳处，亦不过叶氏自作多情耳。其逐字论之之所为，正其所以致误之途也。“将‘碧瓦’之外，无‘初寒’乎”之问，可见其未解句意也：夫“碧瓦初寒外”之为言，不过老杜偶然之想而言之者，其内外之为言，非就寒气或碧瓦言，而就身处之位置自然以形目光所之之感耳，乃以“我”为内，以物境为外，自近及远，何其自然，叶氏虽不右以理强为解之，然其所言亦见其于此中精妙处未能解也。此句所言，不过以碧瓦为目之所及而言之，非碧瓦之外无初寒，初寒遍布乃为常也，惟以碧瓦为目所及以渐次而远其目也，故相形而云外耳。由此一语，可见老杜当时目光之动而非静也。叶氏“然设身而处当时之境，会觉此五字之情景，恍若天造地设，呈于象，感于目，会于心。意中之言，而口不能言；口能言之，而意又不可解”之论，实不解而强以为解，而故弄玄虚之论也！理固有若是者，不在此句也。又云：

又《宿左省作》“月傍九霄多”句，从来言月者，只有言圆缺，言明暗，言升沉，言高下，未有言多少者。若俗儒不曰“月傍九霄明”，则曰“月傍九霄高”，以为景象真而使字切矣。今曰多，不知月本来多乎？抑傍九霄而始多乎？不知月多乎？月所照之境多乎？有不可名言者。试想当时之情景，非言明、言高、言升可得，而惟此“多”字可以尽括此夜宫殿当前之景象。他人共见之，而不能知、不能言；惟甫见而知之，而能言之。其事如是，其理不能不如是也。又《夔州雨湿不得上岸作》“晨钟云外湿”句，以晨钟为物而湿乎？云外之物，何啻以万万计？且钟必于寺观，即寺观中，钟之外，物亦无算，何独湿钟乎。然为此语者，因闻钟声有触而云然也。声无形，安能湿？钟声入耳而有闻，闻在耳，止能辨其声，安能辨其湿？曰云外，是又以目始见云，不见钟，故云云外，然此诗为雨湿而作，有云然后有雨，钟为雨湿，则钟在云内，不应云外也。斯语也，吾不知其为耳闻耶？为目见耶？为意揣耶？俗儒于此，必曰“晨钟云外度”，又必曰“晨钟云外发”，决无下湿字者。不知其于隔云见钟，声中闻湿，妙悟天开，从至理实事中领悟，乃得此境界也。又《摩诃池泛舟作》“高城秋自落”句，夫秋何物？若何而落乎？时序有代谢，未闻云落也；即秋能落，何系之以高城乎？而曰高城落，则秋实自高城而落，理与事俱不可易也。以上偶举杜集四语，若以俗儒之眼观之，以言乎理，理于何通？以言乎事，事于何有？所谓言语道断，思维路绝。然其中之理，至虚而实，至渺而近，灼然心目之间，殆如鸢飞鱼跃之昭著也。理既昭矣，尚得无其事乎？古人妙于事理之句，如此极多，姑举此四语以例其馀耳。

“月傍九霄多”之句，九霄言其高也，高则月光遍照而无所碍，是以较别处为多，是非可以理解之者，而自隐隐约约稍合乎理也。此外尚有别一种之意蕴在，而更为幽隐者，然总观全诗之境遇，可得而知也。苏东坡《水调歌头》“我欲乘风归去，又恐琼楼玉宇，高处不胜寒”，夫九霄者以喻上，而身之为近之矣，当其事也，则“数问夜如何”，以老杜世俗为心肠之儒士诗人，得近上而报国事君，不无得意惶恐亦可知也，其惶恐则“数问”也，惶恐之外复加以端敬也，而得意之事则不可显明以示轻佻之兆，故寄托于风月以示之，则“月傍九霄多”也，隐然而有得意之色也哉！虽近之矣，而未入核心，故此句神味，当有无限之讽刺在，少陵徒能望月兴叹耳。叶氏未能测其中曲折难明之处，而尽以不能知不能言笼统之，其亦可邪？至若“晨钟云外湿”，不过为通感之例，叶氏“钟在云内，不应云外”繁琐之论，殊无谓也。雨能湿物，故通感而觉声亦将之为湿也，而钟声破云，则必将为之湿矣，如是如是而已矣！“高城秋自落”，“落”之为言犹“至”也，以高城为喻，无形之中而有上下之感觉，故其至犹落也。此以感觉，亦符物理。山谷巨川之草木，随地势之高下而为层次，有山巅为秋而山谷自为春者，寒气之来而渐下也，不亦犹落邪？此事在吾国西南西北高山巨谷中实为平常，叶氏拘束于谈艺“技”之境界而不究竟于实际世界，特自以为有悟而阐说之也。

一三

章太炎《国故论衡》，虽博学宏构，然论颇守旧，如《辨诗》一章，论诗虽主情性，而谓“嵇、应、潘、陆，亦以楛窳。‘悠悠太上，民之厥初’，‘於皇时晋，受命既固’，盖庸下无足观。非其才劣，固四言之势尽矣”。论四言诗也，四言诗之势尽固是，他人亦且不论，独以嵇中散言之，其四言固有佳者，如《赠秀才入军》之十四：“息徒兰圃，秣马华山。流磻平皋，垂纶长川。目送归鸿，手挥五弦。俯仰自得，游心太玄。嘉彼钓叟，得鱼忘筌。郢人逝矣，谁与尽言。”岂非情性大好之作？而无视之也。又云：“江左遗彦，好语玄虚，孙、许诸篇，传者已寡，陶潜皇皇，欲变其奏，其风力终不逮。玄言之杀，语及田舍；田舍之隆，旁及山川风物，则谢灵运为之主。”议变玄言诗之风，谢灵运既以山水之清新流丽变之，何必风力？况陶潜本非无风力者，钟嵘《诗品》谓之“又协左思风力”，但如《咏荆轲》之偶露峥嵘，不易为人觉耳，前人如朱子、后人如鲁迅皆有觉，而独无觉也。又云：“（李）白亦下取谢氏，然终弗能远至，是时五言之势又尽。”论李太白之五言非甚佳则是（指其观物摹象写景之作），谓五言之势尽则非，有唐王、孟及老杜之五言，佳作淋漓，过于古人，即后世五言亦与七言并驾齐驱，何尝势尽？又云：

> 若乃古今异音，部类离合，代有迁变，文士不达其意，喜改今韵以就方言，词之末流，有甚于反舌者者。而世或言乐府兴于巷陌，方国殊致，何必正音。不悟乐府虽变，其为夏音则同，未有泯乱大略者也。……金元以降，多杂塞外方音，宋世所未郗乱，而皆猎其部次。夫载祀相隔，不逾皕稔，声韵乃远离其本，明自他族挟之以变，非自变也。……或曰：李延年已采西域之音，以为武乐，隋世亦有西凉、龟兹、天竺、康国、疏勒、安国诸部，今之词自龟兹乐来，何见夷音不可用也？

为辨夷乐乃用之“朝会”、“不及郡县”诸义，“今纵不能复雅乐，犹宜存其节制。词已失其律度，南北曲复曼衍不可究论，然叶音宜以官韵为准”。吾国自南北朝时起，民族融合之势即已大盛，而总体之格局为北以新变入于南，夷以新变入于中华，融合之后即不可谓夷、华有分，有唐融合之盛，至今犹津津乐道之。况思想领域中释氏犹阑入而方儒、道为三，况音韵之小焉者邪？章氏知诗四言、五言之有流变更替，而囿于当时排满攘夷之思想，以致论音韵固守勿变。声韵当随时代，今乃以既有僵化不适者议新变之有活力者，可谓迂腐之极矣。而犹以为此一新变乃“他族”之外力使然，此亦甚诬先人之为主体者矣。吾国传统文化之思想向以奴化为心，而为政教思想所束缚，士人多陷于柔弱不振，若他族之新变，正适以救吾国之士之柔弱不振者，即歌诗一道，诗词曲之递进为变，无不由于他族之刚健以补中华之柔弱靡曼，故诗词曲之愈变而益以豪放为其精神。以是论衡，衡难准也。章氏之学，音韵颇精，惜持论保守；次如史学，亦擅通博。若歌诗一道，则论非其所长；至若文学之总观，则偶有持平之论，如《文学总略》一章，驳阮元“文以偶俪为主”之说，详绎古之“文”义以证其非，此论自是，而后之刘师培《中国中古文学史讲义·第二课·文学辨体》详加分别“文”、“笔”，乃不见章氏之论，而仍申张大阮氏之说，竟至于一叶障目而不见泰山，悖之甚矣！然二子计较于此，尚嫌援古为据而不自信，实则文之所以为文者，乃本于性情，而表其意旨，使达致审美之境界、神味，即以其文学性、艺术性为准。故不得其要，空论驰骋，遂有刘氏“据上五证，均诗笔并言。盖诗有藻韵，其类亦可称文；笔无藻韵，唐人散体概属此类。故昌黎之作，在唐称笔，后世文家，奉为正宗：是均误笔为文者也”之结论，乃欲攘昌黎之文出文之外，乃令吾辈瞠目结舌！藻固非散体所必无，而论韵则以押韵为准，而不知审美境界之韵味、气韵，可谓肤浅已极也。所因“赵璘《因话录》：韩文公与孟东野友善。韩公文至高，孟长于五言，时号‘孟诗韩笔’”。既为文公，文也可知，其中且云“公文至高”，已见“文”之义，而不之见，却用力于“孟诗韩笔”，此一“笔”字，却是如今日“文笔”之言，是文之上而进言其笔，即昌黎特长于文之征也。如此之类，皆瞎子摸象，自谓有得耳。高论伟议，须不违世俗之常识也。

一四

自来译注古代诗学之作，虽或多有未解诗心之微妙处者，然未有如周振甫《诗品译注》之笨拙庸滥者也。略举数端，以见其征：《诗品序》开篇“气之动物，物之感人”一语，释“气”为“节气”。“多非补假，皆由直寻”，“直寻”释为“直接描写”。上品论古诗，“惊心动魄，几乎一字千金”，“惊心动魄”释为“使人心惊体颤”；“虽多哀怨，颇为总杂”，“总杂”译文为“杂滥”，注释为“繁杂”，一“滥”字实为衍义。“人代冥灭”，“代”乃随时代之义，释为“作者和时代”。论李陵，“文多凄怆怨者之流”，“凄怆”后应点开，故释为“文辞多是凄凉怨恨的人这一辈”，颇别扭，即不点开，“凄怆”、“怨者”亦不应释为此义；“生命不谐”，释为“命运不好”，仅释“命”，应释出“生”与“命”不谐之义；其书《前言》又谓李诗本假托者，其五言如“良时不再至，离别在须臾”亦非楚辞体，因云钟嵘《诗品序》之评诗眼光不高，所言与评诗眼光何关邪。论班姬，“得匹妇之致”，谓其所怨极为本色也，乃释为“得到一个妇人的风致”。论陈思，“词采华茂”，释为“辞藻富丽”，无“茂”之义；“体被文质”，谓其诗兼有文质之长，乃释为“文体有文有质”。论阮籍，“使人忘其鄙近，自致远大”，“自”乃虚词，乃释为“自己”；“厥旨渊放，归趣难求。颜延年注，怯言其志”，第一句释为“意旨深渊”，遗“放”之一义；末句释为“胆怯而不敢说他的意旨”，其所引《文选》李善注云：“颜延年曰：‘嗣宗身仕乱朝，常恐罹谤遇祸，因兹发咏，故每有忧生之嗟。虽志在刺讥，而文多隐避。百代之下，难以情测，故粗明大意，略其幽旨也。”由是可知颜氏深知阮诗之意旨难明而不硬作胡乱猜测，钟嵘言“怯”，正夸张而为张大阮诗之此一特征，周氏坐实“怯”之一义，遂大误矣。论谢灵运，“故尚巧似”，“巧似”释为“巧妙和形似”。论嵇康，“讦直露才”，“讦直”释为“揭露质直”；“托喻清远，良有鉴裁，亦未失高流矣”，第一句释为“比喻清新深远”，遗“托”之义，末句释为“也没有失掉卓越的流派了”，此种解释，真令人哭笑不得！论张华，“其体华艳”，释“华艳”为“华丽”，艳丽固非一事也；“务为妍冶”，释为“专为美丽”；“名高曩代”，释为“虽然名声在前代称高”，一“在”字，则使其入前人之时空矣；“疏亮”，释为“明达”。论应璩，“指事殷勤，雅意深笃，得诗人激刺之旨”，末句释为“得到诗人激烈讽刺的用意”。论刘琨，“善为凄戾之词”，释为“擅长写凄凉乖戾的话”，“戾”非乖戾，乃过之义，凄凉太过也。论颜延之，“体裁绮密，情喻渊深”，释“体裁”为“风格”，情喻并列，乃释为“抒情的比喻”；“错采镂金”，“错采”释为“像装饰文采”。论鲍照，“得茂先之靡嫚”，“靡嫚”释为“纤丽”；“不避危仄”，“危”释为“危险”；“故言险俗者”，“险俗”释为“危险通俗”。论谢朓，“足使叔源失步”，“失步”释为“搁笔”。论沈约，“不闲于经伦”，释为“不熟悉组织朝廷宗庙的作品”。论赵壹，“苦言切句，良亦勤矣”，释为“表达痛苦的话，切合时世的句子，实在是满怀忧虑”。论谢庄，“兴属闲长”，释为“兴味幽闲”。论江祀，“明靡可念”，释为“明细可念”。论张欣泰、范缜，“并希古胜文……不失雅宗”，释为“都羡慕古质，胜过文华……不失古雅派”，不知“胜文”即以文胜或能文之意也，“雅”当是“雅正”，缀以“宗”，释义后应缀以“风格”、“作派”之类。诸如此类，不烦举也，洵可谓贻害无穷，燥心难见微妙，虽所举未必一一皆确，亦足见其一斑也。

一五

贺贻孙《诗筏》之作，颇有可采者，议论往往精到；所可惜者，审美理想毕竟不高。其议论可采者，如“武人诗如杨素、高骈辈”条论“作诗贵在本色”，又“严沧浪云：‘唐人与宋人诗，未论工拙，直是气象不同’”条，进论“作诗未论气象，先看本色”；谓“盛唐人诗，有血痕无墨痕；今之学盛唐者，有墨痕无血痕”；其他如“诗文有神，方可行远”、“杜子美诗云‘熟精

《文选》理'"、"杨升庵讥少陵《丽人行》云"、"唐人诗近陶者，如储、王、孟、韦、柳诸人"、"叙事长篇动人啼笑处"、"李阳冰云：'太白不读非圣之书'"、"渔隐曰：'王建《宫词》云'""'上山采蘼芜，下山逢故夫'"、"诗家有一种至情"、"秦少游'斜阳外，寒鸦万点'"、"元微之作《杜子美墓志序》云"、"严沧浪云：'唐人与宋人诗'"诸则，并议论可观，尤为杜诗张目，多甚得力。其作偏重议论，殊异于寻常诗话词话多以琐碎为主也。至若审美理想，则倡"蕴藉"说："诗以蕴藉为主，不得已溢为光怪尔。蕴藉极而光生，光极而怪生焉。李、杜、王、孟及唐诸大家，各有一种光怪，不独长吉称怪也。怪至长吉极矣，然何尝不从蕴藉中来。""所谓蕴藉风流者，惟风流乃见蕴藉耳。诗文不能风流，毕竟蕴藉不深。"蕴藉乃含蓄之转型，以法言之则为含蓄，以态言之则为蕴藉，蕴藉乃文字之基本特色，何足提升至于审美理想之境界邪？又如"温柔敦厚"，又如陈廷焯之"沉郁"说，皆大体而相似也。若以此为审美理想，往往压抑、掩盖自我之精神本色，而于此一地上见含糊，此境非若雾里看花之非所关于精神之境界，而可朦胧为美也。"杜牧之作《杜秋娘》五言长篇"一则，谓"余谓牧之自有佳处，此诗借秋娘以叹贵贱盛衰之倚伏，虽亦感慨淋漓，然终嫌其语意太尽。层层引喻，层层议论，仍是作《阿房宫赋》本色，遂使汉、魏浑涵之意，渐至澌灭"，又有云"《十九首》之妙，多是宛转含蓄"，可见其作径者，衷心仍是取例于汉魏也。夫含蓄者，蕴藉者，沉郁者，通吾国诗史以观之，则皆司空图"韵外之致"、"味外之旨"之骈枝也。自读者而为言，则如此者易得，稍加琢磨，则所含蓄不尽者即可出，即如李义山、阮嗣宗之朦胧仿佛，读者亦可得其大致之所在。读者易为乐，甚或读者之所得有过于作者，则其成就感亦烈。而若不以含蓄不尽为第一义者，如尚直抒胸臆而淋漓尽致者，其实亦自有含蓄不尽之意味，但作者所贡献者已近全完，而读者往往不能别有所得，而完全为作者之境界所浸染，部分丧失其主体性，读者往往不喜此种，亦有由也。惟其气力境界与作者不相上下，甚或过于作者者，乃能张大其域，而能得其含蓄不尽之境界、神味。故歌诗中之尚淋漓尽致者，其于潜在之读者要求亦高，而非为寻常人设，寻常人纵能得其淋漓尽致者，亦鲜能得其淋漓尽致之外者。朱光潜《诗论》有云："中国诗……在神韵微妙格调高雅方面往往非西诗所能及，但是说到深广伟大，我终无法为它护短。"西诗之宏大深邃，端赖于其叙事诗，及由叙事诗所引起之有关人生、社会、宇宙、自然之哲理，而吾国则以抒情诗胜，篇幅短小，难以容纳此种深广博大之内容，此其一。宗白华《论〈世说新语〉和晋人的美》云"美之极，即雄强之极"，着目于"雄强"；《康德美学思想评述》有云："美学研究到壮美（崇高），境界乃大，眼界始宽。研究到悲剧美，思路始广，体验乃深。"着目于大、广、深，而吾国传统诗学词学之精神，则在温柔敦厚、含蓄蕴藉之小伎俩，如词学中甚或"豪放"一义亦遭排斥，此其二。如此则安能雄强刚健、广大深邃，而及于淋漓尽致之外？读者亦满足于仅有之所得之含蓄不尽之意味风韵，而不能张大其主体性至与作者争胜之境界，则又奚足与于淋漓尽致之美邪？若元曲之淋漓尽致而神味特出，惟恐其意蕴神味之不尽，何来含蓄不尽、蕴藉之境界？即有之，亦仅余文字本身之含蓄不尽而蕴藉之特色，至更宏大深厚之境界，则不以是为主，不以是为审美理想也。故王国维之"境界"说，号为集意境理论之大成，而已不能容纳"豪放"一义（谓辛稼轩词"亦若不欲以意境胜"），则"无我之上之有我之境"之"大我"之神味烂漫、斑斓异彩之境界，徒能令其瞠目结舌而已耳！

《诗筏》一撰，亦别有可商榷处，如云“杨升庵讥少陵《丽人行》云：《诗》刺淫乱，第曰雝雝鸣雁，旭日始旦而已，不必曰慎莫近前丞相嗔也。盖谓少陵无含蓄耳。王元美驳之云：‘彼所称者，兴比耳，诗固有赋，以述情切事为快，不必尽含蓄也。’元美辨则辨矣，而未尽也。就‘雝雝鸣雁’本章言之，雉鸣求其牡，非比兴乎，何尝含蓄？且郑、卫刺淫，至于‘期我桑中’、‘车来贿迁’等语，皆无含蓄。……吾方谓少陵含蓄太深，不为《墙茨》、《新台》而为《君子偕老》，用修乃谓其不肯含蓄乎？”夫诗人之用比兴者，正为含蓄其意，而以为比兴“何尝含蓄”，是于比兴、含蓄之义尚未解也。子美《丽人行》之作，纯是细节铺就，极为出色，结末点题，谓之含蓄与不含蓄者，皆未甚得之。此诗就细节之铺叙而言，是绝淋漓尽致而无含蓄者，而就其意而言，则微见含蓄，故此诗乃含蓄与不含蓄之完美结合也。所谓淋漓尽致之极，亦即含蓄、蕴藉之极，乃真合于物极必反之理，而恰在其极而尚未反之一顷刻间也。如此作手，岂直以含蓄、蕴藉为事者所能梦见邪？又云：“史称潘岳、陆机而后，文士莫及，惟江右称潘、陆，江左称颜、谢而已。然安仁诗赋佳处，仅见之于哀悼语中；士衡惊才绝艳，乃其为诗，不及其《文赋》、《豪士赋序》、《吊魏武帝文》、《辨亡五等诸侯论》远甚。盖惊才绝艳，宜于文，不宜于诗。其谓‘诗缘情而绮靡’，即此‘绮靡’二字，便非知诗者。”李义山、李长吉皆惊才绝艳，而诗皆佳，此等境界，不必文而专之也。“绮靡”一语，不可单独挑剔，须就全句观之，其语较之“诗言志”，为进一步讲，志中诚有情，然就抒情诗之本色言，情乃是第一要素，进而论之，则绮靡补充其情态耳，以状其缠绵之态，贺氏论为“便非知诗者”，枉之甚矣。又云："作诗必句句着题，失之远矣，子瞻所谓'赋诗必此诗，定非知诗人'。如咏梅花诗，林逋诸人，句句从香色摹拟，犹恐未切；庾子山但云'枝高出手寒'，杜子美但云'幸不折来伤岁暮，若为看去乱乡愁'而已，全不黏住梅花，然非梅花莫敢当也。"发论甚是，然举例不当。咏梅之作，分三境界，姿态神韵、精神、灵魂也。三境界虽逐次而上，然后境界之次者，亦不可与前境界之最佳者比也。故林氏咏梅之句，虽仅在姿态神韵之境界，然却为此境之最佳，庾、杜此两作皆不能胜也。

一六

唐诗如好女之凝立，以兴味情韵胜；宋词则搔首弄姿矣。宋词如王右军秃笔作书，清词如妇人金针绣花。清词虽袭雅而不知大俗之神味，然其雅致实能有所进。若宋之诗，则一言以蔽之，只是少趣味耳，矧"神味"之境也哉！"味"之一字，尤无得焉。"味"也者，民生世俗之味也，"无我之上之有我之境"之味也。在俗而欲脱俗，本为佳谛，而宋人则在俗而炫俗，却往往俗不可耐，其在俗而欲脱俗者，又往往真脱于俗，真脱于世俗民生，故其气乏甚，然又欲铺排场面，故宋诗无论大诗人抑小诗人，有两字不可讳，曰"迂缓"，气调之事也。方之李太白，则与其诗之俊逸流畅天上地下；少陵厚实沉重，然骨力高远、雄壮浑成，亦未若是之迂缓实际也。缪钺《论宋诗》论唐宋诗之异云：

> 唐诗以韵胜，故浑雅，而贵蕴藉空灵；宋诗以意胜，故精能，而贵深折透辟。唐诗之美在情辞，故丰腴；宋诗之美在气骨，故瘦劲。唐诗如芍药海棠，浓华繁采；宋诗如寒梅冬菊，幽韵冷香。唐诗如啖荔枝，一颗入口，则甘芳盈颊；宋诗如食橄榄，初觉生涩，而回味隽永。譬诸修园林，唐诗

> 则如叠石凿池，筑亭辟馆；宋诗则如亭馆之中，饰以绮疏雕槛，水石之侧，植以异卉名葩。譬诸游山水，唐诗则如高峰远望，意气浩然；宋诗则如曲涧寻幽，情境冷峭。唐诗之弊为肤廓平滑，宋诗之弊为生涩枯淡。虽唐诗之中，亦有下开宋派者，宋诗之中，亦有酷肖唐人者。

譬则似佳，实则多有未合者。如唐诗既“意气浩然”，则不当独以“韵”胜，而是气韵兼胜，“气韵”之义，“气”为“韵”之主，气胜则韵胜，气乏则韵乏，遗其主而论其次，岂得谓之确邪？宋诗之以意胜，只是在争出其意耳，若意则未必定佳，且即有佳者亦甚乏情也。若以意境一事观之，则唐诗意境兼胜，正与其气韵兼胜相符，而宋诗则以意胜，而境则不胜矣。何以宋诗境之不能胜邪？盖唐诗之意境以传统文化为其色彩，而宋诗欲争出其意，传统文化之色彩宜于一定，故弃之而各出己意，又不具传统文化之高度，故境之未胜也。宋诗虽有气骨，而气不浩然，骨不刚健，有则有之，美不足称也。橄榄之喻乃欧阳修以论梅圣俞者，所谓“近诗尤古硬，咀嚼苦难嘬，又如食橄榄，真味久愈在”，见《六一诗话》载《水谷夜行》诗，而此则对比梅与苏舜钦、苏东坡诗，已见宋诗三种境界，则梅诗之特色，安足为宋诗之全体邪？园林亭馆之譬，更不恰当，使人观之有锦上添花之感，锦上添花乃是文质之辨之层次，唐宋诗之异非在此也。总之唐诗以情入，以气胜，以韵胜，以境胜，其最高境界则以神味胜。宋诗之大弊在乏深情，而甘于平淡淡泊，卖弄学力，因此不能接于世俗，其所关注核心之点不在人而在意理，此其大失诗意之境界之根本所在，以人为最第一之价值之境界，恍然犹梦寐中事，安足与唐诗并肩邪！

一七

冯友兰《新知言·论诗》以“形上学”论诗有云：

有只可感觉，不可思议者。有不可感觉，只可思议者。有不可感觉，亦不可思议者。只可感觉不可思议者，是具体底事物。不可感觉，只可思议者，是抽象底理。不可感觉亦不可思议者，是道或大全。一诗，若只能以可感觉者表示可感觉者，则其诗是止于技底诗。一诗，若进于道底诗，并不讲道。讲道底诗，不是进于道底诗。能以可感觉者表显不可感觉只可思议者，以及不可感觉亦不可思议者，则其诗是进于道底诗。……进于道底诗，必有所表显。它的意思，不止于其所说者。其所欲使人得到者，并不是其所说者，而是其所未说者。此所谓“超以象外”（《诗品》）。就其所未说者说，它是“不著一字，尽得风流”（《诗品》）。就其所说者说，它是“言有尽而意无穷”（《沧浪诗话》）。进于道底诗，不但能使人得到其所表显者，并且能使人于得其所表显之后，知其所说者，不过是所谓筌蹄之类，鱼获而筌弃，意得而言冥，此所谓“如羚羊挂角，无迹可寻”，“不落言筌”，“一片空灵。”

又论：

我们还可以将诗作为一种表达意思的方式看。诗表达意思的方式，是以其所说者暗示其所未说者。好底诗必富于暗示。因其富于暗示，所以读者读之，能引起许多意思，其中有些可能是诗人所初未料及者。

止于技者，则例之以温飞卿之“溪水无情似有情，入山三日得同行。岭头便是分手处，惜别潺湲一夜声”（《过分水岭》）；

进于道者，则例之以李后主《浪淘沙》（帘外雨潺潺）下阕之前三语、陶渊明《饮酒》其五之“采菊东篱下”，又复例之以陈子昂之《登幽州台歌》、李太白《庐山遥寄卢侍御虚舟》之“登高壮观天地间，大江茫茫去不还”、苏东坡《赤壁赋》之“哀吾生之须臾，念天地之无穷。挟飞仙以遨游，抱明月而长终。”冯氏有所谓自然境界、功利境界、道德境界、天地境界四境界说（《新原人》），所谓天地境界即本书卷一所论“大我”两种之境界中之第一种，而其中又分为二，曰用情与否耳。不用或少用其情者则陶也，用情或大用其情者陈子昂、李太白、苏东坡也，天地境界自宜以雄浑为色，故冯氏不无抑陶而崇陈、李、苏之心，但未明言耳。独以此论之，冯氏是也，陶之所谓“无我之境”（王国维《人间词话》），未免太淡太静，而乏天地元气之淋漓。然冯氏之论，亦未足为尚，盖其论诗之境，不过言外之意、韵外之味常谈之变相，此由其所征引者多《二十四诗品》、《沧浪诗话》之论可知也。而韵外之味之理路之惯伎，即富于暗示（或象征）；“超以象外，得其环中”本为佳谛，惜仅引其前语，又示其功亏一篑也。综其论诗之两义观之，则所谓所以能进于道者，表达意思之富于暗示者，皆乃真“技”之境界，而非“道”之境界也。虽然，冯氏天地境界之能尚雄浑，体悟元气淋漓之博大精深，信为美也。王国维苟能知此境界，则《人间词话》之成就宜有更进；冯氏若能知“无我之上之有我之境”，则吾国之哲学亦宜有真创造之境也。

一八

王船山，其志甚可嘉，其学甚渊博，而论诗则见识不甚高。《姜斋诗话》、《古诗评选》、《唐诗评选》、《明诗评选》诸作，皆细枝末节，而乏度越前人之审美理想，以一以贯之，惟能于古人境界上求活法，如《姜斋诗话》云：

> 兴、观、群、怨，诗尽于是矣。经生家析《鹿鸣》、《嘉鱼》为群，《柏舟》、《小弁》为怨，小人一往之喜怒耳，何足以言诗？"可以"云者，随所以而皆可也。《诗三百篇》而下，惟《十九首》能然。李杜亦仿佛遇之，然其能俾人随触而皆可，亦不数数也。又下，或一可焉，或无一可者。故许浑允为恶诗，王僧孺、庾肩吾及宋人皆尔。

夫兴、观、群、怨四者，皆歌诗之基本义，但能入诗之门者，无不能之，但看其深浅佳妙何如耳，而船山乃以为此四者诗人中罕见，即李杜亦"仿佛遇之"，"不数数也"，可谓失之也甚矣！论诗及于盛唐李杜，而犹然以《诗》三百、《古诗十九首》为极致；以《诗》三百为极致也，尚似无不可，若《古诗十九首》，何足以当李杜哉？是《古诗十九首》为其审美之理想，而以魏晋前后为理想者也。不知其时尚有左思、鲍照一干特出者，声情激烈悲壮，更具主体之精神色彩也。又《古诗评选》评李陵《与苏武诗》云："诗以道情，道之为言路也。情之所至，诗无不至。"此诗本不足以当"至"之目，且夫大论"情之所至，诗无不至"，成何逻辑乎？天下情之能至者众矣，而皆能以成诗人者乎？

综而观之，船山于杜诗尤不赞赏，如《姜斋诗话》云：

> "昔我往矣，杨柳依依；今我来思，雨雪霏霏。"以乐景写哀，以哀景写乐，一倍增其哀乐。知此，则"影静千官里，心苏七校前"，与"惟有终南山色在，晴明依旧满长安"，情之深浅宏隘见矣。

此是纯自技巧而求诗者，于杜少陵、李拯诗之背景全不作体会，而具历史之同情，李诗之沉痛，何尝少而不佳，杜少陵此诗心甚可许，诗则未必甚佳，船山论《诗》三百与杜诗之优劣，乃取前者之长，而取后者之寻常者，其心已可诛矣！细审船山诗论，则又于诗而兼史大谓不然，极力诋之，如《姜斋诗话》云：

> “赐名大国虢与秦”，与“美孟姜矣”、“美孟弋矣”、“美孟庸矣”一辙，古有不讳之言也，乃《国风》之怨而诽，直而绞者也。夫子存而弗删，以见卫之政散民离，人诬其上；而子美以得“诗史”之誉。夫诗之不可以史为，若口与目之不相为代也，久矣。《鲁颂》，鲁风也；《商颂》，宋风也：以其用天子之礼乐，故仍其名曰“颂”。其郊禘之升歌也，乃文之无惭，侈心形焉。“鼓咽咽，醉言归，于胥乐兮。”与《铙吹》、《白纻》同其管急弦繁之度，杂霸之风也。鲍照、李白、曹邺以之。

《古诗评选》云：

> 诗有叙事叙语者，较史尤不易。史才固以隐括生色，而从实著笔自易，诗则即事生情，即语绘状，一用史法，则相感不在永言和声之中，诗道废矣。此“上山采蘼芜”一诗所以妙夺天工也。杜子美仿之作《石壕吏》，亦将酷肖，而每于刻画处，犹以逼写见真，终觉于史有馀，于诗不足。论者乃以“诗史”誉杜，见驼则恨马背之不肿，是则名为可怜悯者。

《明诗评选》评徐渭《严先生词》云：

> 诗以道性情，道性之情也。性中尽有天德王道、事功节义、礼乐文章，却分派与《易》、《书》、《礼》、《春秋》，彼不能代诗而言性之情，诗亦不能代彼也。决破此疆界，自杜甫始，桎梏人情，以掩性之光辉，风雅罪魁，非杜其谁邪？

至以“风雅罪魁”目杜诗之为“诗史”，乃知船山论诗，全是小手段小眼光小身家，不足与论歌诗之高境也。钱钟书《通感》云“中国诗文有一种描写手法，古代批评家和修辞学家似乎都没有理解或认识”，盖船山亦未能幸免耳！“夫诗之不可以史为，若口与目之不相为代也”，以为论证严丝合缝，不知“通感”一义偏是打通界限，而求兼胜者也。如此自信，未免鲁莽。夫诗之与史也（其他如与画、文、书、小说等皆有交际，今以史之一隅明之，自可以三隅反也），两者本界限分明，偏偏诗意者，无论人生之一切事物，皆能瓜葛，故绘画、小说之高境，亦往往以诗意之境界而名之誉之。即史传之生动处，亦往往而见诗意。魏晋风流人物之史传，其中有多少诗意在！诗者以道性情，是诗之初境而非终境，故诗者往往杂凑万有，提炼出精，无不可包，而总在以世俗民生为主，以对人之关怀为主，以自我之提升为主，总炼之而出“神味”，而我亦得以至“无我之上之有我之境”，何尝拒史哉。况杜诗之号为“诗史”，其能为“诗史”之作者本在少数，“诗史”之号，不过嘉其能接于世俗民生之精神，接于时代而敢而真心以表现之之精神，非其真欲以诗为史，若真由其诗而求史，是走火入魔，是泥之不化，是仅得其肤浅处者也！由船山诗论观之，其论之核心在情景，情景为意境之能事，而歌诗至元曲一地，意境已非其最佳之处而不能包容，皆由于叙事之力，而能以丰满丰富复杂之细节之境界表现之，船山于叙事之真本事佳处，尚具完全之认识，故恶诗史如此。《石壕吏》是何等好诗，截取时代之一景而叙事之，尽为细节而见之，可谓神味淋漓尽致，令人感动无限，心向世俗民生而悲悯之，此天地间之绝有诗意，而又足以出之者，船山以为“终觉于史有馀，于诗不足”，是彼不足以见出诗意之所在，然后知其所谓诗意。所谓诗者，皆小情景耳！自技之境界论诗者，往往而无视此种闳大深美之境界，船山不幸亦未能免俗耳！故其论情景者，如《姜斋诗话》有云："有大景，有小景，有大景中小景。'柳叶开时任好风'、'花覆千官淑景移'及'风正一帆悬'、'青霭入看无'，皆以小景传大景之神。若'江流天地外，山色有无中'、'江山如有待，花柳更无私'，张皇使大，反令落拓不亲。""情、景名为二，而实不可离。神于诗者，妙合无垠。巧者则有情中景，景中情。景中情者，如'长安一片月'，自然是孤栖忆远之情；'影静千官里'，自然是喜达行在之情。情中景尤难曲写，如'诗成珠玉在挥毫'，写出才人翰墨淋漓、自心欣赏之景。凡此类，知者遇之；非然，亦鹘突看过，作等闲语耳。""'更喜年芳入睿才'与'诗成珠玉在挥毫'，可称双绝。不知者以'入'字'在'字为用字之巧，不知渠自顺手凑着。"以"柳叶"之类情景小句比拟老杜之"江山"二语，真不自量力者。而船山所谓情景之佳句，则"诗成珠玉在挥毫"是也，由此亦可见船山之鉴赏功夫如何矣。

一九

谢灵运云："天下才有一石，曹子建独占八斗，我得一斗，天下共分一斗。"张戒《岁寒堂诗话》云："韩退之之文，曹子建、杜子美之诗，后世莫能及也。"钟嵘《诗品》云："陈思之于文章也，譬人伦之有周孔，鳞羽之有龙凤，音乐之有琴笙，女工之有黼黻。"可谓誉之极矣，然太过矣，故《文心雕龙·才略》云"文帝以位尊减才，思王以势窘益价"，不无由也。又王世贞《艺苑卮言》云："曹公莽莽，古直悲凉。子桓小藻，自是乐府本色。子建天才流丽，虽誉冠千古，而实逊父兄。何以故？材太高，辞太华。"材太高而不得尽其用，辞太华而无益内蕴之深厚或情感之发抒，较之其父之深沉有底蕴，其兄之藻饰而流丽以情感，子建实未能突出其所长，特色终未鲜明也。又贺贻孙《诗筏》有云："陈思诗文，丰骨气概，皆逊父兄一筹。"又王夫之《姜斋诗话》卷下云：

> 建立门庭，自建安始。曹子建铺排整饰，立阶级以赚人升堂，用此致诸趋赴之客，容易成名，伸纸挥毫，雷同一律。子桓精思逸韵，以绝人攀跻，故人不乐从，反为所掩。子建以是压倒阿兄，夺其名誉。实则子桓天才骏发，岂子建所能压倒耶？故嗣是而兴者，如郭景纯、阮嗣宗、谢客、陶公，乃至左太冲、张景阳，皆不屑染指建安之羹鼎，视子建蔑如矣。降而萧梁宫体，降而王、杨、卢、骆，降而大历十才子，降而温、李、杨、刘，降而"江西宗派"，降而北地、信阳、琅邪、历下，降而竟陵，所翕然从之者，皆一时和哄汉耳。宫体盛时，即有庾子山之歌行，健笔纵横，不屑烟花簇凑。唐初比偶，即有陈子昂、张子寿扢扬大雅。继以李、杜代兴，杯酒论文，雅称同调；而李不袭杜，杜不谋李，未尝党同伐异，画疆默守。沿及宋人，始争疆垒。欧阳永叔亟反杨亿、刘筠之靡丽，而矫枉已迫，还入于枉，遂使一代无诗，掇拾夸新，殆同觞令。胡元浮艳，又以矫宋为工。蛮触之争，要于兴、观、群、怨，丝毫未有当也。伯温、季迪以和缓受之，不与元人竞胜，而自问风雅之津。故洪武间诗教中兴，洗四百年三变之陋。是知立"才子"之目，标一成之法，扇动庸才，旦仿而夕肖者，原不足以羁络骐骥；惟世无伯乐，则驾盐车上太行者，自鸣骏足耳。

世自有以杜为心而成一派者，尤其如词中之辛派，但子建才气虽足，创建终为浅薄，其所大用力者，以后世眼光观之，实佳妙者少，故其在吾国诗史上之地位远不如杜、辛之流，船山观点自是，而论据则嫌非周纳也。且综数诸子，而不及鲍明远，何邪？总而观之，子建之诗，如《白马篇》者，气质慷慨，描写细致，属辞壮蔚。又如《七哀》（明月照高楼）诗，哀婉缠绵。且大作五言，迥异古人之境，其自然流丽处，往往有佳句而在，而为当时所不可及，合其贵族王孙之身份，又运命多舛，而易感动人心，当时有惊艳之观，博誉久长，亦有以也。然汉魏之诗，尚多受汉大赋用语之影响，辞多巧丽，用逞其内之力而见势，以见而足其意味、姿态之所在，此在语辞而为言则佳，然甚乏传统文化之色彩，亦其总体全局之失也。故当时之作，尚未得成熟而濡染传统文化色彩之意象，意象未成熟而造意境，虽或有所得，而可知其未尽矣。故子建之诗虽有功于当时，而自吾国之诗史观之，则甚未臻最第一流之境界，去李、杜尚远；魏晋之时虽具“文之自觉”，然个性尚不突出，非如唐诗之若李义山、李长吉、孟浩然诸人者，其诗皆见突出之个性也。左思诗之个性尚不明显，至鲍照之壮烈而始初显，舍上述之两短而能超出者，魏晋南北朝惟一陶渊明耳。东晋玄言诗据时甚久，钟嵘《诗品·序》云：“永嘉时，贵黄老，稍尚虚谈，于时篇什，理过其辞，淡乎寡味。爰及江表，微波尚传，孙绰、许询、桓、庾诸公诗，皆平典似《道德论》，建安风力尽矣。”陶渊明由恪守旧道德且时局混乱之故，而欲独善其身，遂归旨于老庄，幽思玄冥，意味独绝，故其诗能得传统文化之色彩，用语自然清新，不为雕饰，意境颇胜。而田园诗之开拓，尤居功伟甚。又南北朝民歌之得于性情、情爱者，亦皆清丽自然，然若《木兰诗》者，其经文人之手也，刻画用语之痕迹犹然在也。此外尚有谢灵运山水诗之开拓，亦能脱出玄言诗束缚之外，然犹存用语刻画巧似之习，故其山水诗仍在意象之境，意境之经营则非其要也。王世贞《读书后》卷三

《书谢灵运集后》评其诗云："至秾丽之极而反若平淡，琢磨之极而更似天然，则非馀子所及也。"沈德潜《说诗晬语》云："陶诗合下自然，不可及处，在真在厚。谢诗经营而反于自然，不可及处，在新在俊。陶诗胜人在不排，谢诗胜人正在排。"其实所谓谢诗之天然、自然，亦偶到耳，如"云日相辉映，空水共澄鲜"（《登江中孤屿》）、"石横水分流，林密蹊绝踪"（《于南山往北山经湖中瞻眺》）、"芰荷迭映蔚，蒲稗相因依"（《石壁精舍还湖中作》）之句，皆已见唐诗体贴入微、姿态毕见之神理，若"池塘生春草，园柳变鸣禽"（《登池上楼》）者，下句已不自然矣。脱玄言诗之杂哲理而"淡乎寡味"之境，而欲用力刻画于写景，用力经营于意象，正为唐诗开路，此谢诗当时之高处，而自意境理论及吾国诗史之发展论之，则亦正其"成也萧何，败也萧何"之处也。若必欲以谢诗为牺牲而脱离玄言诗之弊，由意境理论之蒙昧而经意象之发达，终至于意境之成熟，则谢诗亦可谓莫大之功臣者矣。必经山水之渲染而意象始具"灵动"之一因质，故当子建诗之时尚不足为此，遑论意境矣，则子建之为众人所议，实亦不无几分冤枉在也。

二〇

动静、虚实，诗中大精妙之所在也，诗人往往错综复杂而为之，故丰富多变，趣味无穷，微妙处往往使人赏心悦目也。诗中无单纯之动静、虚实，往往动中有静、静中有动，虚中有实、实中有虚，但看以何为主耳。往往动者实而静者虚，诗人亦往往反用之，但看情境如何耳。如王右丞《使至塞上》之"大漠孤烟直，长河落日圆"，"孤烟"本是动态，然其动态又不显著，若在"大漠"之宽广时空范围之中，则初见之直觉又为静态，故此静态为虚，此虚与“孤烟”之实恰为虚实结合。“直”之一语本静态，然其所形容者乃本动态之“孤烟”，故此一“直”字又将“孤烟”之动态化为静态，将实化为虚矣，而使“直”具些微之动态。总此句以观之，则动中有静，以动为主，虚实结合，静态之虚将动态之实虚化。对句则适相反，“落日”之“落”本为动态极强者，然其实际之动态又实不易察觉，须置之长久之时间范围之内，故此动态实是虚写，虽虚写而使动感甚强，而又以“圆”字稍加以静态。故总此句而观之，则是静中有动，以静为主，虚实结合，以静态之实将动态之虚突出。上下两句又相互补充，动静、虚实结合而衬托对比，可谓精妙、微妙之极。又如王之涣《登鹳雀楼》之“白日依山尽，黄河入海流”，“日”之“尽”本虚写者，其背景乃一时间之广大范围，而空间为之依托，故此句非写落日，故以“白”形容“日”而非以“红”，即虚写其“尽”即落之情态，此句所造成之审美空间主要见之时间之维度。“依”字本虚，然在感觉上却为实者，乃一虚实结合之产物；又其本义为动者，然因其虚化，故又有静，乃一动静结合、以动为主之产物。对句“入”字是实写而动者，然置之数千万里之空间范围之内，而时间为之依托，则由鹳雀楼所在之山西以写黄河之入海而流，则又虚化之，是一虚实动静结合、以静为主之产物，其所造成之审美空间主要见之空间之维度。下句之空间与上句之时间皆为虚者，然两者适相衬托对比，以造成时空极为广大之审美空间、境界，则此诗后两句之升华，乃能备见精彩也。又上句总体上为实写、静态，下句总体上为虚写、动态，两句又成一动静、虚实结合之对比衬托，亦极精妙也。

动静虚实须有张力，若张力不强不大，则虽动而死、虽虚而弱也。动者，寓我也，如宋子京“红杏枝头春意闹”，著一“闹”

字而寓我矣，又如辛稼轩之“我病君来高歌饮，惊散楼头飞雪”，能静而不能动，景便不活，如画中人也。“乱石穿空，惊涛拍岸”、“云破月来花弄影”，皆能动之类；“密霭生烟树”、“叶下斜阳照水”，皆不能动之类。物以我而动，“惊起卧沙禽”、“扁舟一叶，乘兴离江渚”，物动而未尝动者；“何处飞来林间鹤，蹙踏松梢微雪”，物动而动者。虚者，言不能尽意而使动态加强，如“西风吹渭水，落叶满长安”、“日落江湖白，潮来天地青”、“落日照大旗，马鸣风萧萧”之类；若不能使动态加强而徒言不能尽意，则如“高楼目尽欲黄昏，梧桐叶上萧萧雨”之类。实者，言既尽而意尽，如“红杏香中箫鼓，绿杨影里秋千”、“叶上初阳干宿雨，水面清圆，一一风荷举”之类；然实者可加强其动态感，如“大江流日夜”之类，则亦未必全不佳耳。

大诗人、大词人尤擅动态虚写而使本来静态之事物动态感加强，以扩大、壮大审美之空间、境界，如毛润之《菩萨蛮·黄鹤楼》之“茫茫九派流中国，沉沉一线穿南北”，着力为境界壮阔雄浑，“流”、“穿”二字得力不少。“流”之为言，其动态感不及“涌”、“漾”诸字，然较具沉重之历史感、持久之力度感。“穿”之为言，则易感觉为动态，而能使情景活荡焉。一抑一扬，而抑者本扬，扬者本抑，天然合一，妙合无垠。此种手段，全凭会心灵妙而游刃有余。又如东坡之名句“乱石穿空，惊涛拍岸”，或以为本为“乱石崩云，惊涛裂岸”，姑不理其本来之是非，以情态言，后句固不若前句也。此处之“穿”正有以上所言之静者使动之妙，“崩”字亦当之，然“崩”字之动态太过突露，如力士之锥始皇，奋于一击，一击不中，则无能为矣！“穿”则有动态感且较为持久也；“裂”字于此未成扬而为抑之功，以动态之情景须抑之使益腾郁于内也。如此而言，“拍”字胜“裂”字多矣！润之《长征》之“金沙水拍云崖暖”，亦得之矣。润之此词之“烟雨莽苍苍，龟蛇锁大江”，写景状物不减东坡之句，而更具外蕴渲染之力及苍茫之感，“锁”字本动态感极强者，然所形容者则为静态，用之而突出形势，而又不得不将其虚化使减弱然具动态之效果也。又如《渔家傲》之“不周山下红旗乱”，乃以“乱”形容形势之佳而壮大者。储光羲《杂咏五首·钓鱼湾》之“春深杏花乱”亦有一“乱”字，则形容杏花之繁艳，虽异曲同工，而储作乃使本来静态者动态加强，更胜出也。同一使动，储作却又不如“红杏枝头春意闹”，情态更佳且寓我也。

卷 三

一

李太白豪放恣肆，潇洒风流，千古何及。其作《蜀道难》云：

> 噫吁嚱，危乎高哉！蜀道之难，难于上青天！蚕丛及鱼凫，开国何茫然！尔来四万八千岁，不与秦塞通人烟。西当太白有鸟道，可以横绝峨眉巅。地崩山摧壮士死，然后天梯石栈方钩连。上有六龙回日之高标，下有冲波逆折之回川。黄鹤之飞尚不得过，猿猱欲度愁攀援。青泥何盘盘，百步九折萦岩峦。扪参历井仰胁息，以手抚膺坐长叹。问君西游何时还？畏途巉岩不可攀。但见悲鸟号古木，雄飞雌从绕林间。又闻子规啼夜月，愁空山。蜀道之难，难于上青天，使人听此凋朱颜。连峰去天不盈尺，枯松倒挂倚绝壁。飞湍瀑流争喧豗，砯崖转石万壑雷。其险也若此，嗟尔远道之人，胡为乎来哉。剑阁峥嵘而崔嵬，一夫当关，万夫莫开。所守或匪亲，化为狼与豺。朝避猛虎，夕避长蛇，磨牙吮血，杀人如麻。锦城虽云乐，不如早还家。蜀道之难，难于上青天，侧身西望长咨嗟。

吞吐磅礴，横无涯际，风神仿佛，逼于天人，而又风华高古，若不沾尘，山水奇丽，尽入笔端。千古绝唱，诚为诗史之壮观、奇观。唐孟棨《本事诗》云：“李太白始自西蜀至京，舍于逆旅。贺监知章闻其名，首访之，既奇其姿，复请所为文。出《蜀道难》以示之，读未竟，称叹者数四，号为谪仙，解金龟换酒，与倾尽醉。”贺知章亦真识家也，大唐气蕴，不独足以有是，且足以大遇是也！窥此诗意蕴，非深沉不可说也，去屈子之《离骚》，殆不及远矣，然足以当之者何邪？盖此诗虽不长于内，而形式则为杂言诗之最，伸缩自如，变化如神，最是当行，最能见豪放之致，故仅以此论，已称足以当之，由是可见杂言之妙也。后世诗人乃斤斤计较于格律之间，而又不重其内，其鄙也宜哉！若必求之，则元曲之剧曲最为神似，而人又不以为诗也，惜哉！太白诗佳作甚多，如《怨情》云：“美人卷珠帘，深坐蹙蛾眉。但见泪痕湿，不知心恨谁。”《玉阶怨》云：“玉阶生白露，夜久侵罗袜。却下水晶帘，玲珑望秋月。”然其最佳者，则杂言诗而已矣，集中拟古之风味者正多，以衡诸人，未必大胜也。傅庚生以为李太白《蜀道难》之作，“其气势之雄伟，想像之丰富，感情之激荡，文笔之奇绝，自有非他人所可跻攀之处；盖其雄奇出自本真，本真之中，已有雄奇之美，与单纯之以‘真’为能事，而其本真之中乃无所蕴者，已迥乎其不侔矣。李白作品之中，惟乏一属于理智之‘善’耳，若能于其创作中寓以人生之正鹄，则虽谓亘古今一人可已”。欲以理智之“善”束缚太白天马行空之姿态，不知太白于天子尚不守拘束邪？可谓不自量力极矣，亦真煞风景之极也！傅氏持论主“雅正”，已是清人牙慧，李太白之诗本不乏善，所可畏者理智之“善”耳，其心可谓皎皎可见也。

又贯云石［中吕·红绣鞋］：“挨着靠着云窗同坐，看着笑着月枕双欹，听着数着怕着愁着早四更过。四更过，情未足，情未足，夜如梭。天哪！更闰一更妨什么？”谓之“是写情之出于本色者，其所欠缺者，在少含蓄，以无理智裁之耳”，嗟乎，云石何许人，乃能受此拘束邪？释唐顺之《答茅坤书》云：“所云‘本色’，‘真’也；‘本色高’，真而善也。”夫“本色”者，“真”之一义非最要者，必也不造作、不作态而又极其姿态者乎！本色之境界尚会不得，无怪乎出论高处并不出古人礼教范围之外也。

李太白后，惟丘逢甲独能于诗之形式得此豪放之姿态耳。诸人或有作者，或不过为雄壮慷慨、琴剑风流，或不过为梅村体之缠绵幽咽、沉丽艳绮，一则不足以得豪放之真精神，而徒有粗放之意态，一则未足以极七言歌行体制之佳处，而实亦与前因有关也。前者之不足为有似豪放之姿态，而无豪放之内在盛大而充沛之“气”（内以“情”而至于热烈之境界），是未能于世俗之精神及美之所必然也，由是之故，而又影响及于后者之不足，则于七言歌行之体制之佳处，未能有所会心也。七言歌行之体制，非徒有错落有致之形式而已，若内在之气与情——气尤为要——不足以举之，则外在之淋漓尽致之姿态亦不得也！七言歌行而无错落者，则稍僵化其气而陷齐整，而古今自李太白之后能见七言歌行之体之错落有致而佳者，丘仓海是也。若高青丘之以才名，则尚非可相提并论者。如仓海之《东山松石歌和郑生》云：

太阴黑，耀灵匿，天上风云惨无色。飞虎伏，神龙蛰，龙化为松虎化石。君不见南海之滨、东山之阴，松苍苍兮石碧。松石间，谁所祠？睢阳张许双灵旂。前游者驱鳄韩昌黎，后则啼鹃带血之文文山来题词，诸公皆与此松此石深相知。当松髯兮怒张、石齿兮愤吐，恍惚见斥庭凑，骂禄山而拒蒙古。安知佛骨未焚、别出胡神欲代今之天作之主。大海茫茫，环起胡虏，叛臣不必定在节使府。坐令绛灌不文、隋陆不武，衣冠道丧道实苦。松耶、石耶！安得风云复奉尔为龙而为虎？吁嗟乎！长白山上有石虎立而参天，下为松花江，松涛万壑飞龙泉。天昔生真人于其间，真人去今几世而几年？漫漫者海，生尘生烟，遮山蜃气而蛟涎。何来精卫口衔木石欲填海，哀哉海深不可填。我登东山，远睇长白，北向哀泪，匪泪伊血。古人不我待，谁文章而谁气节？但见石非石兮松非松，乃古人肝胆之轮囷、冠绥之从容，愿拜石作丈、松作公。我昔在韩山，有石曰双旌。种松其间，畀成梁栋，支大厦之倾，而惜其迟生。松灵石顽，谁使松化石长此冥冥。匪石实顽，石能补西北之天倾，无奈娲皇日听笙簧谢不能。百神不敢言，石言其事，松声谡谡嗟天醉，风云兮不来，空山兀抱龙虎气。

有其盛大浩然之气在于胸中，则掺之以杂言而愈得其佳致，而气之所以积聚，则又是情志之事，又是性情与理想之事，是人格境界、思想境界、精神境界能至于“无我之上之有我之境”之事也。然若此诗之境界，犹是意境为多而非尽以神味为胜，其神味之出处不过是得七言歌行之体制之佳而已矣，若欲有所进，则必期之以叙事而至于细节之境界也，此则又元曲之能事者矣！必得体制与内容两方面之神味，而神味之境界乃为尽善尽美也，后世诗人，宁可不知之邪！

二

王国维《文学小言》有云：“三代以下之诗人，无过屈子、渊明、子美、子瞻者。此四子者若无文学之天才，其人格亦自足千古。故无高尚伟大之人格而有高尚伟大之文章者，殆未之有也。”尚哉斯言，义其美矣！辛公稼轩，亦足无愧于此，且其精神境界高于渊明，豪放精神之境界高于东坡。其尤胜者，则在以大英雄大豪杰之怀抱而驭词之小焉者流，则欲不若女娲抟土造人、炼石补天之得手应心，亦可得邪？不独见庖丁解牛之从容风流，更见以搏虎之力以搏兔，力之可胜而全心灌注，浩气、深情复回宕不已，至若其所造，则实自盘古开天辟地以来所无，千古之下，灿烂未已。杜少陵诗云“名岂文章著”，是所欲为有甚于文章者，以此义叩稼轩，亦必掀髯大笑而同其默契也。余生也晚，忝为公之乡人，凡以节气自励者，孰而不竭其景仰。读其词，想见其人风味情貌，辄伤神想！公之所作，历代推奖之也甚矣，何劳期诸附骥、徒瞻尘下。惟见诸子之论，或仅窥一隅，或靡中至要，剖析虽不无佳美，而气味则隔而未融，罔能深获我心，想亦稼轩同憾。爰作斯篇，以偿宿志，但求与公之性情、人格、精神俯仰上下，荡漾今古，鄙陋固非所敢辞也。论次如下。

（一）王静安论稼轩

王国维先生《人间词话》云：

> 古今之成大事业、大学问者，罔不经过三种之境界。“昨夜西风凋碧树，独上高楼，望尽天涯路”，此第一境界也。“衣带渐宽终不悔，为伊消得人憔悴”，此第二境界也。“众里寻他千百度。蓦然回首，那人却在，灯火阑珊处”，此第三境界也。此等语皆非大词人不能道。然遂以此意解释诸词，恐为晏、欧诸公所不许也。

以稼轩《青玉案·元夕》所写情境为最上之境界，静安真稼轩词之大功臣也。而此词既经如此解释，遂精彩百倍，流传人间，为词学之坚壁。凡论词者，不可不举之；凡论稼轩词者，亦不可置渠之意见也。然推其心原，稼轩当时实无此意会，而为静安先生之创见，犹今之所谓“读者再创造”也，相得益彰，遂必将据有千古。然此之所谓第三境者，犹是悟之初境，有所得之初境，仅堪谈艺所譬入门之境，若“无我之上之有我之境”之成就，则尚须久长而不止，若止则情或可存，而气则不能沛然为继矣，此则静安所未喻者也。故若论稼轩此词，则犹非集中第一流之作。世之人论稼轩词，每举《祝英台近》、《摸鱼儿》、《水龙吟》、《永遇乐》诸阕为例，以为得其要领，实则稼轩集中别有风格者比比皆是，而尚未有议论为相提并论之地，后当详论焉。

静安先生虽举斯役，然其于稼轩词，则不可以评价允当目之，以其所尚，囿于小令及北宋以前耳。《人间词话》云：

> 南宋词人……其堪与北宋人颉颃者，惟一幼安耳……幼安之佳处，在有性情，有境界。即以气象论，亦有“横素波、干青云”之概，宁后世龌龊小生所可拟耶？
>
> 稼轩《贺新郎》词“送茂嘉十二弟”章法绝妙，且语语有境界，此能品而几于神者。
>
> 长调自以周、柳、苏、辛为最工。

《清真先生遗事》云：“南宋惟一稼轩可比昌黎。”虽于稼轩推奖亦巨，然不过为既成事实之常谈，而窥其隙，亦颇透露此中消息。《贺新郎·送茂嘉十二弟》乃稼轩词静安所最推者，而上所引“几于神者”一语，原稿为“中之最上”，此实稼轩词在静安眼中之定位耳。又，此篇效江淹《恨赋》网罗典实，乌得云“非有意为之”？不知有意为之而妙，亦何不可！推之弗以其实，吾恐稼轩不受也。又比稼轩为昌黎，是概其淹博浩瀚，而不知昌黎之诗在诗史上之地位成就，去稼轩不知凡几也。缪钺《论辛稼轩词》云：“宋词之有辛稼轩，几如唐诗之有杜甫。”是矣，惜一

“几”字犹煞风景。王静安则许周清真为词中老杜，此点见识未免不高，刘熙载《艺概》尚知“词品喻诸诗，东坡、稼轩，李、杜也。”又《人间词乙稿序》云：

> 南宋词人之有意境者，惟一稼轩，然亦若不欲以意境胜。……夫古今人词之以意胜者，莫若欧阳公。以境胜者，莫若秦少游。至意境两浑，则惟太白、后主、正中数人足以当之。

于此亦颇可与余上之所言相发明，不必再辩。惟“然亦若不以意境胜”一语，显见静安先生眼力独具，但彼以为憾者，适为余之发明而已矣。古今词家，亦未必不审稼轩词不仅以意境胜，或知其佳妙，苦拘于历史之局限无以名之，故弃置之不道而讳莫如深。静安先生治学及于西学东渐而受其科学态度之影响，遂一语道破实情，然仍无计可补也。窃谓稼轩词总体上之特色即不仅以意境胜，而更以“神味”胜，以“无我之上之有我之境”胜，以“大我之境”胜。以人格、怀抱、精神之内在美触及世俗民生，而出之以不拘一格、意态烂漫之多种风格，即“神味”所由得也。故意境为雅文学之擅胜，而神味为俗文学之擅胜。稼轩词貌（如文字、格调）虽犹在雅文学之层次，而其内心所见之人格境界、思想境界、精神境界则无乎而非俗文学之境界，以俗与豪放两义下启元曲之真境界也。词中老杜，非稼轩不可，而比之以诗中之昌黎，亦何足以餍天下士之心也哉！“神味”说系余谈艺所标持崇举，苟以此论稼轩词，以“无我之上之境”以观之，则静安先生与古今人之惑皆可迎刃而解矣。

（二）陈廷焯、况周颐论稼轩词

由静安上溯，则又可见传统词学于稼轩之态度何若也。如陈廷焯《白雨斋词话》，其论稼轩词云：

苏、辛并称，然两人绝不相似。魄力之大，苏不如辛；气体之高，辛不逮苏远矣。（卷一·二九）

辛稼轩，词中之龙也，气魄极雄大，意境却极沉郁。（卷一·六一）

稼轩词如《永遇乐》……等类，才气虽雄，不免粗鲁。（卷一·六二）

稼轩《水调歌头》……虽未能痕迹消融……（卷一·六四）

稼轩词着力太重处，如《破阵子》……不免剑拔弩张。（卷一·六六）

稼轩《粉蝶儿》起句云“昨日春如十三女儿学绣”，后半起句云“而今春如轻薄荡子难久”，两喻殊觉纤陋，令人生厌。（卷七·二九）

亦峰着眼稼轩处较静安为细，亦颇解其中佳处，如卷六之一一条论“东岸绿阴少，杨柳更须栽”之类，不可谓无独到之见识。惟以“沉郁”论词，不许于人性上凸露人格与精神，否则即“气体”不逮远矣，“不免粗鲁”矣，“未能痕迹消融”焉，“不免剑拔弩张”焉，“纤陋令人生厌”也。此所谓道学家面目之在谈艺域中者也，“学绣”之喻，只是惜春心眼；“轻薄荡子”之喻，只是怪春无情，如此周张曲折之未解，而怪其“纤陋”乃至“令人生厌”，诚可谓故作端庄而不解风情者矣，奈之何？其推奖稼轩亦巨，惜于大是大非上颠之倒之，故亦措位置不高，在晏、欧、碧山之下，岂其然哉！

又如况周颐《蕙风词话》“词不宜琢率”条论稼轩云：

词太做，嫌琢。太不做，嫌率。欲求恰如分际，此中消息，正复难言。但看梦窗何琢，稼轩何尝率，可以悟矣。

“勿学辛吴”条云：

情性少，勿学稼轩。非绝顶聪明，勿学梦窗。

“明以后词纤庸少骨”条云：

明以后词，纤庸少骨。二三作者，亦间有精到处。但初学抉择未精，切忌看之。一中其病，便不可医也。东坡、稼轩，其秀在骨，其厚在神。初学看之，但得其粗率而已。其实二公不经意处，是真率，非粗率也。余至今未敢学苏、辛也。

“王文简倚声集序”条云：

王文简《倚声集》序：“……诗馀者，古诗之苗裔也。语其正则南唐二主为之祖，至漱玉、淮海而极盛，高、史其嗣响也。语其变则眉山导其源，至稼轩、放翁而尽变，陈、刘其馀波也。有诗人之词，唐、蜀、五代诸人是也。有文人之词，晏、欧、秦、李诸君子是也。有词人之词，柳永、周美成、康与之之属是也。有英雄之词，苏、陆、辛、刘是也。至是，声音之道乃臻极致。而诗之为功，虽百变而不穷。”云云。仅二百数十言，而词家源流派别，了若指掌。是书传本绝鲜，亟节记之。

《蕙风词话》一书，名声极盛，余撰《〈蕙风词话〉评点》一书，欲以见其佳何在，阅毕而甚失我望，其说实去《白雨斋词话》远甚，未见条理分明之思想精神，而于《人间词话》则更有天壤之异也！龙榆生《词学研究之商榷》谓《蕙风词话》“抉摘幽隐，言多允当。自有词话以来，殆无出其右者”，诚大过誉矣。陈氏“沉郁”之说，犹见及于内容之意，王静安之“境界”说，亦多涉乎人格，惟况氏之作则多用心于技而拘束于词之本色之境界而未能廓大其眼界，其心绝在婉约而不见豪放之长，而以少性情则不可学稼轩之类之论搪塞之，真不可为训者也！清初田同之《西圃词说》、沈祥龙《论词随笔》等早着豪放婉约皆词之本色之论，而至于晚清而犹然独以婉约为心事，虽无排斥豪放之显行，而于实则不为用力用心而忽略之，是尤狡之黠者也，排斥豪放犹见关注之心之力，而冷眼旁观自为婉约之经营，其方于排斥可谓更阴险也！平心而论，此种固守本色之境界而以婉约为心事者，足以为守成之境界，而不足以为创新之境界也。词之在于清季虽号为中兴，而实由于此种之原因而若回光返照，而不能于总体上突破宋人之词，皆此类之论者之过也。今之论者学者，可不深戒邪！

（三）其他评家略览

除以上具代表性之大家之外，观词学史上其他评家之论，亦庶有益也。陈锐《褒碧斋词话》“词如古诗”条云：

> 词如诗，可模拟得也。南唐诸家，回肠荡气，绝类建安。柳屯田不着笔墨，似古乐府。辛稼轩俊逸似鲍明远。周美成浑厚拟陆士衡。白石得渊明之性情。梦窗有康乐之标轨。皆苦心孤造，是以被弦管而格幽明，学者但于面貌求之，抑末矣。

能知自诗以观诸人，却是高明，非是退步，以词始终不过诗之一种，故应向诗之最高境界看齐也。以辛稼轩方之鲍照，正见识高明处，性情精神特出而等豪放也。所例诸家诗人，亦无不以鲍照为第一人也。其气之跌宕往复而吞吐于千古，后世诗人，惟李太白一亲其风采，犹惜其内未足，而尽善尽美于辛稼轩也。又“姜吴双峰并峙”条云：

> 白石拟稼轩之豪快，而结体于虚。梦窗变美成之面貌，

而炼响于实。南渡以来，双峰并峙，如盛唐之有李、杜矣，顾词人领袖，必不相轻。

白石固以稼轩为心而景仰之，然其无世俗民生之热情，故只能于格调上着色，其所谓“豪快”，亦仅是表面现象耳。此处所谓“双峰并峙”之白石、梦窗，实宋词最后之回光返照，无大能为也矣！

吴梅《词学通论》云：

南渡以还，作者愈盛，而抚时感事，动有微言。稼轩之烟柳斜阳，幸免种豆之祸；玉田之贞芳清影（《清平乐》赋所南画兰），独余故国之思。至若碧山咏物，梅溪题情；梦窗之丰乐楼头，草窗之禁烟湖上，词翰所寄并有微意，又岂常人所易及哉。余故谓绍兴以来，声律之文，自以稼轩、白石、碧山为优，梅溪、梦窗则次之，玉田、草窗又次之，至竹屋、竹山辈，纯疵互见矣，此南宋词之大概也。

能以稼轩居第一流，是其高见处，但见总不以南宋为高处北宋，故尚有折扣也。又云：

余谓学稼轩词，须多读书。不用书卷，徒事叫嚣，便是蒋心馀、郑板桥，去沉郁二字远矣。辛词着力太重处，如《破阵子·为陈同甫赋壮词以寄之》、《瑞鹤仙·南涧双溪楼》等作，不免剑拔弩张；至如《鹧鸪天》云“却将万字平戎策，换得东家种树书”，读之不觉衰飒；《临江仙》云：“别浦鲤鱼何日到，锦书封恨重重，海棠花下去年逢。也应随分瘦，忍泪觅残红”，婉雅芊丽，孰谓稼轩不工致语耶？又《蝶恋花》云元日立春：“今岁花期消息定，只愁风雨无凭准”，盖言荣辱不定，遭谪无常，言外有多少疑惧哀怨，而仍是含蓄不尽。此等处虽迦陵且不能知，遑论馀子。世以

《摸鱼子》一首为最佳，亦有见地，但启讥讽之端，陈藏一之《咏雪》，德祐太学生之《百字令》，往往易招愆尤也。

吴梅学问渊博，但见识犹古为多，自出己意者少。“学稼轩词，须多读书”之论，可谓一上手就错者也！自读书之角度以观辛词，可谓隔之非一层矣。以“沉郁”观之，亦是陈廷焯《白雨斋词话》之流沫耳。“剑拔弩张”之论，是表面现象耳，遑及其内也，“衰飒”亦然。“今岁”两语，亦非疑惧。似此等处不能解，我辈尚有何言也。“但启讥讽之端”之论《摸鱼儿》，亦真拙见！讽刺非无端而发，正有为之处，而以为憾也！此事本诗人发愤之要义，不平则鸣之本然，若不以是为是，不可救药矣！至若他人学画虎不成反类犬，关稼轩何事？又云：

张叔夏云：“遗山词深于用事，精于炼句，风流蕴藉处不减周秦。”余谓遗山竟是东坡后身，其高处酷似之，非稼轩所可及也。

遗山是豪放词功臣，当南宋词之衰弱也，惟遗山高标豪放之旗帜而鼓吹之，得存其精神，使当时诗人能以新兴之诗歌形式与元曲结合之，遂造元曲之灿烂，而以豪放为之本色正宗也。《遗山先生文集·遗山自题乐府引》有云：

古有之：人莫不饮食，鲜能知味，譬之羸牸老羝，千煮百炼，椒桂之香逆于人鼻，然一吮之后，败絮满口，或厌而吐之矣。必若金头大鹅，盐养之再宿，使一老奚知火候者烹之，肤黄肪白，愈嚼而味愈出，乃可言其隽永耳。岁甲午，予所录《遗山新乐府》成，客有谓予者云：“子故言宋人诗大概不及唐，而乐府歌词过之，此论殊然。乐府以来，东坡为第一，以后便到辛稼轩，此论亦然。东坡、稼轩即不论，且问遗山得意时，自视秦、晁、贺、晏诸人为何如？”予大

> 笑，拊客背云："那知许事？且啖蛤蜊。"客亦笑而去。

由此可见遗山于元曲之贡献，是启端于豪放词矣。遗山之时，东坡之风流远在稼轩之上，遗山亦未能免俗，且以稼轩为仅次于东坡，其功亦不可谓之浅，但自整个词史观之，则豪放词之巅峰在辛，而非在苏也。以豪放词之最高境界观之，苏未若辛也。辛词世俗之精神为豪放之真境界，故元曲之继承者，正是近辛，而发扬于剧曲，若继承苏之精神者则多为散曲，而犹多抱词之风味者，故雅化甚速也。故自雅俗之目观之，则苏犹是雅之阵营，而辛则俗之阵营，以俗之精神非仅在文字格调，而能以启元曲者也。遗山之作，即多继承苏，故以词论，尚非豪放之第一流，以曲论，则仅为元曲开端，尚不能至曲俗之本色若杜仁杰者也。故"余谓遗山竟是东坡后身，其高处酷似之"之论，诚然是也，若云"非稼轩所可及"，则是借苏压辛，以为足以压之也，不知苏尚未若辛也。

张炎《词源》云：

> 辛稼轩《祝英台近》云："宝钗分，桃叶渡，烟柳暗南浦。怕上层楼，十日九风雨。断肠片片飞红，都无人管，更谁劝、啼莺声住。　　鬓边觑，试把花卜归期，才簪又重数。罗帐灯昏，哽咽梦中语：是他春带愁来，春归何处，却不解、带将愁去。"皆景中带情，而存骚雅。故其燕酣之乐，别离之愁，回文、题叶之思，岘首、西州之泪，一寓于词。若能屏去浮艳，乐而不淫，是亦汉魏乐府之遗意。

又云：

> 辛稼轩、刘改之作豪气词，非雅词也。于文章馀暇，戏弄笔墨，为长短句之诗耳。

"若能屏去浮艳，乐而不淫"一语，极是可笑，想稼轩词尚能为浮艳之语，真是太抬举了也！而所谓汉魏古意，乃其真用心耳。故以稼轩词非是雅词，不知宋词之雅初非在汉魏风度也。若以汉魏风度赋为宋词，尚不能为本色，何况其他？是以豪情豪气为劣者，不足与论也。又云：

元遗山极称稼轩词，及观遗山词，深于用事，精于炼句，有风流蕴藉处，不减周、秦。如双莲、雁邱等作，妙在模写情态，立意高远，初无稼轩豪迈之气。岂遗山欲表而出之，故云尔。

所见遗山与稼轩分野处甚是，上文亦论之矣，但不知遗山以豪放之精神为心，至于自亦未能尽到，则又一事也。

周济《介存斋论词杂著》云：

稼轩不平之鸣，随处辄发，有英雄语，无学问语，故往往锋颖太露；然其才情富艳，思力果锐，南北两朝，实无其匹，无怪流传之广且久也。世以苏辛并称，苏之自在处，辛偶能到；辛之当行处，苏必不能到：二公之词，不可同日语也。后人以粗豪学稼轩，非徒无其才，并无其情。稼轩固是才大，然情至处，后人万不能及。

此论极是精彩，以为辛高于苏也。辛词当行高处，正在于其不平则鸣者世俗民生也，苏词则政治人生而已。又云：

苏、辛并称。东坡天趣独到处，殆成绝诣，而苦不经意，完璧甚少。稼轩则沉着痛快，有辙可循，南宋诸公，无不传其衣钵，固未可同年而语也。稼轩由北开南，梦窗由南追北，是词家转境。

由北开南者，在其精神也，由南追北，取其风格之浑涵也，两径高下，确乎不可同日而语。梦窗之追北，则未必耳。若必论之，则其所追亦不甚成功也。又云：

北宋词，多就景叙情，故珠圆玉润，四照玲珑，至稼轩、白石一变而为即事叙景，使深者反浅，曲者反直。吾十年来服膺白石，而以稼轩为外道，由今思之，可谓瞽人扪籥也。稼轩郁勃，故情深；白石放旷，故情浅；稼轩纵横，故才大，白石局促，故才小。惟《暗香》、《疏影》二词，寄意题外，包蕴无穷，可与稼轩伯仲；余俱据事直书，不过手意近辣耳。白石词，如明七子诗，看是高格响调，不耐人细思。白石以诗法入词，门径浅狭，如孙过庭书，但便后人模仿。

此论稼轩、白石优劣甚精到。惟深浅曲直之论，尚嫌浅也。辛词之手段，过于北宋词远矣，其婉转曲折，亦非北宋词所敢望。又云：

清真，集大成者也。稼轩敛雄心，抗高调，变温婉，成悲凉。碧山餍心切理，言近指远，声容调度，一一可循。梦窗奇思壮采，腾天潜渊，返南宋之清泚，为北宋之秾挚。是为四家，领袖一代。馀子荦荦，以方附庸。夫词，非寄托不入，专寄托不出，一物一事，引而伸之，触类多通，驱心若游丝之罥飞英，含毫如郢斤之斫蝇翼，以无厚入有间，既习已，意感偶生，假类毕达，阅载千百，謦欬弗达，斯入矣。赋情独深，逐境必寤，酝酿日久，冥发妄中，虽铺叙平淡，摹缋浅近，而万感横集，五中无主。读其篇者，临渊窥鱼，意为鲂鲤，中宵惊电，罔识东西，赤子随母笑啼，乡人缘剧喜怒，抑可谓能出矣。问涂碧山，历梦窗、稼轩以还清真之浑化。余所望于世之为词人者，盖如此。

此是周济之词学理想，以美成为词之理想境界，亦非新谈。不过容稼轩于中，貌似推崇，实则仍乐于豪放词之居于婉约词之下也！诸人只是能入而不能出者，能出者何谓？性情之锻炼于世俗之生活及精神者也，有所得于世俗之大美者也。若不知词，而或易稼轩之位置为美成，亦不得其要也。所谓“浑化”，仅是“技”之境界，而隔于世俗民生之多矣！尚不悟也！

李调元《雨村词话》“稼轩风”条云：

> 戴复古石屏《望江南》有“壶山好”四首、“石屏老”三首，一时推名作。余尤爱其二词云：“壶山好，文字满胸中。诗律变成长庆体，歌词绰有稼轩风。最会说穷通。中年后，虽老未成翁。儿大相传书种在，客来不放酒樽空。相对醉颜红。”“石屏老，长忆少年游。自谓虎头须食肉，谁知猿臂不封侯。身世一虚舟。　平生事，说着也堪羞。四海九州双脚底，千愁万恨两眉头。白发早归休。”稼轩谓辛弃疾也，与石屏同时，其名重如此。

此论可见当时稼轩词已能影响同时代之著名诗人矣。然戴氏似乎稼轩而已，若论真豪放之精神，则尚不到也。

李佳《左庵词话》“稼轩词”条云：

> 辛稼轩词，慷慨豪放，一时无两，为词家别调。集中多寓意作，如《摸鱼儿》云：“更能消几番风雨……斜阳正在、烟柳断肠处。”又如：“怕上层楼，十日九风雨。断肠点点飞红，都无人管，更谁劝、流莺声住。”又如：“一番风雨，一番狼藉。尺素如今何处也，绿云依旧无踪迹。谩教人、羞去上层楼，平芜碧。”又如：“把吴钩看了，阑干拍遍，无人会、登临意。”又如：“剩水残山无态度，被疏梅、料理成风月。两三雁、也萧瑟。”此类甚多，皆为北狩南渡而言。以是见词不徒作，岂仅批风咏月。

能见到“岂仅批风咏月”，是其高处；既知“一时无两”而以为

“词家别调”，是无视苏词在前，而不能解辛词于后也。然此亦自词学常然之角度言之，其不能解，亦不足怪也。

彭孙遹《金粟词话》“论辛词”条云：

> 稼轩之词，胸有万卷，笔无点尘，激昂措宕，不可一世。今人未有稼轩一字，辄纷纷有异同之论，宋玉罪人，可胜三叹。

此为稼轩辩也，然胸有万卷、笔无点尘，非是稼轩之足以为稼轩者也，激昂措宕、不可一世，亦非仅稼轩可到。稼轩之佳处在豪放之精神，在豪放而兼婉约之长处，在不可自解不能自已之于人世民生之深情，再由此深情而得盛大而充沛之内在之气，而气之发也又无不自然浩荡豪放而又无不委屈曲折也。

蔡嵩云《柯亭词论》“稼轩词不尽豪放”条云：

> 稼轩词，豪放师东坡，然不尽豪放也。其集中，有沉郁顿挫之作，有缠绵悱恻之作，殆皆有为而发。其修辞亦种种不同，焉得概以“豪放”二字目之。

是未真知豪放之精神者，故发此言也。此似为稼轩之多致辩解，其实欲抹杀豪放在辛词中最高最佳之地位，岂不知论词须以人最佳之处见之。非仅豪放之论未得此精神也，其人不知稼轩词不尽豪放也！

沈祥龙《论词随笔》“词品高低”条云：

> 古诗云：“识曲听其真。”真者，性情也，性情不可强。观稼轩词知为豪杰，观白石词知为才人，其真处有自然流出者。词品之高低，当于此辨之。

“性情不可强”，真高见！故人各有性情，而岂可以己非人邪？故在“技”之境界上，春兰秋菊无所谓高低优劣也，然在“道”之境界上，则以善为之衡而进于真之一义，其更善于人（他人、社会、时代、民族、国家）者为上也，以是而论，豪放词非人人可做得也，而豪放词及其精神既以积极入世为色彩，则其为上又何不可解邪！所谓春兰秋菊各随口味之论，清之袁枚着之于论，最是口吻妥帖，实则圆滑无主，左右逢源，其境界犹在以温柔敦厚、中和、平和、“无我之境”为至之论之下，折中之极，即无谓矣。又“词非小技”条云：

以词为小技，此非深知词者。词至南宋，如稼轩、同甫之慷慨悲凉，碧山、玉田之微婉顿挫，皆伤时感事，上与风骚同旨，可薄为小技乎。若徒作侧艳之体，淫哇之音，则谓之小也亦宜。

此自推尊词体之角度言之，以南宋词为例，是其高见识处。

田同之《西圃词说》“辛柳词佳处”条云：

今人论词，动称辛、柳，不知稼轩词以“佛狸祠下，一片神鸦社鼓”为最，过此则颓然放矣。耆卿词以“关河冷落，残照当楼”与“杨柳岸、晓风残月”为佳，非是则淫以亵矣。此不可不辨。

辛之佳处，在于豪放而兼婉约之美，则《永遇乐》之作，非其最高境界也。柳词“杨柳岸、晓风残月”之类不多，是雅化之痕迹，而非其本色之作，故亦非是其词之最高境界。

邹祗谟《远志斋词衷》“辛稼轩压倒古人”条云：

稼轩雄深雅健，自是本色，俱从南华、冲虚得来。然作词之多，亦无如稼轩者。中调短令亦间作妩媚语，观其得意处，真有压倒古人之意。

压倒古人，有何不可？所云正自佳，但追溯根源于“南华”，以“冲虚”为目，则大煞风景矣！

刘熙载《艺概》卷四云：

苏、辛皆至情至性人，故其词潇洒卓荦，悉出于温柔敦厚。世或以粗犷托苏、辛，固宜有视苏、辛为别调者哉。又云，张玉田盛称白石，而不甚许稼轩，耳食者遂于两家有轩轾意。不知稼轩之体，白石尝效之矣。集中如《永遇乐》、《汉宫春》诸阕，均次稼轩韵，其吐属气味，皆若秘响相通，何后人过分门户耶？

稼轩词龙腾虎掷，任古书中理语、瘦语，一经运用，便得风流，天姿是何夐异！

此处"别调"之论，正可答《左庵词话》也。"悉出于温柔敦厚"，则未可，欲以此束缚豪放之精神，正古今儒家思想之欠缺处，非仅刘氏一人而已。

谢章铤《赌棋山庄词话》卷一云：

学稼轩，要于豪迈中见精致。近人学稼轩，只学得莽字、粗字，无怪阑入打油恶道。试取辛词读之，岂一味叫嚣者所能望其顶踵？

蒋藏园（士铨）为善于学稼轩者。稼轩是极有性情之人，学稼轩者，胸中须先具一段真气、奇气，否则虽纸上奔腾，其中俄空焉，亦萧萧索索，如牖下风耳。

此论自是，然未道出"一段真气、奇气"之所自来耳，此乃是大关键也！稼轩词之气乃得自世俗民生之不隔而有一往情深之意味，渊然而深厚盛大，非"精致"、"真气"、"奇气"之所能拟喻也。又卷九云：

晏、秦之妙丽，源于李太白、温飞卿；姜、史之清真，源于张志和、白香山。惟苏、辛在词中，则藩篱独辟矣。读苏、辛词，知词中有人，词中有品，不敢自为菲薄。然辛以毕生精力注之，比苏尤为横出矣。吴子律云："辛之于苏，

> 犹诗中山谷之视东坡也。东坡之大，殆不可以学而至。”此论或不尽然。苏风格自高，而性情颇歉。辛却缠绵悱恻，且辛之造语俊于苏。若仅以大论也，则室之大不如堂，而以堂为室，可乎？

“藩篱独辟”，正豪放词之所以特出者也。苏辛优劣之论，亦极中肯！“风格自高，而性情颇歉”，此苏之所以不及辛也，性情之上复有人格境界、思想境界、精神境界，而辛为独傲然千古，为独胜也！

（四）婉约豪放之辩

刘克庄《辛稼轩集序》云：

> 公所作大声镗鞳，小声铿訇，横绝六合，扫空万古，自有苍生以来所无。其秾纤绵密者，亦不在小晏、秦郎之下。

颇极允当，而兼评其豪放婉约两种风格。夫婉约豪放二种，大体概之耳，凡人之所作，皆有此两种元质，但看其以何种为主，词中并无单纯之婉约豪放。推原其理，《老子》早已揭之。盖物之生也，罔不有二元之对立，无二元之对立，事物非徒不能发展进步，亦且不能存在自立。虽有二元之对立，然在事物发展过程中，必惟一种元质为主，一种为辅。主辅可转化，而不可同时为主。世人但知苏辛豪放派未尝废婉约，不知周、柳、姜、吴亦未尝废豪放也，但其调合之比例有异，而显为程度之不同而已矣。即“姜白石、张叔夏辈以冲淡秀洁，得词之中正”（见高佑釲《迎陵词全集序》引顾咸三语），亦罔不遵此法则。例之：永叔《蝶恋花》之“日日花前常病酒，不辞镜里朱颜瘦”，柳耆卿《雨霖铃》之“今宵酒醒何处？杨柳岸、晓风残月”，晏小山《鹧鸪天》之“舞低杨柳楼心月，歌尽桃花扇底风”，周美成《满庭芳》之“歌筵畔，先安枕簟，容我醉时眠”、《定风波》之“从醉，明朝有酒倩谁持”，贺方回《浣溪沙》之“恼花颠酒拼君嗔”（方回豪宕之作不必引矣），姜白石《庆宫春》之“采香径里春寒，老子婆娑，自歌谁答”、《暗香》之“旧时月色，算几番照我，梅边吹笛”，吴梦窗《贺新郎》（乔木生云气）篇……诸如此类，其本豪放，而以豪放之致出之。何谓致，即譬海上冰山而浮出水面者，仅其小焉者也。故豪放之骈枝别子曰洒落，曰疏放，曰清拔，曰旷达，曰壮郁；而婉约之骈枝别子曰缠绵，曰密丽，曰绮艳，曰清华，曰幽秀。至其色之纤秾淡泊，与婉约豪放之本质所关甚微，故有极秾艳而豪放者，如稼轩《水龙吟·登建康赏心亭》之“倩何人、唤取红巾翠袖，揾英雄泪”，而产生异样之意态，为异样之妩媚，不可一概而论焉。

本书卷五论王静安先生词，谓“亦不过一文士，文士之豪狂几何哉”，列诸人而方之，亦即此意。又论纳兰容若词“如贵妇人，虽着戎装，不能令人振奋”，即揭此豪放派别子之风貌也。陈匪石先生《宋词举》于此亦有会心，其评稼轩《祝英台近》云：“细味此词，终觉风情旖旎中时带苍凉凄厉之气，此稼轩本色未能脱尽者，犹之燕赵佳人，风韵固与吴姬有别也。”可称佳解。佳人之中，亦自有豪放其性者也。惟语气似不以此本色为然，是为憾耳。豪放为稼轩本色，不独《祝英台近》为然，即放浪山水陶写性情之作，乡村赋闲之篇，亦无不含兹因素，所以为词史上之生面别开也。

拙著《论豪放》总括豪放、婉约之辨为六义：“豪放”为“婉约”之突破与发展，为不隔于世俗民生及确立主体个性精神而至于“无我之上之有我之境”之必然结果；“豪放”词可兼有“婉约”词之长，反之则不然；“豪放”、“婉约”皆词之本色；

“豪放”非“诗化词”，诗、词、曲皆诗也，皆须达致诗之最高境界，自诗观之，则“豪放”为诗之最高境界而“婉约”非是；“豪放”、“婉约”二分法非粗略，他种细分之风格亦有，然惟于此两种风格之对待上，乃能领略其于“豪放”成熟为一范畴而至于其极限之点之意义，若自他种细分种种不一之风格观之，则不可得是也；“豪放”为唐诗宋词元曲一脉相承之内在精神，为其最高境界之所在，是诗、词、曲形式演变之内在动力之所自，此非“婉约”所能办也。拙著《论豪放》五十万言，于此一范畴之种种皆有详细之论述，可参之。

（五）稼轩词不仅以意境胜

人含物质与精神两种之因素，故于自然人生（社会则其合成）其完善过程也如是，而分二阶段：一为完善自我之过程，一为完善自我而后改造世界之过程。其于哲学上趋于前者为老庄，趋于后者为儒家，而社会中之人生态，则往往弗能为此完美圆满之发展，而恒以未完善之自我接触世界，以改造世界为完善自我之手段。若夫老庄之旨，则必欲求其完善圆满之而绝对化，故常止于以完善自我为终极目标。缘斯两种，吾国历史上之谈艺亦分两种之境界。而于谈艺上，往往偏于道家者趋于“技”之境界，其关系及限制之处，皆研究至圆融妥切；偏于儒家者趋于“道”之境界，技焉次之，以性情、情志、怀抱为首要，而求积极入世之人格境界、精神境界，为刚健壮美之精神姿态。王国维先生“境界”说所尚之“无我之境”，即消极于外物者，以求对自我之肯定。而余所倡之“神味”说，则尚“无我之上之有我之境”，即稼轩词之所常造者也，而以积极反映现实为艺术上之追求，以积聚盛大之内在之气与热烈之情为期，而亦使人阅其作而得之，其与世俗之现实人生为动态之缠绵者也，若以此境求之周、柳、秦、吴，岂可得欤？道家之底蕴，以静觑动，以虚为用，以内为归。则所谓阴柔之美，其于文学上之体现，即“意境”一义。儒家之底蕴，则重积极入世，孔子曰“克己复礼曰仁”，“克己”即完善自我，“复礼”为改造世界，虽因历史而局限，其结合之体例则一也；其于文学上之体现，即“神味”一义。“神味”乃“意境”之突出而非摒绝之更以自立也，而以“无我之上之有我之境”（为“道”之层次之规定）与“神味”（“技”之层次之规定；“神”为“技”之层次之规定，“味”为“道”之层次之规定）和合立其氛围，犹人之志不当仅在温饱然，而更当有更高层次之追求也。

故意境之所维系，曰情与景而已矣；而神味之所维系，则非人格、怀抱与精神不可，且其存在形成，不积极则乐观，而体现之者则为细节，拙著《新二十四诗品》特立“细节”为一品，旨在此也。稼轩所为词，其最佳处不以“意境”胜，而更以“神味”一义胜，以人格境界、思想境界、精神境界胜，以“无我之上之有我之境”胜，而往往以细节出之焉。斯数者，则又罔不与时代相关，与完善自我相关，揭其真、求其善、创造其美而已矣。

（六）稼轩词之独特风味

创造意境之法，为“化景物为情思”，为“言有尽而意无穷”。今人之论“情感”、“情怀”诸语，谓“情怀”为胜，不知稼轩早擅之矣。等而视之者，又有“情味”、“风味”诸义。例之：《西江月》：“主人只是旧情怀，锦瑟旁边须醉”；《满江红》：“这情怀只是，中年如此”、“向此际、羸马独骎骎，情怀恶”、

“一再人来风味恶，两三杯后花缘熟”；《贺新郎》：“元龙百尺高楼里，把新诗、殷勤问我，停云情味”、“一尊搔首东窗里。想渊明、停云诗就，此时风味”；《好事近》：“老无情味到篇章”；《菩萨蛮》：“麴生风味恶，辜负西窗约”。

余倡“神味”说，以“味”之一字补王士禛“神韵”说空疏清虚之弊，即以“味”纳入内美之象征，其极致即“无我之上之有我”，而此一“无我之上之有我之境”，又足纠正王国维“境界”说以“无我之境”之偏于平和、冲淡、自然、消极为尚之弊，由是论之，“无我之境”亦“神韵”之一种，但王士禛之“神韵”不甚重内里，而王静安之“境界”则重内里，然其重内里而程度有限，不能至于“无我之上之有我”之内里之最高境界也。夫“韵”也者，虽或含人格之因素，而不为主，多于形、神上著义，无能于内、外上措手，乏气使然也。“情怀”、“情味”、“风味”诸语，其所含情感之复杂丰富，较“情思”为不可同日而语矣。人格既为“味”之内美之象征，应之于外，即稼轩思想进步、积极呈于艺术上之美矣。若以接受之角度言之，则“神韵”浅而“神味”深。知其美曰“神韵”，知其美而又为我有，则曰“神味”也。有之为言，内容上质变之转化也，故尤须以我之创造与焉。吾国诗学之境界最高一义多在于“神”，即王静安之“境界”说亦不能免，故以“无我之境”为诗词之最高境界，“神味”说“味”之一义，乃是世俗民生之味，世俗民生作用于作者之人格境界、思想境界、精神境界之味，乃是源于世俗民生之热烈之情与盛大沛然之气和合为一之味，概言之，即“无我之上之有我之境”而已矣！

（七）稼轩词生成之环境

稼轩词生成之环境，斯分三种：时代历史之环境、自身之环境与文学之环境。

若夫时代之环境，则内忧外患，民族矛盾、阶级矛盾皆极激烈，而统治阶级积极与消极、主战与主和两派之内部矛盾，亦反复为主。大体上则以皇帝为首之消极主和派之态势趋于上风，如稼轩类似之武装力量，则百般疑忌，甚而排抑之。“洙泗上，弦歌地，亦膻腥”、“干羽方怀远，静烽燧，且休兵。冠盖使，纷驰骛，若为情”（张孝祥《六州歌头》）；“记得太行山百万，曾入宗爷驾驭，今把作、握蛇骑虎”（刘克庄《贺新郎》）、“君恩重，且教种芙蓉”（辛弃疾《小重山》），即其象也。为国乃实际为民，当此之时，凡血性男儿，气之何可不至于浩然而不可遏也，情之何可不深而烈也！词之最高境界必含此种之质素而后乃得成就，若婉约词之所以为豪放词替之，亦无不由是之故也！后世之堂皇大言而守婉约为本色正宗者，当其时也，人而尚不可视之为人，而无血性性情，词而可视之为真词邪！

其次为文学上之环境，则苏东坡以高才伟力创豪放派，开拓词中之题材及词境，独木强支，往往又为人议为“要非本色”，正须强有力之支援焉。然其词尚未至于豪放词之最高境界，以其思想之境界为吾国传统文化精神转折之代表，而有所保守而消极矣者也。豪放词之最高境界乃在稼轩词之横出天壤之间，而为无限之灿烂绚丽者也！豪放词苟非有稼轩，则苏东坡之力量亦终将消于无有，而归于“豪宕”、“豪旷”、“旷达”一路，为温柔敦厚所吞噬，则“豪放”横空出世之意义、风采、神味将不见于吾国之诗史，故稼轩词，其在吾国诗史上之地位，千古无两而确然无疑义也。

其三为自身之环境。缪钺先生《论辛稼轩词》有云：“吾国自魏晋以降，老庄思想大兴，其后与儒家思想混合，于是以积极入世之精神，而参以超旷出世之襟怀，为人生最高之境界。故居庙堂而有江湖之思，则异乎贪禄恋权之巧宦，处山林而怀用世之志，则异乎颓废疏懒之名士。稼轩平日盖有此种修养，虽怀立功之雄心，而无热中躁进之弊，及退居林泉，欣赏自然，写闲适之趣，而壮志亦并不消沉。”得其间矣。稼轩心志，全在为国为民，不务虚华，而尚实用。虽尚实用，而以非功利之姿态为之。读书虽多，而不迂腐。与讲义利王霸之陈亮极为相得，与在文学上“固知不是腐儒”之朱熹亦相互景仰交接。稼轩处对立之二元质间而妙得其中，一以贯之于行迹、思想、品格、文学上，此尤不可不知者也。观稼轩诸种种，以此而论，古今之士，能致是人生之最高境界，未尝有也！能致是人生之最高境界而又于文学上致若是之辉煌灿烂，更空前绝后也！

以上所论三种之环境，皆人所熟知，故于不可不论之间，从略焉。龙榆生《试谈辛稼轩词》云，词至稼秆，乃真正奠定其在百国文学史上之崇高地位，则稼轩由此三种环境而造成之词之成就，可知之矣。词中之能为深闳伟美者，舍稼秆而谁？

（八）出、入之辩及影响

《人间词话》云：

> 诗人对宇宙人生，须入乎其内，又须出乎其外。入乎其内，故能写之。出乎其外，故能观之。入乎其内，故有生气。出乎其外，故有高致。美成能入而不能出，白石以降，于此二事皆未梦见。

窃谓稼轩即能出又能入者。所谓能入，写人生自然之物性者也，以我缘物而不违物情，故体物精。能出，写人生自然之物性而缘我性结构之也，以物从我而显见性情，故游刃自如。《庄子·养生主》庖丁言于梁惠王曰："臣所好者道也，进乎技矣。"能入即技之境界，能出即道之境界。道之境界，即有人格、精神即个性（我性）之创造，亦即少陵诗"名岂文章著"之意。以似与不似言之，能入，故得其似；能出，故得其不似。游心两者而揣度之，即得其似与不似之间矣。然而以上之所论犹然为"技"之境界也，手段之能促成者也，若真"道"之境界，其入乃在乎入乎世俗民生，而无稍隔之姿态，其出乃在乎得情与气之淋漓尽致而为放，所以用之于世俗也。豪放词之所以为特出者，无不在是也！静安所论之出入仅为"技"之境界，其《人间词话》论"隔"与"不隔"亦然，故不知真正之不隔在不隔世俗民生，不隔其在世俗民生并无限关注之之感情、意气，不隔其情与气之淋漓尽致而后必然为放，故不能至于"无我之上之有我之境"也！故稼轩词之所以能入而能出，往来自如而风流莫测，主之者惟一"气"字耳。"气"之不盛大充沛，安能如是邪！

（九）风格与手法之多端

稼轩以大英雄大豪杰之资质才情和合其美作为词章，性情之烂漫多姿、气调之酣畅淋漓，皆为词史上所罕见。而风格与手法亦复焕焉多端，不拘一格。法无定法，而惟所适之为法；调无定调，譬则禅宗之棒喝，无非头头是道，开人未尝见之眼界。大概而言，稼轩词中风格、手法之光怪陆离、斑驳异致之多且美，实已越整个豪放派之总和，亦为古今词人之冠。不独为豪放词之壮观而已，亦且为吾国词及文学史上之奇观！若夫婉约派之李后主、李易安、柳耆卿、秦少游、周美成、姜白石、吴梦窗、张玉田诸人，与豪放派之苏东坡、刘后村、张于湖、陈同甫、刘须溪诸人，读其词，风格、手法亦或参差差别，非可以一种论之而已，然总体之印象仍较单纯，无如稼轩之多且美而不易把握也。诸人词如江河焉，虽其涓涓与滚滚有差，皆不过仍归沧海。稼轩词即如沧海也，浅尝深察其所得为迥难侔矣。后世之词，以豪放派而言，亦如少陵后之学杜者，仅能备其一体而稍加敷衍，涣散矣，无以为继矣。惟有清之陈迦陵，尚堪为一宿之客，而其疏狂清绮处犹能过稼轩，然大英雄之与萧骚名士，神味、境界、气象、风味固相去益远矣。近世惟毛润之堪称大词人，不专作，而有甚佳者，整体之质量与思想之境界，高于稼轩，至若深闳伟美之神味、风格手法之多端，则仍不能与稼轩比肩。故历史上之真正大词人，或其整体质量皆高而相去不远（不必过于计较数量），或雄才烂漫而风格手法多端且圆融纯熟，以此而论，东坡、稼轩、润之、易安皆是矣。就风格、手法一义，聊拈稼轩词以例之：

《满江红》："恨此中，风物本吾家，今为客"；《太常引》："把酒问姮娥，被白发欺人奈何"；《水龙吟》："倩何人、唤取红巾翠袖，揾英雄泪"；《永遇乐》："凭谁问，廉颇老矣，尚能饭否"。以上则抑郁磊落、雄拔振畅者也。

《满江红》："细读《离骚》还痛饮，饱看修竹何妨肉"；《贺新郎》："铸就而今相思错，料当初、费尽人间铁"、"我病君来高歌饮，惊散楼头飞雪"、"我最怜君中宵舞，道男儿、到死心如铁"；《水龙吟》："举头西北浮云，倚天万里须长剑"；《满江红》："袖里珍奇光五色，他年要补天西北"；《贺新郎》："将军百战身名烈。向河梁、回头万里，故人长绝。易水萧萧西风冷，满座衣冠似雪。正壮士、悲歌未彻"。以上则慷慨激昂、郁怒奇突者也。

《贺新郎》："白发空垂三千丈，一笑人间万事。问何物、能令公喜。我见青山多妩媚，料青山、见我应如是。情与貌，略相似”、“不恨古人吾不见，恨古人、不见吾狂耳”；《定风波》：“白发自怜心似铁”；《满江红》：“看依然，舌在齿牙牢，心如铁”。以上则放浪恣肆、雄奇妩媚者也。

《蝶恋花》：“毕竟啼乌才思短，唤回晓梦天涯远”；《玉楼春》：“梦回人远许多愁，只在梨花风雨处”；《鹧鸪天》：“娇痴却妒香香睡，唤起醒松说梦些”；《西江月》：“有时醉里唤卿卿，却被傍人笑问”。以上则情辞兼至、以趣出之者也。

《水调歌头》：“东岸绿阴少，杨柳更须栽”；《鹧鸪天》：“不知筋力衰多少，但觉新来懒上楼”。以上则平中出奇、淡语有味者也。

《临江仙》：“今宵成独醉，却笑众人醒”；《西江月》：“胸中不受一尘侵，却怕灵均独醒”；《满江红》：“少日对花浑醉梦，而今醉眼看风月”。以上则耿介惨淡、寂寥郁激者也。

《菩萨蛮》：“拍手笑沙鸥，一身都是愁”；《水调歌头》：“一笑出门去，千里落花风”。以上则清快豪宕、洒落冲雅者也。

《菩萨蛮》：“青山遮不住，毕竟东流去。江晚正愁余，山深闻鹧鸪”。以上则闳肆沉响、气势雄放者也。

《鹧鸪天》：“山无重数周遭碧，花不知名分外娇”；《满江红》：“欲说又休新意思，强啼偷笑真消息”、“一再人来风味恶，两三杯后花缘熟”；《贺新郎》：“烟雨偏宜晴更好，约略西施未嫁”；《鹧鸪天》：“自从一雨花零落，却爱微风草动摇”。以上则姿态摇曳、情味独特者也。

《江神子》：“借问喧天成鼓吹，为官哪”；《千年调》：“看他们，得人怜，秦吉了”。以上则戏谑调讽、借以寓意者也。

《生查子》：“高处挂吾瓢，不饮吾宁渴”；《夜游宫》：“且不罪，俺略起，去洗耳”。以上则抱真守独、意趣高远者也。

《水调歌头》：“富贵非吾事，归与白鸥盟”；《小重山》：“君恩重，且教种芙蓉”；《水调歌头》：“万卷有时用，植杖且耘耔”。以上则正反相间、正以葆其志、反以嫉其时者也。

《鹧鸪天》：“明朝短棹轻衫梦，只在溪南罨画楼”；《卜算子》：“病是近来身，懒是从前我。静扫瓢泉竹树荫，且恁随缘过”；《鹧鸪天》：“无言每觉情怀好，不饮能令兴味长”。以上则幽静深长、风味高兴者也。

《谒金门》：“因甚无个阿鹊地，没工夫说里”；《武陵春》：“不免相烦喜鹊儿，先报那人知”；《小重山》：“莫将他去比荼蘼，分明是，他更韵些儿”。以上则气体轻灵、清新活泼者也。

《浣溪沙》：“一似旧时春意思，百无是处老形骸。也曾头上戴花来”；《临江仙》：“一枝簪不住，推道帽檐长”；《行香子》：“白饭青刍，赤脚长须。客来时酒尽重沽”；《生查子》：“赤脚踏层冰，为爱清溪故”。以上则性情烂漫、淳挚清放者也。

《西江月》：“昨夜松边醉倒，问松‘我醉何如’。只疑松动要来扶，以手推松曰‘去’”；《鹧鸪天》：“去年醉处犹能记，细数溪边第几家”。以上则奇情动荡、意态浑肆者也。

《鹧鸪天》：“自言此地生儿女，不嫁余家即聘周”、“谁家寒食归宁女，笑语柔桑陌上来”。以上则随意点染、风质淳朴者也。

以上所引，不过略见其一斑耳。它如《沁园春》之戒酒，性情已臻化境，又可兼文之长矣；再如《哨遍·秋水观》诸阕，无不摇荡性情而显见神味。余之所举乃一二佳句，于原玉斫伤已甚，若对照参读全篇，必知所言非虚也。

（一〇）悲抑之生涯，豪放之情味

稼轩《兰陵王》“古来贤者，进亦乐，退亦乐”，盖即平生之写照。虽其生涯惨淡寂寥抑郁愤懑，而所有之内养，则固未因外物而夺之，故豪宕潇洒之风味情怀，一以未减，见乎咏叹慨触，无所不在。而其性情之真，怀抱之远（非如陆放翁不免书生迂阔之谈者，见钱钟书《谈艺录》），人格之善，精神境界之高，神味之特出而美，随其点定，无不意态烂漫、风流畅达。

稼轩既有用世之志而不得志，故其作中深沉博大之感情，亦远较诸人为甚。爱国为民，出于自然，与以功名为念、功业自许者，得无几微之似，尚有一线之差。苟能以我之身为国为民所用而尽其才力志气，随处位置，皆非重要。此等胸怀，令人叹为莫及。故当“有客慨然谈功名，因追念少年时事”（《鹧鸪天》）之时，稼轩感慨之馀，以“戏作”赋云：“壮岁旌旗拥万夫，锦襜突骑渡江初。……追往事，叹今吾，春风不染白髭须。却将万字平戎策，换得东家种树书。”回天乏力之悲慨与少年豪情壮行相与表里，譬如海下潜流，汹涌激荡而表面上则似极为平静，最为感人至深。《鹤林玉露》载稼轩《摸鱼儿》（更能消几番风雨）“闻寿皇见此词颇不悦，然终不加罪，可谓盛德也已”，犹不过微言兴托而已，若此词之“却将万字平戎策，换得东家种树书”及《永遇乐》之“君恩重，且教种芙蓉”之类，则真无所回避，直指皇帝而所谓捋虎须矣。夏承焘《唐宋词叙说》云：“辛弃疾只能唱‘休去倚危栏，斜阳正在，烟柳断肠处’。”盖以其温婉其意态未尽畅于意，锋芒未露也，亦未审耳。方之东坡之以诗得醉及后世之文字狱，正使人为稼轩担心。而稼轩终得保全，岂非大快人心也哉！念至此，不可不浮一大白以慰其快也！

然稼轩虽如是，不过一发牢骚泄其抑郁之气，而平生之真意气，则未尝悲观消沉，《菩萨蛮》云“青山遮不住，毕竟东流去”，即其心声矣。故其豪放之处，既深沉悲郁，又洒落雄畅，摇动人心，惊骇魂魄。更益之以淋漓尽致，笔力千钧。住往出以十二分之全力，一举而下，不容犹疑。“看依然、舌在齿牙牢，心如铁”（《满江红》），则又志力长久，韧性十足，非如来去匆匆、磨灭无痕，与东坡之遇挫折则假兴于老庄而无复真我（真我、大我、新我即无我之上之有我，其本质特征为现实性），迥以异矣。惟有举力千钧之能力，乃能有渊深博大之感情，而情怀之中，又“白发自怜心似铁”（《定风波》），读此种句，不觉令人想见其风貌神情，益觉此老豪而能放，复能妩媚可怜，呼吸与之同而命运与之共矣。窃尝谓为英雄豪杰不难，使人敬不难，使人爱且近之为难，使人即不得近之而想见其风神，则油然而生一种销魂不可及之感，而无限之景仰之，为尤难也。读稼轩词，当细味焉。

（一一）豪放之介质：酒

豪放之介质，为酒；婉约之介质，为风月，为佳人。稼轩既兼擅之，则此两种介质，不可不详论之。余惟于酒稍有兴会，性亦近豪放，故论酒而姑置风月、佳人二义也。

夫酒者，米之灵魂，古之豪放者流，多以佐其情味，即严正如诗中之杜少陵，亦颇知其趣。赏人饮酒，则名篇《饮中八仙歌》传焉；笑自我以酒乘兴，则《醉为马坠诸公携酒相看》传焉，妙在既以饮酒而醉坠马为诸公所笑，诸公又携酒来视，正解老杜口胃，然后知诸公亦妙人也。又《醉时歌》云“忘形到尔汝，痛饮真吾师”，何其真切酣畅也！而其饮酒之氛围，则“清夜沉沉动春酌，檐前细雨灯花落”，境界何其善也！《赠卫八处士》：“儿女罗酒浆”、“夜雨剪春韭，新炊间黄粱”、“主称会面难，一举累十觞。十觞亦不醉，感子故意长”（妙在感子意深情长，欲醉而不能，何其淳朴，其情又何其令人不堪也）。《乐游园歌》“公子华筵势最高，秦川对酒平如掌”，境地何其阔大而开人心胸也！“此身饮罢无归处，独立苍茫自咏诗”（稼轩《一剪梅》[独立苍茫醉不归]，同一感兴），苍茫则寂寞，咏诗以契怀乘兴，又何其寥落惨淡而兴味别致也！《苏端薛复筵简薛华醉歌》：“千里犹残旧冰雪，万壶且试开怀抱”，“气酣日落西风来，愿吹野水注金杯”，少陵之豪何其壮哉！又有《独酌》之篇，兴亦不浅。而《徐步》之“把酒从衣湿，吟诗信杖扶”，盖亦即独酌。浅尝契其兴，一醉快其情。惜老儒卑位，常无酒败人清兴，渊明之待白衣，岂徒然哉。故少陵为《谢严中丞送青城山道士乳酒一瓶》而作诗，且喜《严公仲夏枉驾草堂兼携酒馔》，美酒赠穷士，红粉酬佳人，虽以物之或微，当念情之惟深。“清樽常不空”（《严公厅宴同咏蜀道画图》），又何其幸也！少陵之意在世俗，故不以赠为恶，而渊明之心则在绝俗，而待人之酒肉，意味不似矣！境界之高下，毕见于是也。郭沫若《李白与杜甫》一书大非议少陵之酒事，夫酒为文人心腹所在，精神之赖以寄托发挥者，大非议之未免太煞风景而不得其衷，不知其趣味所在也。

至若李太白，则益风流倜傥，以酒使趣。《将进酒》、《行路难》之篇，不必言矣。《侠客行》“三杯吐然诺，五岳倒为轻”，非肚量浅而轻然诺，《山人劝酒》“浩歌望满岳，意气还相得”，义气相倾之难得而人生何妨多情洒落也！“对酒不肯饮，含情欲待谁”，待知音也，待红袖也，若红颜知己，益佳。《山中与幽人对酌》：“两人对酌山花开，一杯一杯复一杯。我醉欲眠卿且去，明朝有意抱琴来。”高情逸致，览之欲醉。太白亦有独酌之兴，《月下独酌》，名篇压世。人生贵在达意，饮多伤生，亦弗惜也。《自汉阳病酒归寄王明府》“莫惜连船沽美酒，千金一掷买春芳”，兴何其高也！而《金陵酒肆留别》“白门柳花满店香，吴姬压酒劝客尝”，又安能不饮以为佳人嗔也！佳人如何？则“葡萄酒，金叵罗，吴姬十五细马驮。青黛画眉红锦靴，道字不正娇唱歌。玳瑁筵中怀里醉，芙蓉帐里奈君何”（《对酒》），欲不醉也，亦可得欤？

然则古之人既已如是矣，在我稼轩何若也？虽或“无言每觉情怀好，不饮能令兴味长”足为名言，而壮志难酬，怨郁于胸，不饮何也，《念奴娇》：“宝镜难寻，碧云将暮，谁劝杯中绿？”聊且乐之，则有佳人“歌欲颦时还浅笑，醉逢笑处却轻颦”（《浣溪沙》），妙也哉！且“料得今宵醉也，两行红袖争扶”，如之何固而弗饮之！然稼轩岂要人扶者，“昨夜松边醉倒，问松‘我醉何如’。只疑松动要来扶，以手推松曰‘去’”，“今宵成独醉，却笑众人醒”，“醉中忘却来时路，借问行人家住处”，亦有何妨。独酌亦佳，“细读《离骚》还痛饮，饱看修竹何妨肉”，以书下酒，竹肉之辩，如是解之亦极通达，豪情万丈，长歌当哭。“长安故人问我，道愁肠殢酒只依然”，情何堪也！

稼轩气魄既豪，酒量未知可否，然愁人易醉，故集中醉笔随处可见，如《鹧鸪天》有题“醉中有索四时歌者，为赋”者，《临江仙》有题“醉宿崇福寺，寄祐之弟。祐之弟以仆醉先归”者，不胜为数。岳珂《桯史》载“稼轩守南徐，已多病谢客”，恐为酒所损不少，《卜算子》有题“饮酒成病”者，盖亦自知，“饮酒败德”，颇有悔意。友人亦劝之戒饮，《浣溪沙》有题“叔高书来戒酒，用韵”者；《定风波》有题“大醉自诸葛溪亭归，窗间有题字令戒饮者，醉中戏作”者，则不知为谁，敢捋稼轩虎须。推其题字态度，似非谨严端正，故稼轩以“戏作”应焉，而微受其意。在此氛围下，稼轩决意戒酒，遂生佳作两篇，曰《沁园春》，今引《将止酒，戒酒杯使勿近》一篇：

> 杯汝来前，老子今朝，点检形骸。甚长年抱渴，咽如焦釜；于今喜睡，气似奔雷。汝说刘伶，古今达者，醉后何妨死便埋。浑如此，叹汝于知己，真少恩哉！　更凭歌舞为媒。算合作、平居鸩毒猜。况怨无大小，生于所爱，物无美恶，过则为灾。与汝成言："勿留亟退，吾力犹能肆汝杯。"杯再拜，道"麾之即去，招则须来"。

极尽放浪恣肆之致，可当一戒酒千古妙文读。戒酒而仅"戒酒杯使勿近"，否则"吾力犹能肆汝杯"，戏谑之中，饱含幽默，令人解颐。故次作辄题《城中诸公载酒入山，余不得以止酒为解，遂破戒一醉，再用韵》，又破戒矣。此种性情、意态上之烂漫，着于词中，亦"神味"一义之一端，而令人不得不爱也。即性情一步上亦能至于"无我之上之有我之境"，可见于斯也！

（一二）稼轩写情之作

稼轩词本色之一亦即造成"神味"一义特色之一因素即因事以见趣，奇情烂漫，别有姿态，风味独到，古今词人，以稼轩为最能于开拓。例之：

《南歌子》："万万千千恨，前前后后山。傍人道我轿儿宽"，后忽引出"不道被他遮得望伊难"，顺承写情，可谓平中出奇，缠绵无限。下阕云："今夜江头树，船儿系那边。知他热后甚时眠？万万不成眠后有谁扇？"以稼轩大英雄者流而细腻如此，令人惊叹。而气格则轻快活泼，于娓娓之中，别透露一种关切爱怜消息，是大英雄豪杰之儿女心肠也。

又如《鹊桥仙·题阿卿影像》："有时醉里唤卿卿，却被傍人笑问"，情事极韵，亏稼轩思量得出！王之涣《凉州词》之"羌笛何须怨杨柳，春风不度玉门关”，亦是，或以字面双关而转义，或以事转义，皆易突出神味也。

又如《清平乐》：“春宵睡重，梦里还相送。枕畔起寻双玉凤，半日才知是梦”，意思明白轻浅，意韵则深长悠徐。下阕云“却把泪来做水，流也流到伊边”，意味益痴绝！

又如《好事近》：“曲中特地误，要试周郎顾”，与刘后村《清平乐》之“贪与萧郎眉语，不知舞错伊州”，可谓异曲同工。两种风情，一有意以见其玲珑妩媚，一无意以见其天真烂漫，皆令人醉，而神味特出。大家之解情独到如此！

稼轩虽用情写情深至，然于情之一事颇豁达。如《恋绣衾》之作，意有所钟情而未遂心愿，然“如今只为因缘浅，也不曾、抵死恨伊”，成固欣然，不成亦无恨，真爱无恨，其孰知之；又犹曾经爱过之胜义也。然后知有如稼轩者，亦有仅止于红颜知己者也。此作题为《无题》，稼轩于不经意间真情自然流露，为后人留下一段感情经历与内心独白，亦可谓弥足珍贵矣。

又如《鹧鸪天》：“些底事，误人哪。不成真个不思家。娇痴却妒香香睡，唤起醒松说梦些”（香香或为稼轩侍女，邓广铭《稼轩词编年笺注》持此说），其情其景其风味，令人绝倒：自己思人难眠而妒人睡相之娇痴，害人家犹在梦里，醒后犹惺忪而不知梦耶非梦，犹作呓语可人。此种之事，也真亏稼轩做得出也！韵哉韵哉！神味之出也为洋溢哉！

又如《蝶恋花》：“杨柳见人离别后，腰肢近日和他瘦”，比之李易安之“人比黄花瘦”，同样沉挚，惟轻巧不如，缠绵却有所胜也。其人与其人之腰肢，自是两种之境界也！

又如《蝶恋花》：“刚道羞郎低粉面，旁人瞥见回娇盼”，又何其传神动人也！

又如《一落索》："玉觞泪满却停觞，怕酒似、郎情薄"，亦佳，深情之姿态也。人有深情，便自动人，自动人者则益增其度也。

（一三）圆转流丽之作

韩愈《答李翊书》云："气，水也；言，浮物也；水大而物之浮者大小毕浮。气之与言犹是也，气盛则言之短长与声之高下者皆宜。"故风之大者，物皆与流，水之大者，物皆与宕，其过者往往飞沙走石，怖惶人间，无造物主为之主故耳。若豪放者，中有沛然盛大之气与渊然而深之情，而其作者能为之主，则有其势之长而无其失，稼轩是其尤伟者，其主之者则"无我之上之有我"也。稼轩词偏于婉约者，其香、色或未如美成、少游秾丽，然气韵之圆转流丽，则突过流辈，独据千古，此亦稼轩内在之"无我之上之有我"特为充实闳壮所使然尔。读稼轩词之偏于婉约者，此为第一个显著之征。若不知"无我之上之有我"于其词之圆转流丽之根本作用，则即如缪钺先生《论辛稼轩词》之所解悟矣：

> 余读稼轩词，恒感觉双重之印象，除表面所发抒之情思以外，其里面尚蕴含一种境界，与其表面之情思相异或相反，而生调剂映衬之作用，得相反相成之妙，使其作品更跻于浑融深美之境。此其所以卓也。
>
> 故晚唐五代词，多写男女闲情幽怨，其体要眇，其境凄迷，下逮秦晏，意境虽高，而途辙未改，此所以能在诗之外别为一体，造成一种特美，引人爱好者，其故在此。然词之内容，若常守传统之遗，则又未免失之单简。自苏轼开拓词之领域，稼轩继之，益为恢宏，重在言志，非徒应歌，无意

不可入，无事不可言。就扩大词体而论，此种转变，未尝非进步，然所难者，在如何仍能保持词体要眇凄迷之特美，不然，则成为押韵之文，领域虽开拓，而词之所以为词者亦亡矣。秦晏以词写男女之情，内容与体裁相得而彰，其势甚顺。稼轩以词写感事忧时之雄怀壮志，相反之物而调剂浑融之，其事较难。故秦晏之作，其情思与意境合，吾人读之，得一单纯之印象。稼轩作壮词，于其所欲表达之豪壮情思以外，又另造一内蕴之要眇词境，豪壮之情，在词要眇词境之光辉中映照而出，则粗犷除而精神益显，故读稼轩词恒得双重之印象，而感浑融深厚之妙，此其不同于秦晏者也。再以浅喻明之。昔人谓意喻之米，文则炊而为饭，诗则酿而为酒，盖诗重在味也。若准斯例，词则如酒中之甘醴。温韦秦晏之词，纯醴也。柳永、周邦彦之词，则醴中浸以甘芳之物，如莲子红枣等，其味犹相合也。稼轩之词，则如以甘醴之糟制肴馔，鸡鸭豚鱼，无所不可。鸡鱼之味，虽远于甘醴，若糟浸既久，渐渍已深，于鸡鸭本身之鲜肥外，又益以醴糟之甘醇，一脔入口，别具风味矣。

又以稼轩《摸鱼儿》（更能消几番风雨）一词为例详析之，有云：

《摸鱼儿》固为稼轩壮词中造境最美者，此外如《永遇乐》词（千古江山），借古事以慨今，则不伤于浅露，又如《菩萨蛮》词（郁孤台下清江水），借水怨山，以鹧鸪起兴，亦极蕴藉。含蓄之笔，比兴之法，虽词家惯技，然施于作壮词时，所难者有两端：（一）若用笔过于含蓄或比兴过于空泛，则必掩晦豪壮之情，而减损其力量；（二）若一篇之中，所用比兴，凌乱错杂，未能造成浑融之境，则亦不能发出光辉而生映衬之作用。稼轩词之所以佳，即在其所用含蓄比兴

> 恰到好处，无上述之两种弊病，而能于词之里面造一美境，映其豪壮之情，有调剂之妙，无晦暗之失也。

其所论之“两种弊病”者，不必专美于稼轩，古今之大诗人往往如是，李、杜、关皆然也。若论稼轩词具表里两层而得“双重之印象”者，则亦非其所独，特稼轩所造尤甚耳。文字在诗之为义，本即以象造境，因隔生神，表里两层，古来皆然。而详审之，则亦有两种：一则如李义山诗，亦表里两层而造浑融之境，其浑融之程度较之稼轩尤美，然其表层之象过于朦胧而掩其实质内容，非欲掩之也，不欲明示且亦无此必要也，故李义山诗之浑融仅是表里之形式境界上者。一则如稼轩词，其表里之浑融本非为掩其实质之内容而设，非是能到此境，而是本未以不到此境为心，故虽浑融而表里层次较明，其法乃是借此喻彼，用意分明。李义山之浑融，重心在表层，而稼轩词之浑融，重心则在里层，缪氏以泛泛之“双重之印象”论辛词之此一特征，乃就“技”之境界上流连者，非欲究其“道”之实质也。故其所论，乃比兴传统上之隐喻，而为“神”之一义之一法。“神”之一义，调和内外、虚实、动静、刚柔、形神诸对比义而一之以相映衬，为各角度各层次结构之圆融和谐。若“味”之一义中之最高境界“无我之上之有我”，则梦寐耳！又如夏承焘、吴无闻评《摸鱼儿》（更能消几番风雨）一词“肝胆似火，色貌如花”，亦犯同病。故虽辛词之偏于婉约者，其圆转流丽亦非诸人可及。诸人词非不能委曲婉转，然乃佳人舞姿耳，稼轩则是英雄之舞，如项庄舞剑，如裴旻舞剑，“醉舞且摇鸾凤影”，与众不同，于苍凉之中寓激楚，于疏宕之中间以流转，于凄美之氛围中见峭拔，其流转跌宕之核心旋涡之力甚巨，意象一一为之生动而鲜活，此其所以为难能可贵耳。

稼轩词气韵之圆转流丽而外，词境亦复幽艳顽感，摇动人心。如《南乡子·舟行记梦》云：“欹枕橹声边，贪听咿哑聒醉眠。梦里笙歌花底去，依然，翠袖盈盈在眼前。　别后两眉尖，欲说还休梦已阑。只记埋怨前夜月，相看，不管人愁独自圆。”此在集中为一般之作，以梦写艳想，以发飘渺既往之幽恨，惆怅难言。元稹之《离思》（其四）之“曾经沧海难为水，除却巫山不是云。取次花丛懒回顾，半缘修道半缘君”，其惆怅一也。

又《蝶恋花》之“毕竟啼乌才思短，唤回晓梦天涯远”、《玉楼春》之“梦回人远许多愁，只在梨花风雨处”，即不减晏、欧之类也。历代诸选本皆偏重豪放，不选此种，亦良由稼轩词渊源多美、博大浩瀚，佳处正多耳。

（一四）闲适篇：乡村景象入词

此格东坡早已蹈之，如《浣溪沙》（簌簌衣巾落枣花），然东坡之乐其境，犹嫌为客，稼轩则乐乎其中而为地主矣。“被野老、相扶入东园，枇杷熟”（《满江红》）、“说与儿童莫笑翁，狗窦从君过”（《卜算子·齿落》），老幼之间，无丝毫隔膜，与东坡之“旋抹红妆看使君，三三五五棘篱门，相排踏破茜罗裙”，固有间也。

如《清平乐》：“一川明月疏星，浣纱人影娉婷。笑背行人归去，门前稚子啼声”，寻常之景，明白如话，如诸人者，必弃置之而觅马致远［天净沙］《秋思》“枯藤老树昏鸦，小桥流水人家，古道西风瘦马。夕阳西下，断肠人在天涯”之所谓有意境者矣。稼轩此种，若无对生活之真诚热爱与对乡村之朴素情感，必无能办此也。

又如《玉楼春》下阕：“醉中忘却来时路，借问行人家住处。

只寻古庙那边行，更过溪南乌桕树”，平常之中，别饶风致。稼轩大抵博览群书，记忆亦好，此则盖亦实情，行游之类，亦何假用脑以任其性而已矣，故《清平乐》又有云：“旧时茅店社林边，路转溪头忽见”，至《鹧鸪天》又云：“去年醉处犹能记，细数溪边第几家”，几作欣欣然之喜矣，自亦风味无限，亦即老子婆娑旁若无人之意态。

“细读《离骚》还痛饮，饱看修竹何妨肉”，此《满江红》中句；“我病君来高歌饮，惊散楼头飞雪”，此《贺新郎》中句，为余平生所最爱读。《鹧鸪天》：“掀老瓮，拨新醅，客来且进两三杯。日高盘馔供何晚？市远鱼鲑买未回”，与老杜诗中田父隔矮墙低声借酒，同一淳朴之趣。

《浣溪沙·寿内子》：“婚嫁剩添儿女拜，平安频拆外家书”，得享天伦之乐，亦蛮不错哩！

郭沫若《地球，我的母亲》一诗中，余最爱其“我只愿赤着我的双脚，永远与你相亲”一节，稼轩词中，亦复有此情味。《生查子》：“赤脚踏层冰，为爱清溪故”，此种情怀，真挚博大，外人不易理会。由是亦可见稼轩不乐为装束包裹，而可窥见其真正无隔于世俗民生之精神境界也！稼轩词往往直取杜少陵句，如“赤脚踏层冰”、“云卧衣裳冷”之类，词中老杜，固宜其气味相类也。

又《清平乐》：“连云松竹，万事从今足。拄杖东家分社肉，白酒床头初熟。　　西风梨枣山园，儿童偷把长竿。莫遣旁人惊去，老夫静处闲看。”可与少陵《又呈吴郎》争美矣。

又《鹧鸪天》：“谁家寒食归宁女，笑语柔桑陌上来”、“青裙缟袂谁家女，去趁蚕生看外家”，豪迈人心中，着意生机，随处可见。

稼轩田园之作，大抵与陶渊明貌同，而心实异也。陶之作，往往仅得田园之表，得田园外物之表，而不能真得其中之所乐，真得其中人之所乐，故与稼轩田园之境界，尚有分际，原之，无不因其经济基础不同也。职是之故，陶之田园诗尚有极浓郁之传统文化高人逸士之姿采，稼轩则纯粹乎田园生活之乡野风味者矣。

（一五）《贺新郎》诸阕

稼轩集中，独论其声情，自以《贺新郎·别茂嘉十二弟》一阕为第一。“将军百战身名烈。向河梁回头万里，故人长绝”，盖亦写实，余每思其情则欷歔不已，悲不自抑，感激莫名。他如《摸鱼儿》，亦不遑多让。而余则最喜《贺新郎》诸阕（如“甚矣吾衰矣”一作，最见神味姿态），岳珂《桯史》亦载稼轩特好歌《贺新郎》一调，盖此调尤易于婉转激郁、慷慨豪放者也。余亦有同癖，不嫌其丑，谨用稼轩、同甫相互答和之篇韵，吊二公之英灵于地下：

一

怀抱何由说。许平生、几分俊气，追伊攀葛。我笑如公多情种，感愤心头堕雪！点缀着、丹心华发。见惯栖乌真名士，恣谈玄、身置云中月。愁破壁，扫狂瑟！　　曾经壮士惺惺别。料襟期、补天炼石，与吾稍合。醉望苍苍横泪眼，敲我铮铮瘦骨。算都是、人间痴绝。故国艰难秋惨淡，便将心、也换成顽铁！伤浊酒，掌中裂。

二

老矣那堪说。况英雄、凄凉晚景，种瓜连葛。我欲吟诗公领首，摇动盈盈白雪。劝竖子、多生毛发！因甚情怀横恼恶，算知音、惟剩楼头月。还照在，无弦瑟。 一宵好梦匆匆别。喜悲欢、茫茫数与，古之人合。得意休怜千金费，须道明朝朽骨！念到此、真堪愁绝。托梦愿公传我笔，要灵犀、快似腰边铁！歌浩荡，笛纷裂。

拙著《终二十四诗品》之《镗鞳》一品云：

地深则润，天高为迥。精气与神，傲然真勇。曾不以利，大事无功。渊明诚高，稼轩乃龙。见山水后，处红尘中。扪心自问，何去何从！

可为陶渊明与辛稼轩高下作一判断也。

（一六）与苏东坡之比较

陈廷焯《白雨斋词话》言稼轩“气体之高，则辛不逮苏远矣”，窃谓总体论之，东坡词仍未出文士抑士大夫之范圈，稼轩豪放词之承东坡开拓处，即突破士大夫之文士习气，而总英雄、豪杰、隐士及士诸品格成就一烂漫、气象万千之真我而入于“无我之上之有我之境”。东坡高处，则在“无我之境”，而其极致，则“回首向来萧瑟处，归去，也无风雨也无晴”（《定风波》）一语，无积极用世之象，亦无稼轩自信而性情所以烂漫之意态，至若保持人格之美则与稼轩等。艺术上风格手法之多端，亦远不及稼轩为甚；东坡词集文士词雅畅之长，虽雄放如《念奴娇·赤壁怀古》者，亦不可免，与稼轩之雅俗相间、以俗为雅，仍距一头地。故东坡之豪放特色，为“高旷清雄”（詹安泰语）；稼轩之豪放特色，为“豪迈奔放”、沉郁顿挫、雄畅淋漓、振拔奇奥、缠绵洒落。二人者，一以旷以逸，一以狂以豪而放，各有千秋，虽稼轩总体之成就在东坡上，然亦有未及者焉，以下所论，即详此种，既示公允，亦示余于二公皆极倾倒也。

如《江城子》（十年生死两茫茫），稼轩少此经历，故不能过。惟《感皇恩·读庄子，闻朱晦庵即世》之篇，朱熹既为一代儒宗，稼轩与之有所契，沉痛自异常人。然《庄子》最达，“白发多时故人少”、“江河流日夜，何时了”，感叹之馀，复奚必执哉！稼轩最多寿词，如《水龙吟》之寿韩南涧之类，不忘国事而期诸友朋，嘉勉之意一而再三，亦称佳制，与人之酬答，固有不同；多难免庸凡，亦所难免，不必苛也。

又《江城子·密州出猎》，足与稼轩最高处争锋。“会挽雕弓如满月，西北望，射天狼”，壮哉！后世李空同《秋望》之“客子过壕追野马，将军韬箭射天狼”，神气逊矣！“西北”二字，稼轩多用，又好用“神州”两字，以代志气，志在恢复。如《水调歌头》：“贱子亲再拜，西北有神州”，《声声慢》：“凭栏望，有东南佳气，西北神州”，盖以长安故国及汉家江山，适在西北，故又常用“长安”之字，如《满江红》：“长安正在天西北”，《菩萨蛮》：“西北望长安，可怜无数山”。无限家国眷恋之情跃然纸上矣！东坡此词中之“卷”字（千骑卷平岗），亦险奇，境界壮阔，后世毛润之《渔家傲》袭之作“横扫千军如卷席”，想亦无限爱之也。

又《水调歌头》（明月几时有），稼轩不能过。“我欲乘风归去，又恐琼楼玉宇，高处不胜寒”，此东坡也。稼轩用其韵赋，则“我志在寥阔，畴昔梦登天。摩挲素月，人世俯仰已千年。有客骖鸾并凤，云遇青山、赤壁，相约上高寒。酌酒援北斗，我亦虱其间”，则化屈子《离骚》之意而益豪迈，“酌酒援北斗”，好豪饮，幸与饮中八仙之一李太白同行也。

又《临江仙》之“坐中人半醉，帘外雪将深”，此种深蕴静定意味，稼轩少有，而惟豪放飞振如“我病君来高歌饮，惊散楼头飞雪”擅场耳。

又如《永遇乐》（明月如霜）澄澈空灵之作，稼轩未若。又莹澈清华如《渔家傲》“鸟散馀花纷似雨，汀洲蘋老香风度。明月多情来照户。但揽取，清光长送人归去”者，亦未之若。

又如《卜算子》（缺月挂疏桐），飘渺自守，冷隽深警，稼轩少有。

又如《定风波》（莫听穿林打叶声），放达任意，稼轩无此心境。

又如《洞仙歌》（冰肌玉骨），清而丽，丽而不艳，稼轩不能为此。

又如《念奴娇·赤壁怀古》，雅畅壮丽，神游古今，稼轩怀古咏胜，重在体察际会，多不在胜迹本身。东坡此词诚为千古绝唱，不可匹也。

又如《水龙吟》（似花还似非花），王国维推以为咏物之最工者。稼轩咏物词如《贺新郎》（云卧衣裳冷），则重在写其神韵。东坡以杨花为女子形象，层层推进，环环相扣，谓之最工，不亦宜欤。方之史梅溪《双双燕》刻画情致，深浅为不侔矣。

又如《青玉案》（三年枕上吴中路），亦与上篇同为和韵而胜原作者。“作个归期天定许。春衫犹是，小蛮针线，曾湿西湖雨”，思致奇丽，意态痴蛮，委婉曲折，令人叹为观止。写情之作，二人者各有极致，弗可替矣。此种丽处，较之婉约派诸人，稍胜一筹。

又如《贺新郎》（乳燕飞华屋），不同于稼轩郁抑淋漓、慷慨激拔之风采，圆润密丽，亦极出色当行。

又如《蝶恋花》之“枝上柳绵吹又少，天涯何处无芳草”，东坡之妾朝云"日诵"焉，"为之流泪。病极，犹不释口"（《冷斋夜话》），深绵感人，魂为之消；后一语今传于众口为无聊语矣，孰能正之以原味哉。此种稼轩亦不妨让渠独步。

如上所引，可见一端。东坡流传于众口之名篇佳作，反较稼轩为多。余并嗜二人，稼轩为余乡人不必说，即东坡，其佳作《江城子》（老夫聊发少年狂、十年生死两茫茫）、《水调歌头》（明月几时有）皆作于密州（今之诸城），去余乡不过百里之遥，豪放词乃发端于此，亦未尝不可以此乐之也。古人风流，令人缅想！

（一七）与同甫、改之、放翁、后村之比较

冯煦《宋六十一家词选例言》谓稼轩与放翁、后村"犹鼎三足"，以词之风格言之可，以词之成就言之则不可，蹶矣。盖后村之去稼轩，尚不可以道里计；放翁之去后村，亦须勉力直追。

周济《介存庵论词杂著》云："后人以粗豪学稼轩，非徒无其才，并无其情。"《白雨斋词话》亦每以此意斥陈迦陵、郑板桥诸人，理诚有之。然诸人自有佳处，亦稼轩所不能替，不可不知之也。

陈同甫词，最以抑郁称，最佳之作乃与稼轩相互答和之《贺新郎》诸阕，其佳句如"父老长安今馀几？后死无仇可雪。犹未燥、当时生发"、"涕出女吴成倒转，问鲁为齐弱何年月"，抑郁磊落犹过稼轩，警动人心，然俊畅豪宕、圆融婉转意味已逊矣。其次如《念奴娇·登多景楼》一词，直以意行，风神毕见。其他妩媚秾丽之作，则多未出婉约派旧蹊径，熔铸之力未足而性情终太庄严也。刘改之词，以《沁园春》（斗酒彘肩）、《贺新郎》（老去相如倦）为最佳。《贺新郎》之"记当年、悲歌击楫，酒酣箕踞。腰下光芒三尺剑，时解挑灯夜语"，足见生平意气，堪为入幕之宾也。又《唐多令》（芦叶满汀洲），清畅沉隽，亦佳。

改之为辛派词人之最下者，为稼轩所笼罩，终无出头之处。然一种豪放之姿态，不必待诸文字而后可见也。

陆放翁词，多不见佳。然有《卜算子·咏梅》、《钗头凤》（红酥手）二阕，已自足千古，无愧词人之称。咏物词以东坡《水龙吟》为最工，其次即放翁《卜算子》，论其人格境界、思想境界、精神境界，则远在东坡之作之上，神味亦大胜之也。“零落成泥碾作尘，只有香如故”二语，本书以为写人格之最美者，而臻于“无我之上之有我之境”。似此者，千古之作，偶然而有，稼轩不能过。

辛派词人以刘后村成就最大。《满江红·夜雨凉甚，忽动从戎之兴》，不愧稼轩馀绪：“生怕客谈榆塞事，且教儿诵《花间集》”，宛似稼轩声口。《生查子》：“物色旧时同，情味中年别”，亦解用“情味”一语。集中胜作如《贺新郎》（北望神州路、湛湛长空黑、妾出于微贱）诸阕，亦极尽沉郁顿挫，意有稼轩未到者，激郁豪宕则少矣。非是性情中之豪放，宜是风格上之壮蔚耳。后世学稼轩词之失，即源斯先天之因，虽如后村，亦不可免也。又少壮而参之以丽，豪而助之以绮，感染力即大进矣。“妾出于微贱”一篇，以女子口吻写其人格之高尚与常人异，借以喻己，惜今人犹有误会者。如严迪昌《论辛弃疾的“咏春”词》（载《南京大学学报》1983 年第 1 期）有云：“刘克庄亦辛派词人之中坚，在‘国脉微如缕’之际，厌‘徒狃于婉娈之风气，甚而唱出‘粗识国风《关雎》乱，羞学流莺百转。总不涉、闺情春怨’之愤激之音。”① 似非赏言。实则以艳写痛，特为豪放词本

---

① 严迪昌：《论辛弃疾的“咏春”词》，《南京大学学报》1983 年第 1 期。

事也。又论稼轩词，谓以婉约雅正之传统目光视之，则颇类“异端”；又引陈人杰“尤奇特，有稼轩一曲，真野狐精”之语，以为即学稼轩者亦有如是之言之证。窃谓陈氏语乃袭东坡评王介甫《桂枝香》（登临送目）“此老乃野狐精也”之谓，言其思力之奇谲为不可及，乃赏之之意。东坡语事见《景定建康志》之引宋杨湜《古今词话》：“金陵怀古，诸公寄调《桂枝香》者，三十馀家，惟王介甫为绝唱，东坡见之，叹曰：‘此老乃野狐精也’。”又刘熙载评介甫作“一洗五代旧习”。古今语义变迁，不可不深原而得古人之真心也。

稼轩集中，不乏奇作，此种开拓，前不见古人，后无来者。聊引数端，以见野狐精之征。

如上所引《沁园春》戒酒二阕。如《水龙吟》（听兮清佩琼瑶些），以“些”为韵押全篇，既清古，又芬芳，又悱恻。如《六州歌头·属得疾，暴甚，医者莫晓其状。小愈，困卧无聊，戏作以自释》，格、韵俱奇佳。词云：

> 晨来问疾，有鹤止庭隅。吾语汝：“只三事，太愁予：病难扶，手种青松树，碍梅坞，妨花径，才数尺，如人立，却须锄。　秋水堂前，曲沼明于镜，可烛眉须。被山头急雨，耕垄灌泥涂。谁使吾庐，映污渠？　叹青山好，檐外竹，遮欲尽，有还无。删竹去，吾乍可，食无鱼。爱扶疏，又欲为山计，千百虑，累吾躯。　凡病此，吾过矣，子奚如？口不能言臆对：虽卢扁药石难除。有要言妙道，往问北山愚，庶有瘳乎。”事见《七发》

虽游戏之作，情味思致颇佳，谓之野狐精，不亦可乎？

又如《哨遍》（池上主人），辩达富奇趣。章法铺排，正见将军本色，非其他词人所能拟也。

（一八）小结

“无情未必真豪杰”，鲁迅先生此语，正为稼轩之绝好写照。惟有情人乃能所造如此，又奚疑哉！稼轩当时能尽其情，我辈览其词而想其人，独能无情乎？张潮《幽梦影》云“情之一字，所以维持世界”，义在兹矣。故为读稼轩词者进一言：亦何妨多情而已矣！稼轩词之胜处，在使人时时而能感情与气之磅礴，处处而能感情之热烈与气之盛大而浩然，砉然入于“无我之上之有我之境”，而为千古之壮观。其词不独以意境胜，以意境胜者非其词之最佳者也，以神味胜者乃当之也。千年之后，览其作犹凛然有生气，而无限之动人也！稼轩稼轩，我之为此，汝知之邪？子未能尽意于当时，我今乃以写意之风格论文，而与子之肝胆肺腑相摩，与子之理想意气相激相和，千古悠悠之间，宁不大恨不能与子酬一醉邪？

本则初作，在庚辰前后。甲申岁求学济南，身近辛稼轩、李易安之旧迹，中心忽忽有感，无时不以追羡之也。是岁妻来探望，遂共游趵突泉，李易安纪念堂侧焉。稼轩祠在大明湖，时时欲有行，而屡屡不能去也。丁亥之秋，乃集诸老于大明湖，现场赋诗追怀，并为之序云：

> 岁在丁亥，秋九月廿七日之晨，朝日喷薄，青天闳丽，贤长君子数十人者，相约集于济南之大明湖，对景赋诗，以送秋也。临于水际，残荷零乱，水波渺渺，云烟淡淡。隔岸相望，则有稼轩祠在，其人已逝，孤独寂寞久矣！其东水中为历下亭，亭南不远为王士禛之秋柳园遗址。湖水之所自来，趵突泉是其一也，李易安之纪念堂倚之。诵杜甫《陪李北海宴历下亭》及王士禛《秋柳》诗之章，而感前人风流之

迹，不觉其心怦然而动焉！拍手欲呼，睹艳忽惊。诸子悠然而游，兴致高甚，遂皆有诗；聚而诵之于得月亭，争先而惟恐后也。佳作淋漓，不尽言表。

而余若有所感也。嗟乎！前人之风流也，其何可以及，而人世之烟云，又何变幻之速也！后人怀古，情伤而神惘惘者，吾不知其人若何，而若我之所以伤者，未之见也。或未足以见，而其情其怀与若人同，而不得为匹为比者，则又伤之尤甚者也！形影仿佛之间，神想悠然之际，而可以自持者，吾亦不足以知他，而我之未能自持，而情恒为之恻恻而不禁，又何可尽言邪！嘻！其水涟涟而为波，其波而若为呜咽；其波而为汪洋，其汪洋而为苍茫。其为苍茫也为流连，其流连也缠绵。其为缠绵也不可解，而中心闲闲。其所以魂消而情恸于衷者，倚阑而兴，其兴也高，冯空而思，其思也杳，千古不过为一瞬，万事等于皆空耳！

吁嗟乎！若子之为伤也，年月日之亦久矣，亦甚矣，久矣甚矣故为其伤者也！嗟乎！吾非长者，长者未若是之多情易感也。吾非贤者，贤者未若是之不达也。吾非达者，达者未若是之豪放而不能饮也。嗟乎！则我为醉者而已矣，豪放而不能饮，故易为醉也。醉而不能与天下之同声气者共，是醉而为孤独寂寞者也！醉而不能言，其言也溅溅。欲说而还休，其说也愀愀。有口而不可说，有目而可视。有目可视而朦胧，有耳而可闻。有耳而可闻，世事不可以辄问。世事而不可以问，若余少年为深沉。倘可喜者，渊然而纯真。若人之能为天真也，故常悠然而销魂。

并作《大明湖》诗数百言；祠已破败不堪，且在游人不易到处，对面即围墙。己丑之春，又撰《稼轩词笺评》十馀万言；又去，则修葺一新矣。至是，心事乃稍已也。庚寅夏将离济南，妻女来探望，因又专门至稼轩祠游览，大明湖东岸扩建初成，围墙尽去，祠乃在佳处，与王士禛之秋柳诗社遗址相望未远。稼轩诚不寂寞，而长歌撰著，亦足以偿余平生在济南之夙愿矣！此后海角天涯，江湖笑傲，余岂惧哉！

三

李义山《锦瑟》一诗，晦涩难解，世之解说甚众，盖其辞幽情微、迷离恍惚之意象典事使然也。然虽如此，犹可大略推见其情怀意味者，诗中之“梦”、“迷”、“泪”、“惘然”诸语，皆可透露消息也。其总体思蕴，不过伤华年之易逝、一己之无成，虽苦心经营、独力强支，而事事难可如意，回首既往，不免悲慨之中，更有无限之惘然也。《汉书·郊祀志》有云：“秦帝使素女鼓五十弦瑟，悲，帝禁不止，故破其瑟为二十五弦。”由此可见，此物乃奠定此诗“悲”之一氛围者；吾国又往往以琴瑟喻夫妇，两例皆可见分离而悲之色彩。故首联可着眼者有二：一则可由之而定大旨，如上所言；一则或以为此诗之主旨不出悼亡，如何焯《义门读书记·李义山诗集》、施国祁《元遗山诗集笺注》卷十一《论诗三十首》之十三注引厉樊榭说、沈厚塽《李义山诗集辑评》引朱彝尊语、钱良择《唐音审体》、陆昆曾《李义山诗解》、姚培谦《李义山诗集笺注》等皆主此说。按义山一生之最大转折，无不起于婿于王氏一事，故窃以为此诗非仅悼亡，实乃其一生所有命运、事业、情感、思想之大总结，而大体以王氏之殁为界而兴起其思耳。引入悼亡之一义，亦可点出其为转折点之重大意义。惟义山以之为兴，而不专咏此事，故因释名而主悼亡说者，往往以为全诗力气、主旨皆在此，则大误矣。“无端”二字，正义山总结其一生之切入点，所欲与所得不相合也，此一解释，仍未脱于宿命论之范畴，故其最终回顾、总结之结果，则仍不可求解，而未免“惘然”也。冯浩《玉谿生诗笺注》云：“‘惘然’紧应‘无端’两字。‘无端’者，不意得此佳耦也。当时睹此美色，已觉如梦如迷，早知好梦必不坚牢耳。”合观“无端”、“惘然”极是，“无端”若如实解，亦确实有之，然此解仍囿于夫妇之事，而未广大至义山一生之回顾、总结之主旨。钱钟书《谈艺录补订》云：“无端者，不意相值，所谓‘没来由’，犹今语之‘恰巧碰见’或‘不巧碰上’也（如吴融《上巳日》：‘本学多情刘武威，寻花傍水看春晖。无端遇着伤心事，赢得凄凉索漠归’）。”则不如冯氏之解，只就词义解释，未免书生气太重。此处并非“不意相值”之意，是知其相值，而未确料其结果如是也。故确立此诗之主旨为义山一生所有之回顾、总结，而由王氏之殁所引发，乃解悟此诗之最大关键。

悼亡说而外，尚有他论，如何焯《义门读书记》云：“亡友程湘衡谓此义山自题其诗以开集首者，次联言作诗之旨趣，中联又自明其匠巧也。余初亦颇喜其说之新，然义山集三卷出于后人掇拾，非自定，则程说固无据也。”钱钟书则以为“程说殊有见，义门徒以宋本义山集旧次未必出作者手定，遂舍甜李而觅醋李。……首两句……言景光虽逝，而篇什犹留，毕世心力，平生欢戚，‘清和适怨’，开卷历历，犹所谓‘自有根’，而‘借此中传’。三四句……言作诗之法也。心之所思，情之所感，寓言假物，譬喻拟象；如庄生逸兴之见形于飞蝶，望帝沉哀之结体为啼鹃，均词出比方，无取质言。……五六句……言诗成之风格或境界，犹司空表圣之形容《诗品》也。……七八句……乃与首二句呼应作结，言前尘回首，怅触万端，顾当年行乐之时，即已觉世事无常，抟沙转烛，黯然于好梦易醒，盛筵必散。登场而预有下场之感，热闹中早含萧索矣。”弥缝甚周，却无多新意。义山以锦瑟为兴，则无疑义，如朱鹤龄《李义山诗集笺注》云“此诗……以锦瑟起兴，非专赋锦瑟也。”故胡震亨《唐音癸签》云：“以锦瑟为真瑟者痴……商隐情诗，借诗中两字为题者尽多，不独《锦瑟》。”查慎行《初白庵诗评》亦云：“此诗借题寓感，解者必从锦瑟着题，遂苦苦牵合。读到结句，如何通得去?”既以“锦瑟”起兴而及于己之年矣，故下句即辄云“一弦一柱思华年”，首二句奠定自伤之旨，其后即自慨叹其前一生之身世世事，故沈厚塽《李义山诗集辑评》引朱彝尊语：“此悼亡诗也，意亡者善弹此，故睹物思人，因而托物起兴也。”悼亡之意则有之，而托物起兴亦确，然以为后三联仍以悼亡为主则非，故其后之解释，惑于泥实矣；钱良择《唐音审体》解会大略同朱，误亦同之。“锦瑟”以配“华年”，皆人生表象之物，不可长有，语中悲壮之意，不待言也。“庄生晓梦迷蝴蝶”一句，谓今既多经历，梦或觉而迷可释，然此句重在“梦”、“迷”之喻平生，皆丧失自我之意，而从未活出一真我，其苦也可知；而无庄生梦蝶物我两忘、与物无争之逍遥旨趣，是若有所悟而未能超然解脱者也。故今之或迷与否，则须待之他日方可能知，“梦”、“迷”之义，舍字面意蕴而外，更别有伤心者存焉。其别有伤心处，即此诗由悼亡之意味而转入一生之回顾、总结之处者也。“望帝春心托杜鹃”一句，哀其一生之遇也，望帝之化杜鹃，正诉其馀悲也，故谓之托；既知其为空而犹然仍为托者，则其悲慨，更在言外矣。杜鹃啼血，则其悲之度可测也。义山诗文之弹怨自伤者，多本于其人生之大转折，根本由于婿于王氏而堕党争与令狐氏始交好相知终嫌怨成恨仇一事，其次则苏雪林《玉谿诗迷》所谓义山与女道士、宫嫔之恋爱，而不得其成者。故“沧海月明珠有泪，蓝田日暖玉生烟”一联，以晶莹剔透、兴象玲珑之意象而织就之伤感、悲愤之意境也，珠本美物，而出于沧海鲛人之泪，人杰地灵，良玉生烟，而义山终生不遇。然义山之悲愤，仍止于自哀伤感之境，终生不能自解于此情感之状态，虽潜寓节、志未尝迁也之意，言外之意则于令狐氏未尝忘其相知；虽命途有恨之着迹，而恨则终弱，不必明示也。所以如此者，是义山于令狐氏仍有所希冀邪？张采田《玉谿生年谱会笺》云此二句“则谓卫公毅魄久已与珠海同枯，令狐相业方且如玉田不冷。卫公贬珠崖而卒，而令狐秉钧赫赫，用‘蓝田’喻之，即‘节彼南山’意也”，以下句喻令狐绹，颇可注意。然上句谓喻李卫公，则未必耳，是自喻也。合此自喻之义并上述所论颈联为义山伤感之悲愤两义观之，则义山之虽有怨，此怨却不得明发（一因王氏，一因令狐氏），明矣；不得明发，却不妨其“惘然”也。义山虽不经意间堕入党争之旋涡，而被视为李党之阵营，然以义山独立坚贞之性格，则未必以党争为心。盖男子一世，最重要之关节有二，一为才学，一为婚姻，皆可以改变命运，而前者尤与事业相关。义山之不幸，在鱼与熊掌不可得兼，且更甚者，以其一之成就而毁灭另一，故义山于王氏既殁之后，或当重新评定情感在一生中之价值，此诗心情、思想之复杂纠缠，无不因此而起，而其结论又非悔、怨诸种之可以单一出之者，则又益其心境、情怀之复杂纠缠也。义山虽与王氏情感甚笃，然此乃在礼教范围之内者，若其真正达致精神、灵魂之层次者，则未必然，苏雪林《玉谿诗迷》谓《锦瑟》一诗为悼亡之作无疑，而其悼念之对象则非王氏，而是其所曾与恋爱之宫嫔，唐敬宗之舞女卢轻凤。故义山诗中殊多情诗，而多与王氏无关，可确知矣。苏氏立论大胆，颇有佳解，即以义山所联系之宫嫔言之，已是卓越不凡，以常理推之，纵然夫妇情感甚笃，亦不必屡屡而形之吟咏，念念不忘也；但苏氏仍主悼亡，无论所悼者为谁，皆嫌未广大其意旨也。惟义山不以党争为心（苏氏又云牛、李党争殊未有今日所测之烈，并论以义山当日之地位不足以引起令狐氏之注意，义山不过为依附门下之一文士，“并无生死交情。宰相堂前，依附草木之人，何可限量”，令狐氏并未以义山娶妇王氏而衔之，此论却非中肯。义山诗文皆受令狐氏调教，交情岂可轻论非厚），故此刻于王氏既殁之后所作之一生回顾、总结，可谓情感、心意无限纠缠而复杂而不得解，主调之以悲，心态之以惘然若有所失，而不甚甘心，而王氏之情之笃与令狐氏之知遇又相矛盾；王氏未殁之日，尚相互有所慰安，王氏既殁之后，义山不免或将确立其人生之价值于事业之上，则“惘然”之不无后悔，亦可知也。虽后悔，亦不甚怨之，以怨亦无所怨也，此则又义山安于宿命之最终姿态、心绪也。夫情感、思想之纠缠复杂、曲折回环者，古今之诗，义山此作当独居魁首也。

通篇观之，略其意象而直取诗眼，则义山之心宛然可见。此诗哀伤感人，层层叠叠，而又关节突出，重点分明，又以销魂铄骨之意味为之，其能动人乃竟如是，亦可谓真能得其所者矣。独取悼亡说而狭隘其径者，泥于锦瑟弦数古今之异、“此情”二字及玉之可譬美人，而不能探测其更为深广之人生意味及义山与王氏爱情之隐密、矛盾、复杂之心态，而忽视义山一生情爱生活之真面目。取喻于诗者，则又囿于“沧海月明珠有泪，蓝田日暖玉生烟”之意境，颇有神韵、风致，而他三联则无大着落，尤于“庄生”一联失其隐寓之大义，将降低此一大义至比拟、象征之境界；且义山自道其诗，则无乃太自爱乎？道他人诗，则又毫无来由缘起。言作诗之法，更不知与“惘然”何涉。总之义山留此谜结，不独不为可憎，反益其可爱与无穷魅力焉。余说如此，亦必有附会之义无疑也。义山此作，譬初谙情事者之眉目传情，欲汝知我之意又惧汝知我之意，故其迷离缠绵之神味，动人尤在言意之外也。由是可知，世之多情人者，往往能为多情之事，既如是矣，而犹能持其心意如是，则世之能为托者，惟多情之人耳，又奚疑哉！

四

李义山诗，譬诸落花满地之氛围，其幽静而美，虽别有一种绚丽宁静、缠绵深情之境界，然不可以烂漫称之，以其生命力已过巅峰也。若欲鲜活烂漫，必恃气之机，非仅深情。落花满地之氛围，即可以譬吾国之“意境”理论，而义山诗是其尤浑融者也。然吾人读其诗，首先着目之处，一则在其诗之精工典丽，此尤在五、七言律，觅之吾国诗人，殆乏其匹者也，王安石“以为唐人知学老杜而得其藩篱者，惟义山一人而已。每诵其‘雪岭未归天外使，松州犹驻殿前军’、‘永忆江湖归白发，欲回天地入扁舟’与‘池光不受月，暮气欲沉山’、‘江海三年客，乾坤百战场’之类，虽老杜无以过也”（《蔡宽夫诗话》），即谓此种体式之色；其实何止唐人而已，至今犹然也。若安石所诵，犹非义山诗最佳之处也。义山半生潦倒而穷愁寂寞，故其所赋往往深情而窈窕以叹，如《乐游原》之“夕阳无限好，只是近黄昏”，则已是自我写照之绝唱者矣，而《代赠》之“鸳鸯可羡头俱白，飞来飞去烟雨秋”，则无限艳羡他人之心境也。故义山诗境，可以右丞“坐久落花多”一语括之也。义山诗之动人之处，并非其诗识，而是其诗情、诗境，且往往以其精工典丽，为饶有风致之作态，《诗·秦风·蒹葭》之后，允义山为大成者也，即句法亦然，如《杜工部蜀中离席》之“座中醉客延醒客，江上晴云杂雨云”、《辛未七夕》之“清漏渐移相望久，微云未接过来迟”、《春雨》篇（怅卧新春白袷衣）；至若余所倡之“神味”之旨，则不过仅有数篇稍可与言，且犹是“技”之境界之事，若“无我之上之有我之境”则不可期也。一则义山诗所造之境，以孤冷隽洁、思致奇丽胜，而最能体现“丽”之一字之正色。艳之与丽，乃两种之色，为两种之境界。五代、初唐诗之秾丽处，是为艳，六朝诗虽纤秾繁华，犹不得为艳也。义山之诗乃是真丽，太白之诗则色稍清淡，少陵之诗丽处多在内美而不大外见，尤须深心体会咀嚼之也，一旦体悟，则成惊艳之观，李长吉之诗亦丽中正色，惜乏内蕴。盖艳与丽，一为浓妆淡抹之佳人，如温飞卿《菩萨蛮》之“照花前后镜，花面交相映”、“小山重叠金明灭，鬓云欲度香腮雪”。一为天生丽质而自然惊艳，如张祜《集灵台》之“虢国夫人承主恩，平明骑马入宫门。却嫌脂粉污颜色，淡扫蛾眉朝至尊”，然苟非天生丽质而大言素面朝天，是今人毕淑敏之所以为世人所嗤也！然义山之丽，精丽之中时有俗笔，工巧之中时有弱处，未能以臻和谐圆融之境界，于此各拈数例也：俗处如《寻隐者不遇成二绝》：“云蝉落尽叶黄落，一树冬青人未归”，《同崔八诣药山访融禅师》：“岩花涧草新林路，未见高僧且见猿”，或调俗或乏意趣，若《碧城》之“不逢萧史休回首，莫见洪涯又拍肩”，则俗而外更加以拙。诗中之俗本非恶事，相反与俗而雅、以俗为雅乃诗中之三种境界，犹有我、无我、无我之上之有我三境界，以俗为庸俗恶劣固非是，然俗而未能炼之以去滓存精，则义山之罪矣。义山诗忧伤哀凄之感情纯粹发自自我之际遇，此与少陵之深情而系于世俗世界者有以异也，虽不乏悲壮怨郁之色，而总之不以此道为胜。其诗最乏吾国传统文化精神之色彩及理想之色彩，故乏高亢雄浑、精遒壮丽之境界，虽于人格上极为婉约动人，而尚未至于极致，加以性情质弱，不能特出而烂漫，蕴涵以思想境界、精神境界之神味，是所以失于最高境界者也。弱处如《安定城楼》“永忆江湖归白发，欲回天地入扁舟”，《哭刘》“只有安仁能作计，何曾宋玉解招魂”，《咏史》“何须琥珀方为枕，岂得珍珠始是车”，《柳》“如何肯到清秋日，已带斜阳又带蝉”；或用作结则弱，如《即日》之“重吟细把真无奈，已落犹开未放愁”（学步少陵“幸不折来伤岁暮，若为看去乱乡愁”之意致），《杜工部蜀中离席》之“雪岭未归天外使，松州犹驻殿前军”则不弱。义山《韩碑》一作，古今称之，实则未甚佳也，吴乔《围炉诗话》谓“时有病义山骨弱者，故作《韩碑》诗以解之”，而实未能解；若其叙事状态，则可耳。盖义山学杜，多是学其技法，而内蕴未足，故高处亦仅得其貌耳，钱钟书《谈艺录》所括之“杜样”律句一脉，即揭其貌似之一路也；又有貌似即此精工之工夫亦未得者。义山既得杜之貌似而成其风格，形式精工典丽是其色也，其表现则思致巧绮而流转其气韵，蕴藉其意致，犹风定而花犹落，颇为别致，即其律句之所以出色者也。如《题僧壁》之“蚌胎未满思新桂，琥珀初成忆旧松”、《潭州》之“湘泪浅深滋竹色，楚歌重叠怨兰丛”、《赠柳》之“桥回行欲断，堤远意相随”、《无题》之“梦为远别啼难唤，书被催成墨未浓”、《辛未七夕》之“清露渐移相望久，微云未接过来迟”、《银河吹笙》之“月榭故香因雨发，风帘残烛隔霜清”、《锦瑟》之“沧海月明珠有泪，蓝田日暖玉生烟”，不觉而移人矣！义山、长吉诗皆以思致胜，而义山为尤甚。长吉往往流于堆砌，大似今人所谓之意识流写作，古人谓之无理而妙者也，视义山所造之境界，正恐痴人说梦。长吉迷离奇谲之色彩更胜义山，通篇结构亦乏生气，则其所同也。惟长吉流宕处颇有壮阔意，而义山则终嫌类于女子，气质弱也，如《潭州》之“陶公战舰空滩雨，贾傅承尘破庙风”、《马嵬》之“空闻虎旅鸣宵柝，无复鸡人报晓筹”、《重过圣女祠》之“一春梦雨常飘瓦，尽日灵风不满旗”，风气可谓去杜远矣。

义山平生艰难寂寞，而秉心坚贞，不苟于外，然意态未免流宕，虽其丽之本色异于稼轩，此境重最具清丽之正色，然较凝静清淡、新鲜明丽，义山则加之以精丽典华，而得古香古色，意味亦多含蓄蒙融矣。义山用典多经“丽”之一字改造，如《咏史》之“远去不逢青海马，力穷难拔蜀山蛇”，与杨慎《武侯》之“南阳祠宇空秋草，西蜀关山隔暮云”、边贡《谒文山祠》之“花外子规燕市月，水边精卫浙江潮”，固才调不同也。义山之诗，多忧郁怅恍之色，《令狐舍人说昨夜西掖玩月因戏赠》云：“几时绵竹颂，拟荐子虚名？”《寄令狐学士》：“钧天虽许人间听，阊阖门多梦自迷”，凄凉若是而有无限惆怅之姿态，而略作低眉向人，能不发“咸阳原上英雄骨，半向君家养马来”（《浑河》）之牢骚乎？则《乐游原》“夕阳无限好，只是近黄昏”之喟叹及《宿骆氏亭寄怀崔雍崔衮》“秋阴不散霜飞晚，留得枯荷听雨声”之句，岂非即其心境邪！义山诗内蕴中既乏理想之色彩，故不能发挥其性情，如《无题》“一寸相思一寸灰”之境界，缠绵绮丽而终无振起之色，其高处多在神韵意境而非神味之境界也。

三李之诗，义山、长吉之与太白，不可同日而语也。太白之才乃天才，光怪陆离，奇幻万千，义山、长吉不过一隅之奇观耳。太白诗之人格性情，皆非二子所敢望，遑论积极之思想境界、精神境界之至于“无我之上之有我之境”者矣，此意境之所以未若神味也。如太白《山中与幽人对酌》之姿态，岂可求之于二人之诗邪？太白虽境遇不佳，又岂足以限制其此种之姿态邪？若太白之诗，可谓形散而神不散者也，义山则不过神散形不散而已。义山始终未能如少陵之触于民生而饱含深情，故始终未能突破儒家思想精神与“小我”之藩篱，虽与道人有所往还，而于道家之清虚淡然之境界，靡有得也。故义山诗，不可以谓之“大”之境界也。以《无题》名之爱情诗，又大抵受其政治经历之影响，而含糊幽怨其辞，未能如元曲、明之民歌之热烈、泼辣、烂漫也。观义山之文，亦以精工胜，然辞气皎劲而慷慨激烈，非如诗之缠绵感慨而已，又不同于稼轩之雄丽也。义山诗大抵幽微其辞而隐约其意，朦胧其致，如海市蜃楼，虽似极逼真绚丽多彩，而实空虚缥缈，靡有实得，譬如侍者之于佳肴美酒，但饱眼福而不能一餍口腹。又譬如观画中好女，虽笑语粲然，而不可以有所近也。梁宗岱有纸花、瓶中之花、生花之喻，义山则瓶中之花，甚至纸花耳。盖诗不自性情入手，便不易有我，不易得世俗之生香活色，不能活泼泼辣，故少神味也。义山咏史诗则或有神味者，如《北齐》，其第二首尤佳：“巧笑知堪敌万机，倾城最在著戎衣。晋阳已陷休回顾，更请君王猎一围。”若画龙点睛，于委婉妙讽中透露杀机，辣笔也，乃最有神味之一作。又如《南朝》之“满宫学士皆颜色，江令当年只费才”，《咏史》之“三百年间同晓梦，钟山何处有龙盘”，《龙池》之“夜半宴归宫漏永，薛王沉醉寿王醒”（又《骊山有感》之“平明每幸长生殿，不从金舆惟寿王”）、《过华清内厩门》之“华清别馆闭黄昏，碧草悠悠内厩门。自是明时不巡幸，至今青海有龙孙”、《隋宫》之“地下若逢陈后主，岂宜重问后庭花”、《马嵬》之“此日六军同驻马，当时七夕笑牵牛”、《贾生》之“可怜夜半虚前席，不问苍生问鬼神”、《李卫公》之“今日致身歌舞地，木棉花暖鹧鸪飞”——若《北齐》之作是力透纸背，此作则绵里藏针也。然义山诗识亦有可议之处，以调太险而转未能圆融者也，如《四皓诗》；又如《华清宫》云：“华清恩幸古无伦，犹恐蛾眉不胜人。未免被他褒女笑，只教天子暂蒙尘。”关杨氏何事哉！义山诗既以朦胧隐约为其韵致，则似乎帘后之佳人，虽不能尽窥其面目，而其大体，如或窈窕或玲珑或款款之体态，固已动人无限者矣。此难涉于内，故可以“神韵”一语括其美也。如其爱情诗之篇什，如“庄生晓梦迷蝴蝶，望帝春心托杜鹃”、“身无彩凤双飞翼，心有灵犀一点通”、“刘郎已恨蓬山远，更隔蓬山一万重”、“莫近弹棋局，中心最不平”、“十五泣春风，背面秋千下”（亦解风情太早）、“春蚕到死丝方尽，蜡炬成灰泪始干”、“曾是寂寥金烬暗，断无消息石榴红”，如此等句皆秾丽缠绵，幽贞自苦而又着色秾艳，赋情更为深挚也。义山诗中屡屡而有少女求售之情怀，如推知其爱情诗，亦罔不受其政治生涯之影响而得以生虚实互生、隐约幽微之境界。故前人每解如《锦瑟》者便无从下手，皆未通览义山诗而得此关键之因也。既本无实在意思而又缘意象以求解，其惑必矣！

诗之至于览之而痛快淋漓，神味烂漫而又具内在之美，性情洋溢，灿然以见“无我之上之有我”，极矣，故我于义山诗之弱质，恒觉有所未餍足也。即《锦瑟》之篇为世所共推，亦不能使人得大满足也。如《安定城楼》：“迢递高城百尺楼，绿杨枝外尽汀洲。贾生年少虚垂涕，王粲春来更远游。永忆江湖归白发，欲回天地入扁舟。不知腐鼠成滋味，猜意鹓雏竟未休。”可谓抑郁，然色仍嫌单调，方之龚定庵之《咏史》之“金粉东南十五州，万重恩怨属名流。牢盆狎客操全算，团扇才人踞上游。避席畏闻文字狱，著书都为稻粱谋。田横五百人安在，难道归来尽列侯”，正恐少一丝意气在也。寻其辞气，则譬犹奏琴，义山始终按弦沉响，压抑其情，定庵则压抑其意，一任情之抑扬顿挫而错落有致，虽一人操，而有相和激荡之效果。义山之结则拂袖以代傲然以睨之姿态，定庵则拍案而起，浩然长啸者矣！且定庵之诗，又着色瑰丽而炫人心目，又杂之以耿耿勃郁之气，又有豪侠之气味，有骨力，有神髓，有深情，有意气，有远致，如塞焉久遏而突发，江海汹涌澎湃，尽矣。如《西郊落花诗》：

> 如钱塘潮夜澎湃，如昆阳战晨披靡；如八万四千天女洗脸罢，齐向此地倾胭脂。奇龙怪凤爱漂泊，琴高之鲤何反欲上天为？玉皇宫中空若洗，三十六界无一青蛾眉；又如先生平生之忧患，恍惚怪诞百出无穷期。

瑰谲奇丽、流荡而美，义山望洋兴叹耳！审其所以，则合二李、稼轩诸人观之，义山用典虽多，然非创造性之运用，故其诗颇乏想象力，只因其所用意象繁复典丽，特少为人多觉耳。余既揭义山诗乏性情，故乏活荡之致而少内蕴，其外在之表现则乏想象力，所谓瓶花纸花也。乏思力少内蕴则气魄狭矣，又少传统文化精神之熏染，不易为雄浑豪放之作，偏于婉约也。如《七月二十八日夜与王郑二秀才听雨后梦作》：

> 初梦龙宫宝焰然，瑞霞明丽满晴天。旋成醉倚蓬莱树，有个仙人拍我肩。少顷远闻吹细管，闻声不见隔飞烟。逡巡又过潇湘雨，雨打湘灵五十弦。瞥见冯夷殊怅望，鲛绡休卖海为田。亦逢毛女无憀极，龙伯擎将华岳莲。恍惚无倪明又暗，低迷不已断还连。觉来正是平阶雨，独背寒灯枕手眠。

所写之境并无新奇，又无象征之深意，故断不能与李太白之《梦游天姥吟留别》之奇幻生动相比也。又如李长吉之《李凭箜篌引》，想象之奇幻丰富而用语之精炼，岂义山所能到邪？三李之中以义山之想象力最为浅薄，长吉诗虽多硬拗之处，而想象自足以举之而有流动飞舞之势，若义山则多赖辞藻之精丽以达情思，外多于内之境界使之然也。

义山诗惟其乏内蕴之力与美，而又不善想象，故不能使其诗浅中蕴深，因一沙以见一世界，而多有尖巧出胜者，如《子初全溪作》之"战蒲知雁唼，皱月觉鱼来"、《谑柳》之"长时须拂马，密处少藏鸦"，视少陵"细雨鱼儿出，微风燕子斜"之趣，有扭捏作态之目矣！义山之诗略如锦上添花，虽质未必甚佳而女红之本领则颇胜，如《药转》一作，乃写如厕事，竟以"郁金堂北画楼东"、"露气暗连青桂苑，风声偏猎紫兰丛"之氛围写之，亦古今仅见之奇观也！而"香枣何劳问石崇"一语亦颇谑，义山未悟其不甚和谐也，此艳丽之色而不甚雅之事也，义山居然出以香艳之色，亦足令人为一粲也。

义山学杜处，长篇大句是其一征也，以我观之，其长篇大句多不足取而无甚佳处，是得杜诗之形似而未得神似者也。神似者以何而可到？则非仅形式上之摹仿，而必有杜之现实精神及世俗之深情，否则虽律句精工博达不足以致之也！排律往往数十韵，亦同其骈文之精于工对，老杜之作已为人多所诃责，义山于此出头，诚然不智也！此种之作，为之亦可不为之也可，用心于是，则诗真成雕虫小技者矣。未若七古，既足以达意气之淋漓尽致，又足以逞才力之纵横驰骋，如太白之所为也！

李义山之诗，其总体质量未可与李杜等量齐观也，如李太白雄畅抑丽之《将进酒》、气势磅礴之《蜀道难》、郁怒慷慨之《行路难》，少陵以丽写怨而有大神味之《丽人行》、兴味婉转深情寄焉之“三吏”、“三别”之作，不可期之以义山也。义山亦如词中之李易安，断不能与稼轩相比，而李杜之于义山，更有不可及之艺术境界之精湛恢弘也。我亦颇嗜义山之诗者也，然而其中所写之感情，惟能与人一种朦胧缥缈、流连情思之美感，与所谓超功利之感情仍有差异，去顾亭林《海上》“感慨河山追失计，艰难戎马发深情”——此真得杜之情者也——已隔一层矣。故吾人读义山之诗，可得短暂迷幻、朦胧而美之感觉，而不能得彻底之满足也。义山诗之魅力，在其内含一种“刻骨铭心，无法排遣而又不愿明言亦不便明言之感情”（周嘉惠《唐诗宋词通论》），此譬犹娼家倚门而招，虽有拒之勿入者，然在意中则亦未尝不深叹惜其美而心旌摇荡也，而况尚未至容若罂粟之花而心如蛇蝎者邪？苟弃去世俗礼义之桎梏而赏此纯美之境界，胜负正未易知耳。今人于李义山之诗多交口誉之而不知其未足之处，至有人焉以为古今一人而已，浅妄哉！宗白华《美学散步》中“唐人诗歌中所表现的民族精神”一文云晚唐诗充斥颓废而堕落不可救药之暮气，惟知沉醉于女人之怀呻吟而已，引李义山《筹笔驿》、《北齐》、《赠歌妓》、《寄令狐郎中》四诗为证晚唐诗未继杜之精神而致之衰，识见卓绝，而援引却有误者，如《北齐》一作乃义山咏史之佳作，神味甚出，岂如所言哉。

虽然，李义山诗在于意境而为言，则其所造之境界，实古所未见而后莫能追，有以出新而足以自立者也。然其不足亦甚可见，如屈子之《离骚》芬芳悱恻、郁抑流丽、奇幻万千，义山则仅取其表面既有之意味兴象而凝炼其神，而去其芬芳之旨、热烈之情，故少骚怨抑郁之内在之美也。盖屈子者，若《橘颂》则人格境界之绝美者也，若《天问》则思想境界之绝烂漫深远、闳大瑰异者也，若《九歌》则深情流美、奇特谲丽者也，更无用言

《离骚》矣，若此之类以揆义山，则觉义山不过小家子耳。世人之赏多重其迷离精工之美与朦胧隐约之情，而世之人格境界、思想境界、精神境界高者而能入于“无我之上之有我之境”者又绝少，身之未能则心之或未许也，故亦罔能洞见其失，而仅欣赏其美也！以丽写情写事非不佳，但丽过其实而足以掩其内在之美，而绝缘于世俗世界，而未能有得于世俗之精神，则不可矣。世人之多有好义山诗者，若无类似义山之经历而徒学步于其精工典丽而迷离朦胧之境界，则真取法乎中而仅得其下者矣！

五

屈子者，犹盛装之美人，若《离骚》之作，览之恒使人闷闷不乐，大为伤感也！嗟乎！能不屈其志而自恋自爱复不自惜者，今世不可复见其人者矣！嗟乎！其念之也，情为伤感之何甚也！观其诗，而不知其精神，可乎？乃论屈子之精神如次：

屈子者，楚人而王族，而富贵者之流，而肉食而未能鄙者也。肉食而未能鄙，此其悲剧之所由生者欤？故其心秉清世之志而坚持不懈，而坚贞自洁，而恶于世之污垢，而不欲于随波逐流，皎皎乎独立于世，而终遭沉沦。观其事，殆近于完美主义者，而与辛稼轩之境界为异矣！辛稼轩之境界云何？则身处乱世之中，不能行完全之志，抱绝世之才具，而终郁郁于世者也。然当其在位，则举全身之力以行所欲而有所利于民生世界，而身心之为世俗之所沮丧，而不顾也！故其为词，能为豪放之精神姿态。若屈子，则完美主义者而至于水清则无鱼之境界者也，其心不能容世之有所污，故不能少损其志而为其次之境界，而宁以一死辞天下也！其勇于能死之心，诚亦决然而可观者矣，然我之观其能死，有所会心于其内在精神而及于外在之姿态者也。

屈子之精神，惟其为完美主义者，故其能死之姿态，亦绝美者也，亦美轮美奂者也！犹若盛装之赴死，而必整其容者，若病中不欲见汉武之李夫人，屈子之殁，亦必以华丽香艳出之者也！此种外在之姿态，乃其内在精神之绽放，若无内在精神之热烈而染于感情而为深情，则何必以此盛装而香艳华丽之姿态以赴死邪？故外在之艳丽郁怒者，必有内在之精神及热烈之深情者矣。故屈子之篇章若《离骚》、《九歌》者，色彩之秾艳奇丽而意味之芬芳悱恻，大为吾国歌诗中之异观，而香草美人之传统，亦瞩目千古，后世诗人若李义山者，虽得其色彩意味而未具其内在之精神，即李太白之高蹈超绝者，亦不足以方其艳丽，则所谓绚烂之极归于平淡之说，我又甚惑之者矣！屈子之精神及姿态中明明而有此种之绚烂，而吾人每以平淡之为说者，何邪？则必推屈子内在之精神及热烈之深情而外，又有一种之心理，其极至于坚贞独立而不受濡染于世俗之庸俗恶劣，而将为能死也，则又盛装以饰而出之以香艳绮丽，必自恋若是，可以为此也！其贞之极，故自恋之若是也！惟其深于自恋也，故于世俗之精神，未得真正之体会，而于辛稼轩之境界有所阙如，其精神虽可臻于大我之境界，而在现实世界中之成就，则以一能死而泯之者矣，若流星之陨而灿烂，而绚丽固大过之者矣！

故屈子者，身实未能独立而依附于王者也，而为美人之姿态，若用情之专者，彼既无以我为念而若情之始乱终弃，于其深心中实已无欲生之望，故有能死之志也，世人之作为此者，亦非鲜矣！惟其无此独立之精神也，而为独立坚贞之姿态，而不能为豪放之精神境界及姿态也！吾人每睹其篇章而感其绚烂之色彩，虽离于俗艳，而又有所未足者也，能入而不能出，亦屈子之所以为悲剧也。观后世之论而每有反复者，而宋之后遂以陶潜之人格为极致，而今我遂以辛稼轩为人格境界、思想境界、精神境界之最高境界，而不以屈子，其亦有所由者矣！

六

纳兰性德，深于情而敏于感者也，其贞足以自守，而不足以破外物之束缚以激成其大美，惟抑郁缠绵于内而怅惘其思，其情之足以感人矣，其言之足为清新曲妙矣，读其词，而恒使人有意不可解之致，《忆王孙》云“读《离骚》，愁似湘江日夜潮”，王国维《人间词话》云温飞卿句秀，李重光神秀，若纳兰性德，则可谓情秀也！其风神直追后主，得其神髓，亦惟情深不可解之未有以异而已矣！其情深而不可解者，溯其上则又有李义山，其上则又有屈子，吾国文学史上得此四人，洵异观也。惟屈、李二子也以丽，而后主、纳兰颇擅清奇；屈、李也怨，后主、纳兰则幽怨矣。屈子文质兼胜，义山文稍过质，后主、纳兰则质稍过文。纳兰性德殆亦有感于屈子之悱恻缠绵、郁怒而怨，然屈子之情不可遂解，因赴死以见其情，纳兰性德则乏此勇气，而亦不必有此勇气，而自守其贞于内，外物夺其生机，遂郁郁而殒于壮岁。似后主、纳兰者，又有晏小山，亦清真独拔，若期之以情不可解，亦或有之，然不过后主纳兰，而其旷达洒落，则亦二子所不敢望。纳兰词纵情秀深婉，然气体柔弱，与稼轩适成两极。而稼轩豪放中大有柔媚之致，纳兰则婉约中甚乏壮蔚。诗文以气为主，以意为主，婉约含蓄，大是女孩儿情状，情深自知，魅力人得，故纳兰词之甚所乏者，正在魅力也！或云纳兰词柔美婉丽，感人至深，岂乏魅力？美偏于静，魅力则偏于动；美则反思凝神以观，魅力则流动活辣而似逼人也！美可使人销魂，魅力则使人眩晕。销魂之事，多属追思既往，如《浣溪沙》之“被酒莫惊春睡重，赌书消得泼茶香。当时只道是寻常”、“我是人间惆怅客，知君何事泪纵横。断肠声里忆平生”、“别后心期和梦杳，年来憔悴与愁并。夕阳依旧小窗明”。惟不可解于蚀骨销魂忧伤哀苦之思，而缠绵时空，俱成渺杳无涯恍惚不可触又范围牢笼之象征而模糊于意，故其词中多时空之感慨，而申物是人非之情，执著于物我愈明晰，则其痛苦益甚，犹模糊尚存侥幸之心，而明晰则惟痛苦而已。故纳兰词敏感于物而擅体物之情致精微，抒思楚楚窈窕，而有欲惹人怜之态也。惟其态欲惹人怜爱如此，故乏自信之光芒，而少理想之色彩，魅力之乏也宜然矣！纳兰词以情致意境胜，故语结而馀意未尽，然其势皆敛而逗，语中之气甚平淡，若稼轩之词，惟其气盛，以气达辞，无所不到，而语势冲突婉转横荡回折吞吐磅礴无定，而又有行止自如之妙，具点逗不拘之态，词中之龙，非公谁属？此与率五十精兵驰骋金兵大营以擒张安国，风神无乎不同也。此种意态风神，他人皆不多见，而稼轩为能，甚平常而无处不在也。屈子之情，热烈高洁、贞丽芬芳；李义山之情，回环杳丽、精凝沉挚；李后主之情，感慨深至，伤神无已；若纳兰性德之情，则幽郁清莹，自迷不解。故屈子殉情者也，义山沉情者也，后主用情者也，纳兰性德则迷情者也。《忆江南·宿双林禅寺有感》有句“情在不能醒”，岂非其境邪！其词言“梦”之一语者最多，古今词人，皆未若也。惟不满、无能于现实，故欲多梦，然其梦多追思既往，以托无聊，殆非具理想之色彩者也，其梦境非瑰丽闳肆、雄奇壮伟以逞不可寄托之深情者也，殆以梦为托辞，为情结之所寄托，遥不可触及之悲慨随时而充斥在，故其词中又多“泪”之一语，非英雄而气辄短弱、儿女情长，赚人同情之姿态，往往而跃然纸上。且夫情者，必附丽于世俗生活，挖空而思，独贞自损，亦不足为大，亦不足以为达矣。书生而往往如是，不亦宜乎！每览纳兰词而感者，多在于此也。其才力特宜为小令，若长调则支离而气不足以流贯顺畅矣。如《贺新郎》之作，便有妆作滋味矣！

七

杂多和合而为一，内则一以贯之生命生气之律动、豪放之精神，外则见以烂漫多致之姿态，固“神味”一义之所尚者也。世之事物，无不以杂多而一为其大成之境也，古人已知此义，后之化而为二元对立，特简之以明其理而归之于形上之思耳，若具体于事物，则必复其杂多之性，今人之倡多元多极之思，正恐古人笑之不及而诮其笨，何至于今乃悟其理也！以文学论，以文体言之，词之所以有别于诗，以其有所长必诗所不擅者也，若诗化之词，实必兼诗词之佳处而后乃称为妙，若以诗而替词之长，则不伦不类矣。故兼杂可佳，而以一之（一即“允执厥中”之谓，使诸杂多相反相成也），乃遂可至事物之最高境界，如儒、道、释三家亦须合流互补也。叩之文学，为词之故，则吾国之抒情诗虽特为发达，而文学之史，则不过诗之一文体渐次而衰而为小说所代之历史耳，其间骈枝而词，骈枝而曲，皆所谓局部之改良以益其生之活力，不过稍延其衰之势。故余谓小说实乃文体中之最有价值者，赵彦卫《云麓漫钞》云小说“文备众体，可以见史才、史笔”，实则更博，惟文备众体，乃若一肴之和合五味以采诸体之长，以寄多层之情思，以显多种之姿致趣味，以成烂漫之谐趣神味。所谓诗化小说之类，特兼取其一二致，未足以奇者也。元曲之神味，亦良由其兼取小说若干因素之故也，独以诗论，亦当磅礴杂取万有，形式、内容，无不可倾力致意者焉，岂可拘于一致哉！李杜之所以成大，无不以此也。然若必固于一致而臻其极，亦仅次于第一义，亦属佳妙之列也，如诗中之李义山，词中之温飞卿。词以婉约为本色，固为余所不讳，而婉约一路容物容事特狭，豪放派宜为词之特出（豪放派之词要求作者必具豪放之精神，此不可期之世俗寻常之士，故豪放词之作者极少，佳作亦少，其末流徒追寻于风韵姿态而不及其内美，故多流为粗直叫嚣之类，此种现象正可与释氏尤其禅宗之境况相比较，其得悟之高僧，亦终属凤毛麟角），而为词之一体之理想，又为我之所必倡也。故独守本色，不碍其词之有佳妙之处而名一家也，如温飞卿，特为词之本色，不过色稍单调而意稍浅薄，不能与周清真、吴梦窗辈比。王国维《人间词话》云："张皋文谓：飞卿之词，'深美闳约'。余谓：此四字惟冯正中足以当之。刘融斋谓'飞卿精艳绝人'，差近之耳。"又云："温飞卿之词，句秀也。韦端己之词，骨秀也。李重光之词，神秀也。"此抑飞卿太过，正见静安难为解人。张氏虽常有深文罗织之病，此处一语，却差精当。刘氏谓其精艳绝人乃仅就形式以言，张之"深美"之评，"深"涉内容，且"闳约"之谓，括其艺术特征正较周备。至若静安"句秀"之言，殊属无谓而不及其内容，其理解固当为浅耳！窃谓温飞卿之词，凡论词则不可遗之，此其词史上之地位，而其能为本色，又足为一名家。《旧唐书》卷一百九十下《温庭筠传》、宋孙光宪《北梦琐言》卷二及卷四、宋钱易《南部新书》、元辛文房《唐才子传》等书皆载其迹，叶嘉莹《迦陵论词丛稿·温庭筠词概说》云："以作者而言，则自飞卿之生平及为人考之，温氏似但为一潦倒失意、有才无行之文士耳，庸讵有所谓忠君之思与夫家国之感者乎？故其所作，当亦不过逐弦吹之音所制之侧辞艳曲耳。诚以情物交感之托喻作品言之，则飞卿无此性情、身世、修养、人格之涵育；以依附道德以求自尊之托喻作品言之，则以飞卿之放诞不检、不修边幅，似亦当无取于此也。是以作者言，飞卿词为无寄托之作也……世之读温词者，倘竟能自其词中得到较深之会意乎，则此自由于读之者之性情、身世、修养、人格之有较深厚之涵育，有所触发而然也；倘不能有较深之会意乎，则飞卿词原无深意，固不必强同于张惠言诸公之说，深文周内而求之也。”此岂解温氏者乎？此评也，与上之所引诸书之视角皆同，即封建正统压抑人性之观耳，若信其言，何其迂也！以余观之，飞卿虽“士行尘杂，不修边幅……酣醉终日”（《旧唐书》）、“薄于行，无检幅。又多作侧辞艳曲，与贵戚裴諴、令狐滈等蒱饮狎昵”（《新唐书·温大雅传》），然察其实，乃一不拘小节、放浪形骸、恃才傲物之士，不失为性情中人，本无彰显之大恶，嗜饮狎昵，亦与大节无亏，与损人利己之小人实不可同类而语，虽于国于民无补，实则亦无损人之念。恃才傲物为文人之通病，而实亦遏其进途，耿直无曲而独立，不阿取谀亦明矣，率性之人哉！晏小山宰相之后，而品行略同于后世之纳兰性德，并不热衷权势而宁取内心之所趣及自由，二人者行皆内敛而飞卿虽放荡，其心则意在仕途，古之遏杀才士，可见一斑，仅此一点，不必文才，已知飞卿为性情特出之士矣。且其意在仕途，为宰相之孙，放荡其表象耳！观其词，言其“原无深意”亦略可，言其“无寄托”则不可。飞卿词之色，其外在者为秾艳精丽，其内在一以贯之者则为哀怨，内容多复而并无新意、他意，其怨妇之形象，非弃妇之形象而以见凄怨，但甚端庄而意态稍慵懒，其忧怨之情思怨而不凄、哀而不伤，萧纲《戒当阳公大心书》云“立身之道与文章异，立身先须谨慎，为文且须放荡”，飞卿则适相反之，其行虽放荡不检，而观其词，其情皆深含内敛，语虽秾艳而意甚端庄，丽艳皆以掩饰其情其意，譬犹容之未佳者必浓妆淡抹以变其面目，而以娱人，此则遮其情其意也。飞卿之词，惟以此沉潜伪饰之故，则其有寄托也必也，无深意，而反复所写大致相同，而有深情，一以贯之，故虽秾艳而无涉淫冶，其口吻皆不以女子为玩物，其描写之女性形象颇极佳美，而无个性，亦证其词之必有寄托之意蕴也。其寄托之心，甚为有趣，如女子之一种，貌甚庄正，而实则颇期人之挑之，盖挑之亦反证其美及有魅力，若真挑之，又嗔也；如男女之事，秋波一转，既希对方会意，又怕对方会意，其惧者怕人之会意后泥于实，意会之意，细究而认真之则无得，不究而认真之又宛然若在以诱人，正如妓之情事，不可太过认真拘泥。飞卿之句正有此特征，其所以得，则为其内敛之情思故，故逞艳辞，犹娼妓之盛妆待客，心之所思情之所在，或有异诸此也。秾艳之中，自有深情无限。虽秾艳，而其辞其格调无庸俗之态。形象虽跳跃，而意理绵渺，藕断丝连。察其意象，不过清华富丽之馆阁室堂，女态之无聊有思，景致之缠绵无尽，情思之欲说还休，虽单而易复，然若非深情执著，何能一贯而反复吟咏者若此？其词中之女性，虽秾艳腻丽，所谓“鬓云欲度香腮雪”、“双鬓隔香红，玉钗头上风”、“深处麝烟长，卧时留薄妆”、“离别橹声空萧索，玉容惆怅妆薄”之类，似画中之人特少性情，然其所以倾心极力描画之者，岂非正可反衬“美人”之高洁，以见作者洁身自爱之苦心邪？此种自怜自爱之情思，而以客观之意象表现之，何其专注而情深，醇厚而旨远，张惠言《词选》评《菩萨蛮》（小山重叠金明灭）云“此感士不遇也”，实则此乃飞卿词之主调，不独此之为然也，攀附《离骚》之言，琐细固宜致讥，深玩亦非空穴来风。陈廷焯《白雨斋词话》云：“所谓沉郁者……发之又必若隐若见，欲露不露，反复缠绵，终不许一语道破。匪独体格之高，亦见性情之厚。飞卿词如‘懒起画蛾眉，弄妆梳洗迟’，无限伤心，溢于言表。又‘春梦正关情，镜中蝉鬓轻’，凄凉哀怨，真有欲言难言之苦。又‘花落子规啼，绿窗残梦迷’，又‘鸾镜与花枝，此情谁得知’，皆含深意”、“飞卿《更漏子》……颠倒言之，纯是风人章法，特改换面目，人自不觉耳”、“飞卿《菩萨蛮》十四章，全是变化《楚骚》，古今之极轨也。徒赏其芊丽，误矣”，古今极轨谈不上，其论则自能见出飞卿之深心。吴梅《词学通论》云：“唐至温飞卿，始专力于词。其词全祖《风》、《雅》，不仅在瑰丽见长……而出词都雅，尤有怨悱不乱之遗意。”言甚中肯。《风》之妙处在感物起兴，而言情寄象，似乎杳乎无迹，得其情致，信然觉而有征，不必以言而默会于心，若不具此种特征，其兴亦浅而非复《风》之妙致矣。《离骚》之妙在虽怨郁悱恻，然终不归之于指斥君王而存忠厚之意，转及自见，以言一己之自洁求索，恶小人而怀高义，飞卿虽少屈子忠君爱国之思，而其手法韵致则与骚无乎不同，惟少单薄，且屈子之用香草美人，觉无限芬芳皎洁，飞卿则秾艳香腻，区以分也。其言欲言又止，归之意象，如《菩萨蛮》之“新贴绣罗襦，双双金鹧鸪”、“心事竟谁知？月明花满枝”，正极高明处。作者虽有欲言又止之心，忸怩矜持之态，然在吾人，如男女之事，固不满足于但眉目传情而已，而欲其终有一点实落处，故飞卿此种之句虽高明为甚，然不若稼轩《水龙吟》“倩何人、唤取红巾翠袖，揾英雄泪”之类更令人赏心悦目，前者固自使人流连吟哦，后者复能令人拍案激赏，前者如远望之佳人，背影绰约窈窕无限，后者则若与佳人蓦然相逢，其美令人晕蹶而不能当，有嗟而已！飞卿词妙得感兴之致而又含蓄深潜，自苦自怜，亦自动人，得《风》、《骚》遗意之一二，亦自实情，言之者未必等其光于《风》、《骚》，若陈氏之推为“古今之极轨”，徒见识见太仄，而推之无当，反易致诮诃，连累飞卿矣！如《栩庄漫记》（李冰若为刊之作，语见其《花间集评注》）云：“嗣见张、陈评语，推许过当，直以上接灵均，千古独绝。殊不谓然也。飞卿为人，具详旧史，综观其诗词，亦不过一失意文人而已，宁有悲天悯人之怀抱？昔朱子谓《离骚》不都是怨君，尝叹为知言。以无行之飞卿，何足以仰企屈子？其词之艳丽处，正是晚唐诗风，故但觉镂金错彩，炫人眼目，而乏深情远韵。”以飞卿为“无行”，亦不过尽信书而未尝自家思索，其实人生在世，苟不做亏心之事，无损人之行，不失为真人，放荡不羁亦不足为白璧之瑕，世之大人君子道貌岸然者流恒以道德品识人物，不知道德之要义在乎此也。“乏深情远韵”一语，适见其未解飞卿词之妙处而徒“爱其丽辞绮思”，将以游乎文词耳。俞平伯《清真词释》云“《花间》美人如仕女图，而《清真词》中之美人却仿佛活的”，以飞卿论，其词因有所寄托，故其所表现之佳处在情思，观之须得其象外之意味。清真词则多写情事，置人物不独于情境之中，且事件之中，观之须因其象而揣摩其情事，前者由具体而入象征，后者则由具体而入具体，前者情思多同、意境多复因嫌闷仄，后者情事每变、情境常新故每见鲜活灵动之致，要当知其分别如此。温、李并称，艳丽同俦，经历坎坷亦大致等，义山出之以诗，则忧怨似无可待，已论之于前；飞卿则始终内敛，既哀怨又自爱，若其真无行败德，当游心淫冶狎邪，或郁激偏放，如耆卿也，而终不似之，以飞卿之才，岂不吁可怪哉？而文人涉于狎邪，本古来即然之风景，又不足以为借口也。

飞卿词句甚有特色，能于秾艳之中着深情、缠绵之意态；间有清新，宛然名句，如《菩萨蛮》云：“江上柳如烟，雁飞残月天”、“月明花满枝”、“灯在月胧明，觉来闻晓莺”、“杨柳又如丝，驿桥春雨时”、“雨后却斜阳，杏花零落香”，如寇准虽居家奢华，自不碍其严正，此则浓妆不须饰处，正佳人之佳美处也。其语多幽苦，而思致则如远眺水天不可易辨，天边芳草，惟馀萋萋之感觉，如《杨柳枝》之“黄莺不语东风起，深闭朱门伴舞腰”，其苦若浓茶一盅，苦中有香。《菩萨蛮》云：“花落子规啼，绿窗残梦迷”、“花露月明残，锦衾知晓寒”，幽幽馨香，如使人仿佛置身温柔乡中，自不宜再念尘俗事理。诸如此种，充斥篇中，一往情深，不可以纤丽掩之也。

八

张若虚《春江花月夜》之作，谓之千古绝唱则可，谓之为吾国歌诗之最高境界则不可。此作流连光景而感慨清华，摇曳波澜而意韵深永，足以动人虚静之心，为淡逸之趣、浩渺之思，虽为南朝华丽浮冶之救赎，而不足为盛唐之代表气象、境界，遑论“无我之上之有我之境”之神味矣。誉之甚或以为唐诗之最，过矣，唐诗之巅峰为李杜，倘亦能突过此二人者邪！世之所谓有流连光景之作，此诗是也，惟流连光景为诗人之所长所好，故历代好之者不乏。闻一多《宫体诗的自赎》尝大赞之，其言有云：

> 如果刘希夷是卢、骆的狂风暴雨后宁静爽朗的黄昏，张若虚便是风雨后更宁静更爽朗的月夜。《春江花月夜》本用不着介绍，但我们还是忍不住要谈谈。就宫体诗发展的观点看，这首诗尤有大谈的必要。“春江潮水连海平，海上明月共潮生。滟滟随波千万里，何处春江无月明！江流宛转绕芳甸，月照花林皆似霰，空里流霜不觉飞，汀上白沙看不见。”在这种诗面前，一切的赞叹是饶舌，几乎是亵渎。它超过了一切的宫体诗有多少路程的距离，读者们自己也知道。我认

为用得着一点诠明的倒是下面这几句："……江畔何人初见月？江月何年初照人？人生代代无穷已，江月年年只相似。不知江月待何人，但见长江送流水！"更夐绝的宇宙意识！一个更深沉，更寥廓更宁静的境界！在神奇的永恒前面，作者只有错愕，没有憧憬，没有悲伤。从前卢照邻指点出"昔时金阶白玉堂，即今惟见青松在"时，或另一个初唐诗人——寒山子更尖酸地吟着"未必长如此，芙蓉不耐寒"时，那都是站在本体旁边凌视现实。那态度我以为太冷酷，太傲慢，或者如果你愿意，也可以带点狐假虎威的神气。在相反的方向，刘希夷又一味凝视着"以有涯随无涯"的徒劳，而徒劳地为它哀毁着，那又未免太萎靡，太怯懦了。只张若虚这态度不亢不卑，冲融和易才是最纯正的，"有限"与"无限"，"有情"与"无情"——诗人与"永恒"猝然相遇，一见如故，于是谈开了——"江畔何人初见月？江月何年初照人？……江月年年只相似，不知江月待何人？"对每一问题，他得到的仿佛是一个更神秘的更渊默的微笑，他更迷惘了，然而也满足了。于是他又把自己的秘密倾吐给那缄默的对方："白云一片去悠悠，青枫浦上不胜愁。"因为他想到她了，那"妆镜台"边的"离人"。他分明听见她的叹喟："此时相望不相闻，愿逐月华流照君！"他说自己很懊悔，这飘荡的生涯究竟到几时为止！"昨夜闲潭梦落花，可怜春半不还家。江水流春去欲尽，江潭落月复西斜！"他在怅惘中，忽然记起飘荡的许不只他一人，对此清景，大概旁人，也只得徒唤奈何罢？"斜月沉沉藏海雾，碣石潇湘无限路。不知乘月几人归，落月摇情满江树！"这里一番神秘而又亲切的，如梦境的晤谈，有的是强烈的宇宙意识，被宇宙意识升华过

> 的纯洁的爱情，又由爱情辐射出来的同情心，这是诗中的诗，顶峰上的顶峰。从这边回头一望，连刘希夷都是过程了，不用说卢照邻和他的配角骆宾王，更是过程的过程。至于那一百年间梁、陈、隋、唐四代宫廷所遗下了那分最黑暗的罪孽，有了《春江花月夜》这样一首宫体诗，不也就洗净了吗？向前替宫体诗赎清了百年的罪，因此，向后也就和另一个顶峰陈子昂分工合作，清除了盛唐的路，——张若虚的功绩是无从估计的。

所谓“冲融和易”，正与朱光潜之“静穆”同调，亦平和之一相耳。闻氏此文之意谓盛唐歌诗辉煌之前，有两人为之前驱也，一则张若虚，其《春江花月夜》之作足以救赎宫体诗之侧艳浮华，一则陈子昂，其作足以转移风气于寄托言志之路；而此二人者，张之力偏于形式，陈之力偏于内容，合二者之长而盛唐可见，非谓张之作即唐诗之极致也。即以艺术之境界而言，陈之作之在于唐，并非最出色者，而张之《春江花月夜》，则反享盛誉。盖文学之有内容而形式技巧上未臻于佳境者，亦不能谓之佳文学，甚而是否文学亦在商榷之例也，陈氏之亏乃在于此。故必内容形式两臻完美，而文学之佳境可期而人乐之也。以内容之意蕴观之，张作不可以方之于盛唐李杜之作，形式、情思之美则各有千秋也。不独李杜之前，其后亦有情思之极美者，如李义山诗，不过张作妙在清灵虚灏，而李诗妙在朦胧缠绵，且精工典丽，而李义山诗，亦不乏崇之以为吾国歌诗之最佳妙者也。

张作之价值，须以诗之形式之在于唐初之位置以观之。其要，则五言之渐为七言替也，七言之表现丰富于五言，而气势之流转之致，虽仅益两字，而其韵致大为改进；则古诗进于格律诗之中途也，其势兴自南北朝，在诗之演进中，格律尚未成熟之前，则格律之作用于诗为利大于弊，然格律既熟，则诗亦大受拘束，而张作适在其中，既无格律未成之流于杂乱之弊，况古诗之形式已大有心得，亦无格律伤严之束缚，其形式虽取诸宫体诗，而去其浮华侧艳之流连于外在之形式，而代之以人生宇宙之思、光景之妙，反复咏叹以见其深情，缠绵回环以见其情之不能自已，审其内容，则思致并不出于宫体之外，而惟流连光景，其及于人，亦非若宫体诗之渲染于美人，而以美妙之情景替之，故浮华易为清华澄澈矣。惟其内容为寻常之情思也，故未能深入而具体以见社会人生及人之若干细节，而仅在意境之范围，而不足以更出其上而至于李杜神味之境界。意境是由有限以求无限，而神味则是将有限最佳化。意境生成之中心为情景，而神味生成之中心为细节。情景易流连于光景而抒发一般之情思，细节则可由事以及人，而见人世间之情味。意境之范围若张氏之作者，即王国维所谓之“无我之境”，而以咏叹人生一般之意义，间接以及文化之意味，若“无我之上之有我之境”则尚未梦见也。西人谈艺有所谓“纯诗”一义，若张若虚之《春江花月夜》，可谓地道之纯诗者矣！宋之姜白石，其词格大致如是面目，后世之词如在清季之兴，多是此类，故梁宗岱《象征主义》一文论纯诗，即以白石为目，而以“象征底灵境”为诗之最高境界，非偶然也。此所谓人生之中情思之佳境界，而为人所乐欲流连，非文学之最高境界也。惟其不足与于文学之最高境界也，故凡以此为途径者，无不堕入陈词滥调之范围而未能自出新意，此吾国之诗词所以衰于唐代之后之故也！在吾人而为言，读此种诗固有一种欣赏美之愉悦，然不能深且未能兼真善之事，故非是尽善尽美之境界，此又涉及意境之非吾国文学之最高境界之事者矣，非一二言足以尽之，略申其意以发人思，如此也。

九

甲申之秋，余求学济南，偶知侯公井天之事，因访焉。晤谈，则公虽已年过八旬，而犹勤勉聂绀弩诗之辑佚注释，详尽富赡，前后凡七易而版其稿，劳心尽力，至是已数十载，其真而热诚，端的令人肃然起敬。天生此人，诚绀弩之大幸也。后又来往，渐周知其事，为爱聂诗故，心亦近密，往往而去，往往而告之以诸事，亦好以告我，遂为忘年之交矣。稍及其诗之佳处，而余甚讷于言也，因敦期余作文以论之，勿顾盼时流，全面以评价焉，诺之。先是，旧作已略有论及聂诗者，以未窥全豹，久痒其事，今机缘际会，殆亦所谓数邪？聂诗之蕴，海内评论已大抵括之，而得其佳处，余且不细论，但就余所创“神味”说一义以观之而见何若，其诚愿无失侯子之望也。因为《论聂绀弩诗》，论次如下：

（一）聂诗于传统之开拓意义

今人注目聂诗之开拓，多就其艺术特色以言之，其或以为开拓新境，或以为虽出于打油诗而超越之，或褒或贬，实皆未中其实质，以其观点所据，仍囿于传统诗学之理论及精神也。欲论聂诗之开拓，若不归结至其能突破传统“意境”理论之束缚，其为隘陋也必矣。其开拓之境，非在“意境”之领域而为新意境，乃是进乎意境之上、出乎意境之上之开拓，生面别开，世之誉聂诗为晚清至今第一且为惟一一人，其意义若不附丽于此，则犹隔靴搔痒，莫得其会心之领悟者矣。

聂诗此一新境界，摆脱传统而自新，余名之以“神味”也。“神味”一说乃本书所倡，意在突破传统诗学之“意境”理论而裨益新时代之文学。由批判继承王国维《人间词话》之“境界”说，脱弃钱钟书《谈艺录》之倒退（其第六赞“神韵为诗中最高境界”，即不知过不得聂诗此一关也，后《管锥编》一八九则仍综核“韵”义，赏之不已）及宗白华之歧路（自王静安之后，以宗氏体悟意境最深至，惜歧文学之路而转向艺术），梁宗岱之稍发展意境理论而惜更狭仄且无本质之突破，此中细节，可参《嫁笛聘箫楼曲话》诸书，其体系庞大，意蕴深细，无法一一在此详述也。简言之，意境与神味之区别，即李清照《一剪梅》（红藕香残玉簟秋）与明代无名氏之民歌《锁南枝》之区别。《人间词话》之“境界”说虽集意境理论之大成，实则其为总结，已及理论层面而不及现实之创作，开启新境，不可期也。盖诗自唐时鼎盛后即转衰，唐末司空图之《二十四诗品》及有关诗论，已堪称意境之理论成熟之作。诗在宋为词，在元为曲，元曲之变已尽，其后之诗，洵多死灰，渐趋于腐朽，而不可救药。宋元明清亦各有诗，安得谓之诗在宋为词，在元为曲？夫事物之变，由乎生力，至其巅峰，生力渐少，死气渐多，后不胜前，即其死道，此在人道未必然，其在艺道则为必然也。如以画论，历代不乏造赝高手，其所造赝品，几与原迹无差，然在吾人心目之中，两者之价值犹霄壤之异也。宋元明清之诗，犹奉意境为极致而不知更进，即犹画之赝品也。其有一征，曰可复也。意境之构成，意象为其元质，意象则情、景二事之所成，在吾国尤以“化景物为情思”为意，纯粹写景，情融其中，意融于情，理趣融其内，如盐在水，玲珑剔透之境是尚，王国维之尚“无我之境”，岂徒然哉！若“神味”说之一义，则尚“无复”（拙撰《新二十四诗品》有此一品，此外“烂漫”、“泼辣”、“最佳”、“细节”、“淋漓”等俱堪藉以品悟“神味”一旨）。情、景如竹梅江河、花榭禽鸟、小桥流水之类，历代大量重复于诗，意境逼似而不厌，岂非怪事？亦良由乏才阙力，如循吏焉。“神味”之无复，则由意、事二元质缘起，结晶为细节，细节若以上所引无名氏之《锁南枝》，意味俱新，非不欲复，实不可复、无以为复也，其不可复，由于意之不可复，若意境之复，则由于情景之可复，其不同如此也。故不可复之神味，其难较之意境之创造，不啻倍蓰也。聂诗如《锄草》诸作，皆运意以行，烂漫缠绵，其所造非复仅是意境，而更以“神味”胜也。其诗所以特出于时而开拓新境，亦罔不由此之故也。《嫁笛聘箫楼曲话·元人散曲佳处在其“神味”而非“意境”》云：

盖意境者，其力在自然人生，两者相融而无间，相互体贴，不着意于互胜，其特征乃和谐，以静为主而兼有动，使动不突出也；若神味者，其力则在人生，尤在人事，模写自然，不过以见风致风神，点染人事，则因性情以见其神（内美），因事之复杂多变斑驳异彩而得其味，神味之力，多赖细节，意境则多赖兴象。细节如“你问当家中有媳妇，问着不言语”之类，兴象如“枯藤老树昏鸦”之类。“岂无膏沐，谁适为容”则是细节，“细雨鱼儿出，微风燕子斜”、“空梁落燕泥”是兴象；后者观察体贴入微，乃写景之佳者，似亦有细节，然非真细节，以其所指乃自然，而所得在景物之风致趣味而已，与前者之指意而及人生，明显不侔。如“桃下柳蹊，乱分春色到人家”非细节，纵其情思之妙不可思议，若“倩何人、唤取红巾翠袖，揾英雄泪”、“众里寻他千百度。蓦然回首，那人却在，灯火阑珊处”则是细节。诗词中虽有细节，然以体制言之，元曲却最为宜。细节而蕴含内美或抽象具哲学思蕴，则易致神味之境界。

细节直指人、事，此二者抉神出味，生动活泼，烂漫泼辣，意境非其比也。聂诗依托历史背景，此一段历史本即无限异样之精彩，绀弩又善加点染，寄以细节，以诗存史，因史彰诗，因之以见灿烂之我性，自易出彩。故绀弩集中此种之作，与传统以意境胜之诗作迥别，今人贬之者蔑之以“打油”，褒之者又苦其非意境理论而能牢笼，以是苦恼苦闷，盖不知“神味”一义也！若以是观之，则不独豁然而悟聂诗佳处之所以为佳，且其开拓之意义，可无忸怩自卑以称之焉！使绀弩闻此义旨，亦当喜不自胜矣。嗟乎，世之大美，处乎丑恶朽腐卑劣惨淡之境地，皆以为非，无名以正其美，其不自安且有若是之艰难也！

意境非诗中之最高境界，近人中亦不无察之者，本书卷三第二则论稼轩词已稍论之，如《人间词乙稿序》云：“南宋词人之有意境者，惟一稼轩，然亦若不以意境胜。”窥见消息，而未深究，不能自圆其说，亦无可奈何也。《嫁笛聘箫楼曲话·王国维后“意境”理论之发展》又云：“实则意境本即极其致于艺术，若钱氏《中国诗与中国画》已明王维诗画俱善意境，而画在吾国最尊，诗却其次，故意境非文学之最高境界也，此则未有人深思之，由之以进，突破‘意境’一义机在乎是矣。”钱钟书《谈艺录》倡言“神韵为诗中最高境界”，实不知《中国诗与中国画》之结论适与之自相矛盾也。又云：

> 吾国本重诗画相通，故诗中多以意境胜者，静安归结其义，功实至伟，惜更进一步，以归结诗中之无以意境胜者，则未悟。宗氏移之艺术，可谓归其正宗，与文学之求第一义却无涉。或以为意境为诗中所特有，则认婢做小姐矣。意境何以非文学之极致？盖艺术极于物，以物为主，故以淡远深邃为尚而求灵动，恽南田之云“元人幽亭秀木，自在化工之

外一种灵气”是也，其极致为绚烂之极归于平淡。文学重人而反是，而重平凡之中以见大美，其为物态韵致，则尚泼辣烂漫；其境界以人生及现实世界之变幻多端、复杂深刻故，而远胜于艺术，驳杂融一，是其征也。“一”以见其深，驳杂以见其姿态之烂漫，总之为“神味”一义也。

“神味”一义之要义，参本书卷一所论，由“神味”一义观之，绀弩之诗实具莫大开拓之功，宜俯视众人而灿烂乎一代也。诗之衰而后，诸人皆梦寐而犹以意境为事，独绀弩突围而出，以貌似打油之形式与游戏之意态为之，歪打正着，又有其必然之因素存焉。仅以此论，绀弩诗之在诗史上杰出之地位，即无人能撼之矣。“神味”为文学之最高境界，不独以诗为然，绀弩之诗不过在此领域之表现而已，一峰独秀而寂寞无援，若小说则颇众星灿灿，此则又非本文之所关者矣。

（二）聂诗成就之原因

绀弩《题〈宋诗选注〉并赠作者钱钟书》云：“吾诗未选知何故，晚近千年非宋人。”羡钱氏之善作注也，何永沂、顾学颉皆言之矣。顾氏《杂谈聂绀弩诗》云“宋词中有一派专门走奇险巉刻，僻涩新奇，不道故常，不落俗套”，其实聂诗虽有此风貌，却非其佳处。所谓宋人一派者，亦非高境，况俗套可厌，而世俗之大俗之美，则又非词人书生所能臻也。譬喻之，则宋诗不过拉杂堆砌好胜，虽已稍脱离意境可嘉，而退回一步之探索开拓却乏艺术境界之建树，故不足与意境争胜，皆因未到神味之境界故也。绀弩所以如此道者，盖因其自己亦未知其诗与宋诗之本质区别，而缘多用典故、逞辞硬拗而归为同类矣。又《答钟书》云“我以我诗行我法，不为人弟不为师”，亦半大话，其心则是矣。

然推其成就之原因，则不得不综论诸种种之因素也。

据高旅序等材料，可知绀弩作诗，纯出无意偶然，其作亦本自得自乐，无意于佳。高引聂论诗语，颇可注意，如："诗有打油与否之分，我以为只是旧说。截然界线殊难画，且如完全不打油，作诗就是自讨苦吃；而专门打油，又苦无多油可打"、"五四后新诗，其佳者确在文学上辟一新境界，此与学外国诗颇有关系。至今新旧异体并存，实为两物，各不相能，而旧诗终以难为通俗，通俗太过，又已不成其为旧诗，故虽有大力，亦不能使之重归文学与小说、戏剧同科。新诗则尽管有不可人意者，却终为文学形式之一。其中原因非一，可谈者亦多，惜无人谈之耳"、"作诗本为消遣，根本不懂作法，过去根基也浅（过去有时也搞搞新诗，有看不起或厌恶旧诗之意）……"

上之所引，颇可透露诸多消息。其始也，绀弩本恶旧诗，亦即其于以意境理论为矢的之旧体诗本不能满足，奠基于此。其于新诗，偶感兴趣，其原因则不过是新诗"却终为文学形式之一"，换言之，即作新诗非其初衷，不过别无选择或赶时兴耳。由此之故，其结局则成就无几，强扭之瓜难为甜也。其次，则其于新诗之态度，极为正确，即其虽有佳作，不过寥寥无几，前途希望不可见也。由此，目光又转向旧体诗，则以为通俗太过，如诗界革命诸子之所谓开新意境者，今日观之，实多陋劣无观，反失意境之佳处，是开拓而无成者，绀弩必不满意，然此一路径实足以启发之焉。又次，绀弩于旧体诗之最不满意处为其无能于通俗，恨其所写甚为雅化，内容狭仄而情趣麻木，面目可憎而毫无生气，现实世界之丰富多彩，无能之而已。由论"又苦无多油可打"，则知绀弩作诗求有诗味，而无论不忌其形式为打油与否。由自言"根本不懂作法，过去根基也浅"及"作诗本为消遣"、"作诗有很大的娱乐性，吸力亦在此”，则知其为诗，必求于多趣而有情致，由昔根基之浅，则必广借书典以驰骋以见其淋漓挥洒、无拘无束、驳杂博辩之意态韵致，且其用力，必大专注于诗中之对句及意味之锤炼，以见人、事、世蕴之神味也。聂诗出色之处多在此二端，可知之也。故绀弩之能成就其诗，虽著游戏之姿态，实于开拓之境中借以释其负担耳，非幸也，实由于积极无拘之态度及不求外物之凭藉而惟求自证之自信，暗中摸索超绝群伦超乎时空之识见，而以成就之也。不知乎此，不可谓为聂诗之解人也。其能思而思到，无形中窥见正路，同代之人无可办此者，如近代以旧体诗名者，颇亦不乏其人，如王国维、陈独秀、鲁迅、郁达夫、田汉、老舍等，亦有可观之作，其天才才力，亦未必下于绀弩，然皆无此先进之识见，而妨碍其最终之成就，皆为意境之旧色彩、格调所笼罩，特出者不过在意，或以才情胜耳。其中最可惜者为钱钟书，明已推出以意境胜之诗在诗中为第二义之结论，却不知更进开拓，无思即无成，岂不宜哉！若绀弩之为幸也，则论其杂文，次于鲁迅；论其博学，逊于钱钟书；论其性情，亦未必妙绝于同时之人，亦似有之，然何独绀弩卓荦不群于诗？此数者皆非根本之原因而已矣。故绀弩虽似无意于诗，而实大有心，于游戏之总体心态之下而苦心经营，别出蹊径而不拘常格旧路，此实其诗之成就之最第一之原因也。

其次，则其离奇谲幻之人生境界及人生经历也。绀弩之本色，一书生耳，其才虽高，却不无幼稚，此自世俗圆滑世故之目以观之也，然在吾人，却剥去此一幼稚之外壳，而探得其正而诚之本心，真而热烈之衷心，于此世界及人皆抱无限热爱之良心，追求真、善、美之高尚心，不尚无畏厌恶雕饰丑恶之真心，向往自由渴望摆脱一切诸束缚而我行我素之欲望，宛然如生也。王船山《古诗评选》云："惟此窅窅摇摇之中，有一切真情在内，可兴可观，可群可怨，是以有取于诗。"盖人之处乎此宇宙自然人生之中也，凭其内心本真自我之冲动，凝聚灵魂之光华，灌注真情之力量，有一种不可言说不可思议缠绵悱恻不可自解不能喻拟之执著在，莫名其妙而油然而生，浩然而盈，沛然以发，黯然以寄，有其不得已之一段意思在，外人断不可解释领悟，绀弩有之，其人生境界有若此也！凝聚外物之万类殊致，感悟天地宇宙之哲思义理，附丽自我内心激荡澎湃不可掩遏之感情，际会以发其烂漫纯粹之奇谲梦幻，悠然自得以炫其辞采之游漫，神与思会而趣与味谐，赏其心则真美与俱，抒其辞则奇艳竞陈，诙谐以见自我之有馀，夸张以见体物之能运，无限快乐，无限浩叹，人生境界之体验，酸甜苦辣辛，黑白黄红紫蓝橙，文学境界之灏烂，皆相期以相成，莫其征而可辨！绀弩之经历，可称波谲云诡丰富多彩之时期也，同一时也，或随风而转舵，或坚贞以灭没，或浮沉于波涛，或苦思而未得，因惆怅而困惑。独绀弩以天真独全之性情，以改造旧体诗为心期，以开拓诗之新境为祈想，以小巧之思寄之于诗，与时代相表里，犹夜空之缀众星，何其淋漓而灿烂者也！

又次，绀弩之能历患逢艰而保持乐观自信之态度，端赖其烂漫之性情，不汲汲于现实世界，无浸染于世风劣陋，虽有《锄草》"物理难通心自焦"之困惑，而"为人自比东方朔"，游戏自掩之意态，诗本如其人，放得一副庄严面目，反得许多意想不到之乐趣也。原之，无不因其虽借政治之际会而显厥身，而其心则不欲为牵绊以入政治，勿论其漩涡矣。如此之人，虽不由自主而陷入之，却只随波逐流，并不挣扎，如此而时时可得生活之趣，"美其名曰上工去，恰被丁聪画眼窥"（《丁聪画老头上工图》)，其调笑戏谑而有幽默之趣、放达之致，亦缘其所历之艰难未至为惨痛惨绝也，否则其诗中挥洒指斥之意，恐将更回肠荡气而激郁跌宕矣。绀弩书生也，惟其有书生之真，心中尚留得一种童真在，其态乃能烂漫无拘，乃能以诗心诗眼以悟以观现实世界，如寒夜之火种，外物虽足以败馁其身，而心灵深处始终有一点希望在，故其诗中笔下之人事景物，鲜不熏染幻梦想望之色彩，理想之色彩，诗性之色彩，此一漫漫不知其终始涯际之现实世界，恒为此童真之心所把握欣赏，而具有无限真美之姿致，悠然自信淡然容与之馀暇，未必不使此内心之生气，时时处处感染于此一不可捉摸之现实世界也。惟其豪放也，乃能摆脱一切束缚，无限近于大自然及其千形万态之事物，而得其真致，"弃被抛裘入老林，一冠一锯一提琴。满怀流水高山意，一片苍松翠柏心"(《伐木赠董汉岑》)，挥洒自然而快畅无比，现实世界之遭遇，反使人物拉短距离，自然界之纯粹晶莹生鲜活色之美，涤荡心胸之怔郁尘滓，物我相融物我惺惺之境界，意外凑泊，想中俯仰，豪放之致，有自来矣！其于人也，则尤有会心，"车上姑娘和汗下，雨中芍药让人清"(《给马飞天送饭》)、"口中白字捎三二，头上黄毛辫一双"(《女乘务员》)，美之要义，不独在有无功利之心境，且在处乎丑恶艰难之中，亦能于美有馀力以赏之，能分神以享之也。其于事也，则不拒寻常之趣，"得意还愁人未觉，频来故往众人前"(《球鞋》)，老子婆娑自得之意，而有童趣之表现；"此腹今宵方不负，剔牙正喜月当楼"(《中秋寄高旅》)，饕餮恣肆之意态，益增其烂漫天真之神味也。诗词须活，但话便自动人，此中诗比词尤难焉。须不能如道学家正襟危坐面目，但当因性情而行，于礼法之类，大可随宜处分之，如严慈膝下烂漫之小儿女也，与做人不同，此第一法。诗词之体格须老成，气调须正，怀抱须大，性情须着童心，以一切童真之表现皆不顾世俗，而能透世俗之重围也，此第二法。两法行，而神味生矣；“活”字乃余所倡“神味”说之灵魂也。若非由此性情，绀弩之诗安能臻于神味之境界邪？诸人为诗，皆患性情太过严正，严正则体物体事必不能深融独到。其尚书者，书生气、头巾气、腐儒气太重；其尚俗者，又患不能淘精弃粗，流气、无赖气、荒唐气太重，而于世俗之真美无目。诗中李杜，皆有性情处，使性情处便是其佳处，其他所谓才也力也格也调也，皆是粉饰扭捏之处，非其真面目真本色也。性情之具矣，要须二致，乃能成大：一则由本心性之活力而触物之致，其发为诗则为烂漫；一则由人格境界、精神境界、思想境界以提升其性情，以触以激于现实世界之美、丑、恶、善诸相，其发为诗则为泼辣矣。绀弩此处所表现之性情，无所顾忌，狂放恣肆而见其本来面目，不假雕饰遮羞，其出色处乃因不以世俗之力量为然而与之相搏击而得，其在自我之内心则未必不以为然也，故见其姿态烂漫若此，此种之神味，洵自古以来诗人所无也。唐之韩愈所开雄奇光怪一路，清龚自珍所开奇丽恍惚一路，皆无是之痛快淋漓而露其真性情也。西人波德莱尔启西方现代主义之源头，流派纷呈而异美洋溢，惜其颓废荒诞之色彩，虽足以极事物之致，然多未能以性情为根本，其神味亦佳，而不过因丑恶以思，未若绀弩之似写丑而实益反衬其性情之美也。《老子》有云“反者道之动”，余则曰反者文之致也。逞其恍惚怪奇而离于虚夸浮艳，指事瑰丽博达而离于淫芜巧浮，反以为诗，中其正旨，亦可尚矣，亦将去神味之境界而不远矣。

又次，绀弩之诗，又得力于其杂文甚多。杂文以博辩为趣，其趣之尚，实神味之所必由经也。杂文者，剔理抉微乎事之趣蕴，其事较之文学诸体，尤易直接于现实世界，其文字、形式之弹性皆宽松，故能不拘一格，既抉事理，又富文学之神味。其体虽古已有之，然不过皆聊备一体，鲜能发其善长与美。至鲁迅乃集大成而蔚成奇观，郁达夫评之以前无古人后无来者，洵当之而无愧。此体似专为批挞丑恶假劣而设，而气势雄博老烈，以泼辣为色，则神味生矣。绀弩亦善此体，而转拓于诗，改造旧体而以文为诗，益逞其博辩焉。吾国古之哲人，早知杂多统一之理，惜诗中不悟者多，古代之抒情诗特为发达，老杜白乐天叙事之作，遂惊艳诗史，然亦未至博杂一步，诗心较正故也，犹古之大家闺秀，自有许多事仿不得小家碧玉也。韩愈才劲，开张以文为诗，宋诗承之，大掉书袋而殊少趣味，亦非才小，惟识见未具，少所开拓耳，其雄浑雅健之基，则初奠矣，此譬犹诸料齐备而作手尚欠工夫，和合五味以出佳肴，未便善也。若夫绀弩，则由杂文之素质故，遂度越前人而更进一步，在其诚为自然之事耳。今古诗人，具此杂文之良基者实不可多得，若鲁迅，虽亦作旧体，奈其心不在于此，且先生性情偏于持正，其幽默与味多具冷色调，先生之才实非诗最能体现其特色者也。鲁迅如此，其他人更不足论矣。

综上种种，绀弩诗之得以成就，实非幸也。必得此种种之因素萃于一身而不可或缺，乃得成就也。夫天地间既有如“神味”之义旨待我发明，则自唐诗衰而后，意境腐朽千馀年，宜生一人以振之而别开蹊径，以为“神味”之例也，此之一人，舍绀弩而谁？

（三）聂诗之“神味”

绀弩之诗，神味胜也。神者，体物精也，其极致为传神，即性情，性情人各一面，如其容颜之异。容颜之异特肤浅事耳，以此别人，不得要领，故以性情别也。其融于物境，则天人合一是其所尚，亦即王国维所云之“无我之境”；其在人境，则曰人格境界、思想境界、精神境界，总之曰“无我之上之有我之境”也。欲传神，则须越形似而逼神似，故不拘于形式而活荡之，以持其生气焉；欲得味，则须广取博纳而提纯结晶，以入于创造之境，而欲入于创造之境，则必须破弃旧有而扬弃旧事物，如此则其触亦必烈，其色亦必瑰丽，因之以入于“无我之上之有我之境”，而蛹化为蝶，期于灿烂之一飞，凤凰涅槃，无非为再生一新我、大我。于是灿烂烂漫，馨美异常，此之谓“神味”之境界。若绀弩之诗，良有以也。以此境界揆之于古，虽陶渊明不足以当之，惟屈子、辛稼轩、关汉卿数人足以当之耳！神味之境界，以古为例，元曲是其最为卓异之代表，而其时吾国之诗之变已尽，元曲遂成诗与小说之妥协物、过渡物，而神味之境界，亦渐遁入小说一脉。新诗诞生，有极少数能臻此境界者，旧体诗词则几乎无有，绀弩诗一出，遂遥接元曲而诗复兴，亦使余所倡之“神味”说，为裨益诗之创作计，庶几而又得一确凿之证据，明一可能之方向也。

绀弩诗之神味，首先得自打油诗之气质也。打油诗虽名为诗，实无视为诗者，亦犹娼妓为人，实无视为人者，虽然我之所不敢赞也。然娼妓虽名不佳，实不乏才艺貌心兼佳者，若打油诗，其有两种之素质，因可使诗得期于神味之境界。一曰自由无碍之姿态，可熔铸万类而不惧于俗，故深具形式活泼与内容富于活力之两种可能；一曰幽默诙谐之风格，与传统意境之冲淡闲远、超逸放旷显别，而宜于讽刺、夸张或想象，而此数者，又极易与事结合，以出其意，其讽刺、夸张、想象之处，又多与细节相关，而“事”、“意”、“细节”三者，实为神味之境界之最要素。故绀弩借打油诗此两种之素质以扬弃之，可谓化腐朽为神奇。此种诗如《中秋寄高旅》、《锄草》等皆是，诸人评论已繁，兹从略也。绀弩之诗，无事不可入诗，亦俗亦雅，亦庄亦谐，亦正亦反，亦中亦西，犹若大杂烩，味之丰富鲜活，罕有其比。因其诗中往往有事，其事又广有背景，事本奇趣万千，诗中但稍加点逗，则一若点红之突出于翠碧，神味淋漓而美不胜收也矣。再者，绀弩旧体诗根基既浅，则其为诗必特用心于对句，此点前已拈出，其对句又无恒法，大胆创新而千奇百怪，尤多字面形式之对，神味横生往往得于是也，令人拍案叫绝，眼界为之一开，如《钟三四清归》之“青眼高歌望吾子，红心大干管他妈”、《赠董冰如高启洁夫妇武昌》之“门对珞珈山不远，人携辩证法同居”、《九日戏柬迩冬》之“嵩衡泰华皆0等，庭户轩窗且Q豪”、《赠浩子》之“棉衣棉裤三天跑，小女小儿一见才”（清严廷中［北吕·一半儿］《扬州春事》：“杏花谢了豆花才”）、《推磨》之“把坏心思磨粉碎，到新天地作环游”。古来诗中对句之佳者，唐有老杜，所谓杜样者也，雄深开阔，如“江山有巴蜀，栋宇自齐梁”、“造化钟神秀，阴阳割昏晓”、“丛菊两开他日泪，孤舟一系故园心”、“五更鼓角声悲壮，三峡星河影动摇”之类，李义山学之而增以丽，深浑沉郁逊矣，明清诗人多有继武者。在宋则有陆放翁，最为出色，如“名酒过于求赵璧，异书浑似借荆州”、“缪从学道肱三折，不遇知音尾半焦”、“官赋早输无吠犬，农耕已毕有闲牛”之类，趣味并佳而性情神见，惜放翁亦一书生，书本之趣毕竟过雅。绀弩则雅俗并美，奇趣唐突，如《赠周婆》之“自由平等遮羞布，民主集中打劫棋”、《桥夜》之“星烂月空银喷嚏，月泅星海玉身腰”、《再扫萧红墓》之“光线无钱窥紫外，文章憎命到红中”、《中秋寄高旅》之“红烧肉带三分瘦，黄豆芽烹半碗油”，已成标准之聂样。杜样壮郁虚浑，聂样贫嘴打油，皆足千古。盖行行出状元之理，于今为尤宜也。此譬之情事，女于男之贫嘴心是口非，不可为假象所惑也。绀弩之诗，贫之尤者、贫之出色者也。以文学之传统而论，其不得志于当时者，一为明之民歌，热辣缠绵，大胆真挚，令肃庄者侧目，其心之赏否，以其伪装也深厚，人不得其知也；一则为绀弩之诗，譬犹绝色佳人，其美自无可非议，然其只能投一人之怀抱而使知其味，旁观者未必不手痒而心妒，口违其心，情势使然而非关于佳人本身之美也。绀弩诗之处世，约略仿佛。神味之境界，文学之最高境界也，众或不可至焉，不能至则不可能赏之，亦其素质使然，而归其心于口之嗜味之不同，物以类聚，而品以群分，其不知聂诗佳处而无能赏之，亦属必然。至若妒忌其为野狐毒草者，持必欲毁灭之而后快之心，其心亦危诡矣！如徐晋如，初大好之，好之而不能，转又以诋毁为事，其诗词纯粹倚于才情，不可为闳大烂漫之境界、神味也。徐氏欲为精神贵族而固守上流，有此幻想，岂足悟此新境？惟秉公心而真知其价值者，乃能无私以扬美之，能追与否，诚利害之心态而弗顾屑也。

绀弩诗之神味，多得力于其洒脱之姿态，而无卑视于俗，不忌于俗，因能借其性情之力以驰骋于打油诗，虽其并未及于世俗之真精神及实质，而俗语杂言兼收并蓄，下里巴人风致颖异，亦足以使诗界侧目，而别有一种格调生焉。如《画报社鱼酒之会赠张作良》开篇即云“口中淡出鸟来无”，如此用语，诗中古未曾有，惟元曲中稍见其例，而不甚多。绀弩以此类俗语入诗，本有视诗无何之超脱之意，且以书生之意态为之，颇有体面人入群氓之尴尬，其所示意味，毕竟不十分似，而不免见嗤于方家，然措之优雅之氛围，而有石破天惊之效果，且若乡下人进城，虽迷于城市之五光十色，而其归乡自不妨大肆吹嘘而炫夸以为资本也。此种之诗虽未必见佳，然其谐趣之韵味及恣肆无忌之情状，自可使神味归结于此，以见其人，而与辞采固不甚相关者矣。书生之豪放，正以其未甚当行，故颇有意趣而与事杂谑融讽，细节穿插，亦可深蕴，如《解晋途中与包于轨同铐戏赠》之“相依相靠相狼狈，掣肘偕行一笑‘哈’……”、《即事用雷父韵》之“枯对半天无鸟事，凑齐四角且桥牌”、《代周婆答》之“一冬园圃光葵秆，瘦硬枯高懒未除”、《惊闻海燕之变后又赠》之“方今世面多风雨，何止一家损罐瓶”、《有赠》之“得半生还当大乐，无多幻想要全删”、《悠然六十》之“日三斤酒半碗饭，断一回腰千次肠”、《钟三往四清》之“出问题时有毛选，得欢欣处且秧歌”、《赠老梅》之“天下祸多从口出，号间门偶向人开”、《步酬怀沙以诗勖戒诗》之“留一狂夫天意厚，白双老眼帽檐斜”、《拾野鸭蛋》之“明日壶觞端午酒，此时包裹小丁衣”、《嘲王子夫妇怕冷》之“此夜四窗皆白昼，全家一炕共奇温”，如此之类，虽未至烂漫，亦颇含蓄风致，嚼之有味。绀弩又有妙词一首，即《沁园春·赠木工李四》，大有神味，稼轩亦有此调戒酒之作，益奇肆，则绀弩未之若也。绀弩为词甚少，惜未大用心于此道也。

（四）聂诗之不足及缺陷

绀弩本质上一书生也，“为人自比东方朔”（《锄草》原稿），“愁君学博心多累，恨我时平见每偏”（《有光枉过》），“事有千头皆卧治，人馀两眼但书淫”（《即事》），朔之所处为尴尬之位也，去君颇近而始终不得其用也，故其言行愈诙谐，其内心益痛楚，亦即绀弩之心态，故不能不有牢骚，如“把坏心思磨粉碎，到新天地作环游”、“自由平等遮羞布，民主集中打劫棋”、“天涯二老连三月，茅厕千锹遣百愁”（《清厕同枚子》）、“尊酒有清还有浊，吾谋全是亦全非”（《赠答草·序诗》）、“酒不醉人人怎醉，书诚愚我我原愚”（《赠梁羽生》）、“乾坤定后无棋局，酒肉香中一佛徒”（《真宅》），如此之类不胜枚举。绀弩既经逢历史上之一奇局而遭艰难，口发牢骚亦在所难免。然苟以为其有牢骚讽刺而疑其悟，而疑其忠，则又非知绀弩者也。盖绀弩之境界，书生之愚忠耳，迂腐乃性情使然，忠则合乎爱国爱家之大前提，故虽若尔，却使人敬。其人生境界始终不出此大前提而于最高当权者无非议二心，此与熊鉴绝不同也。熊鉴以诗讽事而直若怒斥，疾恶如仇，绀弩则宁身死心碎而不出二语，故诗借打油，亦不无此种之原因，或有讽而已，书生本色于斯毕见！以此，其诗亦难入于深融厚大之境也。虽然，上行难以下达，或虽下达而变其质，借经济之实权变乱民生，书生士者，不过受其艰难者，真知就里而能脱出当时时代之束缚者极少，聂、熊之类皆未能免也。单就精神境界而论，绀弩亦未若胡风也。

绀弩性情聪明敏捷，用心于书，知交于人，然于世俗之圆滑虚伪陋劣，始终未著之于深心，而洞察世象，圆解理蕴，不局促于一观而求遍反于三隅，万物之殊致，其又有以真心善情一以贯之，而无碍于其心之敏锐敏感也，故其为文，虽貌似鲁迅之老辣讽烈，然层次较浅而意蕴比薄，其体悟传统文化及其精神及现实世界之力，亦远未若鲁迅之体之也深批挞之也烈其味也辣其格也深蕴，深具论与文学两种之特色与美也。绀弩之文，论者虽以为是惟一足以继鲁迅之衣钵者，然貌同神、心俱异，仅风格得其相似，以辞章色彩之驳杂谲烂逼近之而已，盖其思想多得力于书本之境界，犹梁宗岱所譬“瓶中之花”，去鲁迅之“生花”，有与现实世界隔与不隔之别也。惟其得之于书本，故书生之感情，终不能为泼辣之色之纯正者，而染之以诙谐嘲玩，乏气故也；其情感之境界也浅，而于鲁迅于传统文化及精神之爱之也深恨之也切，无可摆脱纠缠缠绵以至文章老辣深刻之境界，与夫神味之泼辣烂漫，始终而有深沉博大精深真挚伟美之感情，绀弩未必能以体悟深会之也。鲁迅出自浙江绍兴之乡村，于乡村生活之意蕴事趣意会独深，此一感情基础，时时可见其文中以衬其丰骨远韵，别有一种执著清刚，纯粹而感人，此者绀弩或有之，而其诗文则大抵无之，其或体悟不深或本于其性情未尽合，遂未得大影响其人而发挥洋溢于诗文之原因也。绀弩之性情，敏于读书而浅于体察民生、体悟人生，学问亦不可谓足，他人为诗或以意境胜之诗以学问为可厌，若以神味胜者，欲体物精悟事圆澈，则不厌学问，不厌圆滑世故，立身先须谨慎，为文且须放荡，周密肆意，而后能臻于神味之境界也。绀弩之学，或为诗文所用，如裁云锦而为裳衣，非若春蚕吐丝。裁剪辞章，化古为新，自加锻炼熔铸，或取诸书本语而自得意于娴熟之假借游刃，美其名曰点铁成金脱胎换骨法，已落第二义，而况绀弩之诗，未尽消化透彻，以消融脱弃渣滓，是为能入而无能于出，此又与其性情密合，不可以违其性情以超越而虚加饰伪，反影响于技之表现也。其得于书本与现实之世俗世界为隔，而得若此，其何以故而非文学之最高境界邪(绀弩诗在“神味”一义而言已臻文学之最高境界，然未尽“神味”之极致，尚须更进其功以尽善尽美)？盖书本之所学，虽可极博辩复杂、恢弘烂漫之趣致，然其活力却得自世俗世界，因有第一手之感觉与感情，而抽绎拔萃深融此现实世界之美，若此之失，虽绀弩之性情诚真挚热烈无伪，于其诗则正嫌少一最根本以致伟美之因素也！绀弩之为人，在知识分子中自属真人层次，文艺界尚不可任意，政治则更嫌迂阔，而书生之色，下层民众亦嫌隔膜。绀弩虽因政治运动而下放劳动，亦多属被照顾之列，于其真味，实未深会，汗水之义本未参透，血泪亦仅关小我，故《削土豆种伤手》之云“欲把相思栽北国，难凭赤手建中华。狂言在口终羞说，以此微红献国家”，小题大做而炫巧弄思，终觉浅薄而乏深厚，遑论深情，“终羞说”而终说，忸怩而非自然，欲巧反拙，作态度作秀之嫌亦未尽免也。绀弩诗中虽多杜样，如《挑水》之“一担乾坤肩上下，双悬日月臂东西”、《伐木赠尊棋》之“斧锯何关天下计，乾坤须有出群材”、《赠巨赞》之“耽窥天地有形外，误堕风云无既中”、《以诗一卷赠曙南志别》之“黄鹤楼高云梦泽，黑龙江远雪霜无”、《赠雪峰》之“万里关山诗思涩，十年风雨故人同”、《雪峰南寻洪杨遗迹》之“两粤狂潮吞日月，三江战骨掩蒿莱”，若此之句，虚夸而底蕴未足，骨力尚不如明人学杜之雄强，如宋讷《壬子秋过故宫》之“禾粟秋风周洛邑，山河残照汉咸阳”、公鼐《咏怀古迹》之“昨宵周道歌黄竹，明日秦碑长绿苔”、高青丘《送沈左司从汪参政分省陕西汪由御史中丞出》之“四塞河山归版籍，百年父老见衣冠”。老杜高处，情深郁郁，不可学也。绀弩诗中多得其虚张声势，而未得其沉实。书生之力，仅得缚鸡。其闲暇之思，有数部分。一则政治运动之酷烈荒唐，虽著放荡旷达之色彩，实始终未能看清悟会其前途路向，诗中往往无奈而兼心酸头痛，“无人道是南归好，只道外婆惦外孙”（《嘲王子夫妇怕冷》）、“共织荒原为锦绣，独憎人世有夫妻”（《送王觉往东方红农场》），与事体会，不禁令人黯然而怅惘无限。一则交际之会心，多就事以得趣，虽寄托于事而可益诗之背景意蕴，然事本绝妙，又不必专伺诗词以言，绀弩独到之诗心，实未多有加于诗者也，故如《锄草》之神味烂漫而又淋漓尽致者，实不多见。

夫豪放之精神，“活”之一义之人格化也。若博取广纳而去粗炼精，必得此精神，而后可臻于神味之境界。绀弩之性情，以温婉贞淑故，而仅有豪放之意态，而不足以有豪放之精神，因妨其成就，使其诗得于书本之文辞为多，而抉剔现实世界平凡而伟美之大美为少，仅能有极少数之篇章得窥神味之境界也。以总体论之，其诗虽多而整体质量未高，且多数不及古人，亦未及同时代先后之名家，则又不能不与其诗之根基甚浅相关涉。以根基浅故，乃肆其心于对句之险奇，固有妙绝出色者，然为数不多，多有粗陋无馀观而少味者，由此之心，无馀力于通篇之经营，炼意之工夫颇欠，非可喻之以木头美人，却直可譬之以丑女却有一副好身段也！绀弩之诗，可谓成也对句，败也对句，下不足以触世俗之大美，上又妨其诗技之圆满，虽其气象特新颖异美，然他者种种之美，未能相携与俱。绀弩始终抱打油游戏之心态，此其根本原因之所在，恐其亦自心知肚明，而终怀难登大雅之堂之虑；此游戏之心与炼句之精奇，本无矛盾之可能也。其诗炼句虽精，而篇多草草之痕，诸所取纳熔铸，成色多未佳。神味之境界乃一系统，为其最终理想。“四曰创造神味之法，则是将有限最佳化也。故凡为文，一篇则有通体之神味，一章一节一句有一章一节一句之神味，欲臻此境界，非全才通才不可。然世乏是焉，而局部之有神味，则可使通篇生色，故余谓古今诗文，神味之寓著如散珠遗尘，随处而有光辉，集其众美，乃得淋漓，而后可知‘神味’之旨也”①，绀弩之才，偏才也。同属改造提升旧事物，金庸武侠小说所臻神味之境界，较为全面，绀弩诗未之若也。前者

① 见拙著《金庸说部诗学论稿·金庸说部之神味》。

遂成经典，后者仅有杰作。观时人之论聂诗，贬之者勿论，即誉之者亦多溢美。绀弩诗固有佳处，亦不可盲目吹捧而不知其软肋，如此誉之实亦毁之也。古之大诗人大词人，其作整体质量皆极高，如李、杜、苏、辛、关，披读其集而众美纷呈，如入宝山，若绀弩则无异披沙拣金，甚少创获。绀弩自称雅好打油而苦无多油可打，由此亦可知其窘困矣，若由此打油之心以成诗，吾知其窘困也必矣。红尘世俗，大美存焉。求奇追趣，亦文人心性，实则“神味”之所尚乃平凡而造之伟美、人与事之美，若无能于体察民生之感情，于民生尤其平凡小人物之生活及其真善与美，而自内心、灵魂之深处涌动饱含深情，以视此现实世界，则其所造，离于神味矣，至少亦是离于神味之最高境界矣。“无我之上之有我之境”，有真我、新我、大我三义，“大我”一步，绀弩实未梦见也。绀弩之诗于稼轩之词，有可比性而根本不能相比。若熔裁之博、诙谐之趣，二人有相似者焉。然稼轩以英雄怀抱而具豪放之精神，其于国计民生之感情，远较绀弩为深闳伟美。稼轩之熔铸，精当活泼，与性情精神相表里，绀弩则虚夸有馀而活泼未足，辅以打油，时见露其筋骨，碍其神气。稼轩之词，多具表里两种之境界与美，澎湃吞吐，意味遒丽而又萦绕无限；绀弩之诗，则多如玉嵌石中，非大自在相，或直露无余，或乏内力，“真体内充”之境界，盖有阙耳。稼轩名篇众多，风格多样，绀弩则仅有少数杰作支撑门面，毕竟内虚，风格亦较单一。绀弩诗路甚佳，独惜其力未至，所需进者尚多，故非诗之终境，而后人尚大有可为也！

“俗”之一字，绀弩实未深知其佳。故其诗虽间杂俗语，而俗之真正魅力，则几乎无目。俞樾［南吕·驻云飞］《百空曲》云：“畸行人争耸，高论天为动。嗏！流俗半盲聋，豆儿眼孔。

下里巴人，反博知音众，君不见立异矜奇总是空！”平凡之美，不倚奇也。寻常百姓之生活及其生命存在之姿态及内蕴，身怀伟美特异之才具及内美深厚而又出之以平凡者，寻常民生世俗所蕴含不可思议莫名其妙之朴素瑰秀之美，满腔天真独具不持功利心处世待人之至善，其在平凡中以坚忍不拔之热情冲决一切诸传统惯性惰性力量所迸发之朴素之绚烂，则非书生之境界所能体悟者也。其发而为音声歌诗，必深情婉转而本色动人，历代民歌谣曲，特其暴露之一端，而已灿烂无限，李空同之云“真诗只在民间”（《李空同集·闲居集·市井艳词序》），诚心声也！盖天下之大美，其全而粹而淋漓尽致而烂漫而丰富而动媚而活色生香者，愈近于下而益为然也！其虚伪矫饰之少也，陈腐朽败之少也。绀弩诗词虽特出，而于此则不能无憾，而恨其未能更下其心于民生之感情，未能汲取俗文学之生机生气以正其诗之本，而仅凭打油此一形式逞其意态，不过特多巧异之对句，有使人恨其欲巧之心，反致拙感，惟“朴”乃能臻于豪放之精神之境界，臻于“神味”一旨之正色者也。故绀弩之诗，除格律外，古诗便几毫无可观而微嫌拙劣。以七古论，唐之诗人勿论，即后世之苏东坡、韩退之、吴梅村、龚定庵之流，亦远逊也。古诗一体，最足以见诗人之才气才力，且易致镗鞳巨响，丰韵其容量，尤易得神味而渲染乎事者也。吾国抒情诗之特为发达，而鲜有知叙事诗之价值者，由绀弩诗以观之，其亦然也。“又苦无多油可打”，“问渠那得清如许？为有源头活水来”，朱子此语，可以责之。

绀弩之诗，由未能及于俗之平凡伟美，故书生之磅礴，特少风人之致，而乏普遍之意蕴，惟其即事过近，事且琐碎，去时未久而解之已难。古典今典，大量罗列，尤其今典，必须详注，乃知其意味，意之不解，味之焉获，此与吾人之品佳肴而乐其味，且不必知其原料佐料若何，明显为两种之境界。诗注愈多而去诗愈远，而绀弩为尤其之甚，此亦足见其未臻神味之境界之极致也，未尽发挥其蕴，精炼其细节也！此之为失，不可不察之！

（五）聂诗之非诗化

聂诗之境界神味大略如上所述，而自其数量之因素总观之，则又有一大根本特征不可不论，即其非诗化之态势、色彩也。何谓非诗化？盖诗也者，最第一之要素为诗意之境界，若不能得此境界，而或以他因素为主，如思想、哲理，则即为非诗化者矣。何以自其数量之因素总观之，而非自质量邪？绀弩诗之质量，其最上者言之，自可入于歌诗最第一流之境界，本书卷一以之为古今十大诗人之选，即就其质量之最上乘者言之。虽然，其诗能入于古今歌诗最第一流之境界，乃其质量之最上乘者之总观也，若自独一之诗作论之，则无有一篇能入于最第一流之境界者也。盖古今歌诗之最第一流之境界，非纯粹为技巧之境界，而更具伟美闳大之人格境界、思想境界、精神境界，能有得于“无我之上之有我之境”者也。绀弩之诗，就技巧及人格境界、思想境界、精神境界之“无我之上之有我之境”者言之，无一方面而能臻于最第一流之境界，无一方面而可为最出色者也。如其《锄草》一作，可谓极尽其妙，然其所表现之境界为人所熟知，但有会心，但能见此表现之妙，而就总体上之境界、神味言之，则不能给吾人以此诗之外之更多更深远之境界、神味，而仅止于本诗，若佳肴之一种，虽至为佳，然总不能兼其他之味。若煎中药，尽将精华逼出，一次而毕，乏久远之功效；如以优势力量倾城而出以围歼敌军，而其本穴则空，为兵家大忌。绀弩以杂文入诗著称，而其作之第一流者，则仅有技巧上能臻之痕迹，而无境界、神味之杂多融一也。境界一义，除于内容、主体精神有所要求，其兼有意境之“以有限为无限”之特长，则绀弩诗尤欠缺者也。其所以能佳，多仅在能至“神味”一义之“将有限（或局部）最佳化”之境，而“神味”之一义，乃兼有境界之长之后之境界，合“以有限为无限”、“将有限（或局部）最佳化”之两方面，始可称之为“神味”之真正境界也。绀弩之诗之最佳者，亦多重心在“将有限（或局部）最佳化”，而不能更多及于本诗之外之境界，是密度或足，则广度尚欠缺也。其尤可惜者，绀弩之诗大半水平与其最上质量者相去太远，甚至大多较之古今歌诗之一般水平，亦有所不如。由于此种之原因，故特论其此部分之诗作，而总论其整体上之非诗化倾向，欲使后来追踪或评鉴者有所警惕，而非持有完全吸收过奖之态度也。绀弩若能精选其诗作之十一，则自能面目一新而出新境界，卓然为一大家，若今之丛杂繁芜，则适佳者为其劣者所掩，而败其总体之审美鉴赏也。

若论绀弩诗之非诗化，则略可得其三者焉。

其一，其诗其人之思想、精神境界，大多止于性情之境界，而绀弩之性情，却又非古今性情中人之最佳者流，即《世说新语》一书诸人之性情境界亦难超越突出之，如嵇康；甚而受一定时代环境之影响，不能不有所收敛，或受一定时代背景之影响，而不能有透澈之识见，为苦闷之象征意象所笼罩。故其诗作，虽出语往往随便，可快人一时之耳目，而未必具诗意之境界，至于隽永之名句哲思，仅是偶然而见之于其最佳之作中。其诗之绝大多数，往往不能具“神味”之色彩境界，即其最佳者，亦往往受此局限压抑，而不能使“神味”至于最佳之境界。故事物非新奇便必然胜于旧者，若其造诣不能胜之，则虽新奇无多益也。绀弩歌诗之成就，非其思想、精神境界能过于古人，此其总体之把握也。

其二，绀弩诗极为倚仗其所处时代之特殊性，故往往用脉丝牵络之法，但牵其头绪，而其背后复杂深刻之背景，往往须见者自行意会之，所谓转移注意力于它事物，而离于歌诗之本体者矣。若是，诗意之境界大失，而非诗化之所以成也。侯井天先生注聂诗之最大贡献，非是辑佚，而是搜求挽救“今典”，正为此也。然“今典”之需挽救而后可，亦即绀弩诗之最大失败处，所谓“成也萧何，败也萧何”也。试想今日聂诗之观者，皆于当时其所处之社会环境具相当之理解，其中大有与其同处当时之社会时代环境之人。然年月久之，如我辈之观秦汉事，多仅能得其略，即今日之保存历史之真实之手段能获未来之效，而其人之不存，则后人之能理解当日之社会时代环境与否，或其理解之程度如何，皆将成绝大之历史问题，非如李义山之歌诗，虽朦胧其事，隐约其情，难令人有通透之理解，而其诗本身乃具一种诗意之境界，不待琢磨而后能得之，与绀弩歌诗之非诗化境界异，余恐后来之不具当日社会时代之历史之同情者，于其中之“今典”并无多大兴趣也。此亦譬若为学，古今学问深厚渊博者众矣，能诵书者众矣，而能具一定之创新之见，具特美之观而为后人所记忆者，则少之又少矣。

且绀弩之诗，虽具事件之深厚底蕴，而限于律诗之容量，不能大所发挥如李太白之杂言诗，杜子美七古五古之纵横恣肆、汪洋浩瀚，故点到为止，如花未萌，始终而在蓓蕾之状态。其诗之佳处本依赖事之一因素而成就，然其叙事之功夫则由于上述所受限之原因，而不能铺排之，使具淋漓烂漫之效果，不能窥见细节之境界，亦其歌诗非诗化而不能远追元曲神味烂漫之境界之一大要因也。又其往往因读书多而用古典，意味既不能新，多所用之则滥，亦于其歌诗之非诗化，助力甚巨也。又其写事，虽为生活所实有，往往而有非美者，不具诗意者，如《球鞋》之“掌心鸡眼软如绵”，此亦如魏晋人之好食人痂者，惟有恶心之趣耳。古人写美人指甲之类尚多堕恶趣，况此种者邪！

其三，杂文化手法之无限制，是其歌诗至于非诗化之境界之又一大原因。诗意之境界灌注于现实世界之万事万物之中，杂取万有而熔铸之，使具结晶，此“神味”说一旨之要义，然绀弩往往恃其杂文之成功（今人云然，以余观之，其杂文去鲁迅甚远），而恣其意于歌诗之作，往往随意过头，流于日记之形式，但以律为其表面现象耳。观其集中诸作，过半并无“油”可打，或打“油”不多而趣味寡鲜，遑论“神味”之境界矣。夫杂文者，是何等容量，而绀弩得意于彼，未必能得意于诗，可不深戒哉！游戏为诗，亦无不可，元曲中早着游戏之心态，而成就甚伟。以游戏之心为诗，而无精神之负担，反为诗之助益，然心可游戏，技可游戏，而诗意之境界之为歌诗之最终效果，却不可游戏也。若游戏之，则适与随意而合，具破败诗意之境界之能力而已耳。观绀弩诗作，随手而为，佳者十一，后人以其为绀弩而备珍之，以为其不佳者与佳者皆足宝也。即绀弩当日，亦未必以其歌诗为意，虽苦心经营而为之，不过聊以寄托心中之苦闷，为宣泄之途径，犹俗之所谓瞎猫尚能碰上死耗子，况绀弩之才，本自非同寻常哉。篇篇首首散之众人，当日并无大宝之者，皆为是也。今日之为众人所大宝之者，一则缘其最佳者之影响，一则因其总体之佳处之影响，但其实质，并无今日所赞誉者之佳妙，三草而外之篇什，多是非诗化之境界也。

（六）馀论

绀弩之诗，以其开拓新境界之意义而言，则具宗师气象者，然其成就，不过无愧名家而已，有所未足也。为其人焉，爱屋及乌，为存其诗，只言片语亦弥足珍贵，且奔走以注其中之“今典”，侯子之事，世之誉之在乎此也。苟其得而有精，固足以偿其心力，若仅粗劣，则实鸡肋：弃之可惜，且义不可弃而当存，增益编中，只堪续貂，诗之以质不以量也，此实亦一两难之选择。余于绀弩，爱其佳处也深，故责其不足也力也切。其诗之不足，人多知之而不言，绀弩非世故辈，宁可以圆滑待其诗邪？绀弩诗为“神味”说之在诗中最有力之佐证，则好之而孰更甚于我？而我之心绝不止乎此也，故挑剔美恶而并观短长，铺排演说“神味”之义，非欲有所争美诸论，而实欲使昭鉴绀弩，体悟厥旨，更进创新，勿以为其诗将绝尘也。本之“神味”以开拓文学中之新境界，以此期诸天下之诗人焉！

庚寅之夏，余甫去济南未久，暑中而得侯井天先生仙逝之讯，今睹往昔所论者如上，曷胜悲痛伤感也！时拙撰《聂绀弩诗歌研究》一书初稿甫成，正欲告之先生——前此数为先生言将撰此书也，而遂为永恒之憾事矣！

卷四

一

唐人《二十四诗品》之作，以冲和平淡之优美为主色者也，余恒恨其乏闳大壮美之色彩、精神。甲申之冬，乃撰《新二十四诗品》，用贯彻、阐解“神味”说一义，以“豪放”之精神为其核心，而欲以“壮美”为期以养吾国之审美理想也：

序曰：司空图《二十四诗品》，颖秀别致，清之袁枚有继响焉。今余不嫌续貂而再三之者，期与拙著《诗词曲学谈艺录》一书所倡“神味”说相表里，系统其说以示天下诗人，使知“意境”理论而外，别有新天也。诸所范畴，或独造，或撷取古之佳者，以示继承创新之义。率尔之作，未有心争美于前贤也。

泼辣

天真烂漫，左家娇女。未浸世俗，大美莫贮。譬如相思，惟予与汝。灵犀所至，坏笑无语。红颜之怒，何其可沮。所遇非人，拂袖以去！

淋　漓

有酒即饮，何妨微醺。惊艳美人，放荡其心。闻乐则舞，激剑龙吟。看花所至，形骸不禁。以狂以痴，亦古亦今。元气流布，自响鸣琴。

烂　漫

惟人所有，质有馀也。如花逼丽，其态如泄。内全性情，外倩世冶。真金之色，难以掺假。浩然沛然，形神俱野。一旦识之，不可暂舍。

本　色

不惯虚套，老未失真。与花独语，以竹为邻。物我一体，何贵其身。避恶不及，锄草成频。我行我素，任舌纷纶。其为则也，无损于人。

蕴　秀

室无长物，幽兰缱绻。红尘世俗，斯人多蹇。虽曰逢艰，其秀难掩。譬如灵光，时时而显。自信若是，何须有辩。笑煞世人，看人每扁。

灵　动

山青欲滴，流水溅溅。长蛇吐信，天地色变。老僧袒怀，大荒参禅。美女如花，如露如电。芳心之动，秋波乍转。深幽之媚，微妙处显。

性 情

性好酌酒，对花每痴。时倚竹立，窈窕无思。客至登堂，议论参差。不枉物情，岂与人随。中心烂漫，惟有自知。吟啸所及，碧窗苔滋。

传 神

肴待者盐，蛹化生蝶。秋波妩媚，春风猎猎。若不胜焉，泪沾于睫。期于会心，若将魂摄。妙哉其味，妻不如妾。点睛龙飞，神将形挟。

豪 放

浑超物我，自臻至美。郁乎深情，行不由己。儒道取长，庸俗曷拟。气蕴于中，神无渣滓。荆卿无秦，纫针有技。其道朴素，圆滑赘耳。

天 真

得天之全，不因俗失。性情纯澈，皎皎其质。譬如日流，譬若月出。一举一动，情以为率。想象所至，安可自律。内力周流，贞正诚实。

恣 肆

酒须痛饮，情亦淋漓。兴来不禁，兴去犹痴。力透纸背，而后饶姿。静若处子，动不拒奇。月夜吹笛，忽然生悲。心狂神似，芳草离离。

无复

蛹化为蝶，蜜可返花？其人云亡，其技永赊。创造之境，巅峰之奢。同一人也，时过亦差。吉光片羽，因是用夸。青出于蓝，日新为嘉。

细节

不复其境，细节是尚。苟一得此，神为之漾。体之世俗，其美万状。主之以情，艺超于匠。熔铸一味，灿焉独创。凤凰涅槃，死灰之上。

深情

情之深也，植根于俗。以雅为调，其叶未沃。罔事功计，无凭喜辱。心心之应，情情之笃。惜哉世人，离情何酷。人归于兽，惟其两足。

虚实

以虚为蕴，实以为期。若不经虚，实亦有疵。譬如男女，其欲也饥。半推半就，情调方滋。虚实变幻，乃出奇姿。翼以想象，可大兴之。

动静

寓我则动，无我暂静。万物纷然，中心澈永。波谲云诡，花枝月影。神为之动，其态内逞。静常悟美，动观其境。美人不来，无须延颈。

写意

壶觞独酌，素琴自挥。白云有态，水绕翠微。佳人调笑，青春胜衣。与物俯仰，情畅神归。每一刹那，转瞬已非。大匠之作，随处见机。

诙谐

道貌岸然，秦汉衣冠。世道圆滑，严肃艰难。为人以正，作文以酸。譬如在众，戏谑遂欢。此中真义，笔底波澜。五色斑驳，流美盘桓。

大俗

活水所自，莫坐枯禅。红尘世俗，大美存焉。有人有人，孰知其妍。熙熙攘攘，大道趋圆。万法归一，独得其全。与流与迁，肯为周旋。

意趣

佳人端严，亦泥塑耳。必得其意，趣随以俟。苍苍者山，茫茫者水。动静殊态，两致并轨。广庭情隘，深闺趣始。鱼水和谐，中心自喜。

朴素

惟人最美，难得朴素。本自楚楚，原自难喻。拈花粲然，门外不悟。白衣淡淡，而丽花树。裸裎惊艳，天地合趣。朴之为义，今其谁付？

夸张

虽或变形，妙得神似。难会其微，苟不如此。情之所钟，西施莫比。潇潇碧竹，闲狂谁倚。为讽为刺，以反其美。非炫屠龙，无逞其技。

野性

性情朴野，源于内心。水势所向，情不可禁。戴枷而舞，迹非外寻。淤泥弗染，其美愈深。勃发浩如，对面似侵。山势虽逼，不过萧森。

最佳

茫茫大野，有一红颜。若无人也，景可全删。艳逸之女，秋水娇蛮。不知其白，挥墨亦艰。小节不拘，曷解连环。箭在弦上，不中为悭！

附注：本作刊于《宁夏师范学院学报》2011年第2期，乃论文形式，中杂之以诗歌本文。其前则尝以诗歌形式刊于《华夏文坛》2007年第1期，所用《小序》为白话，如下：

司空图的《二十四诗品》，清代袁枚有《续诗品》之作，自称起因是“惜其只标妙境，未写苦心”。我的续作，则主要是和拙著《沧海诗话》提出的“神味”说相表里的，其中所体现的诗学思想，总体上是以“意境过时论”为构思的。因此诗中诸品，既和司空图的原作主要以消极、超逸、冲淡、阴柔为特色不同，而提倡以刚健积极为主的文学艺术境界——两者的关键冲突在于，即使是在刚柔并济的统一认识的基础上，还存在着一个谁占主导地位的问题；又鲜明的相异于《人间词话》里以“无我之境”为文学艺术的最高境界的做法，而提倡“无我之上之有我”即“大我”的境界，所谓“泼辣”、“豪放”诸品，其所依托的诗学思想乃即在此。整体上突破意境理论而提出新的审美理想，是当代诗词甚至文学摆脱困境的惟一出路，有识之士，当有感于此。

二

丙戌之秋，余继勇而复撰《后二十四诗品》之作，《新二十四诗品》一作多有誉之故也：

序云：余既作《新二十四诗品》，越两年，忽然又有兴也，乃复为《后二十四诗品》。诸语多仍前作，亦有相异者，参差互补，非所谓晚出者定能新前作之论也。其撷古语者，如“气韵”、“兴象”、“诗画”、“道技”之属，皆别有阐发、强调，非尽随意阑入充数而已。论之氛围，仍为“意境过时论”，而意在突破“意境”理论以创新吾国美学、诗学之境界，而大期望于后之作者也，有识之士，或能鉴焉。丙戌秋九月廿六日胶东于永森识于济南红禅室之抱书而眠斋。

泼 辣

气所自本，灿烂为根。美之极矣，态不长存。平居所养，一旦若喧。尤其女子，美不可言！内慧外秀，虽静犹奔。非犹泼妇，当街不尊。

淋 漓

美若有味，必尽其致。中气沛然，久长其媚。物色勃郁，天人同肆。挥洒若琴，颓然如醉。美不胜收，制之以志。大江苍茫，泥沙不避。

烂漫

性本自然，心向天真。烂漫之极，其惟在人！锦上添花，却与为邻。花瓣香生，丽乃纷纶。超乎功利，其态自醇。不赖外物，色无点尘。

本色

性好饮酒，腰悬丽剑。临波照影，波色潋滟。攘攘以利，心实深厌！情衷世俗，必用针砭。微鳞出水，蛟龙或潜。人乎人乎，最第一念！

蕴秀

静女其姝，妖娆于内。分际拿捏，自以为妹。非诞其容，恋恋心肺！两美合一，以俗为淬。养情与气，其美能耐。动静所维，人所以粹。

灵动

女子之眸，流美情热。盼倩淑姿，妙非言说。若有思焉，忽然如泄！琴声泠泠，箫音呜咽。姿态恍惚，韵味独绝。秀色可餐，有人口拙！

性情

性为其质，情实人有。种菜灌园，为爱其韭。惟情损人，物不过偶。随分安性，动静无咎。惜乎世俗，法度掣肘。忘怀深情，惟其有酒！

传神

姿态之异，实仅仅耳。事以写人，其良可矣！细节磅礴，性情为始。无我之上，有我乃髓。神魂之间，超乎道技。酒饮微醺，何足去滓！

豪放

豪气郁内，外见冲天。将不可遏，发之自然。深情超逸，蔑仰于玄。锻炼世俗，与人为缘。琴剑风流，诗酒缠绵。所谓惊丽，豪兼婉焉！

天真

天真为本，物之极也。人以为始，终焉不假！活力由来，姿态俗雅。大雅大俗，藉此为冶。老子婆娑，童心如泻。瞥瞥世俗，自去来者。

气韵

气为生机，韵偏静美。得韵必气，问君知否？雪里芭蕉，特是韵旨。以韵为至，逸乃尊耳！卧游老死，经行身履。风味不差，仅得貌似！

兴象

兴之以起，象寄旨微。以活以灵，有始无归。若其归矣，象泥有违。内外虚实，庶其见几。兴兴不绝，象象发挥。兴其绝矣，象亦依稀！

细节

意境之造，情景是维。神味淋漓，细节系之。情景空中，细节兼时。空中易静，兼时动滋。譬如旷野，人为之奇。超唐越宋，念之在兹！

诗画

诗中有画，画中有诗。在画为极，在诗尚亏。同为取长，分为雄雌。不可以妻，画中蛾眉。情为憔悴，之子云痴。纵横世俗，非画能持。

含蓄

含蓄不足，情爱喻之。心之焦矣，牵手为迟。情有所急，甚于画眉！爱则同体，孰善相思！扭扭捏捏，情爱尚疑。浑忘你我，含蓄何为！

神味

神是性情，味为世俗。大我豪放，中心如玉。神不可刖，味经荣辱。两者合美，龙飞莫赎！精神澡雪，深情沐浴。积极进取，于焉乃足！

道技

经俗曰道，空谈为技。修饰琢磨，愈不免鄙！大我云道，小我技耳。挥洒自如，道如流水。此之谓道，亦技一旨。最高之道，其惟志已！

离即

不离不即，神韵所高。周遭经行，终有分毫。不离以意，不即为韬。一针见血，神味乃绸！徒慕窈窕，梦而为谣。传之佳人，笑亦滔滔！

平淡

平淡在心，非止貌参。貌为淡者，其心已滥。心貌两淡，犹然为憾。绚烂之极，乃即平淡。淡为中途，成事为三。利欲萦中，其淡也暂！

妙悟

妙悟本色，止堪入门。进焉独造，犹然再论。悟者其内，尚须俗蕴。知而后行，要言不烦。妙悟玲珑，世俗为魂。大我绚丽，人间道存！

逼丽

丽之极也，忽焉若逼。秀不可掩，人弗能克。为眩为晕，目为之黑！中心烂漫，不恃外饰。情其溶溶，灼灼其色。销魂之际，佳人粲织。

风味

佳人风味，偶然后知。深情为我，故故相思！兴趣之来，心念为谁？或有恍惚，奈何貌欺。越女燕姬，各有所宜。独嗜境界，安能兼之！

意 境

意境云者，以意为主。情景管家，境乃为愈。境界少意，静多为苦。自矜身份，赁女为乳。情景多复，久而成腐。无我无我，何用为怙！

心 术

才不妨高，气不妨肆。惟心所用，乃有其术。谬以分毫，差之日积。诗人诗人，惟心所施。正诚刚健，先贤所遗。杜子伟大，赖兹为始！

附注：本作刊于《山东文学》2009年第8期，误字有六：《小序》中之“神味”说，误为“神圣”说；“本色”、“蕴秀”两品之“俗”，误为“价”；“兴象”一品之“庶其见几”，误为“见儿”；“意境”一品之“自矜身份”，误为“白矜”。一作而所误如此，亦真堪惊心矣！所用《小序》为白话，如下：

唐代司空图的《二十四诗品》，清代袁枚虽有过续作，但并未有意识地突破其以阴柔为特色而偏于消极的美学、诗学思想。笔者有感于此，又进行了六次续作（总名《诸二十四诗品》，本篇乃其中之一），而提倡以壮美为主、刚柔并济的新的时代审美理想。其中“豪放”一品贯穿六作，是其核心精神所在。笔者在《沧海诗话》提出了“神味”说，总体构思是“意境过时论”，以“无我之上之有我之境”突破了《人间词话》“无我之境”仍以优美为主的美学境界，又将这种境界落实到了元曲，写成《嫁笛聘箫楼曲话》，最终将“神味”说发展完善；而《诸二十四诗品》则是这种新的审美理想境界的集中诠释。和意境重视情景而偏重于抒情不同，“神味”说重视叙事，以“意”、“事”、“细节”为三要素，主张从“豪放”精神出发确立人的主体性姿态，为关注社会现实民生、建立新的审美理想提供根本支持动力。本篇在《新二十四诗品》大力提倡“豪放”、“泼辣”、“烂漫”、“细节”、“大俗”、“野性”诸品的基础上，以这种新的审美理想为视角，重点对传统美学、诗学中的一些重要范畴作了重新解释和评价。只有将重建以“壮美”为特色的新的民族审美理想为目标，当代诗歌、文学才有可能摆脱低迷的态势。

三

丁亥春二月，余复撰《续二十四诗品》之作：

小序：丁亥之春二月，花开正盛，而余甚怅怅，有所未达其志者焉。不解之中，百无聊赖，乃复续《二十四诗品》之作——前已两续矣，所拈范畴，或径撷旧作而稍加改定，移花接木，境庶几也。此作无干“神味”说，韵亦不甚拘，但随意之流露而取心境之所到耳。大雅君子，或有责也。丁亥清明次日红禅室主人于沧海记于济南之嫁笛聘箫楼。

性 情

剑胆琴心，刚健婀娜。天地壮观，不足喻我。花开花落，不问因果。思如流水，颓然箕坐。有垂钓意，而结网情。仰看青天，深情如火。

气 势

一剑未到，阴阳已昏。美人如玉，恐将销魂。铁马秋风，狂沙雁门。侠客动情，一怒越樊！如日之升，大河雄浑。如月之恒，大江浪奔！

幽 秀

林深苍莽，山石崚嶒。泉流涧外，野花云蒸。山人采药，都无一朋。不袜踏波，歌诗以兴。时发长啸，偶倚缠藤。虽知且暮，系日乏绳。

风 味

有酒必饮，无花定愁。佳人不来，烦烦白眸。篱畔追思，水际划筹。忽然忘我，与世沉浮。酒香溢巷，非人不售。饮酒如虹，怅惘夷犹。

姿 态

倚竹听箫，指点流云。逍遥法外，落花纷纷。美人来去，爱着碧裙。悠然自得，中气氤氲。秉心怀素，亦不拒荤。时临巨川，苍茫中分。

洒 脱

渊然而清，山海傲啸。临波弄笛，淡然一笑。情深怅惘，其介孤峭。大巧若拙，朴美乃妙。性违世俗，不乐人召。气发浩然，目极隼鹞。

朴 野

红尘世俗，亦牛亦马。独去往来，是真达者。拾柴煮肉，饮酒以瓦。精神醇野，俗中之雅。神情无极，姿态潇洒。莫强以情，吾其去也！

童心

号为顽童，其实真人。形极戏谑，神存古淳。惟其羲皇，乃畜斯民。若遇李耳，合卜诸邻。天地万物，无不与亲。高不可及，追攀已尘。

情爱

花之窈窕，玉之玲珑。饮酒微醺，箫横颜红。有夫朴拙，而气如虹。心心相映，何必狡童。真美而慧，岂逊天工。美之为物，尤非朦胧。

坚贞

天生丽质，迥若天人。如花未放，不染一尘。以石为床，以竹为邻。若有所思，若无所珍。淡然无求，其心以纯。邈若遗世，仰之伤神。

豪放

笑傲江湖，舞剑吹箫。内在之美，独领妖娆。悠然长啸，衣袖飘飘。筑室云根，有时而樵。佳人相伴，其魂欲消。无怨无悔，沧海生潮。

惊丽

独至妖娆，不可方物。如观良琴，莹光淡月。可饮以酒，不让豪杰。幽然深谷，红梅初发。非恍非惚，忽然如泄。气为之主，否焉遂绝。

芳洁

女有豪杰，天资颖性。空潭映竹，杳然波冷。折枝惜花，浮萍无梗。不事粉黛，中心宁静。世俗圆滑，何必耿耿。情伤有无，回望隽永。

豪雄

浩气如虹，忧烦如捣。快意恩仇，雄风若扫。时一纵酒，顾佳人笑。览之伤神，世俗莫疗。人生快意，正当年少！但馀豪情，一襟晚照。

荒寂

敢爱敢恨，人中之英。爱之非人，熬煎平生。既以绝俗，何顾声名。宁守活水，草木自荣。时光若流，牛斗任倾。对花独语，其谁坚贞。

深情

酷寒难掩，梅竹之秀。江湖风雨，春山靡皱。超脱物外，见云出岫。只为情深，因那人瘦。眷恋何其，蓦然回首。微风渐渐，猎猎翠袖。

惆怅

人间龙凤，惺惺相惜。蓦然回首，热血化碧。独在世俗，譬足适屐。为情所困，如心已摘。犹喜归来，幽兰倚栅。中夜饮酒，抚剑终夕。

无求

不著形迹，成竹在胸。欲以物追，吾其何从。世事玲珑，人其凡庸。山川大泽，处处遗踪。俯仰吐纳，流水淙淙。无私无欲，渊然道冲。

书生

才具儒雅，性乎书生。困顿浊世，怅惘莫名。大志成灰，不惯逢迎。长歌当哭，举世欲倾。想落天外，气象峥嵘。不求于外，物何可婴。

自得

圆则无物，方而能朴。其淡而清，绮丽罔补。气凌霄壤，象瞻今古。不入世俗，焉得取辱。闲则读书，忙偶食肉。在天在地，谁其为轴。

风韵

可以象见，意味难传。弦上微语，虽指靡宣。冰之清也，玉之莹焉。佳人巧笑，乃无限妍。内发之外，双袖可怜。搔首莫喻，此事非玄。

慷慨

貂裘换酒，歌其何悲。宁为玉碎，问我其谁。幽潜者梅，向阳者葵。来者犹早，往者难追。美人恋花，壮士择时。风过怒号，涕泗何辞！

苍凉

山之苍苍，水之凉凉。茫然四顾，周彼朔方。朔方之北，苍狼彷徨。陟之高冈，拟彼鹰翔。销愁与忧，惟有琼浆。徘徊流连，极北大荒。

感激

志在九霄，心悬日月。人间攘攘，天生奇骨。肝胆相照，意气风发。情无所寄，中心兀兀。性非所宜，羌有所伐。苍茫之间，神魂飞越！

四

丁亥春三月，余复撰《补二十四诗品》之作：

小序：丁亥春日，余心境凡数迁焉。或惘惘者，其身之不能永邪？而精神风味则可寿逾金石，况人间深情，初非文字之所能喻拟也。仿佛而乐之，其在象乎，是诗可为吾人之上宾而乐之无限之故也。用是援毫复续司空图之《二十四诗品》，反复之间，可谓有缘，司空氏之在地下，亦当悦余之若是之追随者矣；而韵已不拘矣。拙论“神味”说之精神，多在《新二十四诗品》、《后二十四诗品》，多为我所极尚者，若《续二十四诗品》、《补二十四诗品》，不过敷衍情境，为客观之评鉴耳。红禅室主人于沧海丁亥春三月初四（谷雨）记于济南之嫁笛聘箫楼。

高情

林壑含碧，幽花凝芳。天地无极，追焉情伤！水畔依依，巅峰浩荡。酌彼琼浆，逸此神想。微风拂袖，襟怀飞扬。玉笛呜咽，美人何方。

伤情

临风洒涕，情不自禁。彼何人者，于是逡巡。曾以物喜，亦为人欣。精之逝也，孰能抚君！静目流思，动辄驰神。缠绵悱恻，性乃夭斤。

悲情

遗世独立，忽然而悲。纷纷俗世，焉执著为！如蚌怀珠，如玉掩灰。情之至也，锁锁横眉。箫成竹殁，恋恋者谁。苍茫流感，风尘漫滋。

郁闷

郁郁孤抱，有所忧闷。情挚所钟，乃尔深沉！气郁则结，物郁难存。秋露晶莹，象其亦真。剑悲徒观，瑟伤冷纶。宇宙自运，一切俱尘。

钟情

邈然独坐，自饮无思。水流花开，真境如诗。玲珑窈窕，世事如棋。任情磅礴，澹焉若痴。红尘何事，醉可由人！醉则倚竹，天籁浑奇。

灵异

芭涵幽冥，苍茫异类。用物润心，挑剔风味。物本无心，人实有会。灵秀所滋，是为真魅。玉人皎皎，秋波蛾眉。相看无言，衣衫欲碧。

豪放

气之所聚，凝乎世俗。气之所放，其态也殊。情可损人，伊谁能度。聚散收弛，自如自足。情气之发，曷用含蓄。光之达之，其惟酒乎！

婉约

帘后佳人，绰约玲珑。名马衔辔，羡羡骄龙。思与缠绵，留恋芳丛。佳人有态，品之莫名。俗子难会，未胎之蒙。相思一点，愈抑无穷！

情韵

竹性坚贞，梅韵独绝。春风荡漾，深山泉活。落花层积，安步当车。或访或探，时啸时歌。人生有情，岁月蹉跎。若问情味，之子偏颇。

独立

独立窈窕，若人者谁。江湖寂寞，天地无私。横云亘岭，高风难追。世人庸俗，巧笑不支。如菊在篱，骄龙出姿。中气如虹，担待无辞。

销魂

气可铄骨，情能销魂。个中滋味，有人伤神。望望不来，佳人倚门。杏菊烂漫，鹅鸭乱陈。短栅疏篱，迥然出尘。问何由致，黯然无痕。

奇谲

奇异诡谲，乃追艳丽。自斟自饮，问子风味。如夜星灿，如美人翳。姿态窈窕，在所难避。奇者殊俗，谲实不媚。异音天际，不知谁吹。

朦胧

雾里看花，水中望月。内含深素，外示以拙。氤氲阴阳，周章七色。凝不欲流，动而集合。惺忪美人，韵味独绝。不求诸外，中自持我。

高古

采药幽涧，歇履巨川。以杖扶地，秋风莽原。素巾漉酒，馀香娇蛮。种菜溪下，白云安闲。或诗或书，夜星灿烂。俯仰苍穹，眸子清焉！

玲珑

奇石之胜，妙在玲珑。人力所加，或逾天工。物可若然，心仿则穷。外见为物，灵犀所通。肇源混沌，其道本同。用之不正，堕落凡庸。

窈窕

别有其致，亦其极矣！追之以内，愈得不似。外而能神，兼兼情意。微妙不传，用心乃拟。衣袖动人，惟缘人兮！测其态势，靡不在体。

奇媚

媚不可解，非在乎奇。思之喻之，寤寐惟其！心所向往，欲知其迟。一颦一顾，特特生姿。譬如大星，烂漫独滋。譬若春葱，纤手凝脂。

秾丽

玉人何在，春阴采茶。翠袖黄巾，纤腰一把。泥尘上妆，美玉之瑕。白齿红唇，笑靥如花。情郎之来，暂不记家。缠绵藤下，却不欲话。

清澈

无欲则刚，其目清澈。云自卷舒，水来去若。游鱼比比，知人不屑。肉骨凡胎，用是超越。有酒则饮，无酒则歌。钢经百炼，期于一折！

闲静

日长消茶，围棋树下。不求巨富，人或揣假。意态自如，不俗不雅。从容抚笛，闻之者马。远望流瀑，一势如泻。生机孕育，天然陶冶。

江湖

一剑在腰，云水因缘。拍拍铿锵，跃跃气完。英雄儿女，奇骨热肝。如浮萍生，如白虹贯。以酒为媒，不惯倚阑。惊天动地，究自在妍。

野逸

大漠垂野，枯壁悬花。泉流涧底，趣趣天涯。钓竿拂处，夕阳晚霞。孤舟澹荡，无人不嗟。狂笑震霄，豪不可赊。月桂清辉，夜半还家。

消沉

英雄气短，儿女情长。沉迷顽艳，周彼四方。酒以解忧，半为猖狂。往事如梦，不如暂忘！抚瑟弹琴，调亦凄凉。弃置彷徨，无何有乡。

落花

落花有意，流水无情。落臻极美，携与飘零。茫茫者风，烂漫者虹。飘飘竹西，悠悠楼东。萍尚有根，花落仍红！酌酒一卮，不枉相从。

五

丁亥岁八月，余复撰《终二十四诗品》之作：

序曰：丁亥八月中旬，连旬微雨，天阴惨而靡舒，风渐起而乍凉，半夜听雨，或益清修，终朝不寐，奈贵体何！而倦读之馀，兴复不减，意气何事，乃能动人若是者邪。因复续唐人司空图之《二十四诗品》，此作则惟以"豪放"为中心，连缀诸语以成之，而命之以《终二十四诗品》也，非谓续之者可以休矣者也，是我之为续也，前后而反复，数已在五，而可以为休者也矣。况多情伤人，余体本弱，何堪屡屡。此篇之意，不过使后之来者，知崇而宠"豪放"一事者，莫我过耳。嗟乎，亦所谓狗尾续貂之作而已矣。此作原名《终诗品》，以仅二十四品之半耳，今之所见，则为补缀完全者也。丁亥八月廿一日红禅室主人平度于沧海（永森）记于济南之嫁笛聘箫楼。

豪放

豪气干云，铁笛横江。俯仰天地，逝者汪洋。秋风猎猎，问谁其狂。天下无我，悠然苍茫。天下有我，情其何伤！缠绵寂寞，若是彷徨。

狂放

纵酒使气，击剑啸歌。天下无人，徒唤奈何！穷彼高山，欲挽逝波。立彼大道，中心峨峨。宁酒伤身，不纷其舌。仰观宇宙，岁月婆娑。

放逸

种菊满园，饲鸡以粟。背倚青山，阴阴若雨。雨则川流，巨瀑如注。注则水盈，溅溅大木。孤舟波上，浩渺苍鹭。钓竿拂处，自歌如诉。

颓放

醉嗔白云，跣足看花。人间无事，自在生涯。烦烦世人，扰扰如麻。水喜沧浪，解酒以茶。冷香如射，何用人夸。动中得静，与杖还家。

放宕

人立花前，青春无恙。浩歌穿云，孰可以当！气凌霄宇，吾子昂扬。击剑抚琴，声势铿锵。败者为寇，成者为王。悠然事外，不作栋梁。

豪旷

生性好酒，醉眼看花。既醉则矣，不怪路凹。步履青云，深山安家。头顶日月，身傍有她。胡不为足？何事坐骂？平生最恨，把风景煞。

放浪

或为俗利，不为俗名。老而且妖，不失其诚。逐蜂引蝶，特是劣行。得鱼忘筌，得意忘形。忘其形矣，眸子何清。眸子清焉，饮酒如风！

豪迈

豪则有气，气盛则激。激情澎湃，深情以滋。游方物外，秉性自奇。浩然独坐，往往有思。琴以写心，酒都慰痴。青山之上，与谁围棋。

豪郁

气郁伤情，人生何事。红尘漫漫，谁得其意。气乎气乎，持之以志。感慨莫名，置酒恣肆。悠然魂消，临风洒涕。凤兮凤兮，逐逐群雉。

横放

气溢乎物，仅得暂避。大道扬尘，圣人已死。虹见于天，其动也丽。虽千万人，吾其往矣！神情自得，其中有似。君子之行，期诸国士。

粗豪

枕剑衣葛，击掌而歌。纵酒炫技，佳人能和。粗中有细，颇解上邪。青眼茫茫，知交何多。壮而多力，我武如何。美人欲嗔，却先呼哥！

悲壮

黄叶飘零，雕横九霄。秋风江湖，水波迢迢。七尺男儿，胡不云骄。悲从中来，凌空而啸！天地有形，终觉其小。壮岁寂寞，安用逍遥！

悲愤

人为刀俎，我为鱼肉。天地不仁，百姓刍狗。大贪炫国，小朴成垢。以亲以贿，任人卓秀。荒野极目，北风拂袖。蝼蚁之存，瞻夕瞻昼！

渊放

天地不利，匹马穷途。悲不可抑，颓然独哭。深夜抚琴，如泣如诉。壮志满膺，神情奇古。气能浩荡，谋自迂馀。自弃自暴，形同散木。

铿锵

同气相求，钟鼓荡漾。与子成说，誓不可忘。天地寥廓，吾子堂堂。拔剑割肉，金铁琅琅。一言九鼎，大羹和汤。放眼江湖，风生水长。

镗鞳

地深则润，天高为迥。精气与神，傲然真勇。曾不以利，大事无功。渊明诚高，稼轩乃龙。见山水后，处红尘中。扪心自问，何去何从！

狂傲

狂啸长歌，豪情水激。古道罔极，倚马而立。若不可近，如不可抑。心有所向，念之在兹。一屋不扫，人不解之。皎皎不群，茫然何视！

郁闷

气结为郁，情结成闷。世道如砥，竟不堪问。竹懒梅闲，任子消沉。花下独思，雨来花损。君子难逢，世多小人。狂歌度日，烂漫存真。

发愤

物外繁华，总非其家。游心于物，何限其涯。游而不返，梅花欲嫁。读书山中，青云欲下。十年一剑，天地为匣。当其出也，伊其谁诧。

振拔

振振于声，气拔于世。古道红尘，人情如纸。慷慨当世，谁其可意？随波逐流，以真养气。忽然有得，原非为技。苍极澒洞，悠然独立！

激切

水出高山，一泻汪洋。盘礴曲折，用成其刚。柔而无力，刚道无亢。亢龙有悔，其音茫茫。失之圆滑，以离家邦。龙见于野，其血玄黄。

闳壮

靡靡如醉，仅能知丽。九霄之下，流衍大气。神不外作，其内有力。气凌终古，接接大地。万马奔腾，飞尘蔽日。日月周回，追之何计。

长歌

短歌郁郁，长歌淋漓。长歌浩荡，终日无思。虽无思焉，而以神驰。神之为用，控驭其气。触之世俗，其味乃逼。长歌壮哉，仿佛隔世。

大地

大地莽苍，万类化育。博厚载物，无何能沮。大地苍莽，物各有数。草木欣欣，鹏雀飞举。莽莽苍苍，大哉万物。苍苍莽莽，于今生予！

六

戊子之夏，余复为《赘二十四诗品》之作，自《终二十四诗品》至是，多为闳大壮声也：

序云：戊子之夏，天地苍茫，海内多难。物价腾涌，股市跌逾大半。大地震于古蜀，而既作《后蜀道难》矣，而江南复有天雨之患，忆昔之作《秋雨梦为长歌行》，今倘为稍愈者邪。生民飘摇，动人心魄，感千古之悠悠，念百年之易逝，怆然中怀，莫可名状也！辄思辄笔，不觉又成此作，纷乱无统，多无新意，聊以写怀，于世何补。昔《终二十四诗品》之作也，名之以终者，将不复为续之意甚明也，而今又成此第六作，不谓之赘，殆亦不可也。戊子夏五月十四日胶东于沧海（永森）记于济南之只有香如故斋。

豪放

卑鄙朽腐，安知豪放。一收一放，气势荡漾。抚剑长歌，饮酒情忘。悲不可抑，举世莫当。阳刚刚健，乾坤以将。沛然吞吐，本色当行！

苍茫

北风号呼，沧海波起。北风迅疾，大野人立。伟然岸然，其中多气。其目如电，其眉如戟。大哉混沌，真元淋漓。大哉人也，渺然遗世。

狂狷

狂者进取，狷有所守。取守一致，终归一流。姿态奇谲，狂不知收。处之澹然，狷且优游。仁者之志，用世不休。苟其可也，莫问其由。

里仁

谁其知言，里仁为美。素如不饰，厥称崇伟。既饰弗失，饰则为陪。仁者仁者，若将何为。世人皆醒，我独沉醉。仁者已矣，世多富贵！

悲壮

大日横斜，旷野炎蒸。小人当道，鸡犬飞升。贪腐蚀骨，国势日倾。醉生梦死，且好声名。小丑跳梁，大人不宁。大野苍茫，阮哭途穷。

淡泊

一琴一剑，筑室泉源。以手掬饮，云来舞剑。志无足用，神情也淡。苟无其志，沐猴而冠。遭逢世事，而今真懒。花影摇窗，好睡灿烂。

激昂

败絮其中，金玉其外。丑态淋漓，见惯不怪。黄金如土，妙玉能卖。自不知耻，人道大坏。守旧固执，子莫以慨。既慨之矣，人间如海！

大道

大道如砥，一以贯之。大道多歧，学以取利。鸟为食亡，人为财死。其不死者，面红耳赤！大道如磐，何须以计。大道周流，安能外子！

闳 美

内闳外约，乃致深美。务取博大，用成壮蔚。佳人挥剑，国士称愧。生当人杰，死亦雄鬼。莽莽俗世，知己者微。悠然一顾，舍我其谁。

崇 高

壮或可怖，幽足成奇。若不可测，无以名之。渊兮大哉，郁怒其志。为广大法，道在庶黎。光杂七彩，顶天立地。壮士虽殁，精魂不逝。

瑰 丽

内秀为瑰，外见则丽。若不可竭，如将为逼。物化足美，得之熠熠。人生百年，矢惊天地。为之销魂，不能自持！为之沉醉，不能自已！

雅 逸

碧绿莹红，箫横颜工。格调不群，愁与人同。仙不可求，尘究有终。过篱槛边，在菊兰丛。流连徜徉，兴不可穷。琴黯泠泠，箫已朦胧。

沧 桑

海枯石烂，沧海桑田。人生何世，在天地间。日月流转，道法自然。千古悠悠，念之涕酸！伯牙子期，会心以玄。望望九霄，风轻云淡。

艳逸

艳未若丽，故期以逸。蛾眉巧笑，青春何志。衣恰蔽体，仿佛无事。酒入红唇，晕起腮际。美人如花，尘不可即。真水有香，潺潺多姿。

风调

篱间养鹤，槛外吹箫。青山烂漫，奇花妖娆。佳人来去，黄泥石桥。水波倒影，画船逍遥。书声琅琅，道人锄药。小巷深深，故人相招。

风致

致之云者，态与之俱。水光山色，摇曳愈出。梅生水畔，士居茅屋。雨落江南，深巷委曲。一伞行来，如花幽独。容不可窥，但见赤足。

风力

壮士食肉，腰佩宝刀。神情朗逸，秋风萧萧。长空一隼，猎猎其毛。左拍右击，形容寂寥。崇山峻岭，立彼高标。皮囊盛酒，又上古道。

风骨

气有刚柔，骨无贵贱。弱柳憔悴，秋风寒蝉。亦儒亦道，亦侠亦仙。眉间有笑，肋以护肝。天步蹒跚，国步艰难。仰天长啸，凛然两间。

丑恶

飘然欲瞥，悄然怀忧。叹彼大川，击楫中流。怒不可遏，小人绸缪。苍烟冲天，群丑辐辏。杀人越货，夸张机彀。狼狈为奸，走狗飞鸠。

刚健

刚或易折，健多有挫。元气凝焉，以动为则。刚柔相济，乃臻中和。以刚为主，生机勃勃。为不可为，君子本色。进不知退，心曰不可。

生民

万物纷纶，终归于尘。大哉生民，精魄有神。侔造物主，一美善真。群龙九首，频遭大困。青春所贵，老以德尊。丑秽虚伪，草稿其人。

苍天

天乎天乎，尔独横行。仰之望之，颜色青青。天意难测，惟人多情。情之所至，有泪如倾。天乎天乎，人有其病。病而不医，涂炭苍生！

有我

无我之上，之有我境。两有我也，中两否定。若无我也，画龙少睛。在于世俗，那无深情！深情以气，豪放以成。天地精华，我为其英。

独立

独立不迁，内而非外。以最少欲，存俗世哉！欲多则困，为人之碍。玉既碎矣，曷全瓦块。最重者人，为自由态。头断血流，惟此不丐！

七

余续唐人《二十四诗品》之作也，前后凡六，集而成《诸二十四诗品》，莱芜尹祚鹏君为之序云：

于君永森为诸同窗中予所深服者，才思敏捷且用力最勤。其新著《诸二十四品》以“神味”说贯穿其中，于旧说有新发挥，于新说有新创造，皆得吾心于其口，道前人所未道。其说不惟意新，哲理妙悟；更兼语工，自然生动。其说自辟蹊径，成一家之言，于静安先生“境界”之上，又开生面。试言之：

其诗笔高妙自然，如行云流水，一气呵成，沛然从肺腑中流出，不见斧凿之痕，其壮美处如观沧海，登高山，天风海雨，英气逼人，令人举首高歌，心神高旷；其优美处，如郁郁黄花，青青翠竹，粲然风光，开于笔底之下，令人于平淡中得悟妙理。

其思致标新立异，如散状花序，结构条理，夺人眼目处甚多，如其“泼辣”、“淋漓”、“大俗”、“野性”、“心术”、“神味”、“姿态”、“童心”、“玲珑”等诸说皆为先生诗论所独有，而发前人之所未发之说。其胆其识其说必能得前贤后生之心，而使之相视而笑。

其学说兼静态美而以动态美为主，以泼辣烂漫之境界为最高姿态，与静安“境界”说偏重静态之优美有所不同。其说具有普适性，不仅贯穿诗论、词论，还涉及小说而至于戏剧，其评论领域比之静安侧重词论又有超越和开拓。其说体系完备，自有独到之处，涉及文学之性情、美学风貌、创作技法等内外结构，故其说不惟令人耳目一新，更具有旺盛之生命力。

于君永森乃性情中人，其诗虽有香草美人之喻，而乐而不淫，有谦谦君子之风，故《诸二十四诗品》情辞跌宕，意笔俱化，纯任天倪。与君游学三载，从君所获良多，君今又读博士，跟从诸位先生深造，于学术将更有创造，可谓前途无量。予才疏学浅，何感言序，读其书，存一言，不惴浅陋，一得而已。

河南高芊若君为之序云：

红禅室主人于永森，山东平度人。芊若与红禅室主人初识，乃在蝶舞花园寒烟阁，缘于蝶园诗友梦楼所转《新二十四诗品》。后于搜狐博客结邻而居，文字之间常有来往焉。

欲明红禅室主人之高格，先须解读红禅之意。红者，万丈红尘也。禅者，自是红尘经历之感悟也。红禅之意，入世而具独立之精神者也。自是清醒之姿态，潇洒之风姿。吾之理解，聊寄于词中。

青玉案·题红禅室

应知无我今生度，任踯躅、前尘误。历劫春秋谁与诉？月明禅室，风怀幽素，感悟书中赋。　　人间烟火红无数，果有通灵揭心语。恰似空中抛轻絮，点珠成字，撷云得句，独有精神附。

本调以汉张衡《四愁诗》中“美人赠我锦绣段，何以报之青玉案"之句而得名。特选此牌名，于先生固为男子，而吾看人，素凭灵魂之层次，却无世俗男女之分，美人之定义，实亦可解为精神秀美之人也。

绝句二首·题红禅室

沧海喻情横竖奇，墨香盈袖佩兰辞。平生写尽人间意，为问红禅品味时。

信是东风浣此身，笔端快意志清醇。非关俗世栖身也，独拾梅花一片春。

于先生《诸二十四诗品》堪称字字珠玑，粗品之下，意态纵横。细味之，尽堪拈出。百千姿态，岂独于诗品乎。犹见一人一叶轻舟乘风于文坛翰海，于白云苍狗之变幻中品味意象，揽风云兮发于毫端。掩卷为之叹，千古文杰矣。珠玉其侧，当觉形秽。思致深邃，洞悉高义。岂吾所能尽言哉。赞曰：堪为绝品，叹为观止也。赘言不复陈，已为惊眼矣。乃书绝句四首赞之，以绾清赏哉。

性情挥洒为诗品，廿四拈来次第新。满目琳琅书不尽，字间行底见精神。

红尘一历几多痕，禅悟空明笔下温。室雅邀风添意境，主人袖底有乾坤。

神味描摹处处珍，曾经沧海溯前因。诗词漫品堪为道，千古幽人可与邻。

于意境中几人得？文如泼墨画诗魂。森然辞对群英会，游梦仙踪到我门。

时皆在丁亥岁也，亦多过誉之论，录其言以存友谊，但友朋相勉相期之情，则无时而或敢忘也。

《二十四诗品》之作，清季以来向以为唐人司空图所撰，近年陈尚君、汪涌豪发论疑之，震动学界，与论者颇众，至今意见犹未甚定，或从或否。马茂军、张海沙则以为此乃唐人李嗣真所作，云李嗣真撰有《诗品》一书，唐宋旧籍颇有载之者，其论是也。《二十四诗品》多画境，亦合李氏画家之实；又多不易解者，司空图之歌诗并无如李长吉之晦涩，而画家不得文字之助，思力往往入于可解不可解之恍惚冥漠之会，又甚合也。无论为谁，皆无妨于此作为唐代及其以前歌诗意境、风格之总结之定论。余续作时未见其论，故仍署司空图而不易，亦无妨于为之初衷也。

八

余之偶然而作《新二十四诗品》也，期与“神味”说相互发明，流布师友之间，谬誉之者甚众，如莱芜尹祚鹏君，尤数与论而极称赏之，言措意奇特而造语独妙，境界大异于古人焉，惟嫌“泼辣”一品，辣烈之味尚未极其致，其亦能赏泼辣而如此也。周波师开课讲授《二十四诗品》，亦每及之而大誉之。盖一时兴到之作，未暇琢磨，时过境迁而无其心矣，亦未料其有若是之反响也。虽然，亦自以为若论造语之自然超逸，有古人风流不可及之妙，宜让司空表圣一筹，若论理论之周密切至、择品之奇异创新、发语之磅礴深情，则当仁不让也。尝以此语叩之尹君，甚称是也，且云袁子才之续作，亦未若也。司空氏之作，诸品间或有关系，而甲乙其次序亦或有之，然并列之心亦甚彰也，若余之作，则以“神味”说一义为中心而以诸品为辐射，诸品意蕴并非各自独立，而是相互联系，各以其一义，共指归于“神味”者也。故“本色”乃即“烂漫”，或即“豪放”，视角不同，其得稍异耳。又曾承师命于课上为众研究生讲之，乃就管夫人之《我侬词》（你侬我侬，忒煞情多）以阐释之焉。此一小词有数版本，今毕列于下：

你侬我侬，忒煞情多。情多处热似火。把一块泥，捻一个你，塑一个我。将咱两个，一齐打破，用水调和。再捻一个你，再捻一个我。我泥中有你，你泥中有我。与你生同一个衾，死同一个椁。

你侬我侬，忒煞情多，情多处，热如火！把一块泥，捏一个你，塑一个我；忽然欢喜啊！将咱俩一齐打破；重新加水，再搅再揉再调和；再捏一个你，再塑一个我；我泥中有你，你泥中有我；我与你生同一个衾，死同一个椁！

我侬两个，忒煞情多。譬如将一块泥，捏一个你，塑一个我。忽然间欢喜呵，将他来打破，重新下水，再团，再铄。再捏一个你，再捏一个我。那其间，那其间，我身子里有你也，你身子里也有了我。

傻俊角，我的哥！和块黄泥儿捏咱两个。捏一个你，捏一个我，捏的来一似活托；捏的来同在床上歇卧。将泥人儿摔破，着水儿重和过，再捏一个你，再捏一个我；哥哥身上也有妹妹，妹妹身上也有哥哥。

诸作虽面目各异，然实质精神未变。管氏创作居功至伟而美，后之变异不过为活泼声口之计，文字有所不同耳。此一小词几近完美，实为世界诗史上之奇观绝唱，而有不可思议之魅力焉！以余观之，古今中外任一诗作，皆未有此作具大魅力，虽推之为古今中外诗之第一作，亦无不可也！吾国自来不喜情思之真挚热烈、一往情深者，而向以自然天成、略无雕琢之气之《敕勒歌》为尚，又或喜“采菊东篱下，悠然见南山”、“明月松间照，清泉石上流”之超逸静永，“此情可待成追忆，只是当时已惘然”之忧伤缠绵，“君不见黄河之水天上来”之奔放雄壮，“每依北斗望中华”之热忱深情，然皆未若此一小词玩味而愈深永，意蕴独具而神味烂漫。我之特爱此小词，推之无上之位置而宁受天下之或有议也，若以此而或获罪于世人，岂非亦一美事也哉！

此小词之作，盖亦灵犀偶出独照之所就，不可复也，意趣口吻虽为民歌稍作改易，然其质未变，亦难为变，自古至今，居然无有仿作，有其情而未必有其辞，有其辞未必有其思，有其思未必能得其巧，即得其巧，亦未必于巧处见得一丝朴拙意也，此之为美之犹西施也，信不可效颦，此“无复”之义也。情之热烈且着无悔之姿态，非“深情”而何？故具深情之人，罔不以我之真而应乎他人之心，仅凭不悔之心灵情思，而抱朴守拙，故不期必然于人而抒我之热辣之情，此之谓“本色”也。又着语朴素而韵味深长，意致活泼而声态跃然，亦即本色。其味之韵、态既活荡之矣，而其内之情一往情深不复而尽倾，其外之文字极收放自如之趣，内外皆张而若奇花之绽也，故谓之“淋漓”，又谓之“烂漫”，“淋漓”得其法，“烂漫”见其态。人之非物也，其性情至真至美者，亦必至善，故以善则必反乎恶，其善则所以倾其情于所钟之人，苟非其人，以其性情，而“泼辣”遂必生矣，如关汉卿《救风尘》中之赵盼儿，若此小词中之女子之泼辣，则自当时之文化背景及其无拘无束之意态可知矣，况兼深情也。稼轩《鹧鸪天》：“黄花何处避重阳。要知烂漫开时节，直待西风一夜霜”，参此可悟“泼辣”也。“泼辣”者，性情之质外见者也，凡此之人，其内必有养之至者，所谓“蕴秀”也，蕴秀者具无限之自信而又不求其功利利害，惟以人性情之佳美应物，“传神”之至也，真“性情”也。此之不求功利利害者，非世俗所谓美之性质，而是当其功利利害之时，不以功利利害之心术待人也。必超越于世俗之上而破其束缚以至于“无我之上之有我之境”，而又深得世俗之大美，内有以立人之气度，外有以利物之自然，此则“豪放”一义也。虽蕴秀也，以利物也，其甚慧也，惟不失乎人之本色，得天之全，不以功利利害对人，故曰“天真”也。淋漓尽致而烂漫矣，情复一往不复，“恣肆”之义，尽其性情也，尽其神味也。又美以臻于魅力之境界，“深幽之媚”，本乎性情，又以蕴秀，故其神其致无不为“灵动”也。“细节”者，神味之所萃也，如捏泥人而复摔破重和过之举，通篇意蕴系乎是，神味生于是也。细节之得，即将局部最佳化必经之途径者，而运全身之力于一点，犹画龙点睛也。“细节”一义，正大征叙事之于歌诗之价值，而根本关乎人之主体性，关乎人于世俗世界之根本态度，元曲即其楷模也。“野性”者，天真之至也，其真沛然裕如而莫之能御，其情自然之来莫之能禁，且无染乎世俗之庸俗丑恶而具原生态之本真，“对面似侵”，魅力之所自也。周作人《知堂杂诗钞·丙戌丁亥杂诗·红楼梦》：“反复细思量，我爱晴雯姐。本是民间女，因缘入人海。虽裹罗与绮，野性宛然在”，为最得其真味，王阳明《四明观白水二首》其二云“野性从来山水癖，直躬更觉世途难”，则退步由人而及物矣。然此天真，必出自世俗而似平常，中守其美而惟见于识者，其心恒求平常而不以己美取齐于人，然其表露，于自然而然中尽得尽情挥洒淋漓尽致之意趣，随所施设而自生机无限，随处趣味盎然而专注自信深情不可解也，其触物则先知之以尽物性物情，故物皆愿为之用，为之应和鼓荡，为之趋避退让，为之兴感万象，此物我无限相知相和之意态，即“写意”一义者矣，非豪放而何可至于此种之境界也！写意之极，即“烂漫”矣，“烂漫”之极，而突见主体自我之精神、姿态，即“泼辣”一义矣。“豪放”一义，司空图《二十四诗品》列为一品，厥功甚伟，其后虽词中之有豪放派，然千年以来其意蕴无大发展，余于《金庸说部诗学论稿》一书始大发挥而丰富之，以豪放为吾国文化精神之最高境界——因其植根于《易》之根本精神而始终着以刚健积极之色彩，其所由径即写意也。王国维《人间词话》云："有造境，有写境，此理想与写实二派之所由分。"梁任公亦有大致之分而早于王静安，皆得其粗而未得其精，未大着眼于"写意"一义。管氏之此一小词用语再俗不过，再朴实无华不过，其意亦无非小儿女情事卿卿我我缠绵之事，非必圣人大贤而仅可蹈此境界，可谓红尘世俗之常事，而意境鲜活，神味泼辣烂漫，平凡而造伟美，"有人有人，孰知其妍"，"大俗"一旨，舍此奚归？寓我则虚，则动，则以见理想之色彩，"虚实"之旨，于此为极；"寓我则动"，我将有为于外也，在此小词，却是以你中有我、我中有你为期，故"动静"一义，"静常悟美"，动而生魅力也，内常在外而魅力则浸乎其内，而以朴素为源，是为大丽。观此小词意味颇俗，而情趣热辣，天真烂漫，必为世之迂腐腐朽者所不善，"诙谐"者，所以破此迂腐腐朽，以示自信且悠然有暇而有余力也。若夫"夸张"，情之至也，可游心以神，得事理之神似以张其味，而不与外物随波逐流，随所依附而安然，故能破除常规而惊世俗，秉真而行，张大其性者也。故貌似夸张，而情正热烈而神旺。所谓得其神似者也，而传神为夸张之至。此一小词之所以为我独深喜爱者，心有所倾于其人也。以人而统杂多之旨义而一为神味，此又最足宣畅其旨，亦游意指事，假具形似以言"神味"耳。好之而欲为此种之人，与夫口好尚之而心遗神弃若今之学者，岂将有同邪？

卷　五

一

《人间词话·删稿》之六谓和凝《长命女》词前半不减夏英公《喜迁莺》，载《乐府雅词》，《历代诗馀》亦选之。即夏氏之作暂置勿论，亦不知“天欲晓，宫漏穿花声缭绕，窗里星光少”等句何妙之有。静安论词以“境界”廓之，此果有境界矣，奈少韵味何！况“神味”也！故《人间词话》有云：“正中词除《鹊踏枝》、《菩萨蛮》十数阕最烜赫外，如《醉花间》之‘高树鹊衔巢，斜月明寒草’，余谓韦苏州之‘流萤渡高阁’、孟襄阳之‘疏雨滴梧桐’不能过也。”此三子之句，皆写情景者也，其中孟襄阳之“微云淡河汉，疏雨滴梧桐”，分之则力量弱矣，静安可谓善弱人者也！冯正中、韦庄之句，置之吾国歌诗之写情景中者，皆未突出。冯正中之句，不过写景精妙，而心理、思想、精神之容量则有限，“衔”、“斜”、“明”诸语虽刻画用力，却并未十分出色，而逊于孟、韦二子之自然流丽，韦端己句且不论其上下，孟氏此两语乃前人大赞之名句，若不动声色、痕迹而境界阔大，上句静中有动、以动为主，下句动中有静、以静为主，可谓写情景之绝佳者，静安乃以冯正中此两语为以卵击石之举，可谓不自量力也。此中高下，犹是小焉者耳，而由此乃可见，静安之

“境界”说虽论喜怒哀乐之感情亦为境界之一部，而其重心实仍在情景，而仍在情景之微妙之境界也。此一向度，特趋小而精致者，其未能窥见“无我之上之有我之境”之闳美壮阔，亦甚宜矣！

二

小令易为而难工，专捕捉灵光之一瞬，写景传情，有若微云度月之纤婉深约，含而不露。摹神状态，多艳丽臃肿之辞，如美人之雕琢粉饰，腻香袭人，亦有以也。盖心意难传，则情态易拟，然可写之境既少，所传之情又大多相似，如此渐久而成习套，渐失生香活色。以诗征之可也，如唐人诗多写眼前景，以兴发蕴，后人则以景为情之凑泊，非从自家心肝上体贴来者，如此愈久而益令人厌，而近于假花盆景之布置安排费得许多气力也。故诗之意境类既略尽，而词不得不变而免其覆辙，遂越其樊囿，增广弥丰，渐于铺排，婉转能容，此长调之能事，所谓发挥其意态之其极者也。其尤伟者，则贯之以意气，使气如神以周流其内，而以之接于世俗锻炼精神境界以得神味，气之发于外也，则万千姿态，豪放烂漫。自斯之后，纯景语渐不得见，寄托之词替之。由“细雨鱼儿出，微风燕子斜”一变为“何处飞来林间鹤，蹙踏松梢微雪”矣。然则后者之磊落孤介之品性，隐然而见于中矣。故小令如少女，而长调如少妇，风味自有不同。静安薄此厚彼，其何可邪。以少女为论，写其情态自易，故词中之小令尤以婉转含蓄为能事，而写性情则不易到，况“无我之上之有我之境”者邪？小令易为而难工，难在此也。若不以此为心，则后世词人多工小令，过于其工长调者特为寻常耳。

三

稼轩《贺新郎》“我病君来高歌饮，惊散楼头飞雪”，此稼轩词中第一酣畅淋漓句；“我见青山多妩媚，料青山、见我应如是”，此稼轩词中第一豪放烂漫句，其神味尤在字句外见，即王国维所言学不得者。“无我之境”，人犹然能学步，肥而后遁，不妨无我而逍遥，有我亦不敢着性情，若“无我之上之有我之境”，乃非我不有之境界，我性灿烂烂漫之极之境界，“不恨古人吾不见，恨古人、不见吾狂耳”，极须深情豪放都如许，甚或以碧血成就之，若是则如何徒学得也！故诗意不在外而在内，若因经济而能得之诗意，皆其浅而小者也。如鲍明远，经济不得其志，而气与情皆矫矫不群，《南齐书·文学传论》云：“次则发唱惊挺，操调险急，雕藻淫艳，倾炫心魄，亦犹五色之有红、紫，八音之有郑、卫，斯鲍照之遗烈也。”袭之者纵能袭其貌，而不能袭其里，故声情色彩则可拟，内在之悲壮绚丽，举全体所有之力量灌注字里行间，而有不可限量之慨、无限之深情，则不可拟之矣。明远之能为此，皆由其中豪放之精神使然也。故豪放如杜少陵者，其律诗独步古今，拟之者众，而皆不得其要领，惟李义山略有小成。然少陵以豪放为里，故磅礴百态，随处烂漫，不拘于一情一态，而义山则仅能得其一斑者，缺豪放之精神也。

四

李后主《菩萨蛮》云“奴为出来难，教郎恣意怜”，此恐是男儿心眼。稼轩《贺新郎》之“我最怜君中宵舞，道男儿、到死心如铁。看试手，补天裂”、《满江红》之“袖里珍奇光五色，他年要补天西北”，此亦是男儿心眼！

五

古今词家之奇崛抑郁者，无过于陈同甫。《白雨斋词话》云其“豪气纵横，稼轩几为所挫”者是矣。观其句之“凭却长江，管不到、河洛腥膻无际”、“父老长安今馀几，后死无仇可雪。犹未燥、当时生发”、“涕出女吴成倒转，问鲁为齐弱何年月”等即可知矣。然其所以不若稼轩者乃僻典过多，或整篇圆融未为至契，字句亦不如稼轩之苦心经营。稼轩本色处在以情味胜，高处在以神味胜，同甫意气纵横，故以意味胜，稍逊一筹矣。二人譬若玉之琢与未琢，同甫才质之美无异议也，然终不若稼轩雕琢而臻于天工，如庖丁之刃游于牛体，风流蕴藉，节律顺畅，随意点定，而真有化腐朽为神奇之功效焉；而况玉之美者乎？又如大将之如稼轩者，帐下得一壮士如同甫者，亦美事也。同甫之词，又有一种绝温柔旖旎者，亦大奇事。

六

近世词之大者，惟毛润之一人耳，境界或旧，神味则新也。其能融会变化，伸缩自如，吐纳俯仰，仪态万方，皆能因古而入古人之未所经处，而熔铸名物，独抒怀抱，亦远出诸人之上，其势使然乎。而其自创句法，衔接天然，语意精到，化典为新，则尤酣畅淋漓，雄视千古，观其《蝶恋花·答李淑一》、《沁园春·雪》诸调可矣。窃谓古今词人，当以东坡、稼轩、润之鼎足而三，皆能用大手段作为小姿态，所谓能驭词者也。三人者，皆能以豪放为姿态而兼有婉约之长，若婉约词人则未有能兼豪放之长者也，准阴阳和合之义，则孰为词之理想境界，不亦明矣乎！润之词余所最爱者为《清平乐·会昌》之“风景这边独好”一语，意蕴独具，神味特出。丁丑夏自烟台归，谭征师尝写以赠我，至今勉旃。

七

陈琳《饮马长城窟行》之作，读之令人悲愤其事，感叹其情。夫人生遭此别离苦痛，呼天抢地而不应无望，其生之惨淡也如是，所谓生又何欢也！复又多情之若是，而两心相契，始终不渝，相濡以沫，其生又何其幸，所谓死又何戚也！生死足以回肠荡气而为伟美之观者，试睹此篇也！

八

纳兰性德囿物太深，是能入而不能出者也，故其词虽清丽旷婉，终觉隔心一层，而无灵魂之闪耀。纳兰性德，词家之老实人也。

纳兰性德体物写态，拙而真率，故犹有可人处。其豪则书生之豪耳，譬诸谢安石未出东山以前，其优雅如贵妇人，终是觑丈夫眼色。

九

“少年听雨歌楼上，红烛昏罗帐”，酒意沉沉间，宜歌周美成词；“中年听雨客舟中，江阔云低断雁叫西风”，欲醉而不能，宜歌柳耆卿词；“而今听雨僧庐下，鬓已星星也。悲欢离合总无情，一任阶前点滴到天明”，酒至微醺，抑宿酒初醒，口燥神乏，思好茶饮，宜歌苏东坡词。

一〇

蒋竹山《虞美人·听雨》云：

少年听雨歌楼上，红烛昏罗帐。壮年听雨客舟中，江阔云低断雁叫西风。　　而今听雨僧庐下，鬓已星星也。悲欢离合总无情，一任阶前点滴到天明。

“悲欢离合总无情”一语，若易以写景，词境益佳。傅庚生挑剔云：“‘红烛昏罗帐’，语极工致，令人憧憬；‘江阔云低断雁叫西风’，语极凄苦，为此词中之警策；‘悲欢离合总无情，一任阶前点滴到天明’两句力弱，不足以宾服前阕。作者既能工彼‘昏罗帐’、‘叫西风’等句，是其心情未尝不眷眷于畴日之悲欢离合也，云‘总无情’，其实伪也。悲喜未尝发于真，世岂有同情于伪饰悲喜者之妄人耶？”（《中国文学举隅》）谓结句微弱，然以“江阔云低”为警策，则非是。此词三境并列而以时递进，所以形容人生之三境界者也，时不同而境自异，取其一境以为警策，其何可也？若以“总无情”为伪，亦太认真矣：“无情”在此是“无常情”之略称，即“无常”一事，正为此词主旨，以误会加人而斥之为“妄人”、“伪饰”，其何可也？又谓李太白《赠汪伦》云“其别情亦泛泛耳，此诗之传，在其豪也”，不知此诗之佳在以“桃花潭水深千尺”喻情，所以别开生面耳。又谓杜少陵《赠卫八处士》“视其收束两句，觉别情亦复泛泛耳，此诗之传，当在其极写人世之沧桑而不在叙别怀也”。写聚，即为离别铺垫，叙情之热，即为离别之伤感衬托，故终出之以“明日隔山岳，世事两茫茫”，是何等沉痛伤感语，而乃以为“别情亦复泛泛”邪？尚非奇也，又评黄山谷词云——山谷另有《浣溪沙》一首云：

新妇矶头眉黛愁，女儿浦口眼波秋。惊鱼错认月沉钩。
青箬笠前无限事，绿蓑衣底一时休。斜风细雨转船头。

东坡题跋云：“鲁直作此词，清新婉丽。问其得意处，自言：‘以山光水色，替却玉肌花貌，此乃真得渔父家风也。’然才出新妇矶，便入女儿浦，此渔父无乃太澜浪乎?”此词之前阕以眉黛眼波状山光水色，其于玉肌花貌，何曾“替却”，正自绮交于此也。后阕则荡开“无限事”，落得“一时休”，方始脉注于船头渔父。故愚以为前后阕不免龃龉也。东坡评之为“清新婉丽”，又谑以“澜浪”，或亦有所会心欤？——此亦太过认真，而妄引东坡为同调，其实误会两人矣，若为两人所知，则定以为煞风景也！盖东坡评论，本有戏谑之意，非责之也，所谓道风情之事，本不必明言。错会感情色彩及语意所向，则由太认真故也。山谷所言得意处，乃是事实，缘地名虽绮丽香艳，却徒有其名而无其实，正引得一番好兴致，故谓之“真得渔父家风”，是以渔父之真风流替代表面之风流，而风流之意味自不减也。山谷词多硬拗，似此流丽清畅之作，不为多见，宜为其得意者也。

一一

“居人匹马映林嘶，行人去棹依波转”、“小径红稀，芳郊绿遍，高台树色阴阴见”，言既尽而意随之；“高楼目尽欲黄昏，梧桐叶上萧萧雨”、“人面不知何处，绿波依旧东流”，弦已歇而音绕梁。深情自致，不能自持，亦词人之能事也。

一二

东坡之词非狂也，狷也；稼轩乃当之。度之于时，东坡不可不有所守，而稼轩能无进取于多事之秋乎？以人格境界而论，稼轩犹胜渊明一筹，况思想境界、精神境界者邪。

一三

周美成《苏幕遮》“叶上初阳干宿雨，水面清圆，一一风荷举”，是能得物之神理；苏东坡《青玉案》“作个归期天定许，春衫犹是，小蛮针线，曾湿西湖雨”，是能得情之痴蛮；蒋竹山《贺新郎》“万叠城头哀怨角，吹落霜花满袖”，是能得物之兴致；陈简斋《临江仙》“杏花疏影里，吹笛到天明”、陆放翁《卜算子》“零落成泥碾作尘，只有香如故”，是能得事之趣韵；辛稼轩《贺新郎》“烟雨偏宜晴更好，约略西施未嫁”、张子野《一丛花》“不如桃杏，犹解嫁东风”，是能得事理之神趣。

一四

范希文擅孤危愁苦摧人心脾之辞，而又流丽深浑，气象壮阔。“明月楼高休独倚，酒入愁肠，化作相思泪”、“浊酒一杯家万里，燕然未勒归无计，羌管悠悠霜满地”、“残灯明灭枕头欹，谙尽孤眠滋味”，孤独寂寞，缠绵瑰郁，皆深于忧患也。惟忧患意识为天地间第一等气象，惟忧患意识足以不隔于民生，而足以为“无我之上之有我之境”之渊源焉！

一五

少游词典雅齐整，语意常超乎人之想象，乍玩之而惊奇，再玩之竟莫知其所以然，然无妨觉其妙也，令人叹为观止。其句则仅“郴江幸自绕郴州，为谁流下潇湘去”、“柳下桃蹊，乱分春色到人家”二语，王国维以为东坡赏“郴江”句胜于“可堪孤馆闭春寒，杜鹃声里斜阳暮”尤为皮相，正见其不为解人也。“郴江幸自绕郴州，为谁流下潇湘去”，此句大有缠绵不解、销魂难耐之意味，而具不可思议之魅力，静安书生气本分人，如何会心得！盖文人重情而学者重境，此分歧根本也。傅庚生引静安语以为援论“可堪”之句云：“《人间词话》云：少游词境最为凄婉。

至‘可堪孤馆闭春寒，杜鹃声里斜阳暮’则变而凄厉矣。‘孤馆、春寒、鹃声、斜阳’所用‘孤、寒、鹃、斜’四字，已写成春日凄其之景，益之以‘闭’、‘暮’两字，蹙迫至于尽极，则纵而不收之过矣。”二语情极寂寞，无所寄托，不可言说，故以景出之，情之寄为景而为意境也，乃即纵而收之之法，而云纵而不收者何也？至若情之本纵，则少游之事，本来姿态如许，乃竟责其人邪！且静安“凄其”之语本是怜之，大有惺惺意态，“厉”之为言已甚矣也，尚何以堪？傅氏以为“蹙迫尽极”，盖未会其意耳。

一六

稼轩《贺新郎·别茂嘉十二弟》之作，浑涵冲激，浩荡连绵，读之令人怒发冲冠，眦目欲裂，神情慷慨，肝胆激越，以长笛吹之，至“易水萧萧西风冷，满座衣冠似雪”即应吹裂，正不必终篇也！

一七

岳武穆《满江红》一词如“黄河之水天上来”，激荡奔放，如飘风疾雨，层冰磨击，气冲牛斗，声震九霄，一泻千里无所阻遏；辛稼轩《贺新郎·别茂嘉十二弟》一词如沧海横波，冷风突起，横无际涯，汪洋恣肆，郁怒沉积，发扬浩瀚。是二者，可为词史双璧。

一八

陈迦陵是千古牢骚之集大成者，按之毛润之之“牢骚太盛防肠断”，则必柔肠寸断矣，将妨其有生之年乎？然铁骨柔肠之风概，亦真心性剖露处，故此翁可钦、可肃、可嗟、可叹而外，更须加一“可爱”。

一九

后村词沉郁悲壮，每如匣剑龙吟，有振聋发聩之功效焉，方之稼轩，惟输在俊气上，豪而不能隽也。后村《清平乐》有“贪与萧郎眉语，不知舞错《伊州》”之句，后村惯作壮语，而大家之解情，亦独绝人如此！有无上之大气魄，乃有百折千回之肺腑，而能碧血淋漓，化为惊艳之色彩，是语也，千古悠悠，其惟稼轩足以当之哉！

二〇

王之涣《凉州词》、王昌龄《出塞》（秦时明月汉时关）之作，皆唐音之极盛者也。两作前半皆无限铺排时空，而浩瀚苍凉、宏大深远，但《凉州词》偏于空间之辽远，《出塞》偏于时间之久远，同以静为主，而寓以无限动态之意。两作至此有若争锋焉，而不分上下，唐音之盛，至此而极！惟以后半观之，则《凉州词》以双关而更广、更深其意蕴，潜气内转，若隐隐龙吟，艺术、境界、神味皆有更为出胜之妙，《出塞》则仅具悲壮之豪情、微妙之讽刺，其力量之意味较之前半转逊，故稍有不如。故《凉州词》者，唐音之巅峰而最盛者也。短短四语而能至此，非绝唱中之绝唱者而何！

二一

李易安之后，惟鉴湖能发巾帼意气。当其时也，其诗其词为第一等胸襟气魄；能一洗前尘而青出于蓝者，一人耳。其快俊沉永、激励决绝直追稼轩，但变化熔铸未入化境耳。然其深媚，令人过目不忘。惜亦如诗家之高启，英气早夭，甚可悲恸也！

二二

词自是以婉约为“正宗”，豪放之迥出其外，犹天外之来客，非俗子之所任，故弥足珍贵，如珠玉中之和氏、隋珠焉。譬如佳人而能以舞剑，譬如佳肴而必以酒而后能以尽欢，譬如长空必以日月虹星而后为灿烂。故豪放派，词史上之奇观也。今人往往以男子而喜婉约柔美之女子为口吻，不知此固无不可，然却是待外物者，若待之于我，则天下之男子，何可不自振而无阳刚刚健之气，而宁为外物所雌化邪？若此者，亦恐将为所喜之女子不喜矣！

二三

稼轩《贺新郎》“白发空垂三千丈，一笑人间万事，问何物、能令公喜。我见青山多妩媚，料青山、见我应如是”，最是奇幻烂漫，其格更进太白之“相看两不厌，只有敬亭山”一层。时公于词呼唤百态，极尽淋漓，豪放纵横，跌宕摇曳，真可入少陵“老去诗兴浑漫与”之境，而合乎仲尼所云“随心所欲”矣，于此辛公犹胜东坡一层。此种神味，极是俊秀。人如自信而具理想之色，则易交接世俗而内秀其中，俊气生矣。此比之孟子所言“浩然之气”，更为烂漫本色。

二四

张于湖《念奴娇·过洞庭》之作，可方之于放翁《卜算子·咏梅》，不独孤立坚贞，而且冰雪消融，鱼与水游，空旷灵秀，无怪乎人叹读斯词“觉东坡《水调》犹有尘心”也。此篇诚诗中之陶渊明，其精洁于内，俗子焉预焉？但渊明犹少其豪宕耳。

二五

李易安《一剪梅》“雁字回时，月满西楼”，写景写情如此，方为圭臬。若温飞卿《商山早行》之“鸡声茅店月，人迹板桥霜”，毕竟刻画太甚，景过于情。若李太白《玉阶怨》之“却下水晶帘，玲珑望秋月”，亦差可耳。

二六

纳兰性德即作《蝶恋花》（辛苦最怜天上月）悼亡，亦必待严妆而后办，故不若东坡《江城子》（十年生死两茫茫）直喷胸臆、沉痛哀婉、多情缠绵从朴素中来也。情爱可以为缠绵痴蛮，而姿态不可以为女子，为柔媚，此其训诸纳兰之谓欤！

二七

稼轩豪迈处而外擅作绮艳语，而成惊丽顽艳之风格，千古独绝。如《水龙吟》“倩何人、唤取红巾翠袖，揾英雄泪”，令人绝倒，摩挲玩赏不已，既缠绵且旖旎且悲壮也，既惊且叹且心折之。呜呼稼轩！壮哉稼轩！

二八

稼轩《菩萨蛮·书江西造口壁》，小令之中而寓意深婉、一脱纤靡悲怨者，惟此而已。故梁任公叹服曰：“《菩萨蛮》如此大声镗鞳，未曾有也。”若《玉楼春》之“梦回人远许多愁，只在梨花风雨处”，情致绵邈，则何尝逊色梦窗“隔江人在雨声中，晚风菰叶生秋怨”二语邪。近代毛润之亦能开拓小令之境界，而能兼具豪放、婉约之长。

二九

“人比黄花瘦”，易安词中第一佳句，“妇人神态，叹为观止”，余恐此语移之于陶元亮、范希文、辛稼轩辈大隐士、大英雄，亦大堪品嚼，消煞人也。此是不可言说之风味，人解得否？

三〇

婉约词格调不高，文士习气使然也，苟一变为忧国忧民进取忘我之士，则又不能不违婉约之道。夫天地有道，有天地自然之道，有民生世俗之道，合两者而终其境者，其惟后者乎！所谓格调，所谓境界，所谓神味，无不须于此最后着落，余所倡之“神味”说，乃即以民生世俗之“道”为本者也。

三一

替代字亦非全不可用，用之华美丰赡，益见典雅则可，虽然典雅非高境也。然一窝蜂一哄而上，人人必用之而后安，则不免一字：俗。广替代字而言之，则隶事、情思、意象等亦同之，此后村之所以有“常恨世人新意少，爱说南朝狂客。把破帽年年拈出”之句也。词之少新意者，皆“破帽”之类。

三二

稼轩《贺新郎·送茂嘉十二弟》以禽鸟不知别离苦始，顺次极写别离尤为惨绝者数事，结以禽鸟若知离别之恨，“料不啼清泪长啼血”，与《贺新郎·赋琵琶》同出一轨，异曲而同工，云其“章法绝妙，且语语有境界”（王国维《人间词话》）则可，云“非有意为之”则否。既云“章法”之妙，则能无意乎？且

“有意”亦非忌事，但须有意为之而似无意之化境乃可耳。自然而有章法，自然而成高妙。

三三

朱竹垞谓词至北宋而大，至南宋而深。大者广其苑囿也，即可入于词者渐富，此功当首推柳屯田；深者渊远深厚也，意义峻深高极，非北宋人可比肩，此功当首推稼轩。《历代诗话》：

> 魏泰《临汉隐居诗话》云：晏元献殊作枢密使，一日雪中退朝，客次有二客，乃永叔与学士陆经，元献喜曰：“雪中诗人见过，不可不饮也。”因置酒共赏，即席赋诗。是时西师未解，永叔句有“主人与国共休戚，不惟喜乐将丰登。须怜铁甲冷彻骨，四十馀万屯边兵。”元献怏然不悦，后尝语人曰：“裴度也曾燕宾客，韩愈也会作文章，但言园林穷胜事，钟鼓乐清时，却不曾恁地作闹。”

永叔眷念国事，正见本色，而元献乃以为大煞风景。盖作惯清平宰相，以优游翰墨、吟咏风月为富贵清华分内事，一生较为平顺，未大体会艰难困苦也。由此观之，周保绪之谓“南宋下不犯北宋拙率之病，高不到北宋浑涵之旨”，其“浑涵”亦止如此。又曰：“北宋词多就景抒情，故珠圆玉润，遍照玲珑，至稼轩、白石，一变而为即事叙景，使深者反浅，曲者反直。”则是同叔之“满目山河空念远，落花风雨更伤春”为“珠圆玉润”矣，而稼轩之“倩何人、唤取红巾翠袖，揾英雄泪”、“凭谁问，廉颇老矣，尚能饭否”，果深邪？浅邪？曲邪？直邪？其他辈不足驳。

三四

晏同叔之词品，余得取其词中之一语以括之曰：“酒筵歌席莫辞频”；其词境，余得取其词中之一语以括之曰：“无可奈何花落去”。

三五

词体制短小，故尤须大重虚实。实则体物精微，虚则我之怀抱与焉。尽实则过楷，尽虚则过草，要之如行草耳。然若以气以情为实，而动宕往来，神魂飞跃，如是大手段，当观怀素师《自叙帖》，最为豪放本色也。一切诸文艺之法，不实则不真，无能虚则不善，虚实之比例失调则不美。寄兴于物易为写境，抒怀感慨易为造境。写境实，造境虚。凡物之所构成，皆一分为二，其形成，皆历三种之变化：而皆统于一。能悟此，而始能入艺术之殿堂矣。“有我之境”实而“无我之境”虚，若虚实合一之最佳者，则非“无我之上之有我之境”不办也。

三六

昔人论词，有景语、情语之别，不知一切景语皆情语也。昔人论词，有有我之境、无我之境，不知一切无我之境皆有我之境也。当大是大非之时，我则无所避于大非之锋芒，而“无我之上之有我”生焉，若情有所晦而气有所遏，则我之姿态萎矣，含蓄矣，圆滑矣，为中庸矣，自以为极高明矣，若是而欲不无我，亦不可得也。一丝一毫之间见境界之高下，虽有我而实同无我，所谓“无我”之境界非真无我者，义其如是也！故无论“无我”之真为“有我”与否，其“无我”之心为可责耳。

三七

王国维《蝶恋花》“故拥绣衾遮素面，赚他醉里频频唤”、

《应天长》“恼一时心曲，手中双桨速”、《虞美人》“未能羞涩但娇痴，却立风前散发衬凝脂”、《荷叶杯》“情极不能羞，乍调筝处又回眸”诸语，虽艳情，亦不减前人意致，而语气间已颇有现代爱情之气息韵味矣。

三八

李太白“白发三千丈”、“飞流直下三千尺”，才如之；杜少陵“黛色参天二千尺”、“江山有巴蜀，栋宇自齐梁”，才亦如之；稼轩“铸就而今相思错，料当初费尽人间铁”、“千丈阴崖尘不到，惟有层冰积雪”，才亦如之。此等气象，王静安辈一生亦办不到，气不足也。气何所自来？民生现实之世俗世界也。我不与之交接激宕，气遂弱矣。

三九

张于湖《念奴娇》“悠然心会，妙处难与君说”，词人之意；“扣舷独啸，不知今夕何夕”，词人之情。自家风景，外人正不易理会。此种境界，犹进东坡之旷一层。虽敛其锋芒，若剑之在匣，而龙吟却可时时而得闻，东坡于此尚若缺也。

四〇

毛润之《沁园春·雪》一词，境界雄大，意象鲜丽，纵横万里，上下数千年，意态气度，犹胜老杜之“江山有巴蜀，栋宇自齐梁”。其“安得倚天抽宝剑，把汝裁为三截。一截遗欧，一截赠美，一截还东国。太平世界，环球同此凉热”（《念奴娇·昆仑》），戏谑豪放，神味独具，可谓千古第一胸襟气概，古来惟魏武可与一争风骚也。若其所阙，则内稍乏，而气势多得自外，非若少陵《秋兴八首》一作，内自郁乎勃然也。同为豪放，则李太白之气也飘逸横宕，杜少陵则沉潜周回，毛润之则阔大开张，若兼有三子之长而内外皆极者，其惟稼轩乎！

四一

东坡《念奴娇·赤壁怀古》“大江东去，浪淘尽、千古风流人物”，稼轩《水龙吟》“楚天千里清秋，水随天去秋无际”，二人开篇如此，不啻破空而来，如惊风骤雨，快一千年间吾人之耳目，至毛润之《念奴娇》“横空出世，莽昆仑、阅尽人间春色”一出，气为之夺，相比之下，黯然失色。

四二

俞平伯所作诸诗词甚多，佳者甚少，然谈艺则偶有卓见，如《唐宋词选》论李、杜诗云：“少陵诗深而且广，太白诗高妙处不弱于杜，或仿佛过之，若以广狭论，则不可相提并论矣。”又论王国维《人间词话》论李后主之“后主之词，真所谓以血书者也”、“后主则俨有释迦、基督担荷人类罪恶之意”，谓之“此皆推许太过，拟喻不伦”；论冯正中之“冯正中虽不失五代风格，而堂庑特大，开北宋一代风气，与中、后二主词皆在花间范围之外，宜《花间集》不登其只字也”，谓之“《花间》结集较早，故不收南唐词”。① 又如《重印〈人间词话〉序》云：

> 作文艺批评，一在能体会，二在能超脱。必须身居局

① 龙榆生《唐宋名家词选》亦有此论而早：“《花间集》多西蜀词人，不采二主及正中词，当由道里隔绝，又年岁不相及，有以致然。非因流派不同，遂尔遗置也。”

中，局中人知甘苦；又须身处局外，局外人有公论。此书论诗人之素养，以为“入乎其内，故能写之；出乎其外，故能观之”，吾于论文艺批评亦云然。

自来诗话虽多，能兼此二妙者寥寥；此《人间词话》之真价也。虽只薄薄的三十页，而此中所蓄几全是深辨甘苦惬心贵当之言，固非胸罗万卷者不能道。读者宜深加玩味，不以少而忽之。

其实书中所暗示的端绪，如引而申之，正可成一庞然巨帙，特其耐人寻味之力或顿减耳。明珠翠羽，俯拾即是，莫非瑰宝；装成七宝楼台，反添蛇足矣。此日记短札各体之所以为人爱重，不因世间曾有 masterpieces，而遂销声匿迹也。

其集《人间词话》为书而版之，亦可谓独具慧眼，大有功于王国维也。

今之学者不能制作，或虽制作而不能佳；又或以拾西人之唾馀为常，而嫌吾国古之诗话、词话之类皆乏系统、逻辑，真可谓有愧于静安、平伯二子甚矣也！然其亦有见识未甚到者，如谓周美成《满庭芳》（风老莺雏）“在本集中无第二首，求之两宋亦罕其俦。东坡大江东去超妙过之，而厚意差逊，盖稍近率；惟屯田之《八声甘州》有异曲同工之妙，然骏快有馀，沉郁亦微减耳”（《清真词释》），以此词方东坡《念奴娇》已属失目，又谓之“厚意差逊”，真痴人说梦语。窃谓世上第一流之文学，无不以高尚崇高之人格境界、思想境界、精神境界为最第一之具，而至于“无我之上之有我之境”，惟其如此，乃能于艺术上多有创造而不拘一格，集“神味”之大成。吾人于此之态度，当作如是观：有之未必可以成就，无之必不可成就，人格境界、思想境界、精神境界皆极高矣，未必长于文学，而欲求第一流之文学，则必出诸是焉。谈艺家每为婉约派抱不平者，多昧此义也。故婉约诸家之作，断不可许之以第一流之文学。稼轩《卜算子》云："病是近来身，懒是从前我。静扫瓢泉竹树荫，且恁随缘过。"若常人为此，则疏懒颓放之名士耳，然明为稼轩作，则使人不敢以寻常待之，而生异样之意味，此中关键，无不在人格境界之魅力焉！又如润之《卜算子》云："俏也不争春，只把春来报。待到山花烂漫时，她在丛中笑。"即以精神境界为擅者矣。若思想境界，其在于文学实难于表现，而欲至于精神境界之最高境界，则思想境界为必经之地也。此三种之境界，一语以廓之，曰"为人"而已矣！欲求为人则必先求"无我"，即完善自我之层次也，此为人之手段，然不破除"无我"，则"我"终不能自立，亦即未臻完善自我之极致，若至其极致而更进以完成一新我、大我，则"无我之上之有我"生而破除"无我"矣。世上第一流之文学，无不如是也。试以此求之周、柳、姜、吴，其可得邪？

东坡《念奴娇》之作，洵为绝唱。其声情之豪迈遒丽，意态之沉郁顿挫，神味之淋漓尽致，气调之郁怒激昂，皆一扫婉约派缠绵柔媚之致，而初见"无我之上之有我"之风味神采。上阕以"大江东去，浪淘尽、千古风流人物"开端，即有感于有宋之积弱，而隐同阮籍"时无英雄"之慨。次句点出赤壁怀古人物之主角，以俊逸儒雅之周郎衬其情态。"乱石穿空，惊涛拍岸，卷起千堆雪"，写实而潜映当时赤壁之战之气势。"江山如画，一时多少豪杰"，令人艳想无限，魂为之消！下阕以蒙太奇手法剪接人"遥想公瑾当年，小乔初嫁了，雄姿英发"一幕，是同其快慰，而此之为细节，犹词中之画龙点睛处，与杜牧之《赤壁》之"东风不与周郎便，铜雀春深锁二乔"同妙，而风流姿态、意味更胜也。其后赤壁之战公瑾"羽扇纶巾，谈笑间，樯橹灰飞烟灭"，举重若轻，快哉快哉，写古人之快意，正沉痛当今也！故自"神游"中回省而应笑我多情，"早生华发"，大有奈此多情何之喟，即伤时也，故遂发"人生如梦"之语，亦无可奈何耳。如此之作，平伯乃与美成宦客无聊、转思沉静之作相提并论，且谓之"厚意差逊"，平伯岂知厚者；"盖稍近率"，又岂知其组织之佳者，与声情之沉着秀逸者哉！

四三

韦端己虽处花间氛围，然其清绝可喜处亦不受局限，如"春水碧于天，画船听雨眠"（《菩萨蛮》），平和旖旎，不减放翁"小楼一夜听春雨，深巷明朝卖杏花"之句。人生得似此逍遥江湖，亦一快哉！若"当时年少春衫薄"之句，则一"薄"字风流旖旎，令人嚼味不尽。

四四

李中主《摊破浣溪沙》"细雨梦回鸡塞远，小楼吹彻玉笙寒"两语，其通灵孤光，大如莹澈幽香之女子，后主亦不能道此境也。只此一句，便足千古。傅庚生《中国文学欣赏举隅》评中主此作云：

> 忧思裴回，传唱千古。当时冯延巳已有"未如陛下小楼吹彻玉笙寒"之叹，王介甫亦尝激赏细雨小楼两句。王静安《人间词话》云："南唐中主词'菡萏香销翠叶残，西风愁起绿波间'，大有众芳芜秽、美人迟暮之感。古今独赏其'细雨梦回鸡塞远，小楼吹彻玉笙寒'。故知解人正不易得。"余既耸动于王氏之说，因亦细揣夫中主之词。意以为全阕固脉

注于一“残”字耳。“菡萏香销翠叶残”，是荷残也，“西风愁起绿波间”，是秋残也，“还与韶光共憔悴，不堪看”，是人在残年对残景，诚然其不堪看也。王氏之所云有美人迟暮之感者盖如此。“细雨梦回鸡塞远”，是梦残也，“小楼吹彻玉笙寒”，是曲残也，人在残年感已多，“多少泪珠何限恨”，矧更“倚阑干”对此残景乎？全阕脉络贯通，若折散便不可得其的解；而意相联属，似亦并不宜摘句以欣赏之耳。

王静安所言固是，起句两语所以定调也，然其意味，却是自惜，所谓脉注于一“残”字，是泥于表象而会错意旨也。静安拈出二语，自是眼光独具，然通篇论之，则最出色者仍是“细雨”二语耳。“菡萏”两语妙在风致，《人间词话》手稿第一则即为：“《诗·蒹葭》一篇，最得风人深致。晏同叔之‘昨夜西风凋碧树，独上高楼，望尽天涯路’，意颇近之。但一洒落，一悲壮耳。”可见静安正重风致。风而有致，而易感人也，然不能深。所谓“深致”者，亦须细加体会而后能得者；虽然，因仅以起兴，自不能深，风致云者，偏于外者也，若入内里，则非致之佳处矣。故此词以“菡萏”两语起兴而定其寂寥之姿态，正为“细雨”之句铺垫、渲染氛围，而“细雨”两语叙写相思深远曲折，下句尤得不可言状之妙，一种通灵孤光之意味见之言、象之外，窈窕难测，合之以观，乃古今难得一见之佳、妙句，若割裂数语而不知“菡萏”之为铺垫、渲染，而较其短长，则有论美人之体态与其眉眼孰为更优之弊也。“细雨”二语之不可言状之妙，古今惟陈简斋“杏花疏影里，吹笛到天明”之句有异曲同工之妙焉，然却是豪放深情意味矣。中主此二语舍陈简斋之豪放（疏放）而独取幽远空灵，此是意境经营之本事，意味正不易坐实而有言外者，与陈简斋所造意境稍实之风味不同，精神所在，若人之睛然，故摘句之举，正同看人看其眼也。傅氏所谓“得其的解”，则殊非中主此词意境之最妙事也。吴梅《词学通论》亦略同静安之论，云中主“此词之佳在于沈郁。夫‘菡萏销翠’、‘愁起西风’与‘韶光’无涉也，而在伤心人见之，则夏景繁盛亦易摧残，与春光同此憔悴耳。故一则曰‘不堪看’，一则曰‘何限恨’。其顿挫空灵处，全在情景融洽，不事雕琢，凄然欲绝。至‘细雨’、‘小楼’二语，为‘西风愁起’之点染语，炼词虽工，非一篇中之至盛处，而世人竟赏此二语，亦可谓不善读者矣。”其所谓沉郁，却是拾陈廷焯牙慧，《白雨斋词话》卷一云：“南唐中宗《山花子》云：‘还与韶光共憔悴，不堪看。’沉之至，郁之至，凄然欲绝。后主虽善言情，卒不能出其右也。”却只是道情沉郁，并无其他，吴梅则颠倒词中之点染，又强谓不同其见者为“不善读”，拙撰《嫁笛聘箫楼曲话》云：“吴梅《顾曲麈谈·原曲》引白朴［醉中天］：‘疑是杨妃在，……美脸风流杀。叵奈挥毫李白，觑着娇态，洒松烟点破桃腮。’评云‘此词咏佳人黑痣，文极佳妙’，由此可知亦古人耳。”咏佳人黑痣有何好辞，则孰为不善读，及其意趣如何，可明辨矣。

四五

词人之风格多变而令人目不暇接者，稼轩是矣，或豪放激荡，或悱郁沉挫，或缠绵瑰博，或婉转奇丽，不一而足焉。凡大词人，亦莫不如是，而稼轩为尤甚。后村词豪放处不较稼轩，但变化不及太甚，才识使然乎？张仲宗亦如之，其《贺新郎》（北望神州路）则能突出，至《石州慢》（寒水依痕）《兰陵王》（卷珠箔）则不下周、姜、吴、张笼络矣。稼轩无此病。

四六

稼轩"有玉人怜我，为簪黄菊"（《满江红·倦客新丰》）、"倩何人、唤取红巾翠袖，揾英雄泪"（《水龙吟·登建康赏心亭》）诸语，皆专事艳情者所不韵也。以艳写痛，古今一人而已！

四七

东坡《水龙吟》"春色三分，二分尘土，一分流水"，本自叶清臣《贺圣朝》"三分春色二分愁，更一分风雨"，实未能出蓝。

四八

李易安《渔家傲》（天接云涛连晓雾）奇情丽想，瑰闳深肆，高亢婉转，有骚之情，庄之廓达，太白之才势，合为一体，风情饶深焉。近世毛润之《蝶恋花》虽事不同，而可一比。此篇为易安惟一具豪放之致者，故尤为可贵，然若措之豪放词中，则非最佳之流也。

四九

薛景石作《渔父词》数篇，皆可玩。"爱看红鳞比目鱼"尤婉约天然，深得蕴藉；"白鹤飞来雪满船"，尤清拔濯素。

五〇

范希文《苏幕遮》"碧云天，黄叶地，秋色连波，波上寒烟翠"，数语连下，苍劲无比，意味独绝，后人竟不复有此笔力。细品思之，若不似词之风味，而胜似词之风味也。天然独绝之语，古今词中惟此而已矣。

五一

范希文《御街行》“真珠帘卷玉楼空，天淡银河垂地”，气象壮丽，老杜有句云“星垂平野阔”，范公“阔”字正不必道出。

五二

李义山《寄罗劭兴》云“人闲微病酒，燕重远兼泥”，不知“兼”字何由。不用“衔”字，盖以“燕重”二字先入而“兼”以醒之也，然不自然矣。

五三

顾亭林《海上》四章之作，深情悲慨，精工决丽，流转浩荡，沉挚深厚，气势雄浑，隐隐如匣底龙吟，有跃跃欲出之势。虽杜少陵见之，亦当有誉也。有清七律，斯为压卷！

五四

吴梅村《过淮阴有感》之“我本淮王旧鸡犬，不随仙去落人间”，陈忱《叹燕》之“休说旧时王与谢，寻常百姓亦无家”，黄梨洲《书事》之“黄花偏奈苦中看”，顾亭林《又酬傅处士次韵》之“苍龙日暮还行雨，老树春深更著花”，皆深厚蕴藉，我性独在，神味灿然，此岂“流水青山送六朝”（龚鼎孳《上巳将过金陵》）风流轻倩之有神韵者所能比拟者邪？叙事而能以细节之境界胜，此“神味”之所以胜以情景胜之意境者也。若能铺排而至于淋漓尽致，至于烂漫，则元杂剧诗意之境界者矣。

五五

愈读愈深，气与情之磅礴淋漓千古壮观，词中无当得此老杜本色者。若必觅一词中之有老杜位置者，则辛稼轩也。然如稼轩之笑傲光芒，老杜亦把握不住，设若相访，正须不及履以相迎耳！王国维《清真先生遗事》谓美成乃“词中老杜”，至今尚觉莞尔。俞平伯《读词偶得·清真词释》亦云：“自诗家有杜陵，而唐以后诗皆不得不与古人为敌国矣；词家有清真，而北宋以后词皆不得不与古人为敌国矣。虽曰气运使之然，若夫二子者岂非英霸之奇才乎！”美成所至，婉约词之大成耳，其后词人所与为敌者，亦皆婉约派，若豪放派，岂在此范围而为笼罩者乎！况美成之为大成，乃能统婉约词之长而一之，由生入熟，若如秦少游、李易安之奇峰迥出，仍在其大成笼罩之外也。故后世论词之豪放、婉约者，或以稼轩、易安为率，即正可见为诸点之大成而皆未至其最高之处，不若一点之奇拔而能至于最高之处也。真正之大成，必有若干点皆至于最高之处，如老杜之律诗、叙事、细节、深情、雄浑豪放。以婉约为平准，正见俞氏见识，尚不及清人如田同之《西圃词说》、沈祥龙《论词随笔》者，论“豪放”、“婉约”皆为词之本色也。诗词曲三者内在之一贯精神乃是豪放，杜诗之最高境界亦是豪放，则稼轩为词中老杜（刘熙载《艺概》亦主此说），不亦宜乎！若少陵者，其诗性情姿态可谓痴之极矣，惟其痴之极也，故在庸俗之人而往往不能不嗤之也，惟其庸俗之人而往往不能不嗤之，故能以是见庸俗之与否也。余坚信此庸俗之人，非百姓也可知，则天下之百姓俱可为少陵之肝胆心腹，故其动人尤在辞情之外也。“无我之上之有我之境”，无不待于此“痴”之一字而后成就也，人而无若是之痴之姿态，则其人格境界、思想境界、精神境界终不能至于最高境界，罔不的然可知也！读杜诗者，知此神味否？

五六

写女子态，张子野“朱粉不深匀，闲花淡淡春”，清雅出群；晏同叔“重头歌韵响琤琮，入破舞腰红旋乱”，清艳可人；欧阳永叔“呵手试梅妆”、“故画作远山长”，娇憨多情；柳屯田“千娇面盈盈伫立，无言有泪”，矜秀惹怜；晏小山“彩袖殷勤捧玉钟”、“舞低杨柳楼心月，歌尽桃花扇底风”，款款深情，肆力摇荡；苏东坡“冰肌玉骨，自清凉无汗”、“手弄生绡白团扇，扇手一时如玉”，不着一尘；周美成“侵晨浅约宫黄，障风映袖，盈盈笑语”，绰约温婉；贺方回“淡妆多态，更的的，频回眄睐”，妩媚生姿；稼轩“蛾儿雪柳黄金缕，笑语盈盈暗香去”，逼丽飘缈。窃谓女子者，其姿态之千娇百媚，仪态万方，固为世间一切诸风景之第一义也！

五七

有风韵之美，“玉人和月摘梅花”（贺铸《减字浣溪沙》）是矣；有风物之美，“菡萏香消翠叶残，西风愁起绿波间”（李璟《摊破浣溪沙》）、“红藕香残玉簟秋”（李清照《一剪梅》）是矣；有情思之美，“不如桃杏，犹解嫁东风”（张先《一丛花》）、“柳下桃蹊，乱分春色到人家”（秦观《望海潮》）、“莫道不消魂，帘卷西风，人比黄花瘦”（李清照《醉花阴》）、“烟雨偏宜晴更好，约略西施未嫁”（辛弃疾《贺新郎》）是矣；有蕴藉之美，“深院锁黄昏，阵阵芭蕉雨”（张先《生查子》）、“一场愁梦酒醒时，斜阳却照深深院”、“高楼目尽欲黄昏，梧桐叶上萧萧雨”

（晏殊《踏莎行》）、“淮南皓月冷千山，冥冥归去无人管”（姜夔《踏莎行》）是矣；有雄阔之美，“尽挹西江，细斟北斗，万象为宾客”（张孝祥《念奴娇》）是矣；有洒脱之美，“我病君来高歌饮，惊散楼头飞雪”（辛弃疾《贺新郎》）、“回首向来萧瑟处，也无风雨也无晴”（苏轼《定风波》）是矣；有人格之美，“零落成泥碾作尘，只有香如故”（陆游《卜算子》）是矣。

五八

欧阳修《梅圣俞诗集序》云：“盖愈穷则愈工。然则非诗之能穷人，殆穷者而后工也。”穷之义有二，贫与不达也。非诗能穷人，大诗人必出乎穷之人也。然则古今大诗人之为穷之人也，又何所羡哉。屈子、杜少陵、李太白、辛稼轩、关汉卿，皆穷之人，故天下一日而有穷之人在，则诗而一日为有望也！其悠游于世而着附庸风雅之姿态者，何必与诗人争食也！天以此穷为代价而命之天下之诗人，会其心而将有志于利乎民生者，可以作起矣！

五九

纳兰性德《金缕曲》（德也狂生耳）如西汉贾氏发“晨窗万字”之叹，非缘性情，虽故作姿态，而不免词气孱弱。然亦如蛾眉慷慨，其爱怜又自不同。而《词苑丛谈》乃曰“词旨嵚崎磊落，不啻坡老、稼轩”，情识沉痛则有之，何能如此。近人爱辄攀比古人，古人非不能攀比，要自有分寸，推崇太过，则近于谀。试看稼轩之与同甫往来数篇《贺新郎》，即纳兰性德亦当自愧矣！纳兰性德词如妇人，虽着戎装，不能令人振奋。

六〇

余甚爱蒋竹山词，譬《史记》之琐碎笔而尤为人称道也。其《贺新郎》之《吴江》、《兵后寓吴》、《乡士以狂得罪，赋此饯行》诸篇，乃是自开苑囿，独据千古者。其惊艳绝人、婉丽吞吐之象，亦两宋少有也。

六一

周介存《宋四家词选序论》谓竹山“有俗骨，然思力沉透处，可以起懦”，以“思力沉透”而可“起懦”，正不知从何说起。杨升庵评后村词于感慨之中，“壮语亦可以起懦”，要当如此耳。“起懦”之类，非竹山本色。而谓竹山有俗骨，亦未审确，如《虞美人》（少年听雨歌楼上）、《贺新郎》（浪涌孤亭起、梦冷黄金屋、深闺垂帘绣）诸篇，亦何俗之有。无个性曰俗，无趣曰俗，无新意曰俗，格调不高曰俗，无笔力曰俗，无能与于变化曰俗：此数者竹山何与焉？

六二

黄山谷词，历代多不能赏之。晁无咎云：“黄鲁直间作小词，固高妙，然不是当行家事，是著腔子唱好诗。”而王灼《碧鸡漫志》云：“晁无咎、黄鲁直皆学东坡，韵制得七八。”然则不能当行，乃是始于东坡，而无咎学之。以余观之，晁、黄直是少才情耳，黄山谷尤板僵，其才情中之硬固是独立姿态，却不能化为英秀之气，奇雄有馀，才力不足，故或流于平淡粗野，或流于拙。两人之学东坡，无其胸襟才情而强之，适尽得东坡创制之病。若稼轩之踵武，便无此病，而“黄晚年放于狭邪，故有疏荡处”

（《碧鸡漫志》），乃是山谷真性情所至，亦正与东坡分疆处。如“出门一笑大江横”、“未到江南先一笑”之句，皆媚不可解，极洒脱，极有会心也。

六三

东坡之旷，尚略得渊明遗风；而稼轩之豪，不必有所自来而能凌铄古人，笑傲来者。气不足者，安能为笑傲之姿态邪？韵之胜者为旷为逸，气之胜者为豪为放，而气为韵之本，气具而韵生，遗气而求韵，不独有无源之水之虞，且将于民生世俗而为隔，而乏大俗之精神，此一分际，即稼轩与渊明高下之分处，故渊明以“无我之境”胜，而稼轩则以“无我之上之有我之境”胜。

六四

苏东坡《江城子·密州出猎》“千骑卷平冈”，一“卷”字他人便道不出，令人顿生风疾雨骤之意，有马非宝马、弓非良弓之慨焉。以炼字言，似亦不在红杏尚书之下；而一在势，一在趣也。

六五

《世说新语·排调》云：“顾长康啖甘蔗，先食尾，问所以，云‘渐至佳境’。”顺次而读柳耆卿词，亦复如是。

六六

张子野“云破月来花弄影”，“景物如画，画亦不能到此”（杨慎《词品》），画不到处，惟一“弄”字耳。炼字遣词之境界，盖有三焉：如汉大赋之铺排逞力，穷极物态，如调兵遣将，一一皆能合其所意，此第一境也。如李长吉之发语凝结，意味在内盘郁，若困不可出，而整体流动，象亦恍惚；或如李义山之出语朦胧，意态仿佛，象之所至，意亦缠绕婉转，此第二境也。如鲍明远之声情壮烈，意到辞劲，意味全出，犹憾未尽，语辞随心而流宕，姿态因之而动静、虚实皆得其宜，若大雨之灌久旱之万物，万物无不欢呼鼓舞；或如辛稼轩之意未到而辞先到，辞未到而意流转，性情挥洒，意态磅礴，以精兵破敌大军，气势不可掩抑，神味随处烂漫，此第三境也。魏晋南北朝诗人犹有汉赋遗习，鲍明远亦未能免，特能发挥极致，突入第三境也。古今之大诗人如杜子美、关汉卿，亦第三境之尤特出者矣。

六七

造物之性不轻弃物，物皆有用，但看词人如何利用耳。五代以绮艳香泽为毒，然一入稼轩之手，以大英雄之怀抱陶铸之，则立见缠绵顽艳之格，使人岂但不憎而已，人格之事可忽之哉。然仅止于人格境界，而不能上而为思想境界、精神境界，则亦所谓小有所成耳！

六八

李易安《渔家傲》（天接云涛连晓雾），气象瑰丽雄畅，为《漱玉词》集中仅见，与范公一篇（塞下秋来风景异），可为此调双璧。

六九

贺方回自“一川烟草，满城风絮，梅子黄时雨”之句传于众口，多有和其韵者，独东坡《和贺方回韵送伯固归吴中故居》犹胜原作。可见此乃东坡本事，非仅《水龙吟》（似花还似非花）

胜过原作也。

七〇

巧则新，则出人意外。然如东坡《青玉案》“春衫犹是，小蛮针线，曾湿西湖雨”之句，是巧亦到不得处。

七一

严蕊事见《齐东野语》，所载《卜算子》或云非蕊所作，然附会亦有缘，何妨如此。词意不俗，然终非大雅，下阕忽缀以“若得山花插满头，莫问奴归处”，忽然摇曳生姿，卓然出尘，余深叹赏焉。此等情事，固令人爱怜不胜。但著此句，如画其相于千古，窈窕不胜矣。

七二

世传金主完颜亮《鹊桥仙》，咄咄进取之意，与南宋君臣狎谀之作，用心既异，相去亦远。此能用气使文者，辞采虽不能尽为雅畅，亦必动人。“一挥截断紫云腰，仔细看、嫦娥体态”尤绝佳，但“虬髯捻断，星眸睁裂”二语，似微觉唐突佳人耳！

七三

杜少陵开律诗中深沉流转一格，遂为宋人所擅，宋以后皆为笼罩矣。然无其内质，徒锻炼于辞章对偶之间，其用心过于少陵，而其成则未若，境界或有所到，而神味终浅。况七律体制本即短小，欲求精悍，必以搏虎之力以缚鸡，以求其游刃有馀之流转，所谓先天所限，若不突破此关，终可惜也。近世七律佳者，惟聂绀弩独有神味姿态，不拘一格，故能有成。其他虽有可观，终小焉者耳，多未能出于古人之外。如郁达夫《旧友二三，相逢海上，席间偶谈时事，嗒然若失，为之衔杯不饮者久之。或问昔年走马章台，痛饮狂歌意气今安在耶？因而有作》云：

不是尊前爱惜身，佯狂难免假成真。曾因酒醉鞭名马，生怕情多累美人。劫数东南天作孽，鸡鸣风雨海扬尘。悲歌痛哭终何补，义士纷纷说帝秦。

可谓绮丽沉痛，短歌亦哭而哀，亦愤而壮。于右任《浣溪沙·小园》云：

歌乐山头云半遮，老鹰崖上日将斜，清琴远远出谁家？依旧小园迷燕子，翻怜春雨泪桐花，王孙绿草又天涯。

词情茂蔚，如短笛长吹，郁而能怨，怨而不诽，意致绵邈，兴味高深。其诗则别一面目，如《春雨》云：

悯乱天偿雨一犁，饥鹰啄凤事难齐。相期天地存肝胆，犹见关山动鼓鼙。河汉声流神甸转，昆仑云压万峰低。花开陌上矜柔艳，勒马郊原路不迷。

深情浩荡，中气流转，姿态尽出矣！老舍、田汉、鲁迅之流皆类之，此犹经世事者，若其他学人之作，则又转苦寂瘦硬，用成其倔强之姿态耳。

七四

苏东坡横向之才也，故其诗多显于意理而不能深厚壮阔，仅见博大驳杂之趣耳。方其于世也，与杜少陵又自不同。少陵生日，唐由盛而衰，国家动荡，生灵涂炭，官卑身轻，数为流窜，朝堂则忧君国，江湖则忧众生，家口之累，生民之慨，皆足伤足感也。幸此老乐天知命，与物休戚，忧患之意，发于笔端，故其诗可以见国事，可以观风化，可以风时世，可以发性情，号为

“诗史”。“无我之上之有我”，灿然而独造焉。尤能以细节叙事，而神味淋漓。东坡亦经党乱而命途坎坷，其愤懑之气应之诗、词、文章，骇才逸笔，不拘成法，惟我所用，肆力跌宕。遂奇情烂漫，光彩陆离。穷极物理，考问人生、命运，放荡不节，倚才为变，衍演点逗，因势造情，搜剔词采，连典排故。或戏游而甚真，酣墨淋漓，惊天地之精气，泣潜蛰之鬼神；或逞心以隐曲，惨惨凄凄，如秋猿号呼，木叶奋空，江河万里，一势独下，矜以含其情，辨以成其趣。虽然，东坡却颇以道自达自适，陶渊明、白居易之平淡自然、闲适达情皆为大张其本，故其诗开拓虽大，总体上却意味已抑，仍未免宋诗“迂缓”之弊，大逊色于其词与文章；其文章之美不必论，即词虽以旷达为色，却能得豪放之精神为之前驱，故词气流转，诗则但以铺排为心，若见意理之趣，便是大得，总以“无我之境”为色，而终不能突于“无我之上之有我之境”也。宋人以平淡为审美理想，东坡实为促成之关键人物，其词之豪放仅在开拓婉约词之范围，而未得豪放之真精神，而必待辛稼轩光大其业也。

七五

《诗·卫风·硕人》：“巧笑倩兮，美目盼兮”，然则白乐天《长恨歌》之“回眸一笑百媚生”者，亦知于“盼”上着力矣。纪弦《美人之目》云：“美人之目，黑而且美。十一月，狮子座的流星雨。”以“流星雨”形一“盼”字，神味益佳。

七六

金镶玉君，时来过余谈艺焉。好杜诗，然不能得其深沉博大之致，才、气不足以运之也。然亦时时有得意句，欲以追攀放翁，如“客嗔酒浊摘巾疾，老憎身单落字肥”、“佣仆至少能饮酒，娶妻亦须知赏梅”、“每欲灵犀如暗箭，暂教佳句作哀兵”、“有病缠身常为客，无钱买酒不须肴”、“病馀作画僧食肉，老去弹琴弦拍须”、“身世已然是蓬转，胡须何必拟苔生”、“舌频消瘦少开口，字愈见肥多染尘”、“燕巢当户聊挂冠，鸭步盈庭如请缨”、“乳燕旧巢新世界，蜘蛛一网半江湖”、“户不限篱可四海，几须援手为鼎足”、“蔬食依然是肝胆，逆言或可如膏肓”、“老枝婆娑走鳞爪，鸭态可怜似独夫”、“弱冠都无家室意，薄唇仍著丈夫须”、“塘内鸭鹅或肥瘦，篱边花草焉雄雌”、“秃毫尚可及琼寇，佳信焉能遣弱兵”、“冷餐原不关眼睫，书见况能撑肚皮”、“门外客来原抗礼，篱间鹅立自分庭”、“今日声名如豕瘦，昔时亲友幸鸡升”、“遣怀端赖蚁成阵，闭目何妨鼠出群”、“樗身宁可从逐鹿，遗骨犹堪须守株”、“怒鸡亦可成立鹤，笨笔何缘同舞牛”、“世道艰难多袖手，百年寂寞只添足”、“搔手源于见雁字，锁眉多为打蝇头”、“佯狂疏菊真须胆，半败莲花全是心”、“复越何妨类女子，偷生暂且做孤儿”、“病犹未及废书卷，贫乃至于煮药方”、“书信每迟如药苦，一笺乍启似茶清”、“水纵无鱼不碍钓，月清如水正宜斟”、“蚁缘大树能立国，人到中年仍折腰”、“可叹青春不由掌，犹怜志气在乎眉”、“菜既盈园不邻我，书虽满床无虱蝇”、“心须有浪亦能静，腰纵有伤不爱弯”（引句原作“心须无利方能静，腰趁有伤益憎弯”）、“墨不嫌肥须有骨，人谁无瘦岂妨筋”、“村居尚能赊有酒，客来多是卖无鸡”、“远客初至忧无酒，老友相逢喜有诗”、“药权止渴宁疑鸩，书每满床如在巢”、“人生是处杯有酒，境界非时心似尘”、“佳句飞扬能上眉，衣囊窈窕故如羞”、“买书积币欣罐满，养鹤超生愁吏知”、“庭院何须倩风扫，好书不惧让人观”、“原无一物能夺我，恰有佳书堪遗君”、“灵犀每似蜓沾水，境界恰如鲲化鹏”、“素喜佳问为驱使，不须花草学逢迎”、“知命艰难及于莠，爱礼寒薄在乎情”、“酌酒屡无当养病，读书能忘即偷闲”、“雀非故旧常过我，书有半床宁为贫”、“老病过于政如虎，庸医每是黔之驴”、“有室未必真丈夫，无书岂非如小人”、“愁对饥牛弹锦瑟，闲调草木作骄兵”、“落笔何须唇窃窃，蘸毫正可腹便便”、“遗骨虽非赖经传，樗身却总是书生”、“多病常由羞启齿，煮茗暂令客拔苗”。或不协于律，亦不恤也。余尤爱其“几须援手为鼎足”一语，大可见豪放之致，而极有理趣，尝戏之曰：“卿家贫，惰至此哉？”君大笑而不答。

君亦尝论余之诗，拈句颇众，如“公卿食肉又食骨，富贵问晴仍问阴”、“每将墨胆连肝写，不欲素心随意违”、“看花不语影留壁，邀月同吟书满床”、“人世情伤麟久获，梧桐树老凤方归”、“宁独伤焉梦连劫，自难兼者掌和鱼”、“蜜在花中蜂采得，蝶飞蛹外茧成全”、“河山每下沧桑泪，人世难逃名利场”、“原知蜜本蜂沾粉，能解人将后笑今”、“一生心事欠吹笛，千古风情惟在眉”、“神交古圣千年短，志补男儿六尺长”、“情非得已惟惭怛，酒若全干不颓唐”、“道高一尺魔犹胜，命许三生志未光”、“祸延海内儒产鲁，身幸山东我属齐”、“拍胸犹壮登筏已，舞袖应悲献丑频”、“若可人间归去得，那求俗世往来繁”、“一生难许三生愿，春草常怜秋草迟”、“应思美酒伤浊酒，难过情关接怨关”、“前尘梦到来尘路，今岁花发去年枝”、“缘分为何总错过，三生难可保平均”、“心所纠缠身所止，情相眷恋意相牵”、“盛世无人尚文化，金钱使我若鸿毛”、“犹观钟鼓喧盛世，已少佳人忙嫁衣”、“爱不成眠恨独寤，子犹重过我曾经”、“山期我至如踊跃，我绕山游自主张”、“家且横眉望碧野，我原赤脚入红尘”、“新绿微舒春尚嫩，旧尘乍堕事难非”、“不堪来世酬前世，岂欲生涯问死涯”、“天下无人怜士气，国中有术尽钱粮”、“青山不与人俱老，花色已随春转移”、“若能归去只嫌晚，乍可流连不胜悲”、“胸中慷慨惟看剑，天下兴亡莫问书”、“缚甘困蛹悔肠碧，梦苦疲鹃泣血红”、“人世不堪问大道，青山尚可倚苍松”、“知逾识初益不悔，怨因别久未全删”、“爱若销魂情若在，恨难聚首梦难安”、“劫在情来意未定，缘由心到爱相期”、“缘倘可期劫可续，梦如难做影难删”、“艰难共度携手紧，憔悴双关说梦残”、“出世倘能兼入世，看山情愿不买山”、“情如或有行拙每，感自初来兴已深”、“赤脚倘知量地短，人心还忌比天高”、“命运否极方转变，山花何处不相逢”、“人立清风能过处，花窥绿叶掩藏间”、“神游故国龙方潜，指顾中原鹿又肥”、“若离若即花全放，如醉如痴酒未消”、“似梦倘知非欲梦，追随原只为相随”、“惯嗔早作终惯悔，乍怨全因如乍违”、“爱可青蛾火何惧，恨如沧海水难干”、“易捧佳书频拭眼，难得双袖净无尘”、“情难结果花开谢，爱似涨潮水往还”、“药不能医是狂愚，酒曾痛饮到高楼”、“爱如不敢恨终在，缘若重来分早赊”、“梦中疑梦魂难定，花傍看花腰屡折”、“果腹少蔬不时饭，用心过度竟伤神”、“天地已堪栖小我，一生无奈是多情”、“爱应当爱真无悔，疑不必疑徒转劫”、“若不敢说还敢怨，纵能相见只相逢”、“士无廉耻惟齿冷，事有蜗蝇亦目成”、“双栖双寄寄托暂，独去独留留恋深”、“生如可恋死忽至，情纵能抛爱忍赊”、“无奈倘终早成悔，有心难始定脱劫”、“四围夜色掺松色，一望灯光逼月光”、“纵然花落枝犹在，那可明朝便又逢”、“若是江南有春雨，流云只与月相逢”、“埋骨何须桑梓地，应知处处是中华”、“千遍绕花花更在，仿佛只与叶相隔”、“纵然花落枝犹在，那可明朝便又逢”、“书绝寂寞剑仍懒，梦最凄凉蝶未成”、“彼岸到达成此岸，不如中立且婆娑”。

金君诗多重趣味，以寓世俗之意，余则感慨深沉，往往有不可言说之意在，以阅历有限，虽未甚壮观，其中亦自有无限之深情在；他若《诸二十四诗品》后三作者，亦伤情太过矣。若其所共者，则同为性情中人也。吟咏往来，情性相关，亦不无相染之意。虽然，拈句亦诚然恶习矣，所谓见佳人之手而悦其如春葱之美，阿谀奉承者辄斩之以献，岂可赎邪？今与君远隔千里，海角天涯，不可复聚，忆昔之乐，何其怅惘也！

七七

李义山《四皓诗》：“本为留侯慕赤松，汉庭方识紫芝翁。萧何只解追韩信，岂得虚当第一功！”此非正论也。萧何事又如破秦而收其图籍者。玉溪咏史诗见识大下杜牧之，翻案之调常有拗固不通者，心力险而内蕴不足故也。义山学杜，诸样皆具，惟一心肠肝胆事，稍不足也。

七八

稼轩《清平乐》：“西风梨枣山园，儿童偷把长竿。莫遣旁人惊去，老夫静处闲看。”可与老杜《又呈吴郎》诗争美矣。

七九

稼轩《满江红》之“细读《离骚》还痛饮，饱看修竹何妨肉”，渐入于随心所欲、物我两达之境矣。《玉楼春》之“心如溪上钓矶闲，身如道旁官堠懒”，读此等句则如尝陈年老酒，不觉出味。

八〇

稼轩《鹧鸪天》“明朝放我东归去，后夜相思月满船”，其放荡不羁才势动荡蕴藉，颇近李太白，试使二人携手归去，必长啸满途，万物竦肃也。

八一

稼轩《水龙吟》“倩何人、唤取红巾翠袖，揾英雄泪”，意气风发，直是悲愤；《鹧鸪天》“却将万字平戎策，换得东家种树书”，已觉悲苦滋味；《汉宫春》“谁念我，新凉灯火，一编太史公书”，而益苍凉矣。此等语令人不敢不正襟危坐而览之。

八二

稼轩《西江月·遣兴》下阕云：“昨夜松边醉倒，问松我醉何如？只疑松动要来扶，以手推松曰‘去’。”写尽不能不醉又如何也不得醉之情味，浅人只乐其旷其趣耳。

八三

稼轩《青玉案·元夕》艳溢香融，若离若即，无限婉愁，轻盈动人，令人如临其境，是人所尝经而未能道出者。稼轩密丽飘忽而又真实可感之作，惟此一篇耳。

八四

寿词敷衍塞责，多非佳制，稼轩《水龙吟》（渡江天马南来）之作意气冲纵，乃是不受拘束者，独能眼界廓大而不失本旨，此其高处。

八五

稼轩《菩萨蛮》"青山遮不住，毕竟东流去"之句，沉恸振拔，意味尤凭"毕竟"一语扶持。体味"豪放"，当于是作一转折。苏、辛二公性情不同，稼轩词如孤舟自横，东坡词如信马由缰，一勃郁，一洒落，由是可见也。

八六

东坡惟《念奴娇》、《贺新郎》、《江城子》、《青玉案》、《水调歌头》、《定风波》、《卜算子》、《洞仙歌》、《水龙吟》、《永遇乐》、《临江仙》等十馀篇绝佳，其馀则相去甚远，不在同一层次。其词之最高境界在豪放，其次在婉约，在旷达，此不可不知也。东坡词之病多在无意趣，昔蔡伯世谓东坡"辞胜乎情"，周介存谓病在粗豪，皆千古确论。

八七

王国维排挤梦窗太过，而谓周介存"水光云影，摇荡绿波，抚玩无极，追寻已远"之评惟"隔江人在雨声中，晚风菰叶生秋怨"二语差可。试索之，则尚有"惆怅双鸳不到，幽阶一夜苔生"（《风入松》）、"明朝事与孤烟冷，做满湖风雨愁人"（《渡江云三犯·西湖清明》）、"最愁人，啼鸟清明，叶底清圆"（《高阳台》）、"江燕话归成晓别，水花红减似春休，西风梧井叶先愁"（《浣溪沙》）等。矧介存之所云云，总体之把握也，非一二句之所能任。然梦窗词虽杳迥深远，然终少放荡意味，便如王粲登楼不向北风以开襟也。

八八

古今之咏落花者，多未能如定庵之瑰丽深肆、意态飞宕也。《西郊落花诗》、《乙亥杂诗》（化作春泥更护花）、《减字木兰花》（人天无据），皆卓尔不群，奇谲之甚。王船山《广落花诗》，亦能精艳绝人，笔触洒落。他如郑板桥《贺新郎·落花》，但隽挚可人如“忽见柳花飞乱絮，念海棠春老谁能嫁”耳。

八九

陈迦陵豪迈处远接稼轩，奇崛处稍同于同甫，疏狂则自有之。其点逗不拘，清耿孤介，兼收并蓄，刚健壮观，南宋之后一人耳。然未能熔铸变化，使趋于精工，故流趋上品，而工夫稍欠耳。

九〇

王灼《碧鸡漫志》云：“谢无逸字字求工，不敢辄下一语，如刻削通草人，都无筋骨，要是才力不足。”观无逸词，似非固性雕琢者，盖是王灼不能赏其“轻倩可人”（毛晋《溪堂词跋》）耳。诸阕之如《渔家傲》（秋水无痕清见底），亦自清景无限，“鲙落霜刀红缕细，新酒美，醉来独枕莎衣睡”，亦何尝不令人心向往之！

九一

人但知秦少游《鹊桥仙》“两情若是久长时，又岂在朝朝暮暮”之妙，不知杨无咎《鹊桥仙》“朝朝暮暮是佳期，乍可在，人间先老”，更嚼有味。

九二

杨升庵《武侯庙》一诗，沈归愚推为武侯庙诗之最，窃不谓然，如“正统不惭传万古”一句，便着实大煞风景！

九三

《诗·邶风》：“匪女之为美，美人之贻。”《卫风·伯兮》：“自伯之东，首如飞蓬。岂无膏沐，谁适为容？”此种情事，最为爱情绝唱！

九四

王右丞《终南别业》“行到水穷处，坐看云起时”之句，世谓因以见道，历代称颂不绝，不知“偶然值林叟，谈笑无还期”更为赏心之胜境也。

九五

王荆公《泊船瓜洲》“春风又绿江南岸，明月何时照我还”之句，着一“绿”字，历代吹嘘之不复细究，亦同陶诗（悠然见南山）之例焉。钱钟书《宋诗选注》析其前早用“绿”字数条，谓荆公用之若非偶合，即属服输于前人耳。荆公无书不观，非偶合亦可确知。前人每用之而无名，至荆公乃成千古佳语，所谓赖谈艺家吹嘘之力，信不诬矣！则“绿”之一字果为佳否，是可疑矣。

九六

刘禹锡《金陵怀古》“旧时王谢堂前燕，飞入寻常百姓家”，以小寓大，如帘后佳人，只透露隐约消息。周美成《西河·金陵怀古》虽运词妥切，浑然天成，然已远不及刘作之虚实相生、浑厚博大矣，而只是学步气味，此点石不能成金、点睛不能龙飞之类也。其熔铸固浑融圆美，然与所融前人诗相比，则其实画蛇添足，相去远矣。情景宛然，而神味已复。上阕颇有堆积之弊，下阕形容燕子之“相对”一语精彩，然又点出兴亡二字，背景不深，馀蕴薄矣。盖此种之作，最妙在点明情景，而出其意于情景之外，故梦得二绝，胜牧之《夜泊秦淮》之作，以点出“亡国恨”一语也。故介甫《桂枝香》仅点明情景，正作为处。沈际飞谓美成此作“介甫《桂枝香》独步不得”，正其短见识处。

九七

张籍《秋思》一诗云：“洛阳城里见秋风，欲作家书意万重。复恐匆匆说不尽，行人临发又开封。”沈德潜《唐诗别裁》谓其“亦复人人皆知胸臆语，与‘马上相逢无纸笔’一首同妙”。窃谓不然，张诗心思亦是实在，然太巧，未若岑氏之作朴实厚重。张诗意思，自家道不得，若于叙事之体（如戏曲）为“侧面透露”一法，则尤佳矣！

九八

《诗·秦风·蒹葭》之章与《关雎》意味相似，而神致仿佛，于飘渺轻灵之中透露忧伤消息，若真若幻，可以感之，而又不可捉摸，此则远胜《关雎》，真佳作也！哀而不伤，其是之谓欤？后世惟苏东坡《木兰花令》“明朝归路下塘西，不见莺啼花落处”之句，神致最近之。东坡之词，往往而有深情不能自持者，往往而动人也。如此处二语，神味不知何所自来，余每读此句，辄惆怅者久之。碧山《高阳台》“如今处处生芳草，纵凭高、不见天涯”数语，亦正东坡“天涯何处无芳草”之意，但不及蕴藉耳，岂复能泣朝云乎？若龚定庵《减字木兰花》之“人天无据，被侬留得香魂住。如梦如烟，枝上花开又十年。 十年千里，风痕雨点斓斑里。莫怪怜他，身世依然是落花”，则岂独伤感而已耳！

九九

刘伯温《北风行》一诗云：“城外萧萧北风起，城上健儿吹落耳。将军玉帐貂鼠衣，手持酒杯看雪飞。”此老亦真野狐精也！

一〇〇

李于鳞《和聂仪部明妃曲》：“天山雪后北风寒，抱得琵琶马上弹。曲罢不知青海月，徘徊犹作汉宫看。”神味固佳，然瑕疵亦复不少。马上琵琶，似太拘，不若易“马上”为“独自”。“曲罢”之句，果“不知”邪？意虽佳，然意境不和谐，不若易以“遥怜”一语，以与“看”相呼应，明其深情幽婉于故国终非能忘怀，而悲其情之苦为何若也。“作”之一字，亦可易为“似”则明妃之深情与作者之匠心并显矣，一字之异，差别甚巨。“汉宫”二字，亦似不稳，若隐以代汉，则“宫”字实明妃伤心之地，可忍而不为讳邪？易以“汉家”似益佳，而善体贴人也。

一〇一

胡应麟《诗薮·内编》卷五云：“曰仙曰禅，皆诗中本色。惟儒生气象，一毫不得著诗，儒者语言，一字不可入诗。而杜往往兼之，不伤格，不累情，故自难及。”真痴人说梦。老杜纵有一句半句稍涉于禅之意味，如诸人所常引之“水流心不竞，云在意俱迟”之句，然大都与仙、禅何涉？胡氏既云儒生气象语言不可与于诗（然则十九首、《诗》三百皆以非仙非禅而不佳矣，皆非诗之本色也），又以老杜能为之而佳而叹为“难及”，何自相矛盾之显见如此？真堪长笑于大方之家也。是老杜儒生面貌精神移易不得，而曲折为解之者也。诸般谈诗论调，每遇老杜，无能撼之则曲与附和之，皆可笑也。以实论之则为中肯，不必誉之则甚或曲之，贬之则甚或枉之也，谈艺之大忌，无甚于是者矣！

一〇二

荆卿之名，借司马子长《史记》以传，爀乎千古，亦幸矣哉！何大复《易水行》风概稍传，诚亦精略，然持论不甚中，方之陶靖节《咏荆轲》，识度差之远矣。此种风概，惟须神交冥合、融合一体，与古人为神交，而后乃能得之。大复何人，安能至此，虽力攀汉魏六朝、初唐风采何益，亦止是形似耳。“事已不成空骂倨”，未若“心知去不归，且有后世名”、“惜哉剑术疏，奇功遂不成”也；“燕丹寡谋当灭身”，不若“燕丹善养士，志在报强秦”也。窃谓燕丹之谋刺秦王，近而视之，未尝不为佳策，遂则必成“奇功”也。所以者何？夫秦之虽强，然去嬴政之雄才大略，则世事未可料也。天下之事，在于一人，其例岂鲜哉？动其本元则事势俱变矣。“田光自刎何足云”，亦非确论，又如伍子胥之与渔夫事，自杀所以深责荆卿也。观荆卿其人，志大而行事颇近迂缓，固非仅“剑术疏”而不得遂其功也。

一〇三

王士禛《带经堂诗话》卷一之一则引诸人论毛诗云：“太傅所谓雅人深致，终不能喻其旨。”窃谓此宜引《世说新语》载谢安“于是审其量，足以镇安朝野”之数事观之。盖诸人以文学之义言诗，谢安则承古人学诗之义而别有怀抱，而士禛以神韵之清雅为宗，安能测谢安之怀抱邪！由是亦可见“神韵”说之不足。

一〇四

陈恭尹《题西洋画》云：“西番画法异常伦，如雾如烟总未真。酷似少翁娱汉武，隔帷相望李夫人。”今之选家、注家咸以为称褒西洋画之辞，恐非是耳。“总未”、“隔帷”之语，即言其美中不足也！

一〇五

古来歌诗之咏梅之什，林逋“疏影横斜水清浅，暗香浮动月黄昏”，得其神韵；毛润之“待到山花烂漫时，她在丛中笑”，得其精神；陆放翁“零落成泥碾作尘，只有香如故”，则得其灵魂矣。

一〇六

欧阳詹《太原道上》“高城已不见，何况城中人”，但作感怀；厉太鸿《湖楼题壁》袭之作“朱栏今已朽，何况倚栏人”，已是惊心，却增奇丽；而未若范石湖《初夏》之“桑叶露枝蚕向老，菜花成荚蝶犹来”深至，味之隽永；更不及陆放翁《一剪梅》之“零落成泥碾作尘，只有香如故”，益以我性之烂漫也。四者高下，一一见在眼前。石湖“菜花成荚蝶犹来”之句，平平之中，惊心动魄，沧海桑田，我心依旧，所谓情爱之最高境界，亦不过如此也！

一〇七

袁凯《白燕》诗情韵意味皆佳，惜风调不齐，致为紊乱，稍有憾也。盖点染随意之败笔也，如“故国飘零事已非，旧时王谢见应稀”，调类秋而沉郁感慨；“月明汉水初无影，雪满梁园尚未归”，调类冬而稍冷峭幽寂矣。“柳絮池塘香入梦，梨花庭院冷侵衣”，则调类春而旖旎清隽焉。风调不齐则不能顺畅，如有绝色佳人焉，乃移诸美人之或手或肩或腰或眉而成，以组为一人以求其最美，生气有所滞矣。王士禛“神韵”颇不拘于天地之遥隔，东南自可与西北相望，然气韵尚可一也，若袁氏之类，可谓邯郸学步，遗其最佳之处，而妙处不传也！

一〇八

晁端礼词，用力甚劬，而佳处不多。余最爱其“屏山掩梦不多时，斜风细雨江南岸”（《踏莎行》）二语，差能蕴藉意味。

一〇九

“飞燕受风斜”，自家得其理趣，“微风燕子斜”，乃使读者得之：高下即于此判矣。

一一〇

袁子才诗如《马嵬》“石壕村里夫妇别，泪比长生殿上多”、《张丽华》“可怜褒妲逢君子，都是周南传里人”、《鱼梁道上作六绝句》“一幅布裙红到老，不知人世有江南”、《鸡》“养鸡纵鸡食，鸡肥乃烹之。主人计固佳，不可使鸡知”，其佳处皆不在性灵。窃以为此固为性情中事，言性灵，则灵之致在物性，而性情之事则关乎世俗人事者也。能至于“大”之境界与否，其惟性情之事乎！

一一一

李太白之诗，譬诸邻人之妇，虽美，不可得也；杜少陵之诗，譬诸自家之姊，虽卒为人妇，而可近也。余发此言，无乃为君子笑乎？金镶玉尝语余："李太白诗精绝而意气，快畅而超浑，仙家之澡雪，道家之清洁，酒之精，剑之质，勇决荡哉，美轮奂哉，吾曹骀属，又何与焉！"余为之兴叹，深念斯言。李常激情澎湃，杜则深情浩荡。然总论之，则李杜抗肩而行，杜之气力尚裕如也。

一一二

韩退之《雉带箭》诗云："原头火烧静兀兀，野雉畏鹰出复没。将军欲以巧伏人，盘马弯弓惜不发。地形渐窄观者多，雉惊弓满劲箭加。冲人决起百馀尺，红翎白镞随倾斜。将军仰笑军吏贺，五色离披马前堕。"此真退之诗本色（诗似后世电影剧本，凡七画面，而镜头多特写），强干有力，突兀斑斓。若于《山石》、《南山》诸篇上求，则失之矣！然细查之，则终是着文法痕迹。着文法痕迹自佳，但以之为最胜处，便不可也。

一一三

李后主《浪淘沙》云"梦里不知身是客，一晌贪欢"，此譬若于舞台下观戏剧，但所演者则为虚幻、虚假之我，观众则为真实之我耳，此种情境，则真我以局外人观彼幻我，虽知之而不能解，若做噩梦然，但无可怖耳。论者尝与论宋徽宗《燕山亭·北行见杏花》之"怎不思量？除梦里、有时曾去。无据，和梦也，新来不做"，谓为益沉痛，则尚属皮相之论，无能与于哲学思辨也，实境未若虚境也。徽宗作词则沉挚深痛若是，所谓能写真感情者也，而境界不高者，无不在其心从不在世俗民生，其情虽苦，实则缧绁之中，端为可怜姿态耳！

一一四

龚定庵诗之丽处，或饶风调，而深情莫抑，后世惟苏曼殊能继之，惟定庵多郁怒沧桑意，曼殊则气调旖旎，风采娇丽，然亦未尝不是自我开拓处。前论纳兰容若如贵妇人，虽着戎装不能使人振奋，曼殊则否，以其气调常着健康之色也。如《过蒲田》诗："柳荫深处马蹄骄，无际银沙逐退潮。茅店冰旗知市近，满山红叶女郎樵。""满山红叶女郎樵"，古之作者，无此风味也。

一一五

孟浩然《耶溪泛舟》诗云："落景馀清辉，轻桡弄溪渚。澄明爱水物，临泛何容与。白首垂钓翁，新妆浣纱女。相看似相识，脉脉不得语。"妙极，全在"似"之一字也：若不似，则不得再看多看矣！

一一六

王渔洋少受知于钱牧斋，观中年以后作，宛然似乎相识，如《晓雨后登燕子矶绝顶作》，而苍劲过之。"吴楚青苍分极浦，江山平远入新秋"之句，自谓"神韵天然，不可凑泊"，然"分"、"入"之字，气质颇弱。陈迦陵《怀州岁暮感怀》"城连沁水喧河北，雪积云中暗泽州"，李天生《望岳》"晓云东抱关河紫，秋色西来天地青"，郭元明《送郭青字参藩巴蜀》"峨岷迴出天连雪，栈阁平临马度云"，张邦伊《沈嘉则有三楚之游席上得分字》

“地入衡阳三楚尽，天回襄汉九江分”，则皆无此病。实则渔洋句于写景之中，未能出胜焉。

一一七

林弼《秦皇庙》诗，质朴稳健，气韵激郁，不减陈恭尹《虎丘题壁》，而未见有大称之者，故为表出之。盖一以实出之，一以华出之，奈人之心好华何！“若从华实论诗品，未便吴侬得锦袍”，良有以夫！中二联“三神山下仙舟远，万里城边战骨多”、“东鲁尚存周礼乐，西秦空壮汉山河”，切事感慨妥帖深至，不易之论也。大抵此等句，为明清诗人所独步，可以“空壮”二字廓之，空则隶典用事虚而神思高远，壮则气骨稳重，辞采雄实。今更拈明诗数联于兹：贝琼《送杨九思赴广西都尉经历》：“象迹满山云气白，鸡声千户日车红”；宋讷《壬子秋过故宫》：“禾黍秋风周洛邑，山河残照汉咸阳”、“宝鼎百年归汉室，锦帆终古似隋家”；高青丘《送沈左司从汪参政分省陕西汪由御史中丞出》：“四塞河山归版籍，百年父老见衣冠”；解缙《送刘绣衣按交趾》：“城郭新开秦郡县，山河原是汉金汤”；瞿佑《伍胥庙》：“江边敌国方尝胆，台上佳人正捧心”；李空同《秋望》：“黄尘古渡迷飞輓，白月横空冷战场”；边贡《谒文山祠》：“花外子规燕市月，水边精卫浙江潮”；杨升庵《武侯庙》：“南阳祠宇空秋草，西蜀关山隔暮云”；李攀龙《杪秋登太华山绝顶》：“地敞中原秋色尽，天开万里夕阳空”；杨继盛《送徐子与谳狱江南》：“西曹月满幽人榻，南国星随使者车”；戚南塘《过文登营》：“水落尚存秦代石，潮来不见汉时槎”；公鼐《咏怀古迹》：“昨宵周道歌黄竹，明日秦碑长绿苔”；郭新德《送郭青字参藩巴蜀》：“万里江湖龙剑合，一尊风雨蓟门分”；陈卧子《钱塘东望有感》：“禹陵风雨思王会，越国山川出霸才”[1]；陈瑚《李映碧廷尉遗地图》：“人关无复萧丞相，聚米空思马伏波”……按此调虽承自少陵，而实以书生意气务为阔大兴会之旨，更为变之，宋人于此无大作为，金元之际元遗山乃启之，赵松雪时涉而气骨嫌弱，至明清诸人遂光大之，以至于今不绝其绪。其变杜处，按陈迦陵《钞唐人七言律竟，辄取数断句楮尾》云：“吟到安时殊细腻，体当拗处更风骚。”著论精到，独具只眼。此调至李义山已不能尽得，况后人哉！

一一八

梅宛陵诗，敝帚自珍耳。不知意气为何事，不解蕴藉为何物，古作诗毫无才力肆荡之意，盖才不足也。其拖沓沉冗、闷气执拗、融而不化、生拙粗陋，则又往往而令人生厌。如《二十四日江邻几邀观三馆书画，录其所见》云：“不知姓名貌人物，二公对弈旁观俱。黄金错镂为投壶，粉障复画一病夫。后有女子执巾裾，床前红毯平周炉。绕床屏风山有无，画中见画三重铺。”此亦足为诗邪？与夫常人之目何异！其拙劣卑浅盖不能令人思，去老杜之赏画诗真有霄壤之别。老杜长篇即无论，其随手拈来之短小者，亦何止如此。如《题壁上韦偃画马歌》一篇，具见造化大巧为小物事用心，诗云：“韦侯别我有所适，知我怜君画无敌。戏拈秃笔扫骅骝，欻见骐驎出东壁。一匹龁草一匹嘶，坐看千里当霜蹄。时危安得真致此？与人同生亦同死。”寥寥八句，而曲

---

① 《带经堂诗话》载吴梅村问陈卧子得意数联即有此句，不知杂之此处，亦极平常耳，此余所以不许王渔洋自谓“吴楚青苍分极浦，江山平远入新秋”为“神韵天然，不可凑泊”者也，前摘数写景句已论之。

折婉转，意态淋漓。“韦侯”句如话家常而来，故绝无用力之感，而交情默契惺惺能袭之意顿见。“戏拈”句一“戏”字一“扫”字，则韦氏之画技可见矣，神态性情跃然纸上。“一匹”句则写画之内容，前句实，后句虚，故益洒落出态，气韵横生。结尾引申，发自肺腑，“同生亦同死”，不独为马之风格，亦可喻人格。此等诗非老手不得，宛陵拙劣，犹不得为老杜奴隶也。

一一九

吴梅村《圆圆曲》，辞情缠绵蕴藉，自可与《长恨歌》并传千古，然两者皆失于粉饰过重，遂使大本失正，道义倾斜，绚艳流传，而本素淹没。若明皇之与杨妃，夺媳既已无耻①，而一为婆娑老子，一为妙龄佳人，深宫专宠，不知有甚真爱可言。乐天津津于此，郑卫可诬，此风尤恶焉！三桂与圆圆之事，当时绯闻，诗人乃以自我想当然之理渲染铺排之，用心亦真可议。皆劝百而讽一，无补于道德教化事固为小，失诗人之性情，则太过矣。然苟以实写之，则亦到不得此缠绵哀怨、情辞足以移人地步。于道德教化为失，于艺术为得，两者相较，不知失大于得邪？抑得大于失邪？今人于此谓为思想与艺术之矛盾，文学之事，自当首以艺术境界为要，若非至艺术之境界，焉得顾邪？然须以性情为本，以人格境界、思想境界、精神境界为终极指归之最高境界。不独文学艺术为然，世事莫不如此也。儒家之“正心”，即孟子“上不愧于天，下不怍于地”之心，亦即此之谓也，大气壮观，端赖乎是，可不慎之邪！

---

① 陈寅恪《元白诗笺证稿》考唐宗室或出诸胡，故玄宗敢为之，亦一痴老子也。

《长恨歌》一出，而玄宗与杨妃之丑于人渐微矣，读李义山《龙池》“薛王沉醉寿王醒”之句，则一猛省，然终不可变而反似可歌可泣之情事，感天动地之爱情者矣。《圆圆曲》一出，闻吴三桂尝欲重金购之而毁其稿，梅村不允；推其“刺”之一字，只做到隔靴搔痒工夫耳。赏其辞之缠绵绮丽、调之清蕴婉畅，而不复察史之真面目矣。若梅村者，犹能为讽之一举，若乐天者，则真不知其作为是之时持何心态也，亦唐王朝粉饰之具而玩于辞情者，虽然极尽声情并茂之事，而馀韵悠然不尽也。方之《秦中吟》之境界，何啻霄壤！人而果必有若是之情与歌诗也哉！人而果以若是之情与歌诗为可乐也哉！猎艳而外，文人心事，无不在聊以寓文采风流之异致，以达其心性中之真本事，以炫其无与伦比之奇技，余恐其心多流在此也。

一二〇

杜牧之《秋夕》诗云“银烛秋光冷画屏，轻罗小扇扑流萤。天阶夜色凉如水，卧看牵牛织女星”，最是隽永有味；《初春雨中舟次和州横江，裴使君见迎，李、赵二秀才同来，因书四韵，兼寄江南许浑先辈》“蒲根水暖雁初浴，梅径香寒蜂未知”之句，最工丽妙绝；《齐安郡后池绝句》“尽日无人看微雨，鸳鸯相对浴红衣”之句，情境最挚丽典永；《题宣州开元寺，阁下宛溪，夹溪居人》云“深秋帘幕千家雨，落日楼台一笛风”，陈恭尹《虎丘题壁》袭之云“半楼月影千家笛，万里天涯一夜砧”，纳“半”、“千”、“万”、“一”之相形入当句之中，更见出色。然“千家笛”恐有失检点，亦未若“一笛风”佳。牧之此句极见风流意态，是诗人中之能豪放者也，如《对花微疾不饮呈座中诸公》云“花间虽病亦提壶”、“尽日临风羡人醉”，《九日齐山登高》云“尘世难逢开口笑，菊花须插满头归”，真洒落本色人物！王静安《晓步》云“一事能狂便少年”，良有以夫！狂者性情之真也，惟其性情之真，乃能尤为动人也。又《遣怀》云“十年一觉扬州梦，赢得青楼薄幸名”，《兵部尚书席上作》云“忽发狂言惊满座，两行红粉一时回”，二诗正可互看。后者乃牧之绝得意之情境，满座惊不足道也。蛾眉善睐，如《孟子》如天下之女子皆愿为某士妾故事，乃人生名利场外之一大胜境，可以稍解牢骚愤懑也，故正绝白乐天《长恨歌》“回眸一笑百媚生”之些些妩媚，黯然失色也矣！

牧之之诗，数篇七绝为唐诗极品外，而稍凌义山，馀多风调清韶、孤拔含秀之作，俊逸畅丽，是其本色。然有一事不可讳，情不能胜其辞，且底蕴未深，格亦嫌浅，才力雄富，盖不可以属之也。《艇斋诗话》云：“绝句之妙，唐则杜牧之，本朝则荆公，此二人而已。”极推牧之绝句，然乃是极品之一种，岂牧之而外无人哉。《围炉诗话》云“杜牧诗，惟绝句最多风调”，窃不谓然。窃以为“风调”二字，乃牧之他体之色，用以揆绝句，则失之矣，要之其必“神味”一旨也哉。李、杜齐名，绝句二人在伯仲间，七律牧之远逊义山，五律义山伤纤巧，牧之则局制炼句俱欠工夫，二人均之可也；然义山诗意足以贯之。长篇大句更非牧之所长，几为唐诗之最下品，去义山尚远，而况盛唐诸人哉！惟五古稍胜，亦多辞情短而气韵浅之作，如矢之末曾不能穿鲁缟也。李义山诗精工典丽，是其所长，然其缠绵幽怨之风味尤使人过目难忘也。读杜枚之诗，一览无馀，如饮醇酒，诚亦足以快胸襟怀抱，而若春风习习于两肋间；读李义山诗，则时时与周旋之，然如求佳人，亦不可不为小忍也！总而言之，则牧之诗成就在义山之下。

卷　六

一

诗文着为文字、情境，有似用实而极虚者，若泥实解之，则往往不得其中。钱钟书《谈艺录补订·5页·新补二十》引黄山谷《薛乐道自南阳来入都饯行》“霜风猎帷幕”一语，以《有不为斋随笔》丁所引《国语·吴语》“兴其众庶以犯猎吴国”之“猎”注之为是，尚未得其曲折也。按《左传》多委婉语，如“猎”即“战争”一义之婉言，“犯猎”一语同义连用，意为“犯”，即“进攻”也；然则“霜风猎帷幕”之“猎”字，却不得拘泥而为此解。盖山谷既以“犯猎”之途径用一“猎”字，其实为“犯”解者，则已暗转为其字面义（本义），而意为“触”、“吹动”之意矣，此等转字犹不能自觉为之，当深解诗境而后能得之也。虽解之甚有曲折，而有一便捷之法，即以“风”与“帷幕”相关系之情状想象之，任是诗人如何炼字，其情状亦不过如是，如此则得之矣。

又如钱钟书《读〈拉奥孔〉》云诗人描述事物之色彩，有真有假，有虚有实，以苏轼《和述古冬日牡丹》“一朵妖红翠欲流”为例，言既云花红，又言其翠，故矛盾；其实红为实色，翠为虚色，然翠之色并“不跟实色‘红’抵牾或抵消反而烘托得它更射眼”。窃不谓然。色有虚实，却无真假，钟书以此义先入，遂执泥耳。以“翠”之一字属之花，误矣。虚实乃吾国诗歌之绝技，句中对偶，往往逞焉。我性之于物性乃诗中最大之虚，故可使动词而具静态，如毛泽东《长征》“金沙水拍云崖暖”之“拍”字。盖使本静者具动态，或本动者具静态，是虚之所由生焉。吾国诗人又好以名使动，不独色彩之为然也。如近人聂绀弩之律诗，多以形式为对，亦擅虚应之类也。又如以色，则白乐天《忆江南》之“日出江花红胜火”，以火喻红，正使其具动态者也，而与少陵《绝句二首》“山青花欲燃”之“燃”字形红异曲同工。人具五种感，赖第六感（心）互通有无，其味转胜，通感一义，吾国诗中多有。余于《金庸说部诗学论稿·〈笑傲江湖〉之精神》中揭“媚”与“烂漫”二义，东坡诗中之“妖”字略与“媚”等，而不具流动之美，故后乃言“欲流”，动正映静而补其意趣之未足。王介甫《桂枝香》（登临故国）之作，东坡叹其“此老乃野狐精也”，“野狐精”恰与“妖”字互相映照，前者意在其奇不可思议，犹如鬼斧神工，后者意在状花之红之鲜艳之摄人心目，如俗语状女子之“娇滴滴”、“香艳欲滴”，亦犹言其美（外在美）大似一幅躯体裹不住也，亦与人之内蕴内在之美非形体之能掩之义相形。又如状人之“容色逼丽”，“丽”而以逼为形容，亦犹言其颜色之丽不可逼视，摄人心魄，急掉转目光，似为其逼也。俗传有摄魂术，又或曰催眠术，即以目光制人之心志精神也。“丽”而以“逼”为形容，亦与少陵道出“山青花欲燃”，以“燃”状花之色消息正同。又如李易安《醉花阴》之“人比黄花瘦”、《如梦令》之“应是绿肥红瘦”俱以“瘦”字状花之消损，当随花之本体会其意味，钱氏于此正稍未融；又如指摘林纾之译西人小说，而于林氏“手套”之譬不能理喻，未能体会其情境所在，皆其征也。故此处以“翠”为虚而状花，实乃奇谈。窃谓“翠”在此处虽似为“欲流”之主，通句观之，无赏妖红之花而反大言“翠”之一理，王介甫之“浓绿万枝红一点，动人春色不须多”，红较之绿，乃花之精神。“翠”在此处实为状语，即“在翠中”之义，翠即指绿叶，“妖红”之丽在绿中摇曳欲流，是何等生动姿味也。又如少陵《春望》之“感时花溅泪，恨别鸟惊心”，《文心雕龙》云“物色之动，心亦摇焉”，心境因物而感发，少陵感慨国事，因睹花之烂漫而落泪，亦犹小儿不染世事，虽其父母深离忧愁而不知，无改于其天真烂漫，此情此景，正使人慨触无限。“翠欲流”与“花溅泪”，句法正同，若以为花露若泪，则误矣；钟书更以“翠”为虚而状花色，其误又深一层矣。略为辨析如上；且戒世人勿仅留意于书卷，而要返本体源，深会世俗中原生态之理趣、事情、物态也。

钱氏又有《通感》之论，最高境界之通感为万物殊途同归，钟书所论，不过文学中“技”之境界而已矣。大体尚佳，然亦不无瑕疵之处，如“红杏枝头春意闹”之句，方中通《续陪·卷四·与张维四》驳李渔《笠翁馀集·卷八·窥词管见》七则之误，而有“犹之非一‘闹’字，不能形容其杏之红耳”之论，钟书以为此论犹不确切，当以“形容其花之盛（繁）”解之，可谓窥见真消息，然未指出方氏“杏之红”之论之误，未明以见到“红杏枝头春意闹”之“红”，乃是虚色，盖宋祁此句所写为杏花烂漫貌，而时尚无杏子，杏花又非红色，故此“红杏”之红实为虚色耳。如此关键之处竟自好辨色之虚实之钟书眼皮底下溜过，大是难得也！又如云白居易《琵琶行》“大弦嘈嘈如急雨，小弦切切如私语。嘈嘈切切错杂弹，大珠小珠落玉盘。间关莺语花底滑，幽咽泉流冰下难”之句，谓“白居易只是把各种事物发出的声息——雨声、私语声、珠落玉盘声、鸟声、泉声——来比方‘嘈嘈’、‘切切’的琵琶声，并非说琵琶大、小弦声‘令人心想’这种和那种事物的‘形状’。一句话，他只是把听觉联系听觉，并未把听觉沟通视觉”。殊不知先有形象视觉之通感，而后乃有音声之喻以见之文字，钱氏流程弄反而反怪白居易，真咄咄怪事！所谓比方者，此处白居易正是以视觉形象形容声音，通感之意甚明，其所以出色之故，亦惟在此耳。

二

钱钟书《谈艺录·补正·561 页》云：“《古诗十九首》：‘胡马依北风，越鸟巢南枝。’而范云《赠沈左卫》：‘越鸟憎北树，胡马畏南风’，此诗家‘反仿’古例之尤佳者。”“反仿”之名既未稳，而议论亦并失之。原诗之妙，正在含蓄其意而使人自得之，所以为妙也，范诗径以出之，正所谓东施效颦，浅露乏味而诗意顿失。且“越鸟”而曰“憎”，“胡马”而曰“畏”，亦强加之者，物性自然而然，初不知反之之事也，乃是人欲自出境界，别有作态，反觉弄巧成拙，少见多怪，于自然之义，尚未关涉。故其生硬，尤为可憎。钟书右之，正见不为解人耳！

三

钱钟书《谈艺录·补正·509 页》引郭昂《偶然作》及韩明善诗，云“两作命意亦均师少陵《缚鸡行》而点破‘俱无问’、‘原无定’，便浅露矣”，两作除效颦稍为口实外，其命意措辞亦能雅切，情韵亦肖，非所谓直是“浅露”而已。郭诗“白头野叟俱无问，醉眼留教看落花”，尤洒落有致，钟书书生，于落花飘零、醉酒使性之事，不尽能赏之也，况“白头野叟”之涉俗者邪。

四

钱钟书《谈艺录·补正·462页》云："汪漱芳《出栈后宝鸡道中作》：'直放丹梯下碧霄，四围山影泻如潮'，易'花影'为'山影'；避上句'下'字，遂用'泻'字，有矜气努力之态，甚不自在。"知龚定庵"四厢花影怒于潮"之所由来者矣。窃谓其下句之"泻"字何尝避上句之"下"字，吾正恐"下"字避"直放"字不及耳。"下"字乃"直放"自然之势，故绝无力。下句七字中惟"泻"字作势，其维系如箭之在弦上也，锋芒之盛，其谁敢撄之，而反避人邪？而谓之"有矜气努力之态，甚不自在"；然定庵一"怒"字当益不自在矣。

"泻"字犹以物言之，"怒"字乃拟于人矣，此我之入于物之精神之外露者，故尤能动人。或谓"怒"字当解如《庄子·逍遥游》之"怒而飞"字，窃以为两者解之俱佳，如岳武穆《满江红》"怒发冲冠"之句，谓之"我"怒也可，谓之发"怒"也可，两者可一以视之；而发之所以怒者，亦"我"精神之灌注于物，而气机浩然洋溢者也。

又引马履泰《出历城东门抵泺口》诗："'荷花怒发疑嗔岸，黄牛闲眠解看人'，征之《秋药庵诗集》卷二，此联作：'荷花乱发嗔沙岸，黄犊闲眠看路人'，当是编集时改定。改本下句确胜原本，'解'字赘疣；上句'嗔'字险诡，原本以'怒'字照应；'疑'字斡旋，煞费周张，终未妥适，况突如其来，并无此二字先容乎？""改定"一语，或有未确，以余观之，后作不若前作，前作深思之大妙。"荷花"而"怒发"，其势状也，可谓盛大，若为物性言之，当为"排斥"岸也，然此盛大之势实"我"之精神风味发之也，苟非如此，断不会有荷花与岸不相容之势，故乃以拟人之“嗔”字结之，“嗔”者之所谓，虚斥而实纳，势遂弱矣，可谓是所以制之者矣。其一句之中，大小相映而相制之以至于和，故具波澜，亦非人所易解，故钟书乃有“煞费周张”之语，实未深解之也。“嗔”字亦非“险诡”，以荷花而作嗔，正是美人姿态，不亦可乎！“解”字亦非“赘疣”，盖有“闲”而后有“解”，二字大有关涉，且此句之妙，纯在乎牛犊于当然之理上未必“解”（如人者）看人，而此用似之之理也。若作“黄犊闲眠看路人”，径以出之，则何意趣之有？

又《谈艺录补订·135 页》析龚定庵《梦中作四截句》云：“‘潮’曰‘怒’……‘影’、‘潮’之喻如获‘怒’为贯串而成其创”，亦弥缝甚周而不甚中，大可不必也。两字之可拟在形态之观感，“潮”寓动而“影”主静，定庵用一“怒”字，以我之性情使之动，而使物突露我性，其所以精彩者乃在于是。然《庄子》、《后汉书·第五伦传》早蕴此致，定庵安得为创乎！定庵“四厢花影怒于潮”之句，并通首而观之，其佳处乃在其着绮色而能沉雄激郁，诗境瑰丽弘壮，“怒”字能有其功耳！

五

钱钟书《谈艺录·六·神韵》引胡应麟《诗薮》内编卷五“作诗人大要，不过二端：体格声调，兴象风神而已……譬则镜花水月：体格声调，水与镜也；兴象风神，月与花也。必水澄镜朗，然后花月宛然；讵容昏鉴浊流，求睹二者。”而云：“窃欲为胡氏更进一解曰：‘讵容水涸镜破，求睹二者。’”窃谓钱氏走极端矣，与其无涉焉，岂独未能“更进”，适为“更退”耳。若依胡氏之理路驳之，当自“雾里看花”、“水中望月”诸义求之，而领略其兴象风神，不必尽为澄澈，遽言“水涸镜破”，鲁莽灭裂，大煞风景矣！

六

钱钟书《谈艺录补订本补正·395页》所言之“留”、“骏”二字诸因缘正误（王柏《鲁斋集》又作“峻”），易“骏”为“俊”、“峻”者，盖以其字形之“马”旁也，而不知“俊”、“峻”亦复有“人”、“山”之旁，亦非伦类。窃以为字形虽异，意则一也，故皆可。喻人为马之“神俊”，正不妨作“神骏”，自马言之也，反之亦然；不必泥之也。

七

钱钟书《谈艺录补订本补正·316页》引少陵《将适吴楚留别章使君》之“昔如纵壑鱼，今如丧家狗”、《奉赠李八丈判官》之“真成穷辙鲋，或似丧家狗”论“丧”字之声，夫二诗非近体格律诗，少陵之对乃取意耳，而论其平仄，大失之矣。

八

钱钟书《谈艺录·八八》云：“普罗提诺则不然。以为世间万相，皆出神工而见天心，正可赖以为天人间之接引，乌可抹杀。故作书深非宗教家之断视绝听，空诸缘蕴。而谓好声色藉感官之美，求道者以息辩之术，莫不可为天人合一之津梁。”此旨大佳，然适与吾国之老庄反调，则钱氏所谓之“彼土之庄子”，仅形似耳，其实质大异。而普氏之佳处，乃远不止此，“普罗提诺之所以自异于柏拉图者，在乎绝圣弃智。柏拉图之‘理’，乃以智度；普罗提诺之‘一’，只以神合，必须疏瀹而心，澡雪而精神，掊击而智，庶几神明往来，出入人天”。钱氏于此未置议论，不知普氏既倡不断视绝听诸感官理性之途以达其境界，又云绝圣弃智只以神合，实即普氏自相矛盾之处，神秘生义之伎俩毕尽于斯矣。后观《谈艺录补遗·一一》，则钟书已“复细究其书，乃知渠意见颇自相矛盾”矣。然以“道既超越，又遍在”强同普氏之矛盾则非也。“超越”与“遍在”二义，乃实所有，近代惟物论亦同其理。钱氏精于辩理，于理外之玄妙则或不能尽解，视此及《补遗·三》论钟氏评《伯牙水仙操·序》可知矣。

同上《附说二十二》引白瑞德之“破遣我相”，布莱克《密尔敦》一诗言“破我”、“灭我”之义，《瑜珈师地论》及《成惟识论》说参见原书，基督教神秘宗大师爱克哈脱谓我死乃入道之门，《德意志神学》开卷即以破绝我相为天下感会第一义，帕斯卡言“我最可恨”，又云“虔事上帝，断灭我相”，白瑞蒙又言“有我在而无我执”，及《宗镜录》、《大涅槃经》、《卑义书》诸说。诸说于“破我”、“灭我”、“无我”上着义，未始不佳，但只是惑于名而昧于实，惧言“我”义耳。世间之理，凡三境界，古今之人多有说也，其最高境界则“无我之上之有我”，其常见为人格境界、思想境界、精神境界也，故恒为神秘主义所讳言，否则其神秘将无所施矣！以“无我”为第二境，即神秘主义所执，此境常显见于非精神（实暗含非物质一义），实仅否定之否定之前一否定之境界耳。神秘主义者既沾沾于虚名之堂皇，不令其实得就其位，而好以“无我”为欺炫世人之名目，而其实则未尝“无我”也；非神秘主义者又常维于庸俗而不能深辨“我”之三境，不能揭“有我”之更高义谛。况文学艺术乃人作为之事，其不能“无我”也可知，故其最高境界为“无我之上之有我之境”也。

九

钱钟书《谈艺录·三九》云："（定庵）《释言》四首之一曰：'木有彣彰曾是病，虫多言语不能天'……白香山《闲卧有所思》第二首云：'虫全性命缘无毒，木尽千年为不才'，定庵兼反用其意。"误矣，定庵与乐天意实一也！其惑于"虫全性命缘无毒"一句邪？

一〇

钱钟书《谈艺录·四六》云："刘梦吉《静修文集》卷十一《题宋理宗南楼风月横批》二绝……第二首较缠绵悱恻：物理兴衰不可常，每从器韵见文章。谁知万古中天月，只办南楼一夜凉。""缠绵悱恻"四字，于此诗殊为未中，不知何从有此。钟书下此四字，颇觉小女子揣度大丈夫真豪杰心肠，全不解其中激愤郁宕、哀婉深讽意味也！

一一

钱钟书《谈艺录·六二》论《随园诗话》云：故卷十四云："严冬友常诵厉太鸿《感旧》云：'朱栏今已朽，何况倚栏人。'可谓情深。余曰：此有所本也。欧阳詹《怀妓》云：'高城不可见，何况城中人。'按詹此诗……明是绵绵思远道，恨空间之阻隔，与太鸿之抚今追往，怅时光之消逝，大不相侔。东坡《法惠寺横琴阁》云：'雕栏能得几时好，不独凭栏人易老。'"苟曰太鸿《湖楼题壁》末二语"有所本"，当举坡诗也。窃谓钟书之于随园，亦已苛甚矣，而不察其衷也。随园此处云厉氏之有所本，乃就其思理句法而言，即更进一步言之以相形之法也。按此法古今多有所用，如李义山之“刘郎已恨蓬山远，更隔蓬山一万重”，欧阳永叔之“平芜尽处是春山，行人更在春山外”，钟书搜其意而例东坡诗诚的，然不关涉也。另严氏称厉氏诗之“情深”二字，能有此见已实不易，东坡诗不能得也。

一二

钱钟书《谈艺录·二七》云：“《啸亭杂录》卷八记渔洋诗思蹇涩，清圣祖出题面试，几致曳白；兹事虽小，可以见大。”应制之类，尚期做得好诗邪？按《渔洋诗话》云：“苏子显云：‘登高极目，临水送归；早雁初莺，花开叶落。有来斯应，每不能已；须其自来，不以力搆。’王士源序孟浩然诗云：‘每有制作，伫兴而就。’余生平服膺此言，故未尝为人强作，亦不耐为和韵诗也。”言之凿凿，钟书何不睹邪？才思敏捷之士，所擅者为对子之类，犹可说也，若作诗，无其境界则不易出神味，亦可时时而能之邪？

一三

钱钟书《谈艺录·六》谓神韵乃诗中最高境界：“人之骨肉停匀，血脉充和，而胸襟鄙俗，风仪凡近，则伧父堪供使令，以筋力自效耳。然尚不失为健丈夫也。若百骸六脏，赅焉不存，则神韵将安寓著，毋乃精气游魂之不守其舍而为变者乎？故无神韵，非好诗；而只讲有神韵，恐并不能成诗。”钟书论事每大出大入，大立大破，或有偏激，不自知也。如此例若推论之，当言体貌虽为完美，然神韵且佳，或径言体貌之或病而不碍其神韵之佳也，此理极易明之，如维纳斯之断臂而美，林黛玉之为病态之美，扩而言之，则所谓“此时无声胜有声”及艺术中之空白美亦是也。何以然也？以内在之美远胜外在之美也！今乃云无形体则神韵亦无所寓，此尚须用一“恐”字邪？由是见之，钟书之尖刻或过，则钝根有焉！又云：“可见神韵非诗品中之一品，而为各品之恰到好处，至善尽美。选色有环肥燕瘦之殊观，神譬则貌之美而赏玩不足也；品庖有蜀腻浙清之异法，神譬则味之甘而馀回不尽也。”以貌为喻，无乃失之内在之美乎！即以貌为喻，而言神韵为各品之恰到好处，至善尽美，而人之目有所异焉，“情人眼里出西施”之所谓也，则“恰到好处”云云，适为自欺欺人之幻耳！《随园诗话》卷三云：“诗如天生花卉，春兰秋菊，各有一时之秀，不容为人轩轾。”与钟书同一口吻也，而钟书于袁子才甚为苛刻，何邪？

一四

钱钟书《谈艺录·四四》云：“遗山既谓坡诗不能近古而尽雅，故论山谷亦曰：‘古雅难将子美亲，精纯全失义山真。论诗宁下涪翁拜，不作江西社里人。’……遗山诗中‘宁’字乃‘宁可’之意，非‘岂肯’之意。如作‘岂肯’解，则‘难将’也，‘全失’也。‘宁下’也，‘未作’也，四句皆反对之词，偏面复出索然无味。作‘宁可’解，适在第三句，起承而转，将合先开，欲收故纵，神采始出。其意若曰：‘涪翁虽难亲少陵之古雅，全失玉溪之精纯，然较之其门下江西派作者，则吾宁推涪翁，而未屑为江西派也’；是欲抬山谷高出子其弟子。”钟书所析“宁”之一义，至为精彩，惜功亏一篑，未能通融以释此诗，而误其前两句亦为论山谷也。斯两句亦斥江西派之言也，而不含山谷，通首本即论江西诗派者，不过尚于黄山谷有所颔首也。“难得”、“全失”之语，乃大绝之之辞，用于山谷显所不适。遗山此诗语意不过训斥江西派，先斥其恶乃后而言我于汝辈之师涪翁尚有所敬惮，至若尔曹，我弗之屑也，蔑如也，当作如此口吻解。至于黄山谷之高出于其弟子，此尚须元遗山为之抬举邪！又《谈艺录补订·155 页》云：“郑献甫小谷《补学轩文集》外编卷一《书石洲诗话后》：‘有强解事者，如遗山论山谷云云，首二句言江西社之毛病，第三句还山谷之本领，第四句言自己之倔强。语本明顺。而谬以为元正是尊江西派，妙处全在‘宁’字，成何语乎。’不知首二句之指山谷，当缘未睹朱少章说；言第三句‘还山谷之本领’，则中肯语也。”郑氏既先余而有此见，钟书犹不悟其非，吁可怪也。按朱少章语云“山谷以昆体工夫，到老杜浑成地步”，亦不过言山谷诗，与义山有瓜葛，与江西派违山谷风气而“全失”义山之精纯一义，无丝毫碍；且正为尔，乃所以见遗山之尊山谷而斥江西派也。钟书之解，殊无理致。

元遗山《论诗绝句》“古雅难将子美亲，精纯全失义山真”，以“精纯”属之义山。又云“风云若恨张华少，温李新声奈尔何”，恐亦心许温李新声之精丽也。义山诗法得自少陵，诗心则得自长吉。故深壮波澜未及少陵，调虽流转而气格较弱，然精纯过之。其绝丽典挚则得自长吉，乃义山开拓少陵处。盖溯楚辞以降，长吉欲变骚而益愈典奥拗固，况以早殁，未能尽其变化，牧之“少加以理”之言是也，“仆奴命骚”则夸诞矣。义山继之而起，风会既未远，才力辞情且富，当扬长避短以矫长吉之病，于“理”之一字，多加体会。然终不能如愿而去骚益远，而主冥索，则竟遂开一前所未有之境界，脱胎换骨，庶可期焉。辞情较长吉无其拗固而精工流丽，然于圆融浑成地步，尚隔一层，若《锦瑟》之篇，不可多得，二李虽异，然与《离骚》相通之精神则有之，即诗心一也。论者证长吉诗无“理”之妙，或引《离骚》，论虽不高，亦足见消息有所暗通者。窃谓《离骚》缠绵悱恻之风格即已开无理之妙者矣，意象既鲜明又不可捉摸似不足以形其心境焉。如冥冥之中自有一种神奇之神秘力量在，与灵魂相应照。知其然而不必推所以然，独家之秘，吾国古之诗人，惟屈子与二李为能得之。长吉一节犹弱，于此种体味尚仅得其皮毛，义山则深融默运而光大之，胜于屈子矣。此种诗心之旨，即本于一“丽”字。他人之丽，与此丽别。他丽尚足以以言形之，此则不必形而潜会感受于心矣。义山苟知性情之力用之于诗，而更至于人格境界、思想境界、精神境界之熔铸，则此“丽”当进于自信窈窕之境界，庶乎为至也。

一五

钱钟书《谈艺录·九》云：“苏曼殊数以拜伦比太白仙才，雪莱比长吉鬼才。不知英诗鬼才，别有所属，惟贝多士可以当之。至于拜伦之入世践实，而谓之‘仙’，雪莱之凌虚蹈空，而谓之‘鬼’，亦见此僧于文字海中飘零，未尝得筏登岸也。”按此论细审未中。太白亦热衷入世践实者也，而无碍其气质诗风之清华冰莹，若《行路难》、《将进酒》、《蜀道难》诸杰作，则虽不大沾仙气，而无妨其为仙才，由是言之，曼殊似亦非无目。“凌虚蹈空”四字，断非雪莱诗境，视其早岁作则整饬严谨，奔放激宕。后之长篇大作，往往意象迷离，渐辞不胜理，而所造之境，幽微深幻。晚岁作益奇诡清丽，似绝诸世蕴，于宇宙之浑茫中闪见灵魂，以哲人之冷静深邃透视人生，冷僻孤峭，几难索解，如生前未完成之杰作《生命之凯旋》，谓之鬼才，亦似无不可。倘合雪莱性情而观之，则知曼殊此论大有缘也。《补订·50页·一》又引苏曼殊二诗，观此段议论，颇觉钟书以大国傲人。

"才如江海命如丝"，相形而伤之也。二子一流亡，一与祖国决裂而迁居国外；一殁仅知命，一则英年早逝。"词客飘蓬"、"孤愤酸情"，心有所同然之也，"心照神交"，正见诗心。矧曼殊二诗，非论但丁、拜伦之诗，不过借以兴怀，而只就其身世发慨，竟招致钟书"道听途说"、"盖于西方诗家，只如卖花担头看桃李耳。读此等绝句，不妨赏其楚楚小有风致，若据以言曼殊于西方文学能具藻鉴，则誉彼长适所以暴其短矣"之讥，知音难求，"朱弦"当为"佳人"绝矣。曼殊尚不失为本色之诗人，身世之沧桑、命途之感慨远过于身为学人之钟书，后者不能深解之，亦不无因也。

一六

钱钟书《谈艺录·九》云："长吉《将进酒》云：'劝君终日酩酊醉，酒不到刘伶坟上土'；《浩歌》云：'买丝绣作平原君，有酒惟浇赵州土'。按希腊古诗有云：'为乐须及生时，酹酒坟前，徒成泥淖，死人固不能饮一滴也。'则略同高菊涧《清明日对酒》所谓：'人生有酒须当醉，一滴何曾到九泉'之意，视长吉更进一解矣。"按长吉诗言刘伶，实即喻己；言赵州土，实即言自家之块垒，故钟书《补订》言"只愿浇此人坟前土而不浇他人坟前土"之解，成何理乎。《补订》又云："高菊涧诗意则谓只能浇坟前土而不能使坟中人得饮"及元无名氏《看钱奴》句，此固为理，而意止于此乎？实则长吉、高氏及元无名氏所言皆指归一义：即及时行乐，死后无能为已，其情不能胜其世者也。钟书云高氏及希腊古诗更进一解于长吉，实则意则同然，而表达更见拙矣。"酒不到刘伶坟上土"，一则生死之事所关，一则人事之所为也，若后者所谓，乃纯粹之物理，有何意趣之可言？此种论调，元明清诗文小说、杂剧屡见不鲜，所谓末矣。

一七

钱钟书《谈艺录补订·159 页》云：“《赠写真田生》第二首：‘情知不是裴中令，一片灵台状亦难。’按本裴晋公《自题写真》：‘一点灵台，丹青莫状。’”钟书好为“更进一步”，殊不知遗山诗“亦”易为“益”字则更妥帖。遗山又易裴公“一点”为“一片”，真点金成铁手也，钟书亦竟无言！

一八

钱钟书《谈艺录补订·149 页》云：“杨用修……《百福寺夜宿》：‘石房夜冷难成寐，恼杀荒鸡不肯鸣’，径取遗山语，易‘寒’为‘荒’，稍免蹈袭之诮，而弄巧成拙。‘荒鸡’恶声出《晋书·祖逖传》，鸡‘中夜’不时而鸣，故诃之曰‘荒’，曰‘恶’，‘荒’之为言，荒乱、荒诞也；今夜未旦而鸡不先鸣，是其知时报晓之德，不得诬为‘荒’矣。”此论未甚中也。李益《同崔公登鹳雀楼》诗云：“事去千年犹恨速，愁来一日即知长”，宋遗老黄超然《秋夜》七绝亦云：“前朝旧事过如梦，不抵清秋一夜长”，《淮南子·说训》云：“拘囹圄者，以日为修；当死市者，以日为短”，张茂先《情诗》云：“居欢惕夜促，在戚怨宵长”，“荒鸡”之谓，亦心理感受之错差使然也，“荒”之为言不守其职事也，“我”之感受有所偏差而反以鸡不先鸣为不然也。彼不能顺“我”之意而先鸣，“荒”之义一也；“我”又不能指此心理感受为虚假谬误，“荒”之义二也。作如是观，当可释然矣。钟书以实际叩之，适未得其实也！

一九

钱钟书《谈艺录·一一》引孔德璋《北山移文》“风云带愤，石泉下怆”之语云：“虽极嘲讽之致，无与游观之美”，以“游观之美”视准此作，则真隋珠弹雀矣。

二〇

钱钟书《宋诗选注》，于放翁《临安春雨初霁》“小楼一夜听春雨，深巷明朝卖杏花”之句，引陈与义“杏花消息雨声中”、王季夷“小窗人静，春在卖花声里”两语，云其意境相近，然其佳处，乃多在上句也，“小楼一夜听春雨”，是何等风流蕴藉之境界，古人诗书风流之风神，被放翁此句道尽微妙，钟书避重击轻，未作发明。

二一

钱钟书《谈艺录·三二》引放翁《答郑虞任》“区区圆美非绝伦，弹丸之说方误人”诗，又引吕东莱论诗“讲活法”，又引赵章泉《与琛卿论诗》“琢刻见玲珑”五字，谓“可以释放翁之惑矣”，又谓放翁诗即“正不免轻滑之病”。按以放翁诗为轻滑，即寓放翁于弹丸之说主于易之义，适与后村引东莱语按语“近时学者误认弹丸之喻，而趋于易；故放翁诗云：‘弹丸之论方误人”相悖，而会错放翁意矣。钟书置“琢刻见玲珑”五字难放翁，而放翁《夜坐示桑甥》云：“好诗如灵丹，不杂膻荤肠。……大巧谢雕琢，至刚反摧藏。”则适以雕琢为病，然则钟书于圆美一义，亦未领会也。“灵丹”之喻，视“不杂”之句，则兼及其内矣，故较“弹丸”之喻为胜，诸人正以不及其内而使趋于易，故放翁发"误人"之论也。以弹丸喻圆美，诚非"绝伦"也。大凡古人论"圆"之一义，皆就词理上言之，实则"圆"之一境，本趋于内，苟得其内，外将随之矣。彼以巧示人者，尚非是致"圆"之法，必使人忘其巧也夫！圆者天也，取于一喻而生此义；又如真也神也，亦其类也。故《蕙风词话》云"笔圆下乘，意圆中乘，神圆上乘"则的，云"能圆见学力，能方见天分"，则适颠倒矣！

二二

钱钟书《谈艺录·三三》云："以入画之景作画，宜诗之事赋诗，如铺锦增华，事半而功则倍，虽然非拓境宇、启山林手也。诚斋放翁，正当以此轩轾之。"此似以能创新为优。然下又云："人所曾言，我善言之，放翁之与古为新也；人所未言，我能言之，诚斋之化生为熟也。"按"与古为新"与"人所未言，我能言之"类，"化生为熟"与"人所曾言，我善言之"类，设拟几于不伦。窃谓当以"化生为熟"之境，属之放翁，守多于创也；以"与古为新"之境，属之诚斋，创多于守也。故以能否创新言之，则诚斋胜放翁；然以各于其境之所就言之，则诚斋去放翁尚远。总其成就，则诚斋不如放翁。钟书一句"放翁之不如诚斋，正以太工巧耳"，几陷杀放翁，非公论矣。放翁诚有工巧处，然是继杜而进之者，况有神味在其间哉！又设两喻论放翁与诚斋云："放翁善写景，而诚斋善写生。放翁如画图之工笔；诚斋则如摄影之快镜，兔起鹘落，鸢飞鱼跃，稍纵即逝而及其未逝，转瞬即改而当其未改，眼明手快，踪矢跟风，此诚斋之所独也。"喻则佳矣，惜未当。放翁不独善于写景，亦且善于言情写怀，此乃放翁真本事也。诗人所写若只是止于写景摹色，成就终不能与本于性情之言情写怀者相提并论，此即诚斋能于写景一地上出新奇制胜，而仍远逊放翁之故也。诗家夜郎蜗角，其慎之矣！吾国歌诗源于性情，此为根本，不可暂离也。

二三

钱钟书《谈艺录·四九》引徐燕谋致疑欧公《水谷夜行》"如食橄榄"之喻宛陵，以为诚得间之言，而后又引欧公论宛陵语云"则又曲得周官妙处"，似为大度平允，实则欧公既深知宛陵诗，恐是钱、徐二人未得其喻之义耳。按《谈艺录·五十》又引知道宛陵诗者，如王礼堂《西庄始存稿》卷十六《冬夜读梅圣俞诗》亦有"谏果乍涩口，徐咀出甘汁"之言，岂非欧公之调，不知"滑口读不下，滑眼看不入"之句即"涩"之佳解也，而"徐咀"句尤得"橄榄"一喻之深义，似此等宜细加体味，勿仅游刃古人意所非关处而窃幸其自得也。

二四

钱钟书《谈艺录·五九》引英人 Arthur Waley"欲观恶诗，须阅《随园诗话》"一语，谓为"殊具识力"，"自有谈艺以来，称引无如随园此书之滥者……然此书所以传诵，不由于诗，而由于话。往往直凑单微，隽谐可喜，不仅为当时之药石，亦足资后世之攻错，子才非目无智珠，不识好歹，特乞食作书，声气应求，利名扇荡，取舍标准，自不能高……百年以来，不乏责难，大都学识未足，心气未平。……此书家喻户晓，深入人心，已非一日，自来诗话，无可比伦"，所指摘均是也。袁子才其人本取食于权贵声息之间者，人品境界固非高甚，论诗所引多是稍有才情之作，此种诗无时代不大有之，读之多略无愧于诗，推敲之则亦不见大佳。"不由于诗，而由于话"，是矣，煌煌数十万言，征引特多，子弟门人之众已足传播此书，况其间士林典实大有足资参考者。然近代以来，其声势已不复见，而为《人间词话》替矣。《人间词话》才五千余言，可见传之久远，初不在长短巨细也。若不知此书性质，则误诗人多矣。自有诗话以来，未有如是书之误人为巨者，即有可观处，亦为其短处所掩。钟书所谓“大都学识未高，心气未平”，自亦未能免耳。用心过力，不免刻薄。而如郭沫若《读〈随园诗话〉札记》之卓异者，则如未见。其序云：“《随园诗话》一书曾风靡一世。余少年时尝阅读之，喜其标榜性情，不峻立门户；使人易受启发，能摆脱羁绊。……旅中作伴，随读随记。其新颖之见已觉无多，而陈腐之谈却为不少。良由代易时移，乾旋坤转，价值倒立，神奇朽化也。兹主要揭出其糟粕者而糟粕之，凡得七十有七条。”年少初学诗，固有新奇之感，年长诗识已远高于袁，故觉“其新颖之见已觉无多，而陈腐之谈却为不少”。袁子才诗论主“性灵”，虽可别真诗假诗，而若与论乎深厚广大，则不可也，是论诗之入门本领，而非最高境界也，自王静安“境界”说一出，亦在扫荡之列矣。郭之感觉，正无自异耳。余始阅《随园诗话》即无多感，盖在阅《人间词话》之后也。郭批袁之“性情与格律”、“批评与创作”（斥袁子才之论“其实曲与诗之别仅格调不同耳。诗失去性情而有词兴，词又失去性情而有曲作。诗、词、曲，皆诗也。至于曲本则为有组织之长篇叙事诗，西人谓之‘剧诗’。不意标榜性情说之诗话家，乃不知此”尤具卓见特识）、“抹杀音乐天才”、“泰山鸿毛之别”、“解‘歌永言’”、“唐太宗与武则天”、“哭父母”、“月口星心”、“百尺粉墙”（《诗话》卷八第十九则：陈古渔云：“今人不知诗中甘苦而强作解事者，正如富贵之家堂上喧闹，而墙外行人抵死不知。何也？未入门故也。”宋人《栽竹诗》云：“应筑粉墙高百尺，不容门外俗人看。”陈古渔之语是在拒绝批评。袁枚赞许之，故揭载其说，并引宋人诗句已足其意。由陈氏“未入门故也”之语，亦可见袁子才诗论仅着意在“入门”也）、“评曹操”、“评王安石”、“家常语入诗”、“草木与鹰犬”、“甘苦刚柔”、“‘诗佛’之自我宣传”诸则，论皆大中。然沫若亦有泥而未化，偶有不中者，如“剪彩花”一则云：

《诗话》卷一第四四则：“牡丹、芍药，花之至富丽者也。剪彩为之，不如野萝、山葵矣。……趣欲其真，人必知此，而后可与论诗。”又《诗话·补遗》卷九第三三则，袁枚赠伶人天然官诗有句云：“万般物是天然好，野卉终胜剪彩花”，亦正用此意。案此实有语病。诗之“趣欲其真”，是也，剪彩花之“趣〔亦〕欲其真”，剪彩花亦犹诗耳。剪彩花有巧夺天工者，岂能一概抹杀，而以为野卉不如？如以为天然则美，人为则伪，则一切艺术活动均属画蛇添足，一切文化建设均为附赘悬瘤矣。

袁乃泛泛而论，就真假发义，而重真香活色，近人梁宗岱亦有“纸花”、“生花”之喻，其心一也，若驳之以人工之文艺尚不如一野卉邪？则不在同一层次交锋也矣；又如“原上草”一则，谓顾立方《不雨叹》诗“诗调铿锵，又能关心农家疾苦，自是难得之作，但惜对农田水利不甚了了”，亦是此弊。顾氏诗不过以“原上草”写农家望禾之多，以“近沧海”望水利之便而不可竭，不必以实理推之也。又如“太高与太低”一则，以初飞之燕无能云霄之翔而易“云霄”为“柳梢”，亦泥实理之一例也。又如“释‘采采’”一则云：

《诗话》卷三第七四则：《三百篇》如“采采芣苢，薄言采之”之类，均非后人所当效法。今人附会圣经，极力赞

> 叹。章艭齐戏仿云："点点蜡烛，薄言点之。点点蜡烛，薄言剪之。"……闻者绝倒。今案：不拘于所谓"圣经"，识见可取。但对于所引诗，实未得其解。"采采"二字，在《诗经》中首见于"采采卷耳"。毛苌解"采采，事采之也"，朱熹解"采采，非一采也"，均解为动词。其实以诗证诗，"采采"应为形容词，乃双声联语。从正面而言，如《蒹葭》之诗，"蒹葭采采"与"蒹葭苍苍"、"蒹葭凄凄"同例，故"采采"亦犹"苍苍"、"凄凄"。采采者灿灿也，青青也，活鲜鲜也。并非动词，并非所谓采了又采。

《蒹葭》之"苍苍"与此处之"采采"，句法不同，沫若未细体会耳，故误解为形容词，其实古人所解动词无误也。此种句法不宜为效仿是也，但偶有效者亦无不可，若章氏戏作，虽云为戏，却是东施效颦手段，盖"采采"动而可复，若蜡烛之"点点"，即点亦不可多复。此句法虽无多妙，却妙在动作之生动活泼，章氏则无是矣。

又如"瓦缶不容轻视"一则云：

> 袁枚于诗之朴素者每以瓦缶为譬而鄙屑之，如云"诗有声无韵是瓦击也"（《诗话》卷七第三十则）。又云"色彩贵华。圣如尧舜有山龙藻火之章，淡如仙佛有琼楼玉宇之号，彼击瓦缶、披短褐者终非名家"（同卷第六九则）。又其卷五第八三则云："某太史自夸其诗：不巧而拙，不华而朴，不脆而涩。余笑谓曰：'先生闻乐，喜金丝乎，喜瓦缶乎？入市，买锦绣乎，买麻桌乎？太史不能答。"这些说法，完全是偏见。瓦缶之为敲击乐器，于其轻重抑扬之间亦未尝"无韵"。且与金丝为配而雅韵和谐，与歌舞作伴而节奏明著。安见"击瓦缶、披短褐者"便"终非名家"？

沫若所论诚然为公，然力道却未使在肯綮上，如袁子才此等论调，但斥之是富贵中人语而不解饥寒，而乐其权贵门客之地位，足矣！所谓色彩贵华口吻，皆是重表面工夫者，去本色已远，则其论主性灵，亦可知其几矣。

又如“谈改诗”一则：

> 《诗话》卷十二第二十则：诗改一字，界判人天，非个中人不解。齐己《早梅》云：“前村深雪里，昨夜几枝开。”郑谷曰：改“几”字为“一”字，方是早梅。齐乃下拜。

沫若知“昨夜几枝开”以发问为佳而驳袁子才，又据《十国春秋》所载此诗云“可知原诗为‘数枝’，乃一肯定语，故郑谷改为‘一枝’”，谓“改固可，不改也未尝不可”而未见有“天人之界”之别，则又退步矣。“昨夜数枝开”之“数”易为“一”，表面上似乎更早更精确，然若由此论之逻辑，则“一枝”尚不如“数萼”，“数萼”尚不如“一萼”也，可如是较真乎？则泥之甚矣！古今人都不细作理会，惟沫若能有思，是可嘉者，然非“改固可，不改也未尝不可”，是不必改耳。袁子才误记“数”为“几”，沫若以发问为妙，所谓将错就错而更胜袁子才者也。然此句之发问亦不可泥实，而当以推测未定语为妙，犹“花落知多少”者也。又如“金陵山川之气”一则引“金陵山川之气散而不聚，以故，土著者绝少传人。王谢渡江，多作寄公，亦复门户不久。此其证也”，却不解“山川之气散而不聚”之义而驳之，徒作无益也。

二五

钱钟书《谈艺录·补订·222页》云：“卷二十六（按：《随园诗话》）说此诗（按：东坡《惠崇春江晚景》）曰：‘上上绝

句，人尽知之，而固陵毛氏独不谓然。凡长于理，言诗则往往别具肺肠，卑鄙可笑’；既不能道东坡苦心，复不肯引毛氏违言，‘卑鄙’之呵，著语不伦，直是文理不通耳。”子才“凡长于理，言诗则往往别具肺肠”者，即谓其据理狡辩，以现实或科学之目光著诗，如沈括之责于老杜诗“四十围”、“二千尺”之类，此钱氏皆未解之也。“卑鄙”一语，乃是古之“浅陋”之义，如《出师表》：“先帝不以臣卑鄙”，谓之“著语不伦”，盖解以今义如“卑鄙小人”之“卑鄙”矣。

二六

钱钟书《谈艺录·六二》引《随园诗话》卷三、卷七云其“盖笑他人之未工，忘己事之亦拙。坡诗情韵不匮者匪少，如为子由所赋诗，即什九情深文明……推以为东坡全体”。按钟书引卷三九条下尚有“阮亭以为非其所长，后人不可为法。此言是也”，明言近体非东坡所长，钟书欲值其论，此处不惜臆测。又东坡为子由之作，谓之“情深文明”可，谓之有“有情韵”则不可，情实而韵虚，此等作，东坡务为沉挚深情，悱恻缠绵，“韵”则不到也。不独东坡，宋之大家，开拓或然，亦颇致其大，则多赖所谓学力，不独尚隔极致一层，即诗之本色境界亦甚未能，后人妄自尊崇，不致讥诋亦已难矣。

二七

钱钟书《谈艺录·六三》云：

> 余细按子才议论……时而崇远贱近，时而雄古虐今，矛盾之中，又有矛盾焉。如卷五称吴西林语谓：“古人积贮深，元明无馀蕴，递降而下，古胜于今”云云（按此非西林语，

乃毛睿中语，见《临江乡人诗·自序》中），则似唐宋诗胜元明诗也。卷六论七律“始于盛唐，至中晚体格始备，至宋元愈出愈奇，明七子不知此理”云云，则……谓宋人迈出唐人也。同卷又一条论选韵响哑，可据以分唐宋’，则似谓唐诗胜宋诗也。卷七论“三唐之诗文，金银也，宋元以后，则换铜锡”云云，则亦以唐诗胜宋元也。同卷论“近体须学中晚、宋、元诸名家，盖李、杜、韩、苏音节未协，中晚名家便清脆可歌”云云，则宋、元、中晚唐又后来居上也……同卷论“唐以前无有不熟选理者，宋人以八代为衰，一笔抹杀，而诗文从此平弱”云云，则复抑宋尊唐也。

窃谓随园虽或议论芜乱，偶有失理，所论则大致不差。钟书所云“细按”者，实未能也。历代诗人之所以传，必有其佳处。故唐诗虽佳，亦不能兼宋元以后诸妙；明诗虽孱弱，亦自有其佳。故自此论之，则彼胜乎此；自彼论之，则此胜乎彼，有何不可。如毛氏语，乃以诗之深蕴与否衡今古，则元明诗固不若唐宋诗也；若益细究，则宋复不若唐。卷六论七律语，则着眼于七律之体格，但云盛唐为始，中晚稍备，宋元体格乃成，“明七子不知此理”云云，正中其阔大不深体格浮浅之弊（窃谓岂但明七子，元除数家可免外，元以后皆此病也），则宋元迈出唐人，水到渠成之理也，但稍冤少陵耳。“选韵响哑”一语，则于声情上言之，则固唐诗独擅，宋人深阔渊邃，不大着意也。下论近体诗着眼于章节，则初学之正教也，所谓“名家”，中晚唐如玉溪、牧之、梦得，皆入门之绝佳典范，于老成亦不无裨益，若李、杜、韩、苏诸法门，则非稍自立不能参涉也，否则弊大于利，钱氏所谓之摩诘、少陵、襄阳、东川辈，精工一道非其最擅也。所谓“清脆可歌”云云，专主于近体，“选韵响哑”之于宋人，其意则常在近体而外也。“诗文从此平弱”者，以宋人拗于学识，务主深奥纵阔，遂令气调不振也，亦是，但不当归于“选理”不通之罪也。钟书于此之辩，则甚是。

同上又云：

> 盖子才立说，每为取快一时，破心夺胆，矫枉过正；英雄欺人，渠亦未必谓安。譬如卷四谓：“今人论诗，动辄贵厚贱薄。不知宜厚宜薄，惟以妙为主。以两物论：狐貉贵厚，鲛绡贵薄。以一物论：刀背贵厚，刀锋贵薄。安见厚者定贵，薄者定贱耶。古人之诗，少陵似厚，太白似薄，义山似厚，飞卿似薄，俱为名家”云云。……然诗之厚者，未必妙于薄者，而诗之妙者，必厚于不妙者。如子才所举“名家”，飞卿自下义山一等；子才亦尝自言：“少陵长于言情，太白不能”；论望溪阮亭，谓“一代正宗，才力自薄”；论荆公又曰“诗贵温柔”。可见贵厚贱薄，渠心亦正同斯理。即就所譬而言，安见诗之非狐貉耶。刀之有背有锋者固胜于有锋而无背者也。

观此段议论，颇觉钟书不能持公，一似与随园有宿怨者。窃谓随园一段议论，极为佳谛，其意在诗之厚薄非关诗之本质，厚而佳则以厚，薄而佳则以薄之谓。若钟书所云“而诗之妙者，必厚于不妙者”，此何意邪？则谓诗之妙者必厚，不妙者必薄也，适与上句矛盾，而非随园本意矣。而“如子才所举‘名家’，飞卿自下义山一等”，则欲以随园之矛攻其之盾，不知飞卿下义山一等之故，初非在厚薄二字也；故不云“太白自下少陵一等”者，尚惧违公论耳，乃以飞卿开刀！钱氏既知随园“进而就‘一物发策’”，而又“刀之有背有锋者”云云，则益见自相矛盾。若反随园之意，则当为“刀背不贵厚而贵薄，刀锋不贵薄而贵厚”，今乃避言此而云“刀之有背有锋者，固胜于有锋而无背者也”，则转“厚薄”于物之义为“有无”矣，正同为胡应麟“镜花水月”更进一步之声口伎俩也。虽巧妙，其奈识家何。钱氏所引“少陵长于言情，太白不能”，不知关“厚薄”二字何事。至谓望溪、阮亭之“一代正宗，才力自薄”，明言“才力”之薄，云其才力不足也，与诗风格上之厚薄原为二事。论荆公之“诗贵温柔”，则言荆公诗使才太利，不温柔则不能深蕴也，本体格气力之事，钟书误以为“温柔敦厚”之“温柔”邪？又引贾谊《新书·连语》记陶朱公论璧“侧厚则价倍”，因曰：“墙薄咫亟坏，缯薄咫亟裂，器薄咫亟毁，酒薄咫亟酸。夫薄而旷日持久者，殆未有也。”此明明着眼于“旷日持久”也。夫物者形而下者也，仍以刀为喻，则锋求利必薄，未闻厚而利者也，薄不能持久，则又当别论，两事勿混为一谈也。如物理学之杠杆原理，欲省力必长其杠杆于支点之外，若于一事上毕二利而有之，无此理也。故贾氏之言仅得其持久之一利。而钟书遽引以为证，言“诗乃立言不朽之一，正须贾生所谓‘旷日持久’耳”，失其旨矣。且诗之旷日持久，余前已论厚薄非关诗之本质，故诗佳自能持久，不佳虽厚奚益于传，钟书不细察之，遂至乖谬如是也。

二八

钱钟书《谈艺录·六〇》云：

《随园诗话》卷八言：“沧浪借禅喻诗，不过诗中一格。宜作近体短章，半吞半吐，以求神韵。若作七古长篇、五言百韵，即以禅喻，自当天魔献舞，花雨弥空，造八万四千宝塔不为多，岂作小神通哉。”《补遗》卷一言：“阮亭好以禅悟比诗，余驳之曰：毛诗三百篇，岂非绝调。不知尔时，禅在何处，佛在何方。”按前之说浅尝妄测，后之说强词夺理。

天魔之舞，天花之坠，亦须悟后方证此境。

窃谓钟书于随园议论，未之解耳。随园虽已不行其事，而“诗中一格”之谓，即存禅诗一路也，故有“即以禅喻”之说。盖随园之意，乃谓禅喻终是小道，无大神通，天魔天花之境不能为也，而钟书辄云“亦须悟后方证此境”，误以为随园非此天魔天花之境，而谓之浅尝妄测，实风马牛不相及也。以禅喻诗，亦聊备一格。随园“毛诗三百篇”之说即喻为诗之道非一之义也，若以极端求之，则以为非禅之论矣。“强词夺理”云云，殊觉无赖。又云：“悟乃人性所本有，岂禅家所得而私。一切学问，深造有得，真积力久则入，禅家特就修行本分，拈出说明；非无禅宗，即并无悟也。”晓然可喜，儒、道、释三家之最高境界，大同小异，不过取舍异耳，或能至之而不为耳。钟书后又引《北窗炙輠》卷下载周正夫云：“渊明诗云：‘山气日夕佳，飞鸟相与还；此中有真意，欲辩已忘言。’时达摩未西来，渊明早会禅。”以证“子才诘‘禅在何处’，诚所见之不广矣”。按渊明诗意，本为吾国土生土长老庄之妙谛，后世禅宗取而融入其说之精神，而云其早会禅，周氏既有媚洋之嫌，而钟书附之，又与前论矛盾，何不智也。

二九

钱钟书《谈艺录·二四》析陶渊明诗显晦甚备，然识议之间，尚须切磋商榷。窃谓陶渊明诗，在其时本非出众，特以人格之因增其效益，即以诗文较，陶之文章亦胜其诗；其诗亦参差不齐。读《归去来辞》、《五柳先生传》之篇，欲不“每观其文，想其人德”（钟嵘《诗品》）而可得欤？千古之下，信高情不灭也。东坡以性相近而好其诗文，亦正常理，颂类近谀，亦为己措处也。和陶诗非尚其诗之独佳绝者，故钱氏引李天生之论少陵“遣怀专拟陶公”，岂是知言。此所谓大本已失，遑论其馀。少陵怀抱，其本在儒，渊明则由儒入道，其情道也，其实仍儒。故二人者，若以积极、积极与消极之间、消极三境界之目品之，少陵则积极者也，渊明则力求由积极入于积极与消极之间者也；一入世一出世。出世之在理想，缘道家以为本，故易致博大渊深、横绝超渺，与后世之田园诗仅入世风情之一面，有大小之别焉。以此论之，渊明之所谓人德，赖道、儒多矣。论其人格，其在吾国历史之中并非最高境界，故如钱氏之所举者，或喜其饮酒之趣，中偶用陶公故事，皆羡其风节也，亦何怪哉。颜真卿节烈之士，咏陶而美其志节，不亦常情？况文以知人，有贵于文者，钱氏乃究诘诸人之不好其诗，岂非乖谬，彼亦真以谈艺家自居而流于为艺术而艺术者邪？又张说之、柳子厚、韦苏州学陶而不明昭，是知其佳也，乃诗人广取万有之义，必拘言陶诗而学之，小家子矣。“未屑斤斤以陶诗为师范”，宜其然矣。又举少陵以陶、谢并称“而未识其出类拔萃”，不知少陵志在廓古，盛唐之际尚言“未掣鲸鱼碧海中”，而“焉得思如陶谢手，令渠述作与同游”，乃奴仆之之语，“未识”以度少陵，岂非大谬。故独观陶诗，在当时实不足以当出类拔萃之目。若仅自谈艺上言，诗艺不及二谢，风貌不及左思、魏武、陈思，深秀不及陆机。况当时尚气重辞，调之高下，未易遽辨。昭明叹为“莫之与勍”者，乃谓似此之类，类之相别，高下不以此道分也。陶诗《诗品》称其“质直”，更以“风华清靡”辨俗之诬，虽然大抵朴直淡远，间有自然，遂为胜语。钱氏驳《诗品》之“所取反在华靡之句”易“风华清靡”为“华靡”，此子善偷语气，岂不知“风华清靡”与“华靡”乃两种绝异之风格、境界，且变名词之“华”为形容词，其义不迁也亦难矣。参钟氏所引“欢言酌春酒”、“日暮天无云”之句，何华靡之有！钱氏举萧氏兄弟称渊明而“二人诗文，都沿时体，无丝毫胎息渊明处”，似以为憾。不知萧氏虽识力能具，于渊明则如食粱肉久而尝菜谷，不免有聊换口味之迹；且知其美也，未必为己所有，此譬天下美色不必尽为吾妻女，亦何碍于知其美乎。云颜延之称陶“文取指远”，即明其底蕴所至，钱氏乃以为“几不以渊明工于语言者”，以工否求渊明，果为谈艺者矣。阳休之云“词采未优”，亦陶诗实情，除《饮酒》之“结庐在人境”、“清晨闻叩门”、《咏荆轲》、《读〈山海经〉》数篇外，皆不可谓之佳作，与俗流咏叹大同小异。况其朴质不足为训哉。盖时人文翰工夫远过后世，以清茂华赡、气韵独举为尚，故诗之清华绮丽独炫人心，为能脱于习套也，举凡“不如康乐诗竟体芳馨”（曹丕《典故·论文》：“诗赋欲丽”）、“言不丽而意无则”（意无则之谓不确，一气淹贯，形散神不散也）之言，亦是中的。钟嵘《诗品》之评陶诗，大体不差。“又协左思风力”，如《咏荆轲》一篇，可谓具眼，惟置之于中品，大为后人诋议。推其“预此宗流者，便称才子。至斯三品升降，差非定制”云云，似于渊明亦不为薄。其意犹九品，独掇上三品耳。品虽有差，而皆上也。独诗人繁多，品流不易，下品之中，尤不易措手，“差非定制”，亦未尝不有所憾焉。钟书“使如笺者所说……恐记室未必肯自坏其例耳”之言，原列上品与否不论，钟书驳之之义则非也。后或胜今，今或过古，其源有自，人伦虽不可子孙俨然而据祖父之上，为学艺则不拘此也。以彼为喻，岂非失伦。果如其所言，则无青出于蓝之义矣。里名胜母，曾子不入，是儒者之忸怩作态，不知子胜其母，母实喜之，乃反欲为不肖子邪？书称过父，大令被讥，以实未过父也。总而言之，渊明诗总体不若其文，胜作则足以名家，为诸诗境之一类貌尚嫌单，论其地位，盖亦如钱钟书之论王右丞，是一“小的大诗人”而已矣。若以陶诗为诗中最高境界，则谬之甚矣！

三〇

少陵《丹青引》及韩干画马事，张彦远《历代名画记》卷九斥之曰“杜甫岂知画者”，因谓玄宗好大马，故韩干画马肥大。顾云《苏君厅观韩干马障歌》曰：“今日披图见笔迹，始知甫也真凡目。”黄山谷《题李亮功嵩牛图》亦云“韩生画肥马，立仗有辉光”，则未至张、顾之猖狂也。按老杜句云：“弟子韩干早入室，亦能画马穷殊相。干惟画肉不画骨，忍使骅骝气凋丧?”未尝谓其画不佳也，“入室”云云，岂易为哉！老杜于气调上重风骨，此处亦以“骨”、“肉”之对比关系言之，“骨”字意味，正在言外，而喻人之骨气人格也，亦即赵梅孙诗“墨不嫌肥须有骨，人谁无瘦岂妨筋”、“可叹青春不由掌，犹怜志气在乎眉”、“疏食依然是肝胆，逆言或可入膏肓”之句之风味，皆借字面发言外之意也。读此等句当使人兴神高蹈，内契于心，外见于神，则诸人之恃大欲与老杜抗肩，岂知诗者流乎？岂知老杜之心事者邪！画之出神入化与否，与马之肥瘠无关，“盖少陵虽诗名塞天破，而技术各有专门名家，张、米不受虚声恫吓也”之谓（钱钟书《谈艺录补订》），亦不知之，真“子非鱼，安知鱼之乐”者也。不知少陵世俗民生之心而徒论之以绘事，亦所谓为艺术而艺术之“技”之境界而已耳。

三一

诗贵写景抒情多趣有味。少陵“细雨鱼儿出，微风燕子斜”

之句，体物精而有趣者也。放翁“重帘不卷留香久，古砚微凸聚墨多”、“官赋早输无吠犬，农功已毕有闲牛”，独有趣，而且有味。若王荆公《元丰行》之“田背坼如龟兆出”，体物虽精，而无大馀味，钱钟书《谈艺录补订本补正 · 512 页》所论之“青虫”，亦此类也！

三二

钱钟书《谈艺录 · 五五》：“《六月初三哭子》下半首云：‘桑园栖骨冷，萤火照魂孤。再来知爱惜，鞭扑忍相俱’，因情造境，由哀生悔。”因情造境则是，由哀生悔则不然，无“悔”之一义也。其诗本一假设语，正缘其不能再来，以明其爱之深，由爱之深，故为此“再来”两语，两语正反衬其爱之深切。由两语所反衬其爱之深切，又可反形容当日生时虽爱之已深已切，而今日犹嫌未足，是恨生死悬隔绝爱之无奈，而非悔其当日之或鞭扑也。钟书太过认真，于此中微妙处，尚须琢磨也。

三三

钱钟书《谈艺录补订 · 29 页》云：“况夔笙《蕙风词话》卷一云：‘诗余之余，作赢余之余解。词之情文节奏，并皆有余于诗。世俗之说若以词为诗之胜义，则误解此余字矣。’倚声家自张门面，善于强词夺理。”窃谓况氏不以词为诗之胜义而斥世俗之说，正退而求其次者，所谓“情文节奏”之言，亦皆就词体体性之优长于诗者而论之，此正倚声家独到之见，竟招致钟书“倚声家自张门面，善于强词夺理”之讥，诚令人哭笑不得也。若《谈艺录 · 四》所解“诗余”之两说：“所余惟此，外别无诗，一说也；自有诗在，羡余为此，又一说也。”则其浅而不甚中者也。

后 记

余之撰为此作，其根本旨趣在提出新时代之审美理想，使吾国未来之文艺、理论有所参照也。其核心思想之精神，一则确立作者必以意在现实之世俗民生为文艺最第一之要务，一则必以新时代之审美理想为指引而造创新境，力为深闳伟美、大气磅礴，而突破吾国之旧审美理想偏于柔弱、消极而以阴柔之美或优美为主导色彩之格局，如平淡自然、“天人合一”、“温柔敦厚”之类，以彰显我性之魅力。若其理论，则要在以“神韵”说、“境界”说为实践之根基，取长补短，并以突破性之创新为意也。今之学者皆知研究而不知理论之创新，是吾国今日文艺理论不振之根本原因也：

> 没有演绎就没有发明创造。一个新体系只能从演绎方法而不是其他方法中创造出来。百年以来，我们的大学中有几许学子曾有过创造诗学体系的雄心壮志？我们的学者，又有几人有过创造私人化的诗学体系的勇敢尝试？在这种情势之下，又怎么能够指望出现诗学流派？……中国学术自司马迁以来就有追求“成一家之言”的传统，但那是史学，在诗学方面，除了刘勰、叶燮等几个特殊的例外，很少有人会去追求创造一个什么体系。①

① 朱崇才：《中国现代诗学的理论贫困——从王国维〈人间词话〉及胡适〈词选〉谈起》，载《南京师范大学文学院学报》2002 年 6 月第 2 期。

如此之论，诚极为卓异也。《人间词话》之后，学者皆以研究之角度审视吾国文论，创造理论遂以停滞。或虽有其意，而乏创作之经验，如世俗所讥之“空对空”理论家也。王文生之《论情境》，虽成规模，精神亦新，然仍于旧思想中觅食，未出“温柔敦厚”之范围，其说之高处亦未过于“境界”说。此外又有据范畴或某一思想为论者，皆总体上不能为创新之境界，不成系统。若余所倡之“神味”说，则《人间词话》之后惟一能据创作实践之经验，加之理论创造，以壮美为主而重建吾国之审美理想为意，而又在理论上成深细之系统者也。余但据心意所至而作为之耳，至若其成就何若，则非自我评价之所宜，待之后人可也；或后人不屑一顾，任之也。但其初心即为理论之创造，一以贯之，则皎然而不可掩者也。

又，朱崇才先生此文，甚论《人间词话》“境界”说之缺陷，思虑精深，大气磅礴，至今仅见，略引数端以见其绪：

> 但是，传统思维方式是回顾历史而不是面向未来。《人间词话》以及随后的现代诗学，也并不或很少提供预测。它对当代古典诗歌的研究只到自家的《人间词》为止。王国维在哲学、教育学等领域内，对现实情况和未来发展都有所论述，但当他转入文学研究时，他就放弃了对现实和未来的关注。《人间词话》不是一个面向未来的体系。王国维论学三境界，从“望尽天涯路”（寻本求原）开始，到“蓦然回首”（回到古典）结束，正可用以描述自王国维开始的现代诗学进程。
>
> 思想实验是最重要的现代科学方法之一。思想实验以“科学假说”为终极目标。任何一种科学假说，只是对于对象的解释，而不是发现了对象的“本原”或“终极真理”。

一个假说的价值，在于其解释功能的强弱，因为只有这一功能才是可检验的。但中国学术的现实情况却是：学者们经常自称发现了事物的本质，甚或自认为发现了某一领域的终极真理，然后以其名气及权威甚至在学术界的行政地位来"形成"其学术价值，如果他有幸成为权威或领导，那么他的学说就不幸地成了学术发展的障碍。王国维和胡适亦未能逃脱这一历史的宿命。《人间词话》与其前代的诗学理论如《沧浪诗话》、《原诗》、《蕙风词话》、《白雨斋词话》一样，都将自己的某一核心概念看做是"本"、"本原"，以为一旦发现了这一本原，就发现了诗歌的本质乃至真理。但是，将核心概念视为本原的做法，是价值判断而不是科学分析。作为新理论的叙述者，他当然应当追求体系的完整性和终极性，但是，作为接受者，他和他的崇拜者如果真的接收了一个这样的"本原"，那也就意味着封闭了理论进一步发展的可能性空间——既然已经求得了本原，还有再研究的必要吗？事实上，自从王国维"发现"了王记"境界"这一本原之后，他本人及其他的许多诗学研究者除了重申、阐释或批评这一本原之外，就再也无法更进一步了。

中国诗学从先秦以来就贯穿着一条人文精神脉络，历代诗学的一些核心概念，如"美刺"、"滋味"、"神思"、"神韵"、"兴趣"等等，都是从有关生命的概念转化而来，总是伴随着对于人本身的发现、关怀甚至解放。王国维继承了古典诗学的这一精神。他虽然极力强调审美的"无功利性"，强调艺术的独立价值，但仍然承认艺术"无目的"的"合目的性"。《人间词》、《人间词话》之所以标以"人间"，是认为通过艺术创作（如李后主词）或评论（如《人间词话》），可以如同释迦、基督那样“担荷人类罪恶”（《人间词话》国粹本第18条）。这种关怀，是力图以“天眼所观”（王国维《叔本华像赞》语）的人间真实，是对全体人类不分阶层、不分种族的关怀怜悯——这正是古希腊以来西方悲剧精神真髓之所在。这一关怀怜悯之真诚，类似宗教情感。宗教情感与自由意志是人本主义的前提。人是相对于神来说的，自由是相对于种种“限制”来说的。尼采宣布上帝死了，并不是说不需要上帝，而是以我尼采取而代之。对于王国维，艺术就是他心目中的尼采——直面人生，关怀真实的人生，哪怕这人生是血淋淋的，是“淫鄙之尤”的，也自有一番“境界”，也不失为第一流的好诗。但是，王国维的这种基于普遍人性的人文关怀，在宗教情感和自由意志精神并不浓厚的中国，特别是在民族矛盾和阶级矛盾空前尖锐的20世纪的中国，实在是“英雄无用武之地”。当一个民族于外受尽欺凌、于内残酷搏斗之际，还能要求这个民族相信会有一种超越民族、政治、党派、阶级的关爱吗？诗学家“担荷人类罪恶”的想法，只是一厢情愿。人文关怀的失落，几乎是历史的必然。但是，诗学所要求的，毕竟是人类天性中那些持久性、普遍性的东西，民族斗争和阶级斗争毕竟是暂时的，历史上那些牺牲了数百万甚至数千万人生命的战争、起义和革命，尽管对国家民族产生了巨大的影响，但与诗学理论的建设却没有直接关系。时过境迁，当社会生活回到正轨时，诗学便需要召回人文关怀。但是，相对于文艺复兴以来特别是20世纪的西方诗学，中国古典诗学中的人文关怀精神就显得颇为薄弱了。中国古典诗学更关怀的是现实政治，它虽然也强调“仁者爱人”，但那“人”是政治等级结构下的甘守本分的人；虽然也强调“以民为本”，但关心民生的最终目的，并不是人民，而是“君”与“国”。这个以等级结构为前提的人必须守自己的本分才能算是人。这个本分就是“礼”，不讲这个礼，那就是“禽兽”而不是人。具体到诗歌而言，只有当农民用无数的鲜血和生命换来有限的土地重新分配，自由的小农经济占有一个相当比例的时候，田园牧歌才够得上“人文关怀”，否则便如同顾随先生所一语道破的那样——只是“毫无心肝”而已。王国维的人文情怀，与古典诗学所表现的一样，也正是这种居高临下的“精英式”的关怀。尽管他对国家民族的命运深为关注，在书信中经常地提及对于时局的深深忧虑，他在诸如《浣溪沙》（天末同云）等作品中，对于人间弱肉强食的悲剧也深有体会，但是，和大多数知识分子一样，他对于大众的文化运动和政治运动却充满了不屑和恐惧，他对于民族的现实和未来命运的关怀，相对于民众的现实疾苦而言，也实在是无关痛痒。《人间词话》推出李后主作为关怀者，也不可能得到被关怀者的认可。因为李后主所关怀的，首先当然是他自己以及他那个统治集团。他对自己的子民都没有尽到应尽的责任，还谈什么“人类”？尽管全人类都可以在李后主的词中找到自己的愁与恨，但让后主去扮演救世主的角色，还是太难为了他。王国维所心心念念的“人间”，其实并非真正是“天眼所观”，而只是他自己的极为有限的所见所闻。对于最广大的人民群众的欢乐痛苦，王国维并不真正理解。尽管《人间词话》是西方现代学术思想影响下的产物，但《人间词话》所开创的中国现代诗学传统，和西方

20世纪各个倾向于人文主义的批评流派相比较，明显地缺乏对于社会现实生活的关怀，因此也很难形成一种基于民众的广泛认同。

本书之撰，初即起于意在补《人间词话》“境界”说之不足以突破其保守，若此之论，可为本书之批评为理解之助益也。

余所倡“神味”一说，发端于是撰，拓展于《金庸说部诗学论稿》，而及于小说，铺排于《诸二十四诗品》（《新二十四诗品》、《后二十四诗品》、《续二十四诗品》、《补二十四诗品》、《终二十四诗品》、《赘二十四诗品》），完善于《嫁笛聘箫楼曲话》，铺垫于《〈人间词话〉评说》，辅之以《论豪放》，例证于《聂绀弩旧体诗研究》。通观诸书，而后能得其完璧也。诗、词、曲（含剧曲）皆为诗，其实一也，其最高境界一也。是撰初稿原名《红禅室诗词丛话》，曾传布诗友间，后定名为《沧海诗话》，将版而出版社命改名，遂易为今名也。

忆昔丁丑岁秋，余以治学之若干想法告之北京大学张岱年先生，并议理论体系诸问题，先生回信云“承惠寄佳词，甚佩甚佩”，并勉之以“年方二十岁，前途远大”，至今感焉。周笃文先生尝为初稿题诗一首：“撷秀扬芬气自清，于郎妙笔意纵横。笺诗品曲浑闲事，待听云间凤哕声。”青岛教育学院周嘉惠先生阅初稿后云：“整体观之，感觉非常好。年少博达，解会古典诗词极深，实为难能可贵。且以文言表述之，极为纯熟，更为难得。书中诸多观点，颇有新意；敢于挑战权威、挑战传统观念，亦可见读书之用心。”青岛大学刘怀荣先生阅初稿后云：“当今之世，依孔方兄而弃学问，追名利而贱精神者比比皆见，而如贤弟之沉潜涵泳，以真知为性命，置其馀而不顾者，实属罕见。”山东大学徐传武先生夸誉初稿为“功力深厚，见识卓异”、“精深广博，新见迭出，当为传世之作无疑”。华东师范大学徐中玉先生谓：“苦心孤诣，或在中年以后矣乎。略读数页，觉甚有根底，文言表达亦老练。”武汉大学王兆鹏先生阅戊子岁新稿初稿后谓：“深感学富才高，非流辈可及。”业师杨存昌先生，则尝许为意境研究第一人。此皆所谓善言务高，而以嘉我之精神者也。又乙酉岁之夏，周波师于研究生课上翩然而来，谓诸同学云：“今日所携，惟书两册而已，一为《沧浪诗话》……”——乃遂目注于我云：“一即君之《红禅室诗词丛话》也。”周师因专讲而论拙撰，命我举“神味”说一旨之精要，而诸生言其得失，师总论之。余文言、诗学理论早为周师所知，赖为播誉，未来济南之前即已名甚藉藉矣，来后所作《新二十四诗品》、《后二十四诗品》等，皆大赞赏而每宣之课上，此余常以为不世之遇也。又丙戌岁冬欲考博北京大学，卢永璘先生于所呈诸作评价极高，以为已享大名于学界，甚望我考过去，云如此治学功夫其学生亦有能为之者，若观点则不能也。惜来年之试英语大难于往岁，未能如愿。又王敬政、邓红梅、裴世俊、杨守森诸师，及侯井天先生，亦于是撰多所奖劝——犹记拜访邓红梅师，出语如流，余几不能插言，读论纳兰性德词毕，大奇之，云“古今未有如此论词者也”；其他同好友朋，辄加青赏，不复一一遍举矣。

《论豪放·后记》有云：“夫伟大闳美之学术，乃在众手皆经之资料中，以独有之眼光发现不易察觉之事实，而于世人有大资悟，而非泛泛以理资料，即使其资料有人所未经手者。此种之境界，得之陈寅恪先生，世人臻是者可谓鲜矣。在文学评论中，则以瑰美活泼之文字表现其人格境界、思想境界、精神境界，才、情、人格交相辉映，灿焉于世别开生面，于所为具一种别有壮观之深情，反复咏观之而不厌，而后其为可也。此种之境界，得之王国维先生，世人至今无能为继者焉！嗟乎，虽无能为继，而可无限之心向往之也！”是撰虽以“意境过时论”为心，而大与王静安先生之“境界”说相辩驳往来，然知先生之学说也深，而深衷所在，则无不以敬仰、佩慰静安先生之人格、学问为里也！余适晚生王静安一百年，先生自幼“体素羸弱”，我亦同然；先生之学广博浩无涯涘，则余终生所不敢望，亦不欲之，但专守于诗学一域，冀稍有得耳。

夫学术者，生命、激情灌注之事业也。此一撰者，即余平生力气、精神之所寄托，而至今余亦大累矣！忆其初稿之作也，岁在丁丑，余时年二十，风华正茂，意气风发，志存高远，理想洋溢，前后四载，方克告竟。原稿凡三十万言，后精删为四万言，又重增写至十二万言。余性慵懒，惮于誊抄，初甚不着意文字，但重其达意耳，故文字或有粗陋；虽然，目之则极有感情，“神味”一说，能以初立，且议论之精神姿态，并无大碍也。后求学济南，又屡加订正，删其大半，而又增补数倍，为便世人，理论亦略见系统。前后反复修改之数，亦不可遍计矣。嗟乎！信乎文字为作者心血之结晶者也，每一作为增益之点，皆与我之外在与内在之我较力争胜，往往以最饱满之精力、深情为之，作后则萎靡不振，颓然若化，必待下一精力、深情巅峰之来，乃能复为之也。嗟乎！信乎学者之治学，皆与其一时之心境、精神相关，如此性情、精神、理想乃有所寄寓，而非徒然仅为应时景之具。由是言之，其纯以为学而治学者，皆甚无足观也。余前后用力于是撰将十五载矣，所谓兴趣、理想之所在，一往无前而无怨无悔，从无功利之念想存乎其间，今乃能版之，回首前尘，注目当下，曷胜感慨！来日茫茫，未终竟止，亦仅能略尽人事而已矣，尚何能为哉？

余虽独力径行而无可商榷旁议，仅以作为诗词为之本，然总坚信吾国之传统文化能以自立创新也。余少年志气闳大深邃，尤专好尚传统之学，未及弱冠，而四书五经之籍已略遍，于《孟子》尤有会心，浩然磅礴之气之所自来也。今世方以学兼中西为尚，若余则甚不许之，西人之学佳与不佳未之论，但观其书则如嚼蜡然，吾不能强我之性情以就之，世之通人哂之，亦不恤也。且西学之驳杂非可尽融于吾国传统文化之根本者，而将有妨于其专精微妙，根之以桎梏学人之性情、精神，未有如今日之烈者也。然余又非如固执保守者抱吾国之传统文化而不知新变，而欲与其腐朽之气息、精神同腐朽者也。所幸至今人生观、价值观已定，而知所追求，此后勉然从事于所业，养家糊口，亲友往来勿以相忘，而澹然以存于世，不亦可乎！乃谨记其缘由本末前后，用稍为世之所知云尔。至若学海无涯，人生有限，亦属常情。况余此撰重在阐论，夙于考证不甚用心，若实有误或陋，则惟有待学界正之而已，不之辞也。

辛巳春二月胶东于沧海（永森）初稿完于胶东故乡之红禅室

丁亥春四月初一修订完于济南之嫁笛聘箫楼

戊子冬十二月十一日重订完于济南之我见青山多妩媚斋

辛卯春五月初八定稿并识于固原宁夏师范学院寓所之“超我”斋

图书在版编目（CIP）数据

诗词曲学谈艺录／于永森著．—济南：齐鲁书社，
2011.12（2012.10重印）
ISBN 978-7-5333-2553-4

Ⅰ.①诗…　Ⅱ.①于…　Ⅲ.①诗歌理论
Ⅳ.①I052

中国版本图书馆CIP数据核字（2011）第250723号

诗词曲学谈艺录
于永森　著

出版发行　齊魯書社
社　　址　济南市英雄山路189号
邮　　编　250002
网　　址　www.qlss.com.cn
电子邮箱　qilupress@126.com
印　　刷　日照日报印务中心
开　　本　880mm×1230mm　1/32
印　　张　13.625
插　　页　2
字　　数　350千
版　　次　2011年12月第1版
印　　次　2012年10月第2次印刷
标准书号　ISBN 978-7-5333-2553-4
定　　价　40.00元